JOGOS OCULTOS
SÉRIE JOGOS DE HERANÇA

JOGOS OCULTOS

AMOR É PODER.

JOGOS OCULTOS
SÉRIE JOGOS DE HERANÇA
JENNIFER LYNN BARNES

Tradução
Carolina Cândido

Copyright © 2024 by Jennifer Lynn Barnes
Copyright da tradução © 2025 por Editora Globo S.A.

Os direitos morais da autora foram assegurados.

Todos os direitos reservados. Nenhuma parte desta edição pode ser utilizada ou reproduzida — em qualquer meio ou forma, seja mecânico ou eletrônico, fotocópia, gravação etc. — nem apropriada ou estocada em sistema de banco de dados sem a expressa autorização da editora.

Título original: *Games Untold*

Editora responsável **Paula Drummond**
Editora de produção **Agatha Machado**
Assistentes editoriais **Giselle Brito e Mariana Gonçalves**
Preparação de texto **Bárbara Morais**
Diagramação e adaptação de capa **Carolinne de Oliveira**
Projeto gráfico original **Laboratório Secreto**
Ilustração de capa © **2024 by Katt Phatt**
Design de capa original **Karina Granda**
Capa © **2024 Hachette Book Group, Inc.**
Ornamentos de capa © **Artvector_factory/Shutterstock.com**

Texto fixado conforme as regras do Acordo Ortográfico da Língua Portuguesa (Decreto Legislativo nº 54, de 1995)

CIP-BRASIL. CATALOGAÇÃO NA PUBLICAÇÃO
SINDICATO NACIONAL DOS EDITORES DE LIVROS, RJ

B241j

    Barnes, Jennifer Lynn
    Jogos ocultos / Jennifer Lynn Barnes ; tradução Carolina Cândido. - 1. ed. - Rio de Janeiro : Globo Alt, 2025.
    (Jogos de herança)

    Tradução de: Games untold
    ISBN 978-65-5226-040-6

    1. Romance americano. I. Cândido, Carolina. II. Título. II. Série.

25-96128
                               CDD: 813
                               CDU: 82-31(73)

Meri Gleice Rodrigues de Souza - Bibliotecária - CRB-7/6439

1ª edição, 2025

Direitos de edição em língua portuguesa para o Brasil adquiridos por Editora Globo S.A.
R. Marquês de Pombal, 25
20.230-240 – Rio de Janeiro – RJ – Brasil
www.globolivros.com.br

Para Rachel

SUMÁRIO

Aquela noite em Praga 9

Igual para a frente e para trás....................................... 103

O caubói e a gótica 293

Cinco vezes em que Xander derrubou alguém
(e uma vez em que não derrubou) 339

LINHA DO TEMPO

AQUELA NOITE EM PRAGA

IGUAL PARA A FRENTE E PARA TRÁS

JOGOS DE HERANÇA — **O HERDEIRO PERDIDO** — **A APOSTA FINAL**

O CAUBÓI E A GÓTICA

CINCO VEZES EM QUE XANDER DERRUBOU ALGUÉM
(E UMA VEZ EM QUE NÃO DERRUBOU)

Uma noite Hawthorne 369

@M!GO S3CR3TO..389

O que acontece na casa da árvore...421

Gerânio que tampa ela..439

UMA NOITE HAWTHORNE

@M!GO S3CR3TO

OS IRMÃOS HAWTHORNE

O GRANDE JOGO

O QUE ACONTECE NA CASA DA ÁRVORE

GERÂNIO QUE TAMPA ELA

AQUELA NOITE EM PRAGA

Nada naquele lugar era infinito, a não ser Jameson e eu.

Na manhã seguinte

Eu não estava aflita. Preocupar-se com Jameson Winchester Hawthorne era tão útil quanto tentar discutir com o vento. Era sensata o bastante para saber que não fazia sentido gritar com furacões ou me preocupar com um Hawthorne apaixonado por ver até o goleiro jogando no ataque, riscos semi-calculados e andar até a beira de penhascos imensos.

Jameson tinha o hábito de cair de pé.

— Avery? — Oren anunciou sua presença, mera cortesia visto que meu chefe de segurança nunca se distanciava de mim.

— Já está quase amanhecendo. Posso pedir para minha equipe dar outra procurada e...

— Não — respondi baixinho. Não conseguia afastar a sensação de que Jameson não ia querer que eu procurasse por ele. Não era uma brincadeira de esconde-esconde. Não era pique-pega.

Cada instinto dentro de mim me dizia que isso era... *algo*.

— Já se passaram catorze horas. — A voz de Oren era de uma calma quase militar: estimulante, prosaica, sempre preparada para o pior. — Ele desapareceu sem avisar. Não deixou rastros. Aconteceu em um *instante*. Temos que considerar a possibilidade de ser alguma sabotagem.

Pensar em todas as possibilidades nefastas fazia parte do trabalho de Oren. Eu era a Herdeira Hawthorne. Jameson era um Hawthorne. Chamávamos a atenção e, por vezes, isso vinha com ameaças. Mas, lá no fundo, meu instinto falava a mesma coisa que vinha dizendo assim que Jameson desapareceu: *eu deveria ter previsto isso.*

Jameson fora tomado por uma espécie de eletricidade há dias — uma energia profana, um impulso poderoso. *Um segredo.* Lembranças surgiram em flashes rápidos em minha mente, momento após momento após momento desde o dia em que coloquei o pé em Praga.

A cúpula.

A faca.

O relógio.

A chave.

O que você está aprontando, Hawthorne? Você tem um segredo. Qual é?

— Espere mais uma hora — ordenei para Oren —, se Jameson não voltar até lá, pode mandar sua equipe.

Quando ficou claro que meu segurança e, por vezes, figura paterna, não iria argumentar comigo, fui para o saguão da nossa luxuosa suíte de hotel. *A Suíte Real.* Sentei-me em uma das poltronas feita de veludo molhado vermelho e preto e encarei a parede que não era apenas uma parede, minha mente acelerada enquanto tentava, pela milésima vez, resolver o enigma.

Um luxuoso mural dourado me encarava de volta.

Onde está você, Jameson? O que deixei passar?

Meus olhos encontraram as fendas bem disfarçadas na parede. *Uma porta secreta.* Sua existência me fazia lembrar de que o avô falecido de Jameson, Tobias Hawthorne, um dia fora dono deste hotel, que a Suíte Real fora construída de acordo com orientações específicas do bilionário Hawthorne obcecado por enigmas.

Armadilhas atrás de armadilhas, pensei. *E charadas atrás de charadas.* Essa frase estava entre uma das primeiras coisas que Jameson me dissera, quando ainda estava lidando com o luto e correndo atrás do próximo quebra-cabeças, da próxima emoção, determinado a não se importar com nada nem ninguém.

Quando ele corria riscos porque, em partes, *queria* se machucar.

Conforme encarava a parede e a porta escondida, disse a mim mesma que o Jameson daqueles dias não era o mesmo Jameson Hawthorne que afastara meus cabelos do rosto no dia anterior, espalhando-os como uma auréola no colchão.

Meu Jameson ainda corria riscos, mas sempre voltava.

Sei que não devia me preocupar com Jameson Hawthorne. E ainda assim...

Desejei que a porta escondida se abrisse. Desejei que Jameson estivesse do outro lado dela.

E por fim, *por fim,* pouco antes da minha hora acabar, ela se abriu e lá estava ele. *Jameson Winchester Hawthorne.*

A primeira coisa que vi quando ele veio para a luz foi o sangue.

Capítulo 1

Três dias antes...

O cartão-postal em minha mão exibia a mesma paisagem da janela do jatinho. *Praga ao amanhecer.* Séculos de história se delineavam contra um nebuloso céu dourado, as nuvens escuras e espiraladas pairando sobre a cidade em um cinza-arroxeado profundo.

Jameson me enviara o cartão-postal, uma alusão a como seu tio costumava enviar cartões-postais para minha mãe. A semelhança me fez pensar no que minha mãe diria se pudesse me ver agora: o jatinho particular, a imensa pilha de documentos que analisei durante a viagem, a forma como ainda me pego prendendo a respiração quando a realidade de momentos como esse me atinge com o impacto de um tsunâmi.

Praga ao amanhecer. Minha mãe e eu sempre falamos de viajar o mundo. Foi a esse sonho que me permiti me apegar quando ela morreu, mas aos quinze e dezesseis e dezessete, nunca me permiti sonhar acordada por mais do que alguns minutos. Nunca me permiti querer demais isso ou qualquer outra coisa que fosse.

Mas agora? Passei o dedão na beirada do cartão-postal. Agora eu quero o mundo. Agora quero *tudo*. E não havia nada que pudesse me impedir.

— Algum dia você vai acabar se acostumando — disse a pessoa sentada à minha frente em *meu* jato particular e, depois, colocou três revistas na mesa entre nós. Meu rosto estampava a capa de cada uma das revistas.

— Não — falei para Alisa, simples assim —, não vou.

Eu não conseguia ler nenhuma das palavras nas capas. Nem sabia ao certo qual era o idioma em duas das três.

— Estão chamando você de *Santa Avery*. — Alisa arqueou uma sobrancelha para mim. — Quer adivinhar como estão chamando Jameson?

Alisa Ortega era advogada tanto minha quanto da fundação, mas sua experiência ia muito além da assessoria jurídica. Se algo precisava ser consertado, ela fazia isso. Àquela altura, nossos papéis estavam definidos com clareza. Eu era a adolescente bilionária, Herdeira e filantropa. Ela apagava os incêndios.

E Jameson Hawthorne estava *em chamas*.

— Adivinhe — reiterou Alisa, quando o jato pousou — como estão chamando ele.

Eu sabia muito bem aonde isso ia chegar, mas eu não era uma santa e Jameson não era um risco. Éramos dois lados da mesma moeda.

— Estão chamando de *Não Para?* — perguntei séria para Alisa.

Suas sobrancelhas perfeitamente modeladas se juntaram.

— Desculpe — falei na maior cara de pau —, eu me esqueci. Sou *eu* quem o chama assim.

Alisa bufou.

— Não é isso.

Um sorriso quase Hawthorne surgiu nos cantos da minha boca e olhei pela janela de novo. Ao longe, ainda podia ver as cúpulas desaparecendo no céu meio cinza, roxo e dourado.

Alisa estava errada. Eu *nunca* me acostumaria com aquilo. Aquilo era *tudo*, e Jameson Hawthorne também era.

— Eu não sou a Santa Avery — comentei com Alisa —, você sabe disso.

Com o tanto que guardei da minha herança, eu literalmente *nunca* conseguiria torrar um valor considerável dela, mas tudo o que a maioria das pessoas via era a quantia que eu havia doado. De acordo com a opinião popular, eu era ou um modelo de virtude ou tão inteligente quanto uma porta.

— Você pode até não ser santa — retrucou Alisa —, mas *é* discreta.

— E Jameson... não é — completei. Se Alisa notou como meus lábios se curvaram só de dizer o nome dele, ela preferiu ignorar.

— Ele é um Hawthorne. *Discrição* não faz parte do vocabulário deles. — Alisa também tinha um histórico com a família Hawthorne. — O trabalho da fundação está ganhando força. Não precisamos de um escândalo agora. Quando você vir Jameson, diga a ele: sem filhotes dessa vez. Sem invasões. Sem terraços. Sem apostas. Não o deixe beber nada que brilhe. Me ligue se ele sequer *mencionar* calças de couro. E lembre-se...

— Não sou mais a Cinderela — concluí. — Agora estou escrevendo minha própria história.

Aos dezessete anos, quando minha vida mudou para sempre, eu era a garota sortuda da periferia que fora arrancada da obscuridade e recebera o mundo em suas mãos por capricho de um bilionário excêntrico. Mas agora? Agora *eu* era a bilionária excêntrica.

Eu tinha descoberto meu potencial. E o mundo estava me observando.

Santa Avery. Balancei a cabeça ao pensar nisso. Quem quer que tenha inventado esse apelido claramente não percebeu que a maior diferença entre mim e Jameson, quando se tratava de desafios, jogos e a emoção do momento, era que eu era melhor na arte de não ser pega.

Em poucos minutos, o avião estava pronto para desembarcarmos, primeiro os seguranças, depois a Alisa, depois eu. No instante em que coloquei os dois pés no chão, recebi uma mensagem de Jameson. Eu duvidava que o momento fosse uma coincidência. Poucas coisas eram coincidência com Jameson. Li a mensagem e fui inundada por uma onda de energia e admiração semelhante à que havia sentido quando olhei pela janela para a cidade antiga lá embaixo. Um sorriso lento se estendeu pelo meu rosto.

Duas frases. Isso foi tudo o que Jameson Hawthorne precisou para fazer meu coração começar a bater um pouco mais forte, um pouco mais rápido.

Bem-vinda à Cidade das Cem Cúpulas, Herdeira. Topa um jogo de esconde-esconde?

Capítulo 2

A nossa versão de esconde-esconde tinha três regras: A pessoa que se escondia não podia ficar sem o celular. O rastreamento por GPS tinha que estar ativado. A pessoa que estava procurando tinha uma hora.

Nos últimos seis meses, Jameson e eu brincamos em Bali, Kyoto e Marselha; na Costa Amalfitana; e nos mercados labirínticos do Marrocos. Seguir as coordenadas do GPS não era a parte mais difícil, e isso se provou verdade em Praga. Não importava quantas vezes eu verificasse a localização de Jameson, o marcador azul pulsante estava no mesmo raio de meio quarteirão, nos arredores do Castelo de Praga.

E *era aí* que estava o desafio.

Meu calcanhar de Aquiles no esconde-esconde era sempre a dificuldade de não me deixar perder nos arredores, no momento — ou, nesse caso, na paisagem. *O castelo.* Antes de vir para Praga, eu já sabia que ele estava entre os maiores do mundo, mas saber era diferente de ver e *sentir*.

Havia uma certa magia em ficar nas sombras de algo tão antigo e maciço que fazia você se sentir pequeno, algo que fazia a Terra e suas possibilidades parecerem enormes. Eu me permiti ter um minuto inteiro para absorver tudo — não apenas as paisagens, mas a sensação do ar da manhã na minha pele, as pessoas que já caminhavam pelas ruas ao meu redor.

E então pus minhas mãos à obra.

De acordo com o GPS, a localização de Jameson variava entre vários pontos e todos pareciam ficar nos jardins do palácio ou, às vezes, fora dos muros do jardim. Caminhei por ali à procura da entrada. Não demorei muito para perceber que o jardim em questão eram, na verdade, diversos jardins interconectados, todos fechados — ou, pelo menos, fechados para o público. Quando me aproximei da entrada, o portão de ferro se abriu para mim.

Num passe de mágica. Eu estava falando sério com Alisa no avião. Eu nunca vou me acostumar com isso. Passei pelo portão. Oren me seguia a uma distância razoável. Quando ambos estávamos lá dentro, o portão de ferro se fechou atrás de nós. Olhei nos olhos do guia que o havia fechado. Ele sorriu.

Eu não fazia ideia de como Jameson tinha conseguido fazer isso. Não tinha certeza se queria saber. Com o corpo vibrando pela emoção do jogo, segui meu caminho adentro até chegar a um conjunto de escadas, estreitas e íngremes — o tipo de escada que, quando subimos, pode nos dar a sensação de que estamos voltando no tempo.

Cheguei ao topo, olhei para o meu celular e depois ergui o olhar para o terraço do jardim ao redor — e mais para cima, mais para cima, mais para cima. No mesmo instante, tentei calcular mentalmente o número de escadas, o número de terraços.

Olhei de novo para o celular e dei uma guinada para fora do caminho desgastado, correndo e depois virando de novo. No instante em que minha localização no GPS se aproximou da de Jameson, seu cursor azul piscante desapareceu do mapa.

Tecnicamente, com isso, nossa versão de esconde-esconde passou a ter *quatro* regras.

Foi dada a largada na caçada.

* * *

— Encontrei você — falei. Houve um tempo em que eu seria uma vencedora mais modesta, mas agora eu saboreava minhas vitórias como um Hawthorne faria.

— Por pouco dessa vez, Herdeira? — perguntou Jameson de trás da árvore entre nós. Apesar de não conseguir vê-lo, eu sentia sua presença, via os contornos de seu corpo comprido e esguio.

— Cinquenta e oito minutos e dezenove segundos — relatou Jameson.

— Um minuto e quarenta e um segundos de antecedência — contestei, dando a volta na árvore e parando quando estava bem em frente a ele. — Como você conseguiu fazer com que abrissem esse lugar mais cedo?

Os lábios de Jameson se curvaram. Ele virou o corpo em noventa graus e deu três passos lentos na direção do caminho do jardim.

— Por que *não* conseguiria fazer com que abrissem mais cedo?

Mais três passos e ele estava no caminho. Ele se ajoelhou e pegou algo na pedra. Antes mesmo que ele voltasse a se levantar e brandisse sua recompensa, eu já sabia que era uma moeda.

Jameson girou a moeda de um dedo para o outro.

— Cara ou coroa, Herdeira?

Estreitei ligeiramente os olhos, mas eu tinha uma forte suspeita de que minhas pupilas estavam dilatadas, absorvendo tudo. Éramos *nós*. Jameson. Eu. Nossa linguagem. Nosso jogo. *Cara ou coroa?*

— Você colocou isso aí. — Apontei para a moeda com a cabeça. Eu tinha uma coleção delas, pelo menos uma de cada lugar que havíamos visitado. E cada uma dessas moedas trazia uma lembrança.

— E por que — murmurou Jameson — eu faria uma coisa dessas?

Cara, eu te beijo, me dissera ele certa vez, *Coroa, você me beija. E, de qualquer forma, vai significar algo.*

Estendi a mão para pegar a moeda de sua mão, e ele deixou — não que eu não tivesse vencido de todo modo. Olhei para a moeda: o anel externo era de bronze, o círculo interno era de ouro, com a imagem de um castelo. No verso, havia uma criatura dourada que parecia um leão.

Girei a moeda entre meus dedos da mesma forma que Jameson havia girado nos dele — um de cada vez. Prendi a moeda entre o polegar e a lateral do dedo indicador e depois a virei. Peguei-a na palma da mão. Abri meus dedos e olhei da moeda para ele.

— Cara.

Capítulo 3

Quarenta minutos depois, estávamos no telhado. *Foi mal, Alisa.* Eu ainda estava com a moeda.

— Você poderia fazer um pedido — falei para Jameson, girando a moeda entre os dedos de novo, os lábios inchados e doloridos do jeito certo. Olhei por cima dos nossos ombros para os jardins lá embaixo. — O que não falta lá embaixo são fontes.

Jameson não se virou para olhar. Ele se inclinou na minha direção, nós dois perfeitamente equilibrados... no telhado e um com o outro.

— Qual é a graça de fazer pedidos? — retrucou Jameson. — Nenhum jogo para jogar, nenhum desafio para vencer, só... *puf,* eis o que seu coração desejou.

Essa era uma perspectiva muito Hawthorne sobre desejos, sobre a *vida.* Jameson havia crescido em um mundo reluzente, um mundo de elite em que nada estava fora de alcance. Ele não passou seus aniversários de infância soprando velas. Todos os anos, ele recebia dez mil dólares para investir, um desafio para cumprir e a oportunidade de escolher qualquer talento ou habilidade do mundo para cultivar, sem poupar despesas — e sem dar desculpas.

Pensei em deixar o assunto de lado, mas acabei me decidindo por insistir um pouco. Até onde eu sabia, Jameson Hawthorne gostava de ser pressionado.

— Você não sabe o que desejar — provoquei, deixando claro em meu tom que aquelas palavras eram um desafio, não uma pergunta.

— Talvez não. — Jameson me olhou de um jeito que era pura encrenca. — Mas com certeza consigo pensar em alguns jogos *fascinantes* que gostaria de ganhar.

Essa afirmação era um convite tanto quanto o *cara ou coroa*. Contendo-me um pouco, *só um pouco, só mais um instante*, tirei o cartão-postal que Jameson havia me enviado do bolso de trás da calça. Ele estava começando a ficar amassado, meio desgastado. Real, como os sonhos da maioria das pessoas nunca foram.

— Recebi seu cartão-postal — comentei. — Sem mensagem no verso.

— Quanto tempo você levou para adivinhar se eu tinha escrito algo com tinta invisível? — perguntou Jameson. *Pura encrenca.*

Respondi à pergunta dele com outra:

— Que tipo de tinta invisível você usou?

O fato de eu não ter conseguido revelá-la não significava que ela não estivesse lá.

Ao meu lado, Jameson se apoiou nos cotovelos e olhou de novo para o Castelo de Praga.

— Talvez eu tenha pensado em escrever algo e depois desistido. — Ele deu de ombros como se não se importasse, um movimento típico de Jameson Hawthorne. — Afinal de contas, isso já foi feito antes.

Durante décadas, outro Hawthorne enviou cartões-postais iguais a esse para minha mãe. Os deles eram do tipo de amor escrito nas estrelas, mas *real*.

Como os vincos em meu cartão-postal.

Como Jameson e eu.

— Tudo já foi feito por alguém — observei calmamente.

O ano sabático de Jameson estava três quartos mais perto do fim. Dia após dia, eu podia senti-lo cada vez mais inquieto consigo mesmo. Eu já era próxima aos Hawthorne há tempo suficiente para saber que o verdadeiro legado do bilionário Tobias Hawthorne não era a fortuna que ele havia me deixado. Foram as marcas que ele deixou em cada um de seus netos. Invisíveis. Duradouras.

A de Jameson era essa: Jameson Winchester Hawthorne era *faminto*. Ele queria tudo e sempre precisava de *algo* e, por ser um Hawthorne, esse algo indescritível nunca poderia ser simples.

Ele não podia ser simples.

— Você já deve saber, Herdeira, que as palavras "tudo já foi feito por alguém" soam muito como um desafio para mim. — Ele sorriu, um daqueles sorrisos assimétricos, afiados e perversos de Jameson. — Ou uma aposta.

— Nada de apostas — retruquei, sorrindo de volta.

— Você andou conversando com a Alisa — disse ele, depois ergueu uma sobrancelha. — Santa Avery.

Até onde eu sabia, Jameson era capaz de ler em ao menos nove idiomas diferentes. Era quase certeza de que ele sabia *exatamente* o que o mundo estava dizendo sobre ele.

— Não me chame assim — ordenei. — Não sou nenhuma santa.

Jameson se endireitou e afastou meu cabelo do rosto, as pontas de seus dedos dissipando a tensão em cada músculo que tocavam. Minha têmpora. Meu couro cabeludo.

— Você age como se o que fez com sua herança não fosse nada. Como se qualquer pessoa fosse fazer o mesmo. Mas eu não teria feito. Grayson não teria feito. Nenhum de nós faria. Você age como se o que está fazendo com sua fundação não fosse extraordinário... ou como se, caso fosse, seria porque o trabalho é muito mais importante do que você. Mas Avery? O que você está fazendo... é *algo* — disse ele.

Um algo no estilo Hawthorne. *Tudo*.

— Não sou só eu — respondi com firmeza. — Somos todos nós. — Ele e seus irmãos estavam trabalhando comigo na fundação. Havia causas que Jameson estava defendendo, pessoas que ele havia trazido para fazer parte do conselho.

— E ainda assim... — falou Jameson com a voz arrastada — é você quem tem reuniões hoje.

Doar bilhões — de forma estratégica, equitativa e de olho nos resultados — dava muito trabalho. Eu não era ingênua a ponto de tentar fazer tudo sozinha, mas também não estava disposta a me apoiar no sangue, suor e nas lágrimas de outros. Essa história era minha. Eu a estava escrevendo. Essa era a minha chance de mudar o mundo.

Mas por mais alguns minutos... Levei minha mão à mandíbula de Jameson. *Somos apenas você e eu.* Neste telhado, no topo do mundo e na base de um castelo, parecia que nós dois éramos as únicas pessoas no universo.

Como se Oren não estivesse de guarda lá embaixo. Como se Alisa não estivesse esperando do lado de fora dos portões. Como se eu fosse apenas Avery, e ele apenas Jameson, e isso bastasse.

— Só tenho reuniões daqui a uma hora — comentei.

O sorriso de Jameson, tocado pela adrenalina, era, em uma palavra, perigoso.

— Nesse caso — murmurou ele —, estaria interessada em algumas cercas vivas bem modeladas, uma estátua de Hércules e um pavão branco?

Não precisei olhar para os jardins do palácio lá embaixo para saber que eles ainda estavam fechados. Jameson e eu ainda tínhamos esse lugar mágico e deslocado do tempo só para nós.

Eu também abri um sorriso cheio de adrenalina.

— Alisa disse nada de filhotes.

— Um pavão não é um filhote — retrucou Jameson inocentemente, e então aproximou seus lábios dos meus, quase roçando-os. Era um convite, um desafio, um pedido.

Sim. Com Jameson, minha resposta era quase sempre *sim.*

Beijá-lo fez meu corpo inteiro pegar fogo. Ao me entregar ao momento, a Jameson, senti como se estivesse na base de algo muito mais monumental do que um castelo.

O mundo era grande, e nós éramos pequenos, e isso era *tudo*.

— Ah, Herdeira... — Os lábios de Jameson desceram para minha mandíbula e depois para meu pescoço. — Só para você saber...

Eu o sentia em toda parte. Cravei as unhas de leve na pele do pescoço dele.

— Eu nunca — sussurrou ele com a voz áspera — tomaria você por uma santa.

Na manhã seguinte

Havia sangue no pescoço de Jameson, em seu peito. Levei um momento para perceber que a maior parte estava seca e mais uma pequena eternidade, durante a qual o tempo parecia ter parado, para descobrir a origem: um corte profundo no ponto em que sua clavícula mergulhava, bem na base do pescoço.

Avancei e, quando minhas mãos foram parar nas laterais do pescoço de Jameson, percebi que, embora a parte mais profunda do corte fosse pequena, linhas vermelhas mais longas traçavam sua clavícula em ambos os lados, cortes rasos que conferiam uma forma quase triangular ao ferimento.

Alguém fez isso com você. Eu não conseguia falar. A única coisa que poderia provocar um corte como aquele era uma lâmina empunhada por alguém que sabia muito bem o que estava fazendo.

Uma faca? Pensar em alguém segurando uma *faca* no pescoço de Jameson — tão perto de suas artérias carótidas — causou um arrepio em minha espinha. Com a voz ainda presa na garganta, desci minhas mãos cuidadosamente pelo pescoço dele até um pouco acima do corte. Olhei para as delicadas gotas de sangue seco em seu peito e então notei sua camisa.

Quando Jameson desapareceu, ele estava usando uma camisa de botões, mas agora os quatro botões superiores estavam faltando — *arrancados?* —, expondo a pele por baixo.

— *Jameson.* — Nunca havia dito uma palavra com tanta urgência em toda minha vida.

— Eu sei, Herdeira. — Sua voz era baixa e rouca, mas ele conseguiu dar um sorriso malicioso. — Eu fico gato até sangrando.

Jameson era Jameson, sempre.

O ritmo dos meus batimentos se estabilizou. Abri a boca para perguntar a Jameson onde ele estivera e que merda havia acontecido com ele, mas antes que eu pudesse dizer uma única palavra, percebi...

Ele cheirava a fumaça. *Como fogo*. E a camisa estava manchada de cinzas.

Capítulo 4

Três dias antes...

Depois de passar o dia todo trabalhando sem parar, eu só tinha uma coisa em mente. Uma pessoa. Assim que vi nosso hotel, cercado por edifícios centenários por todos os lados, a expectativa começou a crescer dentro de mim a cada passo. Ao entrar no saguão. Ao entrar no elevador. Ao sair dele. A Suíte Real ocupava um andar inteiro. Notei dois dos homens de Oren parados na entrada. Havia um terceiro na antessala. Até onde eu sabia, essa era toda a equipe que ele havia levado para Praga.

As ameaças contra mim nunca foram tão pequenas.

Isso não impediu Oren de colocar seu corpo bem na frente do meu enquanto caminhávamos pelo corredor. Ele abriu a porta da suíte e verificou o saguão de entrada e os cômodos adjacentes antes de permitir que eu entrasse. Assim que o fiz, percebi uma coisa: vista do corredor, a porta pela qual eu acabaria de passar parecia apenas uma porta, mas deste lado, ao se fechar atrás de nós, desaparecia em um mural dourado e ornamentado na parede, criando a impressão de que o saguão não tinha entrada nem saída — que a Suíte Real era um mundo isolado.

O piso era de mármore branco, mas, logo à frente, havia um tapete vermelho-escuro de aparência tão macia e exuberante que me rendi à vontade de tirar os sapatos e pisar descalça nele. Perto dali, duas cadeiras estavam de frente para o mural. A mesa de mármore entre elas era uma obra de arte — literalmente. A frente do mármore havia sido cinzelada em uma escultura. Levei um momento para reconhecer sua forma a partir da moeda. *O leão. Um brasão de armas.*

— Tudo limpo — disse Oren.

Em outras palavras, ele havia verificado o resto da suíte e não achado nada, o que gerou a dúvida...

— Cadê o Jameson? — perguntei.

— Eu poderia responder a essa pergunta — retrucou Oren. — Mas algo me diz que você preferiria que eu não o fizesse. — Ele levou a mão à orelha, um sinal de que alguém estava falando em seu ponto eletrônico. — Alisa está subindo — informou ele.

Alisa iria perguntar da minha última reunião do dia, da qual ela não pôde participar. Além disso, o irmão de Jameson, Grayson, iria querer um relatório de *todas* as minhas reuniões — mas reprimi a vontade de pegar meu celular.

Eu poderia responder a essa pergunta, dissera Oren, *mas algo me diz que você preferiria que eu não o fizesse.* Era possível interpretar essa frase como ameaçadora. Mas eu sabia a cara que Oren fazia quando estava quase flertando com a possibilidade de sorrir.

Saí do saguão e entrei em uma sala de jantar com lustre de cristal pendendo do teto e porcelana dourada sobre a mesa. Em cada um dos doze pratos, havia uma taça de champanhe. Dentro das taças de champanhe, havia cristais.

Milhares deles, parecidos com diamantes e pequenos. Percorri a mesa e parei quando vi um lampejo de cor dentro de uma das taças... verde, como os olhos de Jameson.

Movendo-me com cuidado, mas depressa, derramei os cristais na mesa. *Uma esmeralda?* Tinha a largura da unha do meu polegar e, quando a peguei e virei de um lado para o outro sob a luz, percebi que havia algo em sua superfície.

Uma seta.

Girei a gema em minha mão, e a seta se moveu. *Não é uma gema*, me dei conta. Eu estava segurando uma bússola muito pequena e muito delicada.

Levei menos de três segundos para perceber que a "bússola" não estava apontando para o norte. *Jameson.* Senti meus lábios se curvarem. Eu nunca havia sorrido assim antes de conhecê-lo — o tipo de sorriso que se espalhava pelo meu rosto e fazia uma onda de energia percorrer meu corpo.

Segui a seta.

Ao entrar em uma sala de estar — com *outro* lustre de cristal, *outro* tapete vermelho exuberante e janelas que ofereciam uma vista esplendorosa do rio —, examinei o ambiente e vi outra mesa de centro de mármore que era uma obra de arte.

Naquela mesa, havia um vaso.

Fiquei olhando as flores por um tempo. *Rosas. Cinco pretas. Sete vermelhas.* Eu me virei para a sala, procurando por aquela combinação de cores, por algo para contar, e então percebi que estava caindo em uma armadilha dos Hawthorne.

Eu estava complicando as coisas.

Eu me curvei e peguei o buquê. *Vitória.* Meus dedos ficaram presos em algo cilíndrico e metálico.

— Quero saber do que se trata? — Ouvi Alisa perguntar a Oren na sala atrás de mim.

— Você precisa mesmo perguntar? — foi a resposta dele.

Lanterna. Registrei o que tinha na mão, girei a lanterna e depois me corrigi em voz alta.

— Luz negra.

Jameson não tornara as coisas particularmente difíceis, o que me fez pensar que o desafio não era o objetivo. A expectativa é que era.

— Um de vocês pode apagar as luzes? — gritei para Oren e Alisa. Não olhei para trás para ver qual deles havia atendido ao pedido.

Eu estava muito ocupada com a luz negra.

Apareceram setas no chão. Era típico do Jameson nem titubear antes de pensar em vandalizar de forma invisível a suíte de hotel mais bonita que eu já tinha visto.

— Palavra-chave, *invisível* — murmurei baixinho, enquanto seguia as setas para fora do quarto e para outro e outro e para uma varanda. As setas me levaram até a borda da varanda e para a bela vista do rio, depois voltaram para o prédio... e subiram a parede mais próxima.

O exterior do hotel era feito de pedra, não de tijolos — o que significava apoios para as mãos. Apoios para os pés. *Possibilidades.*

Ainda descalça, comecei a escalar.

— Eu me lembro muito bem de ter dito nada de telhados! — gritou Alisa atrás de mim.

Eu estava ocupada demais escalando para responder, mas Oren se ocupou em fazê-lo:

— Avaliação da ameaça: baixa. — Tentei em vão disfarçar um sorriso, o que se provou inútil quando meu chefe de segurança acrescentou: — Acho que vi uma garrafa de champanhe na cozinha com seu nome, Alisa. Literalmente.

Foi obra de Jameson, pensei. Ele tinha o dom de distrair Alisa. A última coisa que ouvi quando coloquei a mão na ponta do telhado foi a resposta de Alisa ao ver que Oren disfarçava sua diversão.

— Judas.

Eu teria rido, mas naquele exato instante terminei minha escalada e o telhado ficou visível. As telhas eram de uma cor vermelho-alaranjada, o tom exato do sol poente. No topo do telhado, havia uma cúpula de metal que se elevava em um pináculo.

No topo da cúpula, com uma das mãos no pináculo, estava Jameson Winchester Hawthorne.

Somente os ângulos suaves do telhado e o fato de haver um pequeno terraço de pedra abaixo da cúpula poderiam justificar, mesmo que remotamente, o fato de Oren ter avaliado que não havia perigo ali. Ou talvez ele soubesse que Jameson e eu tínhamos o hábito de cair de pé.

Atravessei o telhado com cuidado e cheguei ao terraço de pedra. A grade parecia algo pela qual um arqueiro poderia ter atirado uma flecha, em algum momento do passado. Subi no terraço e dei uma volta de trezentos e sessenta graus, observando tudo. Jameson permaneceu na cúpula por mais um momento, depois desceu para se juntar a mim.

— Encontrei você — murmurei. — Duas vezes no mesmo dia.

Havia algo um tanto preguiçoso e muito diabólico no modo como os lábios de Jameson se curvavam lentamente para cima.

— Tenho que admitir — respondeu ele — que estou começando a gostar muito de Praga.

Observei cada pequeno detalhe na postura dele ali, parado, e notei uma tensão em seus músculos, como se ele estivesse preparado e pronto. Como se ele ainda estivesse de pé na cúpula.

— Será que quero saber como foi seu dia? — perguntei.

De uma coisa eu tinha certeza: Jameson não havia passado seu tempo ali. Eu duvidava que ele tivesse levado mais de meia hora para preparar tudo aquilo. Meu instinto dizia que algo o havia levado a fazer isso. Algo o havia deixado com vontade de *jogar*.

Eu podia sentir a energia zumbindo sob sua pele.

— Você quer, *com toda certeza*. — Jameson sorriu. Eu ouvi o que ele estava de fato dizendo: eu *com toda certeza* queria saber como ele havia passado o dia, e com a mesma certeza…

— Você não vai me contar.

Jameson olhou para o rio Moldava e depois girou no lugar, como eu havia feito antes, apreciando o resto da vista. *A cidade.*

— Eu tenho um segredo, Herdeira.

Eu tenho um segredo era um dos jogos favoritos da minha mãe, um dos jogos mais duradouros que jogávamos juntas. Uma pessoa anunciava que tinha um segredo. A outra pessoa fazia suas suposições.

Eu nunca adivinhei os maiores segredos da minha mãe, só os descobri depois que ela se foi e eu fui puxada para o mundo dos Hawthorne, mas ela sempre teve um talento especial para adivinhar os meus.

Deixei que toda a força do meu olhar se fixasse nos olhos verdes vívidos de Jameson.

— Você encontrou alguma coisa — adivinhei. — Fez algo que não deveria ter feito. Você conheceu alguém.

Jameson mostrou os dentes em um sorriso breve.

— Sim.

— Pra qual suposição? — indaguei.

Jameson fez uma expressão inocente... inocente *demais*.

— Como foram suas reuniões?

Eu praticamente podia sentir a adrenalina correndo em suas veias. Ele estava tão vivo — ali, naquele momento, naquele instante — que uma vibração baixa e constante irradiava dele em ondas.

Jameson, com toda a certeza, tinha um segredo.

— Produtivas — respondi à pergunta e dei um único passo em direção a ele. — Não tenho nenhuma reunião amanhã.

— Nem no dia seguinte. Ou no outro. — A voz de Jameson ficou um pouco baixa, um pouco rouca. — Topa um jogo?

Eu sorri, mas era inteligente o suficiente e tinha experiência o bastante com os Hawthorne para abordar essa proposta com certa cautela.

— Que tipo de jogo?

— Do nosso tipo — respondeu Jameson. — Um jogo Hawthorne. Sábados de manhã... dica por dica por dica.

Jameson direcionou seu olhar para a balaustrada de pedra atrás de mim. Eu me virei e, apoiada nela, vi dois objetos — um que reconheci imediatamente e outro que nunca tinha visto antes.

Uma faca. Uma chave.

A faca era de Jameson, obtida em um daqueles jogos de sábado de manhã com seu avô bilionário. A chave era antiga, feita de ferro forjado.

— Só dois objetos? — Ergui uma sobrancelha. — Normalmente havia mais em jogos desse tipo. *Um anzol de pesca. Uma etiqueta de preço. Uma bailarina de vidro. Uma faca.*

— Eu nunca disse isso. — Jameson imitou minha expressão, erguendo uma sobrancelha de volta para mim. Houve um tempo em que ele não me considerava nada mais do que uma parte de um dos jogos de seu avô. Agora, ele jamais sonharia em me tratar como algo diferente de uma jogadora.

— Um jogo — disse, olhando para a faca e a chave.

— Em teoria, eu estava pensando em jogarmos *dois*, um criado por mim e outro por você. *Dois jogos. Nosso tipo de jogo.*

— Temos mais três dias em Praga — observei.

— Temos mesmo, Herdeira. — Ele disfarçava bem, mas não o bastante.

— Você já fez seu jogo, não fez? — exigi saber.

— Este lugar... esta cidade... praticamente fez por mim.

— E mais uma vez aquela vibração de energia surgia na voz de Jameson, um informe de que ele não estava só *jogando*. De que algo havia acontecido. *Eu tenho um segredo...*

— Um dia para o meu jogo — propôs o rapaz magnético, charmoso e embriagado de adrenalina à minha frente. — Um dia para o seu. Cada jogo não pode ter mais do que cinco etapas. O jogador com o tempo mais rápido define o itinerário para nosso último dia em Praga.

O tom de Jameson deixou *bem* claro o que seu itinerário envolveria. Eu não fazia ideia de que bicho o tinha mordido nas últimas horas, mas fosse o que fosse, eu quase podia sentir um eco disso na ponta da minha língua, uma emoção leve e

AQUELA NOITE EM PRAGA 35

tentadora. Eu podia sentir a energia de Jameson bombeando em minhas veias.

Você tem um segredo, pensei.

— Tudo bem, Hawthorne — falei para ele. — Valendo.

Na manhã seguinte

Meus dedos estavam quase tocando as cinzas na camisa branca de Jameson quando parei.

— Você está com cheiro de fumaça — falei.

— Eu não fumo, Herdeira.

Jameson Hawthorne, mestre em sair pela tangente.

— Não é desse tipo de fumaça que estou falando — protestei, mas Jameson sabia disso, assim como eu sabia, só pela expressão em seu rosto, que ele não ia dizer uma única palavra sobre fogo ou chamas ou sobre o quanto ele esteve perto de se queimar.

O que aconteceu? Procurei em seus olhos e, em seguida, meu olhar foi parar no corte na base do pescoço, profundo no ponto mais baixo, mais raso à medida que subia. *Quem fez isso com você?*

Em vez de perguntar algo em voz alta, passei meus dedos sobre as linhas de sangue seco em seu peito — manchas, como se gotas pesadas de sangue tivessem escorrido por seu peito como lágrimas. Eu ainda podia ver o suor acumulado na pele dele, e quando olhei para seu rosto, havia certa cautela em sua expressão.

Jameson ainda estava sorrindo, mas tudo em mim dizia que aquele sorriso era uma mentira. *Eu fico gato até sangrando,* ele havia gracejado.

— Ainda não perguntei tudo o que queria — avisei.

Jameson estendeu a mão e me tocou, um leve toque em minha bochecha, como se *eu* fosse a frágil ali.

— Não achei que tivesse perguntado, Herdeira.

O som de passos me alertou sobre a aproximação de Oren. Meu chefe de segurança virou a esquina e absorveu a cena à sua frente em um piscar de olhos: Jameson, eu, o sangue.

Oren cruzou os braços.

— Também tenho algumas perguntinhas a fazer.

Capítulo 5

Dois dias antes...

No meu segundo dia em Praga, acordei ao raiar do dia e Jameson ainda dormia ao meu lado. *Um dia para o meu jogo,* ele havia estipulado na noite anterior. *Um dia para o seu.*

De acordo com as regras que criamos após uma negociação longa e um pouco imprópria para menores na noite anterior, eu tinha até a meia-noite para concluir o jogo dele. Ainda que enrolar na cama parecesse tentador, eu sabia que não deveria pensar que Jameson pegara leve comigo.

O jogo dele seria desafiador. Eu precisaria de cada minuto que tivesse.

Rolei na cama, me levantei e tateei a mesa de cabeceira de Jameson, em que estavam os objetos. *A faca. A chave.* Quando aproximei um do outro e segurei os dois, Jameson se remexeu embaixo de mim. Por um momento, meu olhar foi atraído para seu peito nu e para a cicatriz irregular que percorria toda a extensão de seu torso. Eu sabia de cor cada detalhe daquela cicatriz. Assim como eu sabia que Jameson Winchester Hawthorne jogava para ganhar.

— Bom dia, Herdeira. — Jameson ainda estava de olhos fechados, mas um sorriso se desenhou em seus lábios.

Tive uma fração de segundo para fazer minha escolha: ficar apoiada na cama ao lado dele ou optar por uma posição que me desse um pouco mais de vantagem? Escolhi a segunda opção. Quando Jameson abriu os olhos, eu estava montada nele, uma das mãos apoiada em seu peito e a outra segurando firmemente os objetos que dariam início ao jogo dele.

Manter seu oponente imobilizado trazia certas vantagens. Jameson nem sequer tentou se apoiar nos cotovelos. Ele se limitou a olhar para mim com uma curva muito particular em seus lábios.

— Você não vai me distrair, Hawthorne.

— Nem sonharia com isso. — Jameson sorriu. — Eu tenho escrúpulos, sabe como é.

— *Eu* sei disso — respondi. — Você não sabe. — Jameson tinha uma crença enraizada de que não era o bom moço, aquele que fazia as escolhas certas, o herói. Quando estava em um dia ruim, ele olhava para mim e pensava que eu merecia algo melhor. Esse não seria um desses dias.

Em cima dele, mudei meu peso. Coloquei a chave na barriga dele, dura como pedra, e voltei minha atenção para a faca. Não era a primeira vez que eu a via a lâmina — ou a segurava. Eu tinha certeza de que havia um compartimento escondido no cabo.

Não demorei para encontrar o gatilho.

Assim que o compartimento se abriu, virei a faca na minha mão. Um pequeno pedaço de papel caiu, como se estivesse dentro de um biscoito da sorte. Quase saí de cima de Jameson para ler o papel, mas decidi não o fazer. Mantive a parte inferior do corpo dele presa sob o meu, me inclinei para a frente e desenrolei a fina tira de papel em sua barriga, ao lado da chave.

O rabisco aleatório de Jameson me encarava do papel. Um poema. Uma *pista*.

— Encontrar isso conta como o primeiro passo? — perguntei a Jameson. Na noite anterior, ele havia dito que cada um dos nossos jogos teria um máximo de cinco etapas.

Jameson colocou as mãos atrás da cabeça e sorriu, como se não estivesse nem aí para o mundo. Como se a parte certa do seu corpo não estivesse tensa embaixo de mim.

— O que você acha? — respondeu ele.

Acho que se eu não sair de cima de você, nunca vou conseguir sair deste quarto.

Rolei de cima dele e me levantei da cama, ficando em pé no tapete vermelho e fofo.

—Acho — falei para Jameson — que *esse* é o primeiro passo.

Li depressa as palavras da minha primeira pista, que era um poema. Quando cheguei ao final, reli tudo lentamente, linha por linha.

Ladra pardal.
Roda esse corpo, processe a dor
Livre do poder vil.
Nove minutos para as sete
No dia 2 de janeiro de 1561.

Fui até a janela e abri as grossas cortinas, revelando o rio Moldava e a cidade além dele.

Ouvi Jameson sair da cama e se aproximar.

— O que está procurando? — Jameson não estava perguntando para o que eu estava olhando. Ele queria saber o que eu havia entendido da pista, a pista que *ele* me dera. Ele estava me testando.

Voltei a olhar para as palavras.

Ladra pardal.
Roda esse corpo, processe a dor.
Livre do poder vil.
Nove minutos para as sete
No dia 2 de janeiro de 1561.

Uma expressão me saltou aos olhos e as engrenagens na minha mente começaram a girar. Talvez eu estivesse me preparando para mergulhar de cabeça na direção errada, mas em um jogo de Hawthorne, às vezes era preciso seguir o instinto.

Fiquei olhando para o rio Moldava por mais um instante, minha determinação se cristalizando, e então voltei para Jameson e sua pergunta: O que eu estava procurando? Em que parte dessa pista eu pretendia me concentrar primeiro?

Olhei nos olhos dele e lancei o desafio.

— Poder vil.

Capítulo 6

Uma pesquisa na internet usando os termos *Praga* e *poder vil* e outros relacionados logo revelou que grande parte dos resultados se concentravam em uma mesma guerra — a Segunda Guerra Mundial. O *levante de Praga*. A *libertação de Praga*. O povo tentando retomar o poder depois de uma dominação. Diferentes versões do mesmo relato histórico apareceram repetidas vezes. As datas não correspondiam àquelas fornecidas em minha pista — nem o mês, nem o dia, nem o ano. Mas eu já havia participado de tantos jogos dos Hawthorne que sabia que a "data" em meu enigma talvez não fosse uma data. Poderia muito bem ser um código numérico. E ainda que o levante de Praga não tenha acontecido em 1561, ele *coincidira* com o fim da guerra.

Livre do poder vil.

Voltei a olhar para a pista. Se meus instintos iniciais estivessem corretos, se eu estava de fato concentrada na parte da pista que me colocaria no caminho, então pode ser que só entendesse as outras linhas do poema mais tarde, quando estivesse perto da resposta.

Fisicamente perto.

Jameson dissera que a cidade havia praticamente preparado o jogo para ele. A intenção era que eu não passasse o dia neste quarto de hotel. O que eu procurava estava lá fora.

A Cidade das Cem Cúpulas. A Cidade Dourada. Praga. Com a mente a mil, refinei os termos de pesquisa no celular para que os resultados fossem específicos da Segunda Guerra Mundial e acrescentei mais duas palavras: *monumento* e *memorial.* Não demorei para encontrar exatamente o que estava procurando: seis locais marcados em um mapa.

— E agora — murmurou Jameson, a voz repleta de uma clara satisfação — lá vai ela.

Não encontrei nada nos três primeiros locais, mas no quarto, uma mulher idosa com um lenço vermelho cobrindo os cabelos veio puxar papo comigo. Comentei que estava explorando os monumentos da Segunda Guerra Mundial na cidade, procurando por um em particular — só não sabia dizer qual era.

A senhora idosa me observou, sem se preocupar em disfarçar que estava me avaliando. Depois de um longo momento, ela quase sorriu e, então, me forneceu uma única informação:

— Você deve estar procurando uma das placas.

— As placas? — perguntei.

— Que simbolizam os heróis falecidos. — A mulher olhou fixamente para o horizonte. — Alguns conhecidos. Alguns desconhecidos. Eles estão por toda parte nesta cidade, se você souber procurar.

Por toda parte? Já haviam se passado duas horas da minha busca e, ainda que estivesse me apaixonando por Praga a cada quarteirão, a cada quilômetro, eu não havia chegado a lugar algum.

— Quantas placas são no total? — perguntei.

A senhora idosa voltou seu olhar para mim.

— Mil — respondeu ela — ou mais.

A idosa estava certa: quando eu soube que deveria procurar as placas, me dei conta de que elas de fato estavam por toda parte.

A maioria era pequena e feita de bronze ou pedra. Algumas traziam nomes específicos. Algumas eram dedicadas a combatentes desconhecidos. Uma coisa estava bem clara: eu não chegaria a lugar algum a menos que conseguisse restringir a busca.

Ladra pardal.

Roda esse corpo, processe a dor.

Livre do poder vil.

Nove minutos para as sete

No dia 2 de janeiro de 1561.

Dessa vez, eu me concentrei no número, o único na pista escrito como um numeral. Se 1561 não fosse um ano, poderia ser um endereço. Mas será que essa era uma resposta óbvia demais? Voltei ao começo da pista.

Ladra pardal.

Ergui os olhos do papel. As ruas agora estavam lotadas, repletas de movimento. Eu me dirigi a um vendedor ambulante de bolos, comprei um e tentei, mais uma vez, pedir informação para uma pessoa local.

— Por acaso, existe alguma rua por aqui cujo nome em tcheco tenha alguma relação com ladrar ou ladrões? — perguntei. — Estou tentado resolver um enigma. *Ladra pardal.* Valia a pena tentar.

— Ladrões? — Para minha sorte, o vendedor falava meu idioma. — Tipo, alguém que rouba? — O homem me entregou meu bolo.

— Sim — respondi —, isso mesmo.

Ele não perguntou que tipo de enigma eu estava tentando resolver. Em vez disso, voltou-se para o próximo cliente.

Quando eu estava quase desistindo, o vendedor se voltou para mim.

— Se esse seu enigma envolve ladrões, você não está procurando uma rua — disse ele bruscamente, depois acenou com a cabeça para uma torre ao longe. — Você está procurando o braço.

AQUELA NOITE EM PRAGA 45

Capítulo 7

A Basílica de Santiago era linda, um enorme monumento barroco de tirar o fôlego. Assim que entrei pela porta principal, me senti como se tivesse adentrado outro mundo. E então olhei para cima... e vi o braço.

O braço do ladrão. Passei mais tempo do que queria olhando para ele. Era um braço de *verdade*, mumificado, pendurado em um poste próximo ao teto. Desviei o olhar, me segurando para não tremer, e prestei atenção na igreja ao meu redor.

Ladra pardal.

Roda esse corpo, processe a dor.

Será que isso quer dizer que preciso dar uma volta por aqui? Talvez procurar por algum marco de guerra.

— Eu bem que pensei que você viria parar aqui.

Jameson. Eu me virei para encará-lo. Seus olhos verdes encontraram os meus como um farol, como se tivessem sido feitos para olhar para mim.

— Tente de novo, Herdeira.

Isso era o mais próximo que eu chegaria de obter uma pista: em algum momento, eu havia errado. Estava seguindo a pista errada. E *ele* estava sorrindo.

— Você vai perder, Hawthorne — falei.

Jameson deu um único passo para trás.

— Me alcance se conseguir, Herdeira. — Ele saiu, escapando da igreja antes que eu pudesse sequer piscar.

Eu o segui — para fora do prédio, descendo, passando por uma rua movimentada, virando a esquina, para...

Nada.

Não havia nada ali. Nenhuma placa. Nenhum endereço com o número 1561. E nada de Jameson.

Era como se ele tivesse desaparecido. Congelei no lugar. *Onde você foi parar, Hawthorne?* Girei no lugar, mas Jameson tinha desaparecido. Olhei para cima, com a esperança de vê-lo escalando a lateral de um dos prédios ao longo do beco, mas ele não estava ali.

Não havia nada em que ele pudesse ter se agarrado. Olhei para o beco. Nenhum lugar em que pudesse se esconder. *Onde você está?* Voltei para a esquina, me perguntando se minha mente estava me pregando uma peça, se tinha imaginado que ele tinha seguido naquela direção.

Ainda nada. Nem sinal de Jameson.

Me alcance se conseguir, dissera. Eu poderia apostar que ele já sabia que eu não conseguiria. Ele tinha um plano, mas eu não tinha tempo de ficar desnorteada pensando nisso.

Esse mistério podia esperar.

Voltei a me concentrar na tarefa que tinha em mãos e no que Jameson havia dito quando me encontrou na Basílica. *Tente de novo.*

Esse foi o jeito dele de me dizer que eu estava no caminho errado. *Com as placas, com o braço do ladrão, a Segunda Guerra Mundial ou tudo junto?*, eu me perguntei. *Ou só em partes?*

Fiquei ali parada, pensando, perdida em meu próprio mundo, durante quase um minuto inteiro. Parado na entrada do beco, Oren não disse uma palavra. Meu chefe de segurança sabia que não deveria atrapalhar minha concentração.

Com base na minha experiência, eu sabia que, em um enigma como esse, quando seu caminho está bloqueado, seja de modo figurativo ou literal, a melhor coisa a se fazer é voltar ao início e questionar todas as suposições e escolhas que você fez.

Refiz o trajeto de volta para a igreja, mas não entrei. Fechei os olhos e me lembrei da primeira pesquisa na internet que fiz em meu quarto de hotel, sobre Praga e poder vil, que acabavam em guerra. Grande parte dos resultados se concentrava na Segunda Guerra Mundial. *Grande parte,* mas não todos.

Havia pelo menos duas batalhas diferentes conhecidas como Batalha de Praga, uma ocorrida em 1648 e outra em 1747. Quando procurei por monumentos relacionados a essas batalhas, encontrei três.

Cheguei ao terceiro por volta do meio-dia. *Ponte Carlos.* Era um dos locais mais fáceis de se reconhecer e mais icônicos de Praga. Também estava lotado de turistas. Nas extremidades da antiga ponte de pedra, havia torres. Esculpido em uma das torres, havia um memorial da Batalha de Praga. Uma inscrição.

Eu a encontrei no mesmo instante em que Jameson me encontrou.

Eu me perguntei há quanto tempo ele estava observando — e então me perguntei como ele conseguiu me dar um perdido mais cedo.

Me alcance se conseguir, Herdeira. Fechei enfaticamente as portas da minha memória daquele momento e me preparei para a próxima distração.

Jameson se aproximou de mim, seu corpo roçando o meu, depois apontou com a cabeça para as palavras inscritas na torre. Ele as traduziu em voz alta:

— *Descanse aqui, viajante, e alegre-se: você pode parar aqui de bom grado, mas...*

Com um sorriso, Jameson se afastou e voltou seu olhar da inscrição para mim.

— Você pode adivinhar o resto — disse ele, satisfeito demais consigo mesmo... e com seu jogo. — O resumo da ópera é que os bandidos foram parados aqui contra a vontade deles. Vitória! Hurra!

Estreitei os olhos.

— Hurra?

Jameson se apoiou na parede de pedra.

— Só para constar, Herdeira, está ficando mais quente.

Não confiei no jeito que ele disse essas palavras.

— Só para constar — retruquei —, eu conheço essa sua expressão.

Era uma expressão que dizia *eu vou ganhar*. Ela dizia *você não enxerga o que está bem diante dos seus olhos*. Dizia *sou esperto, não sou?*

E sim, ele era.

Mas eu também era.

— A menção ao poder vil — falei, analisando o rosto dele, lendo-o da maneira que só eu conseguia — foi só para me distrair.

Um tipo de distração muito Hawthorne em uma cidade com milhares de placas. Dessa vez, quando peguei meu celular, tentei pesquisar de outra forma, procurando apenas pela data.

2 de janeiro de 1561.

Um resultado apareceu várias vezes — um nome: *Francis Bacon*. Aparentemente, o assim chamado pai do empirismo havia nascido em 2 de janeiro de 1561, pelo menos de acordo com algumas fontes.

Olhei de relance para Jameson, que estava me observando com algo parecido com expectativa em seus olhos.

Estreitando os meus para ele, voltei ao meu celular e fiz uma busca por *Francis Bacon* e *Praga*. Em menos de um minuto, descobri que havia um artista irlandês com o mesmo nome.

Também havia uma galeria em Praga que leiloara uma coleção significativa da arte desse Francis Bacon.

***

Para chegar à galeria, passei pela praça da Cidade Velha. Percorrendo as ruas estreitas, consegui encontrá-la sem grandes erros. Segundos depois que entrei, um funcionário da galeria em um terno muito caro me lançou um olhar penetrante. Era o tipo de olhar que dizia, com todas as letras, que uma adolescente de jeans e camiseta gasta não deveria estar passeando em um lugar como este. O tipo de olhar que desaparecia assim que Oren entrava no recinto depois de mim. Nada como um guarda-costas treinado por militares para fazer as pessoas duvidarem de suas primeiras impressões.

Enquanto eu percorria a galeria, procurando por *alguma coisa*, o homem arrogante de terno tentava disfarçar enquanto me olhava, mas, por fim, arregalou os olhos. Eu conhecia bem aquele olhar. Fora reconhecida e, pelo que pude vasculhar, não havia nada ali para mim.

Outro caminho errado. Antes que o funcionário da galeria começasse a estender o tapete vermelho para a Herdeira Hawthorne, saí da loja. Tive a impressão de ver Jameson de novo, em meio à multidão, em movimento. Eu o segui, acelerando o passo, desviando de grupos de pessoas. Mas assim que cheguei à praça da Cidade Velha, eu o perdi.

Ao analisar as pessoas à minha volta, percebi que estavam todos virados em outra direção.

Na direção do relógio. Era uma obra de arte antiga e enorme, disco sobre disco, turquesa, laranja e dourado.

— Daqui a pouco — disse um guia turístico de algum lugar atrás de mim — quando virar a hora, vocês verão uma procissão rotativa de apóstolos. E ali, à direita... aquele esqueleto é a Morte. As outras figuras que vocês podem ver ao redor do relógio são santos católicos. Para além de marcar o tempo, o Relógio Astronômico de Praga faz jus ao nome. O anel menor retrata gráficos astronômicos que permitem que o relógio exiba as posições do sol e da lua, enquanto o anel menor mostra a posição do sol e da lua...

O relógio deu a primeira batida.

Como o resto da multidão, olhei para cima quando a "procissão" começou. Estátuas surgiram de trás de uma janela do relógio. Ao meu redor, celulares com suas câmeras apontadas tentavam capturar o momento. E, de repente, tudo que eu conseguia pensar era que faltavam *nove minutos para as sete*. Eu havia recebido um horário, e ali estava um relógio que, obviamente, era muito famoso. Fiquei parada ali. Não podia me dar ao luxo de seguir pelo caminho errado de novo. Já tinha perdido tempo demais. Faltavam apenas onze horas e eu ainda estava na primeira pista. Eu precisava me concentrar. Precisava *enxergar*.

Estava deixando alguma coisa passar.

Os jogos de Tobias Hawthorne sempre tiveram uma resposta clara. Os de Jameson também teriam. Eu sabia disso. Eu sabia disso, mas passara a manhã me agarrando a pistas sem sentido.

Enquanto a procissão de apóstolos continuava acima, eu me concentrei na minha respiração, tentando clarear a mente. Eu iria conseguir.

Nove minutos para as sete. Isso quer dizer *6:51*. Por algum motivo, aquele número não saia da minha cabeça. Sem saber por quê, peguei a pista e li de novo:

Ladra pardal.

Roda esse corpo, processe a dor.

Livre do poder vil.

Nove minutos para as sete

No dia 2 de janeiro de 1561.

Fiquei olhando para a última linha do poema. *1561*. Meu coração parou. *1561* e *6:51* tinham três números iguais.

Eu me virei para Oren.

— Você tem uma caneta?

Ele não tinha, mas alguém perto de nós me emprestou. O único papel que eu tinha era a própria pista, então a virei e rabisquei o ano e a hora, e depois acrescentei mais dois números: *2 e 1*, para simbolizar o dia 2 e o mês de janeiro.

Olhei fixamente para minha lista de números: *1651, 6:51, 2 e 1.*

E de repente, eu percebi. Reorganizei os números e escrevi de novo, dessa vez colocando o ano primeiro, depois o dia, o mês e, por fim, a hora.

156121651.

Era um palíndromo. Voltei a olhar para a primeira linha do poema. *Ladra pardal.* Xinguei baixinho, em partes frustrada comigo mesma por não ter me dado conta disso até agora, em partes maravilhada com o quão engenhoso e ardiloso Jameson Hawthorne era.

Ladra pardal.

Roda esse corpo, processe a dor.

Livre do poder vil.

Essas frases são *todas* palíndromos, que se lê do mesmo jeito para a frente ou para trás. *Jameson. Gênio. Hawthorne.* Eu, mais do que ninguém, deveria ter me dado conta disso.

Ergui o olhar, certa de que, em algum lugar da multidão, Jameson Winchester Hawthorne estava observando. E lá estava ele, levando algum tipo de doce feito de massa em forma de cilindro à boca, com um sorriso muito satisfeito.

Assim que Jameson encontrou os meus olhos, ele soube. Só de olhar para mim, ele *já sabia* que eu tinha decifrado.

Jameson levantou o doce em saudação.

Eu ri e me virei para encontrar o guia turístico que eu ouvira discursar antes.

— Se eu dissesse as palavras *Praga* e *palíndromo* para você, isso significaria alguma coisa?

O guia se envaideceu um pouco, como se, depois de tantos anos, seu momento finalmente tivesse chegado.

— É claro que sim.

52   JENNIFER LYNN BARNES

Capítulo 8

Voltamos para a Ponte Carlos e, na torre do lado direito, encontrei o que estava procurando: um número. 135797531.

O palíndromo era uma data, como a da minha pista. Em 1357, no dia nove de julho, às 5h31, a primeira pedra dessa ponte foi colocada. *Um rei supersticioso. Um conselheiro matemático. Uma data palindrômica.*

Era uma história e tanto. Jameson não estava brincando quando disse que a cidade tinha praticamente criado o jogo para ele.

— Em uma escala de um a dez, você me odeia ou me odeia muito neste momento? — perguntou Jameson, vindo para perto de mim.

Aquele sorriso de quem tinha aprontado me dava vontade de *fazer coisas*.

— Muito, muito mesmo — respondi, mas continuei concentrada na tarefa. Eu estava no lugar certo, mas ainda precisava encontrar a próxima pista.

Levei mais dez minutos passando as mãos sobre a ponte antes de tirar a sorte grande, quando encontrei algo preso entre duas pedras. Alguma coisa pequena e bastante delicada, feita de metal.

Ergui o objeto até a altura dos olhos para examinar melhor. Um amuleto de prata. A forma era inconfundível.

Olhei para Jameson.

— A Torre Eiffel?

Na manhã seguinte

— Vou precisar de uma localização — disse Oren a Jameson. — Seja específico. Nomes, se você tiver.

Jameson abriu o sorriso mais malicioso possível ao meu chefe de segurança.

— E eu vou precisar de um bom banho.

Esse era o Jameson que gostava de viver no limite, aquele que não se importava em ir rápido demais ou longe demais, aquele capaz de usar cada sorrisinho como escudo.

Oren pode ter acreditado na encenação, mas eu não. Eu praticamente podia sentir o coração de Jameson batendo forte de onde eu estava. Ele quase não dava pistas, nenhuma que eu pudesse explicar em palavras, mas eu o conhecia bem.

Eu o *conhecia bem*.

Ele tentou passar por mim e eu o detive com uma única palavra:

— Jameson.

Ele virou a cabeça para mim, como se não pudesse evitar, como se eu fosse seu norte.

— Avery.

Algo no som do meu nome de batismo nos lábios de Jameson, combinado com todo o resto, quase acabou comigo. Ele disse *Avery* como se fosse uma súplica, uma maldição e uma oração.

Ele falou meu nome da mesma forma que o repetiria consigo mesmo enquanto o sangue escorria por seu peito.

Vi o peito dele subir e descer enquanto Jameson pensava em suas próximas palavras.

— Você poderia me obrigar a contar — disse ele baixinho. *Sem risinhos, sem sorrisos, só a mais pura verdade.* Eu sabia muito bem do que Jameson estava falando. Bastava uma palavra, *Taiti*, e eu poderia fazer com que ele me contasse qualquer coisa. *Mas...*

— Mas estou pedindo — acrescentou Jameson, ainda falando baixo — que não faça isso.

Eu poderia fazer com que ele me contasse tudo. Essa era a regra entre nós. Ele tinha muita facilidade em usar máscaras, eu tinha muita facilidade em mentir para mim mesma, mas *Taiti* queria dizer sem defesas, sem rodeios, sem esconder nada.

Taiti queria dizer revelar tudo.

Você poderia me obrigar a contar. Mas estou pedindo que não faça isso.

Jameson Hawthorne não era de pedir muitas coisas. Ele provocava. Ele convidava. Ele criava. Ele *dava*. Mas ele estava me pedindo isso.

Engoli em seco.

— Vá tomar banho — ordenei, minha voz saindo rouca. — Vou pegar um curativo.

No meu caminho para encontrar o kit de primeiros socorros, olhei para Oren. *Não vamos insistir nisso,* transmiti em silêncio. *Ainda não.*

Capítulo 9

Dois dias antes...

A Torre de Observação de Petřín era uma réplica não tão fiel da Torre Eiffel, com um quinto do tamanho da original, localizada na colina mais alta de Praga e com vista para o castelo. Decodificar o significado da segunda pista de Jameson não foi a parte mais difícil.

A parte mais difícil foi descobrir o que fazer quando cheguei ao topo do monte Petřín.

Quando parei na base da torre, olhei do amuleto de prata em minha mão para o verdadeiro diante de mim. Havia diferenças, mas a semelhança era inconfundível. Eu estava no lugar certo. Agora, só precisava descobrir o que estava procurando... e onde exatamente eu deveria procurar.

Dentro da torre? Fora da torre? Na colina ao redor?

Eu evoquei uma imagem de Jameson em minha mente, um pouco bagunçado pelo vento, um pouco desgrenhado. Ele teria escalado o monte Petřín sozinho, em vez de pegar uma carona no funicular, como eu fiz. E uma vez que ele tivesse chegado até ali, com a cidade de Praga se espalhando lá embaixo, eu não tinha dúvidas de que ele teria escalado a torre até o topo.

Jameson gostava de altura.

Paguei a modesta taxa de entrada e entrei na torre, subindo. Duzentos e noventa e nove degraus se estendiam em espiral pelo interior da torre. *Para cima, para cima e para cima.* Quando cheguei ao mirante, entrei em modo de observação total.

O que Jameson faria?

Passei as mãos nos painéis de madeira das paredes, examinei os desenhos emoldurados que decoravam essa parede, esquadrinhei cada centímetro do piso.

E então saí para a parte externa.

O vento açoitava meus cabelos enquanto eu caminhava até a grade de ferro. Prendi a respiração. Por mais cinza que o céu estivesse na manhã anterior, ele estava azulzinho agora. Toda a cidade de Praga se estendia ao longe, e combinação da altura da colina e da torre me permitia ver por quilômetros.

— Uma vista e tanto. — Jameson surgiu em minha visão periférica e se encostou na grade.

Virei minha cabeça para ele.

— Sim. É mesmo. — Eu me permiti alguns preciosos segundos para apreciar um tipo diferente de visão: a inclinação dos lábios dele, o brilho perigoso em seus olhos. Depois, me virei e olhei para o pico da torre.

Seria fácil escalar a treliça de aço.

— Hipoteticamente falando, quantas leis terei de quebrar para encontrar minha próxima pista? — perguntei.

Jameson abriu um sorriso enorme e pareceu tirar uma maçã do nada.

— Nenhuma. — Ele deu uma mordida na fruta e a estendeu para mim. — Com fome?

Estreitei os olhos e peguei a maçã. Estudei Jameson para determinar que ele não estava mentindo, então mordi a maçã que ele havia me dado. *Crocante, estaladiça, doce.* Se havia uma maneira legal de encontrar minha pista, isso significava que escalar a parte externa da torre estava fora de cogitação.

Jameson foi até um telescópio próximo que estava afixado na grade. Ele se abaixou para olhar através dele e depois ajustou a visão.

Eu sabia reconhecer um convite quando o via.

Eu me posicionei atrás dele e me inclinei para olhar. Jameson se inclinou atrás de mim, empurrando a extremidade do telescópio cada vez mais para baixo. Senti o calor de seu corpo e o ignorei. Quase.

O telescópio estava apontado para a encosta agora, não para a vista além dela.

— Preparei um piquenique — declarou Jameson e, então, se virou para sussurrar bem no meu ouvido —, venha me procurar quando encontrar a caixa.

A caixa. Meu coração acelerou quando Jameson se despediu. Como uma mulher com um objetivo, vasculhei pelo mirante de novo, depois subi as escadas restantes e fiz o mesmo. *Nada.* Nenhum painel solto na parede, nenhuma tábua solta no assoalho, nada preso na grade do corrimão.

Nenhuma caixa.

Uma escada em espiral separada levava até a base da torre, e eu a examinei também. *Nada.* A escada acabava em uma loja de presentes. Parei. Eu podia ver Jameson escondendo algo aqui, entre todas as bugigangas que a loja tinha para vender.

Um sentimento elétrico cresceu em mim e percorri prateleira após prateleira, examinando cada item e aumentando a velocidade enquanto avançava. Jameson me disse o que eu devia procurar, mas uma caixa podia ser qualquer coisa.

Parei em frente a uma das maiores caixas de vidro, atraída pelo que vi lá dentro: um modelo de porcelana de um labirinto elaborado, cheio de portas em arco. Não era uma caixa. Não tinha por que me demorar nele.

Mas foi o que fiz.

Depois de um minuto, talvez mais, senti alguém se aproximar, em parte por causa da maneira como Oren se movia.

— Você gostou? — Uma funcionária da loja de presentes apontou com a cabeça para a peça que havia capturado minha atenção.

— O que é isso? — perguntei.

— O labirinto de espelhos.

Deve ter ficado claro pela cara que fiz que eu não havia entendido, porque a funcionária explicou melhor.

— No castelo ao lado — disse ela.

Um labirinto de espelhos. Eu não conseguia pensar em nada mais Hawthorne do que isso, mas reprimi o impulso de dar o salto sem olhar antes. Eu já havia perdido horas de jogo por ser impulsiva. A pista anterior de Jameson — número dois nesse jogo de cinco etapas — havia me levado até *ali*, à torre.

Eu não iria embora até ter certeza de que não havia nada ali que eu pudesse encontrar.

O labirinto de espelhos teria que esperar.

Andei pelo resto da loja de presentes, continuando minha busca. Dentro da última caixa de vidro que examinei, havia três itens. Dois eram enfeites natalinos de vidro soprado.

O terceiro era uma caixa de ferro forjado, com 15cm de largura e 15cm de profundidade. O design da caixa era complexo, mas a parte que chamou minha atenção foi a fechadura de ferro forjado.

No início do jogo, eu havia recebido dois objetos: uma faca e uma *chave*.

Capítulo 10

Encontrei Jameson em um cobertor que combinava com os olhos dele, de um verde-esmeralda profundo. Espalhado ao seu redor estava o que alguns poderiam considerar um piquenique, mas que a maioria provavelmente descreveria como um banquete. Contei seis tipos diferentes de queijo, nove tipos de frutas, cinco patês, nove molhos, meia dúzia de carnes, uma variedade aparentemente infinita de pães e biscoitos e o que parecia ser grande parte do estoque de uma loja de chocolates gourmet de médio porte.

Eu me sentei ao lado de Jameson no cobertor, cruzei as pernas e coloquei a caixa de ferro forjado em meu colo. Um momento depois, segurava a chave na mão.

Ao meu lado, Jameson estendeu uma romã aberta, repleta de sementes que pareciam joias.

— Está brincando de Hades? — perguntei a ele com ironia.

Jameson se apoiou nos cotovelos, o sol dourando seus cabelos castanhos.

—Anda, Perséfone. Que mal podem fazer algumas mordidas?

Eu ri, mesmo sem querer. Jameson Hawthorne era a tentação personificada — mas, naquele instante, o enigma era mais tentador.

O jogo.

Nosso tipo de jogo.

Inseri a chave na fechadura de ferro forjado e a girei. Quase no mesmo instante, a caixa começou a se desfazer, uma maravilha mecânica de causa e efeito que não parou até que a caixa se transformasse em um quadrado preto e plano.

No metal gravado no que antes era o fundo da caixa, havia um nome: JOEL.

Olhei para os dois itens que estavam no topo do quadrado, logo abaixo do nome. O primeiro objeto era um frasco de vidro. Peguei-o, examinando o líquido branco turvo em seu interior. Havia um rótulo no frasco: HN_4O.

Olhei de relance para Jameson e depois para o segundo item. Coloquei o frasco de lado e o peguei. O objeto era um pequeno cubo de papelão com uma minúscula manivela de metal presa na lateral. Peguei a manivela entre o dedo médio e o polegar e a girei.

As notas tocaram, uma após a outra, em um total de quatro. *Quatro notas.* Parei, depois comecei a girar a delicada manivela de novo, e a mesma combinação de notas se repetiu. Não reconheci a música.

Quatro notas musicais. Um frasco com algum tipo de solução química. E um nome.

— Tem certeza de que não está com fome, Herdeira? — perguntou Jameson.

Sem dizer uma palavra a ele, peguei um pouco de queijo. E um pouco de chocolate. E a romã. Tinha sido fácil resolver a pista anterior, mas essa era mais parecida com a primeira e só faltavam oito horas até a meia-noite. Eu precisava de combustível.

Também precisava enxergar o panorama completo.

Em poucos minutos, eu tinha um espaço de trabalho montado sobre o cobertor. Ao lado dos itens da caixa, coloquei os que me foram dados no início do jogo. Eu já tinha usado a faca. Também tinha usado a chave.

Eu me lembrei da resposta de Jameson quando questionei o fato de haver apenas dois objetos. *Eu nunca disse isso.* Levei um momento para perceber o truque.

Eu havia recebido mais do que só a faca e a chave.

O cartão-postal. Se houvesse alguma chance de Jameson ter levado mais do que um dia planejando esse jogo, ele tinha que estar incluído na lista de itens pré-jogo. Eu o tirei do bolso de trás da calça e o coloquei sobre o cobertor ao lado dos outros objetos. *Uma chave. Uma faca. Um cartão-postal. E...* Revirei minha mente e depois praguejei.

— A luz negra.

Que eu tinha deixado para trás.

— Sou um homem generoso, Herdeira. — Quando dei por mim, Jameson estava girando a luz negra entre seus dedos, um por um.

Estendi a mão e a peguei.

— Quatro objetos — falei em voz alta. — Uma faca. Uma chave. Um cartão-postal. Uma luz negra. Já usei a faca e a chave.

Acendi a luz negra, iluminando o líquido no frasco, passando o feixe por cada centímetro da caixa que não era mais uma caixa. Quando isso não deu em nada, tentei no cartão-postal. *Nada.* Parei.

Pensei em nossa conversa no telhado do palácio, acima dos jardins... Jameson não tinha negado quando perguntei se havia tinta invisível no cartão-postal. Ele respondera com a palavra *talvez.*

Talvez ele tenha decidido não usar tinta invisível porque isso já foi feito antes.

E *talvez não*, eu pensei. Deixando a luz negra de lado por alguns instantes, abri o frasco e mergulhei a ponta da minha camiseta no líquido que estava lá dentro. Fui pincelar o líquido no cartão-postal, mas Jameson me impediu.

— Ainda não, Herdeira.

Ainda não? Como no momento em que ele me disse que eu estava procurando uma caixa, essa dica parecia deliberada e insuficiente para me dar uma ideia do que eu *deveria* fazer a seguir.

Era um tipo de dica muito Jameson Hawthorne.

Ainda deitado no cobertor, ele olhou para mim, com uma expressão angelical no rosto que não me enganava.

— Eu poderia dizer mais se fosse seduzido — provocou ele.

Meus lábios se curvaram, mas isso não me impediu de responder com as mesmas palavras que ele havia usado.

— *Ainda não*.

Mais tarde, eu arrancaria aquela expressão presunçosa do rosto dele com beijos.

Mais tarde, eu o deixaria demonstrar todos os muitos motivos que ele tinha para ser tão presunçoso para começo de conversa.

Mas, por enquanto...

— Eu conheço uma distração de longe. — Eu não estava falando apenas *dele*. Eu estava falando do líquido no frasco, de quando Jameson disse *ainda não*. Se *ainda* não era hora de usar o líquido ou o cartão-postal, o que restava?

A caixa de música. O nome JOEL. E o rótulo do frasco. HN_4O.

Pensei em tudo isso — uma, duas, três vezes. Olhei fixamente para o rótulo.

— São letras.

Olhei de volta para o rosto de Jameson e vi a menor das mudanças, o menor indício de que seu sorriso estava se intensificando.

Eu estava no caminho certo.

Usando a parte de trás da luz negra, desenhei uma série de letras na terra ao meu lado.

— *Joel* — murmurei. — HN_4O. — Meus olhos se voltaram para os de Jameson. — Podem ser quatro Ns, em vez de N_4.

Dessa vez, ele conseguiu se manter inexpressivo, mas já era tarde demais. Eu sabia quando estava no caminho certo.

J O E L H N N N N O

Eu me movia rapidamente, com segurança, reordenando as letras, desembaralhando-as e voltando a escrevê-las na terra abaixo das letras originais.

JOHN... parei, então consegui ver o resto. *LENNON*.

— John Lennon — falei em voz alta.

À minha frente, Jameson se endireitou e pegou a romã, reivindicando-a de volta, sua expressão me dizendo que ele sabia perfeitamente como eu estava me sentindo naquele momento. Ele sabia perfeitamente como era bom vencer.

Fiz uma busca no celular por *John Lennon* e *Praga.*

— Bingo.

— Você fica linda dizendo *bingo,* Herdeira.

Era mais um convite, mais uma tentação, mas eu não me deixei levar.

Em vez disso, recolhi meus objetos. *A faca. A chave. O cartão-postal. A luz negra.* Peguei o frasco também, apesar de já ter usado o rótulo, só para o caso de o *ainda não* de Jameson significar que seu conteúdo poderia ser útil depois.

Por último, peguei a caixa de música.

— Uma pergunta. — Fiquei de pé, olhando para Jameson, parte de mim desejando ser um pouco menos competitiva e um pouco mais facilmente distraída. — Qual é a música?

Girei a manivela, devagar, com cuidado, e ouvi as mesmas quatro notas.

— Excelente pergunta, Perséfone. — Jameson colocou um punhado inteiro de sementes de romã na boca. — Por acaso, essa música do John Lennon em particular se chama "Do You Want to Know a Secret?".

Na manhã seguinte

O som do chuveiro não conseguia abafar o rugido baixo em meus ouvidos — ou os pensamentos que giravam em meu cérebro. Algo havia acontecido com Jameson, e ele estava me pedindo para deixar para lá.

Eu não queria.

Taiti. Eu podia sentir nossa palavra-código na ponta da língua quando entrei no banheiro. Tudo o que eu precisava fazer era dizê-la, e ele revelaria todas as camadas, todas as máscaras, *tudo*, deixando apenas a verdade nua e crua para trás.

Sem deixar nada entre nós.

Taiti. Eu não disse nada. Só fiquei do lado de fora do vidro embaçado enquanto Jameson estava sob o jato da água do outro lado. Eu podia ver o contorno de seu corpo. Algo em mim ansiava em se juntar a ele, mas não o fiz.

Deixei que ele lavasse o sangue sozinho.

Ele está bem. Eu sabia que não deveria me preocupar com Jameson Hawthorne. Independentemente do que tivesse acontecido, ele estava e continuaria bem. Mas, ainda assim, eu queria saber.

Eu *precisava* saber, da mesma forma que precisava dele.

Do outro lado do vidro, Jameson desligou o chuveiro. A toalha desapareceu do topo da porta do chuveiro, e eu me perguntei se ele a estava usando para limpar as últimas manchas de sangue em seu peito.

Contei minhas respirações no tempo que ele levou para abrir a porta. *Quatro. Cinco.* A porta de vidro se abriu e Jameson saiu, com a toalha enrolada na cintura.

Meu olhar se deslocou da toalha, ao longo da cicatriz irregular em seu torso, até os novos cortes na base do pescoço.

— Tudo limpo — anunciou Jameson.

Coloquei a mão no peito dele.

— Nem vai ficar cicatriz — falou ele, como se isso de alguma forma tornasse menos preocupante o fato de alguém o ter cortado.

Com um olhar que decerto comunicava exatamente o que eu pensava a respeito, deixei meus dedos traçarem levemente as linhas onde antes havia sangue. O corpo dele estava quente sob meus dedos, molhado do chuveiro.

— Tudo limpo — repeti.

Fui até a bancada onde havia disposto os suprimentos médicos e peguei o gel antibacteriano primeiro. Passei um pouco no dedo e depois voltei até Jameson. Espalhei o gel nos cortes dele com o dedo leve. Eram três no total — o pequeno, mas profundo, na base da clavícula, não mais largo do que a largura da minha menor unha, e os mais leves — que agora não passavam de arranhões — davam à ferida um formato meio triangular.

Não, pensei, enquanto tirava a mão. *Não é um triângulo. É uma seta.*

Capítulo 11

O muro de John Lennon era repleto de cores vivas. A tinta spray foi claramente o meio escolhido e também dava para perceber que aquilo era o trabalho de mais de um artista. Observando as cores, os ângulos e as imagens, fiquei imaginando quantas vezes esse muro havia sido pintado.

— Houve um tempo em que qualquer um podia pintar essas paredes. — Jameson se aproximou e colocou uma das mãos sobre o mural, ao lado de uma vívida representação em neon do rosto de Lennon. — Agora, os visitantes só podem usar canetas marcadoras em regiões específicas da parede. Apenas artistas convidados podem usar tinta. Qualquer outra pessoa que tente fazer isso... bom, pode se meter em encrenca com a lei.

Se tinha uma coisa que eu tinha certeza, era que Jameson não era uma pessoa que costumava cumprir as leis. Olhei ao redor. As câmeras não eram poucas.

Eu podia sentir um desafio se aproximando. Esperei que Jameson o fizesse, mas ele não disse nada, e eu interpretei o óbvio: havia uma pista em algum lugar daquela parede.

Levando em conta o tamanho dessa tela descomunal, procurar alguma coisa ali seria o mesmo que procurar uma agulha em um palheiro.

Passei um minuto inteiro organizando minha estratégia e comecei na parte inferior da parede, em uma das seções onde era permitido escrever. Li mensagem após mensagem, em um idioma após outro, procurando algo que parecesse ser obra de Jameson, mas não encontrei nada.

O mesmo aconteceu na seção seguinte.

O mesmo na seção seguinte.

Por fim, parei de me concentrar nas partes da parede em que as pessoas tinham permissão para escrever e comecei a olhar para as partes em que o grafite não autorizado não era mais permitido.

— Espero que ninguém tenha visto nas câmeras — disse a ele. Alisa não ficaria feliz em saber disso.

Jameson sorriu.

— Nem pense nisso.

Balancei a cabeça e voltei ao trabalho. Uma hora se passou, depois duas, enquanto eu me perdia em cores e símbolos, escrita, *arte*. E então ouvi a música — uma artista de rua.

Ela estava tocando "Do You Want to Know a Secret?".

Fui até ela. Ela sorriu para mim, um sorriso quase Hawthorne que me fez seguir seu olhar até o topo da parede.

Equilibrada na beirada, havia uma lata de tinta spray.

Capítulo 12

Seria impossível escalar aquela parede. Ela tinha ao menos seis metros de altura, sem lugar para apoiar as mãos ou os pés e com câmeras por toda parte. Mas eu sabia melhor do que ninguém: algumas pessoas viviam para o impossível. *Jameson. Eu.*

Se eu fosse parar no noticiário por causa disso, Alisa iria me matar. E mataria Jameson também. É bem provável que Oren também entrasse na dança, por não ter feito nada e permitido que isso acontecesse. Mas de que valia a vida se a gente não se arriscasse um pouco?

Esperei até escurecer. Tracei um plano. E o executei.

E no fim, lá estava eu com a tinta spray em mãos. Tinha a nítida impressão de que poderia ser presa até mesmo por segurar a lata próximo ao muro, mas não podia me dar ao luxo de hesitar se quisesse resolver mais duas pistas até a meia-noite.

Analisei a parede pelo que me parecia ser a centésima vez. Agora que eu tinha a tinta, o que deveria fazer com ela? Uma possibilidade começou a tomar forma em minha mente.

Virei minha mão esquerda e usei a direita para jogar o spray na palma. *Possibilidade confirmada.* O que quer que estivesse no recipiente, não era tinta. Seria capaz de apostar que era algum gatilho químico para a tinta invisível. E assim, a próxima dúvida surgiu: em que parte da parede eu precisava jogar o spray?

No espaço de um segundo, eu me dei conta que a resposta era *nenhuma*.

Quando fui usar o líquido no frasco de vidro no verso do meu cartão-postal, a resposta de Jameson foi *ainda não*. Como se o cartão-postal não estivesse entrando em ação... ainda.

Seguindo meu instinto, me afastei cerca de três metros da parede e, em seguida, tirei o cartão-postal do bolso de trás da calça. Ele estava mais desgastado agora do que antes. Com um sorriso, eu o virei. Sacudi o recipiente em minha mão direita e, em seguida, borrifei o verso do cartão-postal. As letras apareceram quase no mesmo instante. Quatro delas, formando uma única palavra. GELO.

Não demorei para descobrir que em Praga havia um bar bastante famoso cujo diferencial era que tudo era feito de gelo.

Na porta, um segurança me entregou uma parca longa e um par de luvas de couro branco.

— Pode ficar para você — disse o segurança, em um tom que me fez pensar que geralmente *não* era assim que as coisas aconteciam ali.

Vesti a parca. Era branca como a neve e ia até meus tornozelos, o capuz forrado com pelos sintéticos que eram incrivelmente macios ao toque. Em seguida, coloquei as luvas. Tudo combinando. Vestida para o mais rigoroso dos invernos, entrei no bar. *Pequeno. Reluzente. Congelante.*

Coloquei o capuz e levei alguns instantes absorvendo a atmosfera do lugar. Tudo ao meu redor era feito de gelo. O bar, a única mesa posicionada no meio da sala, as paredes, as esculturas de gelo me encarando de todos os lados.

Jameson estava de pé atrás do balcão. Ele colocou um copo em seu topo gelado, e levei um momento para perceber que o copo também era feito de gelo.

Sem aviso, as luzes da sala mudaram de cor, projetando um brilho roxo-azulado escuro no gelo. Por menor que fosse o espaço, me senti como se tivesse entrado no Ártico. Como se fôssemos só Jameson e eu nos confins da terra.

— O que você vai querer? — Ele apoiou os cotovelos no balcão e se inclinou para a frente, totalmente empenhado em bancar o barman. Ele não estava usando uma parca, mas se sentia o frio, um pouco que fosse, não deu sinais.

Inclinei-me para a frente e afastei o capuz do rosto.

— Que tal minha quinta e última pista? — propus.

— Isso você vai ter que suar pra conseguir. — Jameson sorriu. Estava frio o suficiente para que eu pudesse ver a respiração dele e a minha no ar. Separados apenas pelo balcão de gelo sólido, nós dois estávamos próximos o suficiente para que minha respiração acariciasse a dele, o toque mais breve e mais leve.

— O que você vai querer — repetiu Jameson — para *beber*?

— Me surpreenda.

Jameson se virou e pegou uma garrafa de vidro em uma prateleira de gelo e meu olhar foi parar na parte de trás da calça dele. Mais especificamente, no cinzel enfiado em seu cós.

Gelo mais cinzel mais ter que suar para conseguir minha próxima pista... Não era difícil ligar os pontos, mas, talvez, tirar a ferramenta de perto dele seria.

Quando Jameson estava servindo uma bebida de procedência desconhecida em meu copo feito de gelo, eu já havia formulado um plano.

Tirei uma de minhas luvas e passei o dedo na borda do copo. Devagar. Deliberadamente. O olhar de Jameson se demorou em meu dedo. Peguei o copo e tomei tudo num gole só. Por mais frio que o líquido estivesse, ele desceu queimando dentro de mim.

Em frente a mim, Jameson se serviu de um drinque. Eu precisava trazê-lo para este lado do bar.

Apoiei o copo de gelo e coloquei a luva de novo. Devagar. Deliberadamente. Ele acompanhava meus movimentos com o olhar.

AQUELA NOITE EM PRAGA 71

— Está a fim de dançar? — perguntei. Não havia música, apenas nós dois, mas isso era suficiente.

Jameson deslizou por cima do balcão.

Estendi minha mão com a luva. Ele a segurou e me puxou para si. Mesmo através da minha parca, eu podia sentir as linhas rígidas de seu corpo. Esse era o problema de conhecer alguém da maneira como eu havia conhecido Jameson Hawthorne: cada toque desencadeava a lembrança de mil outros. Meu corpo antecipava cada movimento dele. Nossas respirações se misturavam como fumaça no ar entre nós. Eu quase podia ouvir a música começando a tocar quando nós dois começamos uma dança lenta. Eu a sentia — a música que não estava tocando e a coisa que surgia entre nós como uma força viva e intensa.

Eu também estava começando a gostar muito de Praga.

— Quer brincar de *Eu tenho um segredo?* — perguntou Jameson enquanto dançávamos. — Você ainda não adivinhou o meu segredo.

Reconheci aquilo como uma distração, mas não a ignorei. Eu sabia tão bem quanto Jameson que nós dois estávamos jogando mais de um jogo no momento.

Anteriormente, eu havia identificado três possibilidades para o segredo dele: ele havia encontrado algo, havia feito algo, havia conhecido alguém.

— Você encontrou alguma coisa. — Dei meu palpite, comprometendo-me com uma das três possibilidades.

— Na verdade, várias coisas. — Jameson me inclinou para trás. O ar na sala estava tão frio, mas mal senti o frescor em meu rosto quando ele me levantou de volta, quando puxou meu corpo e meus lábios para tão perto dos seus que senti suas próximas palavras tanto quanto as ouvi. — Mas acho que você consegue dar um palpite melhor, Herdeira.

Eu sabia reconhecer um desafio de longe.

— Há quanto tempo você está em Praga? — perguntei, meu tom desafiando-o a responder.

Jameson Hawthorne era muito suscetível a desafios.

— Não faz muito tempo. — Ele me girou para fora e de novo para dentro. — Em linhas gerais.

Em outras palavras, em uma escala de meses, anos e séculos, ele não estava ali há muito tempo. Não ajudava muito a esclarecer. Mas como fazia três dias desde a última vez que o tinha visto, eu tinha que presumir que ele havia passado a maior parte desse tempo ali.

— Você não montou esse jogo em um dia — argumentei.

— Eu nunca disse que tinha montado. — Jameson sorriu.

Não havia absolutamente nada de confiável naquele sorriso. Era um *te peguei,* claro como cristal.

Uma coisa me veio à cabeça, algo que deveria ter me ocorrido muito antes.

— E quando exatamente devo preparar o meu?

Hoje jogamos o jogo dele. Amanhã, Jameson deveria jogar o meu. Era possível que eu tivesse esquecido um detalhe importante durante nossas *negociações* na noite anterior.

Em minha defesa, ele era um ótimo negociador.

— Sempre leia as letras miúdas, Herdeira.

Sempre procure a pegadinha, pensei. Jameson havia sido criado fazendo isso, todos os dias, sob a tutela de seu avô. O bilionário Tobias Hawthorne sempre gostou das brechas.

— Você virou o jogo a seu favor — acusei.

— É claro que sim, Herdeira, mas não me diga que sua mente já não está trabalhando em velocidade dobrada, planejando os detalhes do seu jogo enquanto joga o meu.

Ele não estava errado, mas eu não precisava dizer isso. Eu tinha a atenção dele — e essa era a primeira etapa do meu plano. Tudo o que eu precisava fazer era mantê-lo distraído por mais algum tempo.

— Você tem me observado o dia todo. Tudo o que eu faço, você vê. — Deixei meu braço envolver um pouco mais as costas de Jameson. Em seguida, eu o deslizaria para baixo, centímetro a centímetro, em direção ao cinzel. — Posso até pensar no meu jogo, mas não posso *fazer* nada.

— Não é por isso que estou seguindo você — murmurou Jameson. — Tenho observado você jogar esse jogo porque quero vê-lo através dos seus olhos.

Nenhum de nós parou de dançar. Minha cabeça estava aninhada no peito dele, logo abaixo do queixo, meu olhar voltado para cima e o dele para baixo.

— Eu já vi o mundo, Herdeira. Vi de tudo, fiz de tudo. Estou exausto. Mas não vejo nenhum sinal de cansaço em você. Se você pudesse ver como fica quando entra em um lugar novo pela primeira vez...

Havia um timbre em sua voz que me fez ter vontade de ouvi-lo mais, mas continuei na tarefa, deslizando minha mão pelas costas dele para segurar o cinzel.

Sucesso! Eu não queria parar de dançar, não queria me afastar, mas não permiti que meu oponente tivesse a chance de recuperar o cinzel. Com meu corpo todo se opondo firmemente, eu me afastei dele.

Jameson olhou para o cinzel que eu segurava.

— Planejando um assassinato? *A Herdeira no bar de gelo com o cinzel.*

— Confie em mim, Hawthorne, se algum dia eu cogitar cometer um assassinato, você saberá. — Com um sorriso, voltei minha atenção para o ambiente ao meu redor. O bar e as prateleiras eram claramente instalações permanentes, assim como as paredes, o que tornava as esculturas de gelo minha melhor aposta para usar esse cinzel.

Um castelo. Um dragão. Um cisne. Uma mulher. Parei quando cheguei à quinta e última escultura, a que estava mais próxima da porta pela qual eu havia entrado. Era menos intricada do que as outras, com menos detalhes, um símbolo simples.

— Oito. — Passei um dedo com luva sobre o contorno gelado da forma, depois virei a cabeça de lado. — Ou infinito. — Olhei de volta para Jameson, a lembrança voltando à minha mente. — A ponte sobre o West Brook.

Jameson e eu já havíamos encontrado uma pista parecida com essa uma vez.

— Eu chutei que era o infinito — murmurou Jameson. — Você disse que era um oito.

— Eu estava certa.

— Você quase sempre está, Herdeira.

Voltei a me concentrar na escultura.

— Estou supondo que seja o *infinito* desta vez. — Perto do topo da escultura de gelo, enterrado bem fundo no gelo, vi algo. *Um brilho dourado.*

O cinzel e eu começamos a trabalhar. Cinco minutos depois, eu segurava um anel na palma da minha mão. Em vez de uma joia ou laço no topo, o anel de ouro ostentava o símbolo do infinito. Jameson pegou o anel de mim e, em seguida, virou minha mão direita, colocando-o em meu dedo anelar.

Eu não conseguia respirar. Talvez tenha sido a forma como a pele dele roçou na minha com o movimento. Talvez tenha sido o fato de Jameson Hawthorne ter acabado de colocar um anel em um dos meus dedos. Ou talvez fosse o fato de saber, de forma tão óbvia que, ao longo de nossas vidas, esse provavelmente não seria o único anel que Jameson me daria.

— Gostou?

— Você sabe que sim. — Olhei nos olhos dele e estreitei os meus. *Sei qual é a sua, Jameson Hawthorne. Dois coelhos, uma cajadada.*

Tirei o anel do dedo e voltei minha atenção para a parte interna da aliança.

Quatro palavras haviam sido gravadas no ouro: OLHE NO SEU BOLSO.

Coloquei o anel do infinito de volta em meu dedo anelar direito e fiz exatamente como a gravação havia instruído.

No bolso da parca, encontrei um bilhete, escrito em papel de caderno espiral e dobrado ao meio quatro vezes, que me fazia lembrar os bilhetes que um aluno de ensino médio poderia passar para outro.

Abri o bilhete e fiquei sem fôlego ao ver o que Jameson havia escrito.

Como o sol e a lua
Eu a amava.
Santa Avery.
Até a morte e além.

Na manhã seguinte

Eu peguei os curativos na bancada ao mesmo tempo que Jameson estendeu a mão para mim.

Capítulo 13

Como o sol e a lua
Eu a amava.
Santa Avery.
Até a morte e além.

Olhei fixamente para Jameson, consciente do anel em minha mão direita. *Infinito. Até a morte e além.*

— Isso não é um pedido de casamento — disse Jameson baixinho —, mas é uma promessa.

— Tenho dezoito anos — disse a ele. — Você tem dezenove.

— Você é prática — respondeu Jameson. — Eu não sou.

Infinito. Até a morte e além. Isso não é um pedido de casamento.

— O velho gostava de dizer que eu era um projeto em desenvolvimento — contou Jameson —, que todos nós éramos. Ele agia como se, um dia, Nash, Grayson, Xander e eu estaríamos prontos. Que, a seu ver, finalmente seríamos o bastante. Mas nunca fomos.

— Você é mais do que... — Comecei a dizer, mas Jameson encostou dois dedos de leve nos meus lábios e senti o toque em cada centímetro do meu corpo.

— Eu ainda não terminei, Herdeira — disse Jameson atentamente. — Ainda não sou a pessoa que vou ser. Eu sei disso. Mas algum dia, eu serei. — Ele segurou minha mão. — Eu serei essa pessoa, e você será você, e *isso* é o que teremos.

Ele olhou para o anel em meu dedo anelar direito.

— Infinito — eu disse. *Até a morte e além. Algum dia.*

— Agora você também tem um segredo. — Jameson afastou uma mecha de cabelo do meu rosto, depois me empurrou gentilmente para trás até eu bater em uma parede de gelo. — E, por falar nisso, você não tem muito tempo até a meia-noite.

— Armadilhas atrás de armadilhas — murmurei. — E enigmas atrás de enigmas.

Jameson estava falando sério sobre tudo o que acabara de dizer. O anel não era *apenas* uma distração. A promessa que ele acabara de me fazer era real. Mas isso — o bilhete, o anel, tudo isso — também fazia parte do jogo que ele havia preparado para mim.

Nosso tipo de jogo.

Olhei para o anel.

— Esse não é o seu segredo do *Eu tenho um segredo* — falei. Mais cedo, chutei que ele havia encontrado algo e ele me respondeu que havia encontrado *muitas coisas*. Duvido que ele tenha "encontrado" o anel. Com certeza ele não tinha encontrado o bilhete.

Mas, juntos, esses dois itens *eram* a pista número cinco.

Abri o zíper da parca e a joguei no chão, sem me importar com o frio. Um instante depois, peguei a luz negra. Era o único objeto que eu ainda não havia usado no jogo. Acendi a luz e a apontei para o bilhete de Jameson, seu bilhete de amor.

Na luz roxa-azulada da câmara de gelo, quatro palavras se iluminaram.

*Como o **sol** e a **lua***

Eu a amava.

***Santa** Avery.*

*Até a **morte** e além.*

— Palavras verdadeiras — eu disse, reconhecendo isso entre nós. — Mas elas têm um segundo significado oculto.

— Muito bem, Herdeira.

Olhei fixamente para as palavras. *Sol. Lua. Santa. Morte.* E, de repente, descobri.

Na manhã seguinte

Jameson me segurou pelo ombro. Meus dedos pairaram sobre a caixa de curativos até que os dele voltassem para as minhas costas. Jameson não me fez virar para olhar para ele, mas eu me virei, incapaz de fazer qualquer outra coisa, meus ombros alinhados com os dele, os curativos esquecidos na bancada.

Soltei o braço ao lado do corpo e ele levou a outra mão até meu outro ombro. Minha camisa parecia fina como papel sob o toque de Jameson, como se o tecido fosse tão incorpóreo quanto fumaça.

Como se não houvesse nada separando minha pele do toque dele.

Senti as mãos de Jameson passando por baixo de meu cabelo, que estava solto em minhas costas. Suas mãos subiram até meu pescoço. Fiquei sem fôlego quando os dedos de Jameson subiram ainda mais — passando pela linha do meu cabelo, penetrando meus fios.

Jameson curvou os dedos, agarrando meu cabelo, inclinando meu queixo para cima. Olhei nos olhos dele e o que vi ali fez com que fosse muito mais difícil respirar.

Desejo. Jameson não precisava que eu me preocupasse com ele. Ele precisava *disso*. Brutalmente. Desesperadamente.

Seus polegares avançaram para traçar as linhas do meu maxilar. E então, de repente, as mãos dele desciam pela frente do meu corpo, passando pela minha clavícula.

Uma promessa. Uma sugestão. Um gesto.

— Não — consegui dizer. Minha voz saiu forte, baixa, áspera.

Jameson parou no instante em que eu disse a palavra *não*.

Antes que ele pudesse sequer pensar em se afastar, levei *minhas* mãos ao pescoço *dele,* puxando seu corpo ainda mais perto do meu. *Eu* tracei o maxilar *dele.* Estava com a barba por fazer, e a sensação dela sob meu toque era *quase* o suficiente para me fazer esquecer que Jameson tinha um segredo.

— Sim. — Jameson me deu *seu* consentimento, a voz ainda mais baixa que a minha, mais rouca, mais áspera.

Fiquei na ponta dos pés e Jameson se inclinou para a frente até que nossas testas se tocassem. Minhas costas se arquearam, e as dele também, deixando espaço suficiente entre nossos corpos para que minhas mãos continuassem a descer pela frente de seu corpo.

— Seu cabelo ainda está com cheiro de fumaça — murmurei. Mas ele estava ali. Ele estava bem. Ele não queria que eu fizesse perguntas.

Ele não queria que eu dissesse *Taiti.*

Deixei que minha mente se detivesse na palavra que eu não estava dizendo enquanto sentia os batimentos dele aumentarem sob meu toque. Procurei em seus olhos. *O que aconteceu com você?*

Jameson não disse nada, e eu fui pegar os curativos.

Capítulo 14

Era tarde da noite e a praça da Cidade Velha estava vazia. Eu estava na base do Relógio Astronômico, Jameson ao meu lado, Oren era uma sombra em algum lugar no escuro. Esculturas da *Morte* e de *santos* católicos adornavam o relógio. A parte astronômica do relógio fora projetada para mostrar as posições do *sol* e da *lua*.

Sol, lua, santos, morte.

— E assim o jogo termina. — Havia uma riqueza no tom de Jameson, uma profundidade, um *quê* de indescritível que eu senti até os ossos.

Eu tinha vencido o jogo de Jameson, mas ainda havia mais jogos para serem jogados. Com nós dois, sempre haveria.

— Vamos esperar o relógio bater meia-noite? — perguntei.

— Acontece que o relógio não toca à meia-noite. A última procissão oficial do dia é às 23h e, neste momento, são 23h44. — Ele me lançou um olhar carregado.

Em outras palavras, sim, eu tinha vencido o jogo dele, mas por pouco.

— Estou gostando das minhas chances amanhã — disse ele.

Entendi isso como um convite para iniciar as negociações.

— Me dê até o meio-dia. — falei, e depois tornei o acordo mais tentador. — Em troca, posso concordar em criar um jogo de três etapas em vez de cinco. Você ainda terá até a meia-noite para resolver.

Jameson olhou para mim no escuro. Eu mal conseguia distinguir o contorno de seu rosto, mas minha mente preencheu tudo o que meus olhos não conseguiam ver.

— É possível que eu possa ser convencido a aceitar esses termos — provocou Jameson —, continue.

— Bem... — Segurei a frente da camisa dele e o puxei na minha direção. — Se você não concordar em me dar até o meio-dia, terei que trabalhar a noite toda para preparar meu jogo. Não voltarei para o hotel com você.

— Direto na ferida — brincou Jameson —, eu aprovo.

Arqueei uma sobrancelha.

— Você vai me dar até o meio-dia?

Jameson sorriu.

— Posso concordar com essas condições.

Sem uma única palavra de aviso, eu o empurrei para trás e saí correndo noite afora.

— Me alcance se conseguir, Hawthorne.

Na manhã seguinte

Conforme colocava o curativo no ferimento logo acima da clavícula de Jameson, senti meus batimentos acelerarem no meu pescoço, um tique-taque implacável e intransigente da minha frequência cardíaca. Quando terminei, apoiei as palmas das mãos no peito nu de Jameson mais uma vez.

— *Herdeira.* — Era Jameson me pedindo para continuar, Jameson me pedindo *tudo*.

Pedir isso era como pedir ao sol para queimar. Independente dos segredos que ele estivesse guardando, independente do que tivesse acontecido com ele nas últimas doze horas, nós dois tínhamos algo de inevitável.

Os ossos do meu quadril roçaram no corpo dele enquanto eu o empurrava lentamente contra a parede do banheiro.

— Me diga que você está bem — ordenei.

— Estou — respondeu Jameson com intensidade inigualável — *mais* do que bem.

Aproximei meus lábios dos dele. *Taiti. Taiti. Taiti.* Precisei de todas minhas forças para não dizer isso. Em vez disso, deslizei minhas mãos pelo peito dele. *Mais para baixo. Mais para baixo. Mais para baixo.* Meu coração acelerou. O tempo ficou mais lento.

Jameson se afastou da parede. Quando dei por mim, seus lábios estavam devorando os meus.

— Se você vai dizer... — Jameson recuou com força, e pude sentir o quanto ele *não* queria que eu dissesse *Taiti* —, diga agora, Herdeira.

Ele não queria que eu dissesse, mas eu podia.

Capítulo 15

Um dia antes...

Montar a minha própria sequência de charadas ao estilo Hawthorne serviu para confirmar o que Jameson havia dito sobre Praga. Havia algo nessa cidade que era único. Era feita para o nosso tipo de jogo.

No telhado do hotel, no topo da cúpula na base da torre, dei a Jameson quatro objetos. Dois deles, a faca e a luz negra, eram reciclados do jogo dele. Os outros dois eram um ferro a vapor e um marcador. Com apenas algumas horas para planejar as coisas, não consegui ser *tão* criativa.

Ainda assim, consegui ser bastante ardilosa.

Ao meu lado, Jameson deu a devida atenção a cada objeto. Ele começou com a caneta, examinando as palavras gravadas em relevo na lateral. A VERY RISKY GAMBLE, ou uma aposta muito arriscada. Alisa nem questionou quando eu pedi que ela providenciasse.

Jameson destampou a caneta e olhou nos meus olhos.

— Uma caneta com seu nome? — *A Very Risky Gamble*, reorganizado, formada *Avery Kylie Grambs*. — Me dê sua mão, Herdeira.

Eu controlei minha expressão para não mostrar o gostinho de vitória que senti quando ele interpretou aquelas palavras do jeito que eu queria.

— Que mão? — perguntei toda inocente.

***

Uma hora e meia depois, Jameson constatou que a caneta escrevia com tinta invisível que aparecia sob a luz negra. Ele também verificou que não havia pistas gravadas em minha pele, em nenhuma parte, invisíveis ou não.

Sua busca tinha sido... minuciosa.

— Você é *diabólica*, Avery Kylie Grambs. Quando se trata de distrações, essa não foi nem um pouco justa.

Dei de ombros.

— Eu jogo sujo.

— Você sabe o que Nash diz — comentou Jameson —, que quando você ganha, não existe isso de jogar sujo. — O simples fato de mencionar um de seus irmãos parecia trazer à tona o lado competitivo de Jameson. Ele voltou sua atenção para a caneta. — Hipoteticamente falando, o que aconteceria se eu pedisse para você escrever algo com essa caneta?

— Hipoteticamente falando — respondi — isso dependeria de quando você me pedisse para fazer e quanto tempo havia se passado desde o início do jogo.

Jameson me analisou sem se preocupar em esconder o que estava fazendo. Ele gostava de observar as linhas do meu rosto, a inclinação dos meus lábios.

— Em outras palavras: a caneta ainda não entrou em ação — concluiu.

Com um sorrisinho torto, ele a colocou de lado e depois fez o mesmo com a luz negra. Ele passou cinco minutos mexendo no ferro e depois voltou sua atenção para a faca. Dentro do compartimento oculto, ele encontrou uma corrente de bronze. Naquela corrente havia onze pequenos amuletos, cada um com uma letra de bronze.

Alisa também não havia perguntado *por que* quando pedi que ela me ajudasse a encontrar o artesão certo para fazê-las a tempo.

Enquanto eu observava, Jameson desenganchou a corrente e a levantou, permitindo que as letras deslizassem, uma a uma, para a palma de sua mão.

A
O
U
I
Y
X
W
V
T
M
H

No instante em que a última letra caiu, Jameson fechou a mão, com todas as letras dentro.

E de repente, ele tinha um plano.

Capítulo 16

A, O, U, I, Y, X, W, V, T, M, H.

Acompanhar Jameson tentando decifrar as letras era melhor do que assistir a quase qualquer esporte profissional. Ele não era alguém que conseguisse ficar parado, especialmente quando estava pensando.

E pensando.

E pensando.

WITH MAY VOX U.

MOUTH IVY WAX.

MOUTH WAY XIV.

— xiv? — falei, chamando a atenção dele.

— O número catorze em algarismos romanos. — Jameson ergueu os olhos para os meus. — Mas, considerando a cara que você fez e o fato de você ter feito essa pergunta, Herdeira, acho que não deve ser.

Por fim, Jameson seguiu a máxima que havia me ensinado uma vez: *sempre que você empacar em um jogo, volte para o começo.* Nesse caso, ele pegou o marcador.

— Hipoteticamente falando, o que aconteceria se eu pedisse para você escrever algo com essa caneta agora?

Verifiquei a hora. Ele já estava trabalhando há bastante tempo. Eu queria sair deste hotel e ir para a cidade tanto quanto ele.

Dei de ombros.

— Eu diria para você tirar a camisa.

Alguns minutos depois, as mesmas letras dos amuletos estavam escritas no peito de Jameson.

A, O, U, I, Y, X, W, V, T, M, H.

Verifiquei meu trabalho com a luz negra e depois tampei a caneta.

— Sério? — perguntou Jameson. — *Essa* é a minha dica?

— Essa é a sua dica.

Jameson jogou a cabeça para trás e riu. Ele ria da mesma forma que corria, dirigia ou voava, se entregando por completo, sem se segurar.

— Me lembre de nunca virar seu desafeto, Herdeira.

— Me conte alguma coisa do seu segredo e eu posso ser mais generosa.

Os olhos de Jameson brilharam.

— E qual seria a graça disso? — Ele andou em círculos com uma graça quase felina e, de repente, ficou quieto. Ele me olhou e, então, pegou a luz de mim. Ele a apontou para o próprio peito. *Onze letras, todas em maiúsculas, todas escritas em uma caligrafia simples, sem um único floreio, todas muito difíceis de serem vistas por ele do ângulo em que estava.*

— Não posso deixar de notar — disse Jameson, a energia crescendo em sua voz — que você não facilitou muito a minha leitura. — Ele parou, e aquele silêncio momentâneo parecia transbordar com *algo* que não foi dito. — Esperta, Herdeira.

Um segundo depois, ele estava descendo pelo telhado e se balançando de volta para a varanda. Eu segui o exemplo.

Dentro de nosso quarto de hotel, Jameson parou em frente a um espelho dourado ornamentado. Brandindo a luz negra, ele a apontou para o próprio peito. As letras que eu havia escrito ali foram refletidas de volta, perfeitamente iguais.

— Mesmo com a luz negra, não consigo ler tudo que você escreveu no meu peito por causa do ângulo, mas dado que você gastou dois dos seus três objetos restantes para escrever ali, era evidente que havia algum significado além do que estava escrito. — Jameson fez uma pausa. — Pensei que o importante poderia *ser* o ângulo. Talvez eu não devesse ler olhando para baixo. Talvez tivesse que ler em frente a um espelho.

Sim. Eu não disse em voz alta, apenas deixei que ele continuasse.

— O alfabeto tem apenas onze letras com simetria vertical perfeita. — Jameson arqueou uma sobrancelha para mim. — Só onze letras que parecem exatamente iguais quando refletidas em um espelho.

A, O, U, I, Y, X, W, V, T, M e H.

Esperei que Jameson fizesse a conexão.

— Um *espelho* — murmurou ele. Vi o exato momento em que ele percebeu para onde deveria ir a seguir.

— Não se esqueça do último objeto — falei —, e seu último objetivo — eu disse. — Você deixou o ferro a vapor no telhado.

Capítulo 17

Colunas e arcos aparentemente infinitos se estendiam em todas as direções. Eu me sentia como se tivesse sido transportada para um conto de fadas ou um mito onde a magia era real e os labirintos eram imensos e vivos. É claro que eu sabia que era uma ilusão, que nada naquele lugar era infinito, a não ser Jameson e eu.

Mas os espelhos eram muito convincentes.

Ao meu lado, Jameson girou trezentos e sessenta graus e, ao nosso redor, seu reflexo fez o mesmo.

— Um labirinto de espelhos — disse ele. — É a nossa cara.

Eu sorri.

— Foi o que pensei. — Era bem provável que eu tivesse sentido mais prazer do que deveria em inverter o jogo contra ele. — Eu pedi um piquenique, caso você fique com fome — falei.

E então o deixei navegando pelo labirinto, para encontrar a pista que eu havia deixado para ele entre os espelhos.

Eu estava começando a entender por que o bilionário Tobias Hawthorne gostava tanto de seus tradicionais jogos de sábado de manhã.

Jameson levou três horas para encontrar o que estava procurando e se juntar a mim na toalha de piquenique que eu havia posicionado em um lugar com vista para o castelo. Ele se sentou ao meu lado e, em seguida, piscou a luz negra em seu braço, onde havia escrito a pista que encontrara:

NÃO É NO ESQUERDO

Olhei do braço para os olhos de Jameson.

— Quanto tempo você demorou para perceber que precisava do ferro a vapor?

Ele pegou um morango coberto de chocolate de uma bandeja à minha frente e o brandiu em minha direção.

— Mais tempo do que deveria, mas não tanto quanto poderia. Também levei algum tempo para encontrar o espelho certo. E depois passei muito mais tempo do que gostaria de admitir tentando tratar sua pista como um mapa.

Peguei a luz negra e apontei para o braço dele de novo:

NÃO É NO ESQUERDO

Reprimi um sorriso.

— Essa seta estranha, com o cabo tão fino, estava indicando o leste na bússola — disse Jameson. — Mas, dentro do labirinto, ela estava apontando para norte-noroeste. E, curiosamente, estava apontando para outro espelho, não para a saída que ficava à esquerda.

— Então você está dizendo que não estava apontando para o lado esquerdo? — Eu sabia que ele ouviria o desafio em minha voz, claro como o dia.

Ele respondeu se ajoelhando, diminuindo o espaço entre nós e aproximando seus lábios dos meus.

— *Não é no esquerdo* — falou ele, a voz baixa e suave. Ele estudou meu rosto. Eu o encarei de volta.

— Alguém já disse que você é ótima em manter a expressão neutra, Herdeira?

Eu sabia que não deveria interpretar isso como se estivesse com a expressão neutra naquele instante.

— O que você está vendo? — perguntei, outro desafio.

— Você está feliz. — Jameson se sentou na toalha de piquenique e esticou suas longas pernas. — Se achando um pouco. — Ele percorreu meu rosto com o olhar de novo. — Se achando muito.

Dei de ombros.

— Eu me acho mesmo — retruquei —, e *você* está em horário de trabalho.

Nós comemos. Ele trabalhava. Eu o observava.

— Não é no esquerdo. — Jameson retribuiu o favor e observou minha reação às suas palavras. — Então, só pode ser no *direito*.

Meu rosto não revelava nada, nem mesmo para ele. Eu tinha certeza disso.

— *Direito* — repetiu Jameson. — Direito, direito. Algo me diz que preciso pensar no som dessa palavra.

Ele olhou para a flecha em seu braço, com o cabo mais fino. Estava quase lá — tão perto que podia sentir o gosto. Eu também podia.

— Direito — reiterou Jameson —, e uma flecha com o cabo fino.

Direito, o que rima com direito... Precisei de todas minhas forças para não dar a resposta, limitando-me a me apoiar nos cotovelos na toalha de piquenique, como ele havia feito no dia anterior.

— *Direito. Seta fina.* — Jameson sorriu. — Outra palavra para fina e que rima com direito... — Ele pegou um último morango. — É *estreito*.

Ele não estava errado. A dúvida era: depois de decodificar a pista, será que ele sabia para onde deveria ir à Cidade das Cúpulas?

Com movimentos fluidos, Jameson se levantou.

— Vamos apostar corrida até lá.

Na manhã seguinte

Eu não disse *Taiti* enquanto empurrava Jameson até o quarto. Não disse aquela palavra mágica quando o joguei na cama. Não disse enquanto me colocava por cima dele.

Não disse quando ele virou o jogo e me jogou na cama.

O sangue. O cheiro de fumaça em seu cabelo. Eu tenho um segredo.

Eu poderia ter insistido no assunto, mas não insisti. E não iria insistir, nem agora nem nunca. Porque às vezes amar uma pessoa significa confiar nela. Às vezes, significa aceitar um *não*, mesmo quando você sabe que poderia conseguir um *sim*. Às vezes, significa entender que o que ele precisa é mais importante do que o que você quer.

Eu *queria* respostas. Ele precisava que eu não perguntasse.

— Se você vai dizer, diga — repetiu Jameson com a voz rouca.

Eu me ergui de repente. Beijá-lo era como liberar uma onda gigante, um furacão, uma parede de poder, de fogo e calor e muito *mais*.

— Como o sol e a lua — falei, meus lábios nos dele, cada respiração dele me atravessando, o toque de nossa pele, era elétrico. — Eu o amava.

Jameson olhou para mim como se *eu* fosse a força da natureza. Como se eu fosse o maior mistério de todos os tempos. Como se ele pudesse passar a vida inteira *me* desvendando.

— Avery. — Meu nome escapou de seus lábios. — *Herdeira*.

Para o bem ou para o mal, estávamos juntos.

Juntos.

Juntos.

Juntos.

Capítulo 18

Havia uma rua famosa em Praga com menos de cinquenta centímetros de largura, a Vinárna Čertovka. Na verdade, era mais uma escadaria do que uma rua, só tinha espaço para uma pessoa passar por vez, tão *estreita* que tinha até um semáforo próprio para garantir que dois pedestres, indo em direções opostas, não ficassem presos no meio.

Jameson chegou lá primeiro. Ele me esperou ao lado do semáforo, bem no meio do bairro mais antigo de Praga. Assim que eu cheguei, ele apertou o botão pra avisar aos pedestres do outro lado que estava se preparando pra atravessar.

Eu duvidava que ele fosse achar minha próxima — e última — pista logo de cara. Eu o segui, e, apesar de estar bem acostumada a passagens secretas e quartos escondidos, aquele corredor estreito em forma de escadaria era apertado demais até para mim.

Quando Jameson chegou do outro lado do corredor, ele parou de repente — não só parou, mas travou, como se seu corpo inteiro tivesse virado pedra.

— Jame... — Nem consegui pronunciar seu nome completo antes de ele se lançar para a frente. *Correndo.*

Acelerei pelo que restava da Vinárna Čertovka. Mas quando saí do outro lado — não mais do que dois segundos depois que ele saiu —, Jameson não estava em lugar nenhum.

Ele havia desaparecido.

Esperei que ele reaparecesse.
Esperei.
Esperei.
Mas ele nunca mais voltou.

Na manhã seguinte

— **Você não chegou a terminar meu jogo.** — Eu estava deitada com a cabeça no peito de Jameson. Ouvia os batimentos dele enquanto aguardava uma resposta. — Eu esperei, mas você não voltou, nunca encontrou a pista final.

— Você ainda a tem? — perguntou Jameson, e eu senti o leve tremor em sua voz.

Eu havia deixado lá, na passagem estreita da escadaria de onde ele havia desaparecido.

— Você pode pelo menos me contar como fez aquilo? — perguntei.

Ele ficou em silêncio por tanto tempo que achei que não fosse responder, mas então ele respondeu:

— De que outra forma? — Pude ouvir o eco de um pequeno sorriso torto em sua voz, sobreposto a algo mais, algo que ele estava tentando esconder de mim. — Uma passagem secreta.

Lembrei-me das suposições que fiz sobre o segredo dele, o segredo que o enchera de uma energia indescritível, que o deixara com vontade de brincar.

— Você encontrou alguma coisa — repeti minha suposição anterior e depois a correção dele —, várias coisas.

Várias passagens.

— Elas estão por toda parte nesta cidade — murmurou Jameson. — Se você souber procurar.

Na hora, senti os pelos da nuca se arrepiarem, mas não entendi o motivo. Então me veio à mente a mulher com o lenço vermelho queimado que tinha me contado sobre as placas espalhadas pela cidade.

Ela havia usado as *mesmíssimas* palavras.

— Você venceu nossa aposta — afirmou Jameson, e eu virei o pescoço para olhar para ele sem me sentar. — Você resolveu meu jogo antes da meia-noite. Eu não cheguei a terminar o seu.

O que você viu no final daquela passagem estreita? Por que você foi embora? O que aconteceu quando você foi embora? Em que raio de encrenca você se meteu, Jameson?

— Pelos termos de nossa aposta, isso significa que eu posso decidir o que faremos em nosso último dia em Praga — falei. Eu me levantei, cruzei as pernas e fiquei ali sentada na cama por um momento, apenas olhando para ele. — Você *quer* ter um último dia em Praga? — perguntei.

Precisamos cair fora daqui?

Jameson respondeu como alguém que não estava nem aí para nada. Ele permaneceu exatamente onde estava na cama, olhando para mim com um sorriso que eu conhecia muito bem.

— Ouvi dizer que Belize é agradável nesta época do ano — respondeu ele.

Esse era Jameson, fingindo que isso não importava. Fingindo que a resposta às minhas perguntas não era um simples *sim*.

Levantei-me da cama e enviei uma sucinta mensagem de texto para Alisa, depois me virei para o rapaz na cama. O rapaz com os curativos no pescoço.

Jameson Winchester Hawthorne.

— Então vamos para Belize — falei.

IGUAL PARA A FRENTE E PARA TRÁS

Às vezes, quando eu olho para você, eu te sinto como uma pulsação nos meus ossos, sussurrando que somos iguais.

Capítulo 1

Ser invisível era uma arte. Nesta cidade, com o meu sobrenome, era preciso esforço para não ser ninguém, para passar despercebida. Eu era uma pessoa calma. Nunca usava maquiagem. Mantinha meu cabelo comprido o bastante para prender em um rabo de cavalo discreto. Quando o usava solto, seu único propósito era o de esconder o meu rosto. Mas a verdadeira chave para ser o tipo certo de invisível, o que importava muito mais do que ser uma pessoa calma e discreta, era manter o mundo distante.

Eu era mestre em estar só, mas não solitária. A solidão teria sido uma vulnerabilidade, e eu era Rooney o suficiente para saber como isso terminaria. Todo e qualquer tipo de fraqueza era como sangue para os tubarões. Aos vinte anos, eu havia sobrevivido mantendo a cabeça baixa e os olhos abertos. Consegui me afastar de casa e da família em todos os aspectos que julgava importante.

Exceto por uma pessoa.

— Kaylie. — Não levantei a voz ao chamar minha irmã, que no momento estava dançando com bastante entusiasmo em cima de uma mesa de sinuca. Ela nem deve ter conseguido me ouvir por causa do barulho monótono dos bêbados de cidade pequena determinados a ficarem ainda mais bêbados, mas Kaylie e eu sempre tivemos uma espécie de sexto sentido.

— Hannah! — Minha irmã continuou dançando, tão feliz em me ver quanto quando ela tinha três anos e eu tinha seis e eu era sua pessoa favorita no mundo. — Dança comigo, sua linda!

Kaylie era otimista. Por exemplo, ela achava que havia uma grande chance de eu me juntar a ela em cima daquela mesa de sinuca. O talento da minha irmã para um otimismo descabido era uma parte do motivo de ela ter uma ficha criminal. A outra parte era que, por melhor que eu fosse em me camuflar, nunca fui capaz de protegê-la também. Kaylie nasceu dançando em mesas e gritando sua alegria para quem quisesse ouvir. E, por vezes, sua fúria também. A ousadia dela era a cara da nossa mãe.

De vez em quando.

— Vai ter que ficar pra outro dia — falei para minha irmã, que ainda dançava.

— Azar o seu, coisa linda. — Kaylie girou em um círculo, evitando habilmente a meia dúzia de bolas espalhadas pela superfície da mesa. O trio de rapazes segurando tacos de sinuca, cujo jogo ela presumivelmente havia interrompido, não parecia se importar.

Camisas com colarinho. Sapatos caros. Cara de quem frequenta escola preparatória. Aqueles três não eram locais. Naquele bar, isso significava problemas.

— Vamos apostar corrida pra casa. — Tentei tirar a Kaylie da mesa. Ela tinha uma veia competitiva.

— Até onde me lembro não é mais a sua casa, Irmã Tão Séria. — Kaylie caminhou ao longo da borda da mesa de sinuca, os braços ao lado do corpo e os longos cabelos escorrendo pelas costas. Quando chegou ao final, ela se curvou para apoiar a mão no ombro de um dos rapazes que estavam segurando o taco de sinuca.

— Minha irmã — disse Kaylie a ele em um sussurro forçado, como se contasse um segredo — é mais rápida do que parece.

Mais rápida. Mais forte. Mais inteligente. Eu era um monte de coisas que Kaylie não precisava ficar anunciando. Felizmente, o rapaz que estava recebendo a atenção dela, que não aparentava ter mais de dezoito ou dezenove anos, não conseguiria tirar os olhos do busto dela envolto em couro nem que tentasse.

Quanto aos amigos dele, um aproveitava a visão de Kaylie de costas, e o outro...

O outro deslizou o olhar preguiçosamente na minha direção.

Ele tinha cabelos castanho-escuros, quase avermelhados, longos o bastante para cobrirem seus olhos, o que em nada ajudava a disfarçar a forma como percorriam meu corpo. Eu podia senti-lo observando minha bata azul desbotada, meu cabelo loiro--acinzentado, o formato exato da minha boca.

— Preciso perguntar — disse ele com o ar de uma pessoa para quem tudo era uma piada macabra — quão rápida você realmente é, Hannah?

Meus instintos, aprimorados por anos observando e tentando não ser vista, me disseram duas coisas: primeiro, que ele estava bêbado ou drogado, ou ambos, e segundo, que, mesmo embriagado, ele não deixava nada passar.

Eu não ofereci nenhuma reação visível. Meu silêncio era do tipo que não vacila. Não hesita.

Olhos verde-escuros, reluzindo com o brilho das ideias ruins acompanhadas de outras ainda piores, fixaram-se nos meus.

— Um prazer conhecer você também — disse ele, seco.

Não nos *conhecíamos* e não iríamos nos conhecer.

— Você não é daqui — comentei. Era um aviso. Ele não deu atenção.

Em vez disso, pegou um pedaço de giz da mesa de brilhar e o girou entre os dedos, um após o outro.

— O que me denunciou? — perguntou em tom zombeteiro.

Era uma pergunta retórica, mas meu cérebro gerou uma resposta automática. *Seu bronzeado é muito uniforme. Suas mãos não estão calejadas. Você está usando uma camisa de botão.* Os três botões de cima estavam abertos e o colarinho mais amassado do que levantado. Sorrindo, ele se encostou na mesa de sinuca, tão casual quanto um semideus que se divertia em avaliar os pequenos mortais. Havia uma leveza calculada nos movimentos dele, nem o mínimo indício de tensão visível em qualquer parte de seu corpo. Era muito fácil imaginá-lo como um antigo membro da realeza esparramado em uma liteira, sendo carregado por servos.

Ou soldados, pensei. Algo em mim sussurrava que ele estava doidinho por uma briga. E nesse bar, vindo de fora, era bem capaz que ele encontrasse.

Não é problema meu.

— Kaylie — chamei. Para todos os outros no bar, era bem provável que minha voz tivesse soado exatamente como antes, mas minha irmã ouviu a diferença. Nós duas tínhamos sido moldadas em um tipo diferente de calor. Ela desceu da mesa de sinuca e foi para o meu lado, diminuindo a velocidade ao passar pelo cara que estava de olho em mim.

— Talvez eu o veja por aí. — O sorriso de Kaylie era puro problema.

— Não vai. — Dirigi essas palavras ao estranho.

— Não vou? — Sem tirar os olhos de mim, ele colocou o copo de uísque na borda da mesa de sinuca, deixando-o um pouco para fora, como se desafiasse a gravidade a agir.

O copo permaneceu exatamente onde ele o havia colocado.

— E quanto a você, garota palíndromo? — O cabelo do estranho ainda caía em seu rosto, as maçãs do rosto parecendo mais afiadas na sombra. — H-A-N-N-A-H. Vejo *você* por aí? Poderíamos nos divertir um pouco, brincar com fogo. — Ele levou a mão ao peito e baixou a voz. — Se você é uma *Hanna* sem o *h* no final, eu não quero saber.

Eu era uma Hannah com dois *H*s, e eu deveria estar invisível. Com certeza nós dois não voltaríamos a nos ver. Ninguém brincaria com fogo.

Ele nunca deveria ter me *visto*.

Quinze minutos depois, Kaylie caminhava pela praia de pedras com a mesma leveza com que deslizou pela borda da mesa de sinuca, como se vivesse a vida no limite. Eu caminhava atrás dela, enquanto ela olhava para o céu noturno, sem nem se preocupar onde estava pisando. Havia uma energia na minha irmã, um *algo* não dito, um pouco frenético e totalmente cheio de vida.

— Você pegou as carteiras deles, não foi? — perguntei, já resignada com a resposta antes mesmo de ouvi-la.

Kaylie deu uma olhada para trás e sorriu.

— Só uma.

Não precisei perguntar de *qual* deles. Ela havia diminuído a velocidade ao passar por ele na saída, os dois eram um estudo de contrastes: ele sombrio, ela radiante; ângulos marcados contra lábios provocantes e cheios.

— Você quer saber o nome dele? — O sorriso de Kaylie aumentou, fazendo aparecer duas covinhas iguais enquanto ela brandia a carteira roubada entre dois dedos.

— Não — respondi no mesmo instante.

— Mentirosa. — Ela sorriu de novo, dessa vez com malícia. Levando em conta experiências anteriores, eu tinha uma centena de motivos para não confiar naquele sorriso.

— Você precisa ter cuidado — falei em voz baixa. — Você tem uma ficha agora.

Eu precisava que ela passasse mais um ano sem se meter em encrencas. Isso era tudo. Quando eu terminasse a faculdade de enfermagem, Kaylie estaria com dezoito anos, e eu a tiraria dali. Nós nos mudaríamos para muito, muito longe, para um lugar onde ninguém jamais tivesse ouvido falar de Rockaway Watch ou da família Rooney.

Ela só precisava ficar na dela até lá.

— Sendo sincera, Hannah? Não sou eu quem precisa tomar cuidado. *Você* não tem ficha.

Kaylie deu uma voltinha apoiada em um pé só para me encarar. À luz do luar, eu podia ver o delineador grosso contornando seus olhos azul-claros e o batom escuro que, de algum jeito, ela conseguiu não borrar.

— É melhor você ir, antes de nos aproximarmos mais da casa — disse ela. — Não vai querer que alguém te veja. O que os olhos não veem, o coração não sente.

Kaylie era meu único ponto fraco. Sempre fora. Eu havia cedido ao impulso de ver como ela estava hoje, mas nós duas sabíamos que quando eu estava ao alcance de seu brilho, me tornava mais visível do que nunca.

— Tome cuidado, Kaylie — repeti e, desta vez, não estava falando apenas de roubar carteiras ou dançar em cima das mesas. Eu estava falando de todo o resto. De coisas da família.

Minha irmāzinha otimista revirou os olhos e olhou para o céu mais uma vez, corajosa, impetuosa e invencível, sempre, até não ser mais. Não pude deixar de pensar que talvez tivesse sido melhor deixá-la no bar, dançando e livre e atraindo problemas para ela, só por prazer. Mas, mesmo que Kaylie tivesse passado a noite sem incidentes, mesmo que ela tivesse saído de lá cheia de adrenalina e ilesa, a notícia de sua noite teria se espalhado. Isso sempre acontecia.

E o fato de Kaylie ser selvagem e livre só servia aos interesses de minha mãe — os interesses da família Rooney — até certo ponto.

Capítulo 2

Meu apartamento não era lá grande coisa. Se da cama esticasse o braço, podia alcançar a bancada da cozinha. Eu tinha mais livros do que panelas nos meus três míseros armários de cozinha. Em noites mais tranquilas, eu lia até pegar no sono, envolvendo-me em mundos de fantasia como se fossem cobertores. Mas esta noite, retomei um hábito antigo. Arranquei uma página em branco de um dos cadernos clínicos, dobrei o canto superior direito do papel... e depois continuei dobrando.

Na minha infância, houve momentos em que ficar com a cara enfiada nos livros me tornava um alvo. Tive que encontrar outras maneiras de estar *em algum outro lugar,* truques para sonhar acordada sem perder a noção do aqui e agora. Passei a carregar pedaços de papel nos bolsos. Algo para focar, para ocupar minhas mãos.

Mesmo agora, sozinha no apartamento em que morei nos últimos dois anos e meio, havia algo que me acalmava no movimento familiar de dobrar um pedaço de papel repetidas vezes, de maneiras diferentes. O resultado final dessa vez foi uma forma estranha e irregular.

Quando terminei, joguei o papel fora... e fui dormir.

Na calada da noite, uma voz me fez recobrar a consciência como se tivessem jogado água gelada sobre meu corpo deitado.

— Levante-se.

A voz era grave. *Isso não é um sonho.* Eu não me lembrava de ter aberto os olhos, mas, de repente, eles estavam abertos. As luzes da minha cozinha estavam acesas. Minha mãe estava de pé ao meu lado e não estava sozinha.

— Você. Garota. — Sua voz ficou mais dura. — Levante-se.

— Eden Rooney não tinha o hábito de pedir a alguém que fizesse algo duas vezes, então tomei isso como um aviso e saí da cama, deixando um espaço entre nós e observando a pessoa que se encontrava à sombra da minha mãe.

Meu primo Rory estava carrancudo — e sangrava.

— Dê um jeito nele. — Minha mãe não fazia *pedidos*.

Olhei para os ferimentos de Rory, mas tudo o que consegui pensar foi que já fazia dois anos e meio que eu havia saído de casa. Eu não havia pedido permissão à minha mãe para sair. Ela não veio atrás de mim. Ela *permitiu* que eu ficasse à vontade e, agora...

Dê um jeito nele. Controlei meus batimentos cardíacos e assumi uma expressão imparcial. O pior dos ferimentos de Rory — pelo que eu podia ver — era um corte profundo em sua maçã do rosto, com talvez cinco centímetros de comprimento. Não era o tipo de ferimento com o qual as pessoas no ramo de trabalho da minha mãe costumavam se preocupar. Eu tinha visto um dos meus tios tirar uma bala do ombro de um homem com uma *colher*.

Era claramente um teste.

Eu era apenas uma estudante de enfermagem, mas estava bem envolvida com minhas horas de prática clínica e quase desde o momento que comecei, me soterrei em estágios. Eu poderia fazer o que minha mãe estava pedindo, mas o teste não era se eu *poderia* fazer. O teste era se eu iria resistir, e a única coisa que eu sabia com certeza era que, se eu fizesse isso, nunca mais seria invisível para Eden Rooney — ou para a família Rooney — de novo.

— Materiais? — Minha voz estava apagada, sem emoção. Eu sabia como me fazer desaparecer mesmo quando ela estava olhando diretamente para mim. *Sem fraqueza. Sem rebeldia. Nenhuma emoção.*

Sem dizer nada, minha mãe deixou cair uma bolsa preta na minha cama. Eu a desenrolei. Dentro, havia um kit de cirurgia rudimentar com tesoura, bisturi, fórceps, agulha, fio de sutura.

— Acho que você deveria se fazer útil, Hannah.

Eu ouvi o que minha mãe não disse, *deixei você ir embora porque era conveniente para mim, mas você ainda é minha, de corpo e alma. Você sempre foi.*

Tudo o que eu disse em voz alta foi:

— Não tem anestesia.

— Ele não precisa disso. — O olhar duro como diamante de minha mãe se deslocou de mim para Rory. — Assim como eu não precisava que esse idiotinha se machucasse em uma briga de bar hoje à noite.

Briga de bar. No mesmo instante, minha mente foi parar em um jovem da escola preparatória com uma aura sombria, nos olhos verdes e maçãs do rosto afiadas projetadas na sombra, para um copo apoiado bem na borda de uma mesa de sinuca.

— Preciso lavar as mãos. — Ganhei algum tempo indo até a pia da cozinha, mas não muito, apenas o suficiente para me concentrar no fato de que minha mãe aparentemente não estava fazendo isso apenas para *me* dar uma lição. Ela estava me usando para ensinar uma lição ao Rory.

Ele tinha cinco anos a mais do que eu e era pelo menos quarenta e cinco quilos mais pesado, mas ficaria sentado enquanto eu enfiava uma agulha em seu rosto, repetidas vezes, sem anestesia, porque a alternativa era, sem dúvida, pior.

Fechei a torneira e voltei até lá. Eu não queria fazer isso. Se alguém descobrisse, eu seria expulsa do programa. E, o que era ainda pior, eu seria cúmplice do que quer que estivesse acontecendo com a família no momento, o que tornava a escolha de

IGUAL PARA A FRENTE E PARA TRÁS 113

Rory de entrar em uma briga *naquela noite* muito mais desagradável para minha mãe.

Mas se eu não fizesse isso, ela poderia fazer, e seria muito pior para Rory. Meu primo parecia querer cuspir em mim e vomitar, nessa ordem.

— Sente-se — ordenei a ele. Eu tinha esperança de que, se conseguisse fazer isso sem vacilar, sem mostrar um indício de fraqueza ou rebeldia, poderia levá-la a me esquecer se novo, ou, caso não *esquecesse,* ao menos me colocasse em segundo plano por um tempo.

O suficiente para que eu terminasse os estudos. Tempo suficiente para eu encontrar uma maneira de tirar Kaylie de lá.

Rory sentou-se. Inclinei seu queixo para trás. Concedendo a mim mesma um último respiro, fui ao banheiro e peguei um pouco de antisséptico. Apliquei-o e depois abri a agulha e a linha. Pelo menos eles estavam pré-esterilizados.

— Anda logo com isso. — Minha mãe deu um único passo em minha direção.

Faça logo, eu disse a mim mesma, mas começar ficou mais difícil pelo esforço que Rory estava fazendo para *não* recuar. Ao levantar a agulha, não me preocupei em dizer a ele para relaxar e optei pela distração.

— Qual deles? — perguntei.

— Qual? — Rory não era, de forma alguma, o mais inteligente dos meus primos.

— Os garotos ricos que estavam no bar hoje à noite — expliquei. — Qual dos três fez isso? — A pergunta chamou a atenção dele o suficiente para que eu pudesse começar.

A agulha era apenas uma agulha. A pele era apenas pele. Minhas mãos estavam firmes.

— Não importa — falou Rory em voz baixa, seu rosto mal se movia. — Vou matar os três malditos.

Em minha família, afirmações como essa nem sempre eram da boca para fora.

— Hannah? Pare. — A voz de minha mãe ecoou pela sala como uma bala. Mas tudo o que eu conseguia pensar era: *não cause mal*. Terminei o ponto e *depois* parei.

Minha mãe se inclinou até que seus olhos estivessem alinhados com os de Rory. Ela pressionou o polegar na carne da bochecha dele, logo abaixo da linha parcial de pontos.

— Você faz alguma ideia de quem são esses garotos? — Quando Rory não respondeu, minha mãe bufou. — Achei que não. Ela pressionou o polegar no rosto dele com um pouco mais de força, depois deslizou o olhar para o meu.

— Vamos ver se a Hannah consegue descobrir. Garotos ricos em Rockaway Watch. Com a cabeça no mundo da lua e querendo alugar um barco para hoje de manhã. Quem são eles? — O último ponto que eu havia feito rompeu, rasgando a pele de Rory.

Eu me forcei a me concentrar. *Um barco*. Só havia um lugar perto o suficiente para servir de destino a partir de Rockaway Watch, uma ilha particular de propriedade de um bilionário. *A Ilha Hawthorne.*

Quem são eles? Respondi à pergunta de minha mãe:

— Os Hawthorne.

— Ao menos *ela* tem cérebro. — Minha mãe voltou seu olhar para Rory. — Um Hawthorne, dois amigos, e o Hawthorne em questão seria Tobias Hawthorne II. Toby. O único filho de um dos homens mais ricos do país. Esse maldito pode estar pedindo pra morrer, mas não vamos ser nós a fazer isso. *Vamos, Rory?*

— Não — disse Rory entredentes.

Minha mãe tirou a mão do rosto dele.

— É bom você consertar esse último ponto — disse ela para mim, sua voz totalmente desprovida de sentimento.

Engoli a bile enquanto terminava o trabalho. Para me manter firme, recuei para outro lugar em minha mente. *Tobias Hawthorne II. Toby.* Pensei no garoto de cabelo castanho-avermelhado e sua postura relaxada como um imperador-sendo-carregado-na-liteira. Ele era o Hawthorne do grupo, eu tinha certeza disso e, aparentemente, eu tinha que agradecer a esse encrenqueiro superprivilegiado por esta noite.

Terminei o último ponto. Minha mãe não se demorou. Ao sair, com Rory seguindo como um cão em seus calcanhares, ela parou na porta e olhou para mim.

— Você tem uma mão firme — disse ela.

Isso não soou como um elogio. Parecia uma promessa. Ela voltaria.

Capítulo 3

Não dormi o resto da noite e saí de meu apartamento ao nascer do sol. Era meu dia de folga, mas eu tinha que fazer *alguma coisa*. Precisava espairecer, então fui ao supermercado e depois fui para a periferia da cidade — mais longe, inclusive, do que meu próprio apartamento. Eu não poderia pagar aluguel em nenhuma das cidades mais próximas da faculdade comunitária ou do hospital do que Rockaway Watch, mas optei por ficar nos limites. A única coisa mais distante era um farol abandonado e um terreno tão inóspito que nenhuma pessoa em sã consciência tentaria viver ali.

O que não quer dizer que ninguém tenha tentado.

Eu sabia que não deveria me aproximar da cabana de Jackson, por isso deixei os mantimentos que havia comprado nos degraus do farol, que havia sido construído em algum momento do século XVIII e parecia ter sido golpeado pela água salgada e por tempestades desde então. Em um determinado momento, o telhado fora azul e a torre tivera um tom de branco, mas agora tudo estava desbotado e coberto de vegetação. O farol não funcionava há décadas. As paredes de pedra estavam literalmente desmoronando.

Era meu lugar favorito em Rockaway Watch.

Faróis sempre pareceram algo saído de um conto de fadas para mim — um aviso para não se aproximar, um espaço liminar entre aqui e ali. Não era fácil chegar ali, mas eu subia a cada duas semanas, com as compras na mão.

— Eu deveria atirar em você.

Virei-me para encarar o pescador rude e de barba abundante que acabara de dizer essas palavras.

— Por favor, não faça isso — respondi calmamente.

Jackson Currie não era tecnicamente um recluso. Ele saía de casa para passear em seu barco e interagia com outras pessoas quando necessário para despachar sua carga de pesca, mas detestava as pessoas — todas elas, inclusive eu.

Ele fez uma careta para a bolsa que eu havia deixado nos degraus do farol.

— Eu já falei para você parar de fazer isso.

— Como está sua artrite? — perguntei. Ele não devia ter mais de quarenta ou quarenta e cinco anos, mas uma vida inteira de pesca havia causado estragos em suas mãos e pulsos.

— Não é da sua conta.

— Continua igual, então — comentei enquanto estendia a mão e pegava a mão direita dele, cutucando gentilmente as articulações na base dos dedos, flexionando um pouco o pulso, esfregando o polegar sobre ele e depois sobre o osso adjacente. — Você precisa de mais creme? — Li a resposta a essa pergunta em sua expressão: *Não é da minha conta.*

Verifiquei sua outra mão. Quando terminei, esperava que ele saísse correndo — *com* as compras —, mas ele não o fez. Ele também não me xingou nem ameaçou atirar em mim de novo.

— A tempestade está chegando. — Jackson se virou para o oceano. O céu estava limpo, estendendo-se ao encontro das águas azul-esverdeadas e suaves do Pacífico. — Vai ser uma grande tempestade.

Algo em seu tom de voz fez com que eu não duvidasse dele, por mais azul que o céu estivesse.

— Se há uma tempestade chegando, presumo que você vai passar o dia aqui, certo? Ou que você vai sair e voltar antes que ela chegue? — perguntei.

Jackson bufou. Ele era o tipo de pessoa que teria feito uma queda de braço com um raio se pudesse. Ele virou a cabeça para me olhar, com seus olhos castanhos examinando minhas feições.

— Qual o seu problema hoje? — perguntou ele.

Levar comida para Jackson Currie nunca tinha parecido uma conexão com o mundo, principalmente *porque* ele odiava tanto as pessoas, eu inclusive. A pergunta foi seca, mas o fato de ele ter perguntado me atingiu em cheio.

— Nada — respondi. Se eu não pensasse no que havia acontecido na noite anterior, talvez pudesse fingir que não tinha acontecido, por algumas horas, ao menos.

Jackson assentiu discretamente.

— Não é da minha conta — concluiu.

Horas depois, dirigi por duas cidades até o hospital, mesmo sendo meu dia de folga e mesmo tendo dito a mim mesma que não faria aquilo. Se eu tivesse um certificado, poderia ter conseguido um turno, mas, em vez disso, fui para a cafeteria.

Hospitais eram ótimos para desaparecer. Todos tinham outras coisas com que se preocupar.

No final da tarde, o céu lá fora havia mudado — não estava só roxo, mas preto. Ainda não havia começado a chover, mas o vento era uma criatura feroz. O hospital ficava longe o suficiente do continente para que eu não pudesse ver o oceano, mas, em minha mente, eu conjecturei uma imagem de águas escuras. Um relâmpago atravessou o céu.

Com certeza Jackson não estava no mar. *Com certeza.*

Levantei-me e peguei minha bandeja, e foi por acaso que eu ainda estava olhando pela janela quando um relâmpago caiu novamente ao longe e o que parecia ser uma enorme bola de fogo disparou no céu.

Uma explosão? Ela veio da direção de Rockaway Watch. Comecei a correr, com o coração batendo na garganta a cada passo. Cheguei ao meu carro velho e surrado em tempo recorde e dirigi até chegar à cidade, depois continuei dirigindo até ver o oceano. Um incêndio se alastrava ao longe, na água, como uma tocha do tamanho de uma mansão no escuro.

A Ilha Hawthorne.

Capítulo 4

Jackson apareceu em minha porta oitenta minutos depois, encharcado até os ossos. Assim que abri a porta, ele falou:

— *Hannah.*

Ele nunca havia dito meu nome antes, nunca havia me procurado — nunca havia procurado *ninguém*, pelo que eu sabia.

— Você precisa vir comigo. — A voz do recluso estava mais rouca do que o normal. Ele não parecia disposto a explicar sua exigência.

Eu não perguntei.

Foi só quando estávamos na metade do caminho para o farol que Jackson falou de novo.

— Eu devo ter a maior parte do que você precisa — grunhiu ele.

Tive que me esforçar para acompanhá-lo.

— A maior parte do que eu preciso para quê?

— O garoto está quase morto. — Jackson acelerou o passo e suas palavras saíam em um ritmo irregular. — Ferimento na cabeça. Queimado. Quase se afogou.

Queimado. Afogado. Garoto. Minha boca chegou lá antes do meu cérebro:

— Ilha Hawthorne?

— A explosão o jogou do penhasco. — Jackson praticamente rosnou. — Eu o tirei da água.

Um dos forasteiros. Em minha mente, eu podia ver um garoto cujos olhos verde-escuros brilhavam com ideias ruins e outras ainda piores. Eu podia ouvir uma voz seca me convidando para me divertir um pouco, *para brincar com fogo.*

— É um milagre que o garoto tenha sobrevivido. — A voz de Jackson ficou rouca. — A pesca é boa naquele lado da ilha, especialmente durante uma tempestade, então eu estava perto. O jeito que a mansão explodiu quando o raio caiu... Não tinha nada de natural naquilo.

— O que você está dizendo? — Eu parei. — Jackson, quando você encontra alguém quase morto, você o leva para um hospital! — Por que eu nunca havia comprado um telefone celular? Parecia que não valia a pena gastar todo esse dinheiro, mas... — Precisamos voltar e ligar para a emergência.

— Não. — Essa única palavra foi tão dura quanto um golpe.

— Por que não? — exigi e, pela primeira vez, não havia nada de calmo em minha voz, nada de suave ou discreto.

Jackson agarrou meu braço, puxando-me para a frente.

— A única palavra que ele disse, que gritou, quando o tirei de lá foi *querosene.*

Querosene. Brincar com fogo. Nada de natural nisso. Meu cérebro se agitava como águas tempestuosas.

— Tinham três garotos — falei —, três forasteiros. Os outros...

— Não tem mais ninguém. — A voz de Jackson se quebrou da mesma forma que a superfície de um lago gelado se quebra quando você bate nela com um martelo, rachando em lugares inesperados. — Estão todos mortos, exceto ele.

Qual deles? Eu não fiz a pergunta. De que importava?

— Temos que voltar para a cidade — falei. — Temos que ligar para...

— Quatro. — Jackson parou. Fiquei olhando para ele, sem entender o que ele estava dizendo. — Eu vi o barco que levou o grupo deles para a ilha esta manhã. — As palavras do pescador saíram estranhas. — Não havia três passageiros naquele barco, Hannah. Eram quatro.

De repente, *eu soube*. Eu soube por que a voz de Jackson estava trêmula. Eu soube por que ele continuava dizendo meu nome. Eu soube quem era a quarta pessoa na Ilha Hawthorne.

Talvez eu o veja por aí, minha irmã havia dito ao forasteiro.

— Kaylie — sussurrei.

Jackson Currie podia ser um recluso, mas ainda conhecia as pessoas desta cidade, e todos conheciam os Rooney.

E Kaylie... ela *brilhava*.

— *Não* — gritei. Jackson estava agindo como se não houvesse nenhum outro sobrevivente, como se não pudesse haver, mas havia mais na Ilha Hawthorne do que a mansão. Se ela estivesse longe o suficiente quando a casa explodiu...

Eu arranquei meu braço da mão do pescador. Eu tinha que encontrar um barco. Tinha que chegar até minha irmã.

— A Guarda Costeira está lá, combatendo o fogo — disse ele. — A polícia estará lá em breve... se já não estiver. E estou dizendo, Hannah... não tem como. — Ele fechou os olhos. — Quatro jovens entraram na mansão. Só um saiu, logo antes de explodir.

Só um... e não era ela. O ar cortava meus pulmões como se fossem estilhaços. O mundo ameaçava girar.

Jackson me pegou pelos dois braços dessa vez, forçando-me a olhar para ele.

— Ele está agonizando, Hannah. Está morrendo. E se ele e seus amigos custaram a vida de um membro da família Rooney...

Meus ouvidos zumbiam. Quem diabo Jackson Currie pensava que era para falar da minha irmã como se estivesse *morta*?

Não era a Kaylie.

Não a minha Kaylie.

— O que você acha que vai acontecer se eu o levar para o hospital? — pressionou Jackson. — Se chamarmos uma ambulância ou a polícia, o que você acha que vai acontecer depois?

Eu não queria ouvir essa pergunta. Não queria que ela tivesse espaço em minha mente. Tudo o que eu queria fazer era

IGUAL PARA A FRENTE E PARA TRÁS 123

provar para mim mesma que Jackson estava errado. Kaylie não tinha ido para a Ilha Hawthorne com aqueles garotos. E, se tivesse ido, teria sobrevivido. Ela estava dançando — *em algum lugar* —, se entregando ao momento. Ou estava em casa, dormindo enrolada como um caracol debaixo das cobertas, como fazia desde que era uma garotinha. Ela estava rindo ou de ressaca ou ambos.

Ela estava *bem*.

Mas meu cérebro respondeu à pergunta de Jackson por conta própria, como se ela não estivesse. *O que você acha que vai acontecer depois?*

Minha família tinha um ditado: *sangue se paga com sangue*. Minha mãe havia ordenado ao Rory que mantivesse suas mãos longe dos forasteiros. Ela não estava interessada nos problemas que a ira de um bilionário poderia trazer a uma cidade como esta e a uma operação como a dela. Mas se Jackson estivesse certo, se um Rooney estivesse morto — se Kaylie não estivesse dançando, não estivesse dormindo, não estivesse rindo; se minha irmã não fosse *mais nada*; se Kaylie estivesse morta — o jogo mudava de vez. A pessoa responsável não estaria segura em um hospital local. Ele não estaria seguro com os policiais locais. Minha família comandava o tráfico de drogas e o comércio de armas em todo esse trecho da costa. Eles eram *donos* dos policiais.

Sangue se paga com sangue.

Se minha irmã estivesse morta e um dos responsáveis estivesse vivo, ele não continuaria assim por muito tempo.

Capítulo 5

Segui Jackson. Nenhuma parte de mim queria que eu o fizesse, e uma parte imensa dizia para deixar quem quer que ele tivesse tirado da água morrer sozinho, em agonia, aquilo não era da minha conta. Mas continuei pensando no que tinha feito pela minha mãe na noite anterior. Continuei pensando *não cause mal*.

Fiquei pensando em Kaylie — e tentando não pensar.

Então, segui Jackson. Não perguntei em voz alta nem ponderei qual dos três forasteiros havia sobrevivido, mas quando entrei pela porta de metal da cabana de Jackson em um piso de madeira nodosa, quando vi o corpo inconsciente em uma pilha de cobertores no chão, a primeira coisa que notei foi seu cabelo.

Castanho-avermelhado.

Não caía mais em seu rosto. Estava emaranhado em uma pele tão pálida que pensei que ele já estivesse morto. O instinto tomou conta de mim e me ajoelhei ao lado dele. Eu não tinha qualificação alguma para fazer isso. Eu não era médica. Nunca havia trabalhado em uma unidade de queimados ou em uma sala de emergência. Eu nem sequer tinha meu diploma de enfermagem ainda.

Mas eu estava ali, e ele estava no chão.

Pressionei meus dedos indicador e médio em sua artéria carótida. Seus batimentos estavam acelerados. Um choque atravessou meu corpo a cada batida. Coloquei uma das mãos sobre sua boca. Ele estava respirando. Abaixei a cabeça e a virei de lado, ouvindo as respirações com o rosto próximo ao dele.

Ele respirava com dificuldade, mas respirava.

Afastei-me o suficiente para enfiar a mão e pressionar o queixo dele, abrindo sua boca. Antes que eu percebesse, uma lanterna tinha sido colocada na minha outra mão.

Jackson.

— Me diga o que mais você precisa — grunhiu o pescador.

Eu precisava de um médico, de uma enfermeira de verdade, de alguém com experiência para fazer isso, mas, se não fosse assim, eu precisava terminar de verificar as vias aéreas do meu paciente, *livres*.

E agora? Procurei o ferimento na cabeça, enfiando os dedos em uma bagunça espessa e emaranhada de cabelos úmidos, cutucando suavemente até encontrá-lo. *Na parte de trás da cabeça*. Se houvesse algum sangramento interno, estaríamos ferrados, mas tentei não pensar nisso enquanto usava meus dedos para espalhar seu cabelo, medindo o ferimento.

— Preciso limpar isso — disse a Jackson. — Vou precisar de algo para cortar o cabelo dele, um pano limpo, antisséptico, e curativos tipo borboleta, se você tiver. — Retirei minhas mãos do cabelo do garoto e voltei minha atenção do ferimento na cabeça para o resto do corpo. — Queimaduras de segundo grau nos braços e sobre a clavícula — observei.

Rasguei o pouco que restava da camisa dele, exceto onde estava grudada nas queimaduras.

— Vou ter que limpar isso e fazer curativos em suas feridas. Peito e tronco, *aqui...* — Deixei meus dedos pairarem sobre o local indicado. — Essas queimaduras são de terceiro grau, mas são menores do que as outras e não estão nas extremidades, o que é bom... melhor fluxo sanguíneo, menor chance de infecção.

Respirei fundo e voltei à pergunta de Jackson. *Do que eu preciso?*

— Gaze, panos, água fria. Todo e qualquer remédio para dor que você tiver. — Revirei meu cérebro. *O que mais?* — Se estivéssemos em um hospital, eu iniciaria uma intravenosa... primeiro fluidos, depois antibióticos.

Jackson deixou a cabana sem dizer uma palavra e, sem mais nem menos, eu estava sozinha com um Toby Hawthorne inconsciente.

H-A-N-N-A-H. Eu podia ouvi-lo soletrando meu nome em minha memória. *Se você é uma Hanna sem o h no final, eu não quero saber.*

Era mais fácil quando eu não estava pensando no corpo no chão como algo diferente de um paciente, uma coleção de feridas, porque no segundo em que comecei a pensar nele como alguém que conheci, no segundo em que pensei no bar, me lembrei da maneira como Kaylie sorriu naquela noite.

Dança comigo, sua linda!

Eu não dancei. Não dancei com ela. Não a acompanhei até em casa. Não me certifiquei de que ela não voltaria a sair. *Azar o seu, coisa linda.*

A porta da cabana se abriu e Jackson deixou cair uma mala velha no chão.

— O que é isso? — perguntei, com as palavras presas em minha garganta.

— Gosto de estar preparado. — A voz de Jackson ainda soava rouca, e foi então que me perguntei quão perto do incêndio na Ilha Hawthorne ele havia chegado.

Inalou fumaça? Não era como se eu tivesse oxigênio — para nenhum deles.

Concentre-se no que você pode fazer, pensei. Com as mãos trêmulas, abri o zíper da mala que Jackson havia jogado no chão. Dentro, havia uma bagunça de suprimentos médicos. Vi o creme para artrite que eu havia comprado para ele, mas isso era apenas a ponta do iceberg totalmente caótico e desorganizado. Em qualquer outra circunstância, o fato de o recluso ter tantos suprimentos médicos o faria parecer perturbado e paranoico, mas até um raio pode cair duas vezes no mesmo lugar.

Comecei a vasculhar a bagunça, pegando os suprimentos de que precisava. *Compressas de gaze — três tamanhos, estéreis. Bandagens. Analgésicos de venda livre — paracetamol e ibuprofeno. Rolos de gaze. Lenços de iodo, lenços de álcool...*

— Soro fisiológico. — Isso me surpreendeu o suficiente para que eu dissesse em voz alta. Por que um recluso teria uma bolsa de soro fisiológico, mais de uma, na verdade, com tubos conectados? Olhei para Jackson. — Se eu vasculhar aqui dentro, vou encontrar um cateter e uma agulha?

— Como eu disse — grunhiu Jackson. — Gosto de estar preparado.

Ele morava em uma cabana que poderia muito bem se enquadrar na categoria de *bunker*. Será que eu estava tão surpresa assim?

— Você sabe o que fazer com tudo isso? — perguntei.

Jackson jogou as mãos para o alto.

— Eu teria arrastado você até aqui se soubesse?

O garoto no chão escolheu esse momento para respirar freneticamente e gemer.

— Você deu a ele alguma coisa para a dor? — perguntei a Jackson.

— Eu estava muito ocupado salvando a vida dele.

Peguei um frasco de comprimidos e considerei levantar meu paciente, mas, por causa das queimaduras, não quis arriscar erguer seu tronco. Em vez disso, coloquei uma das mãos atrás de sua cabeça, puxando-a gentilmente para mim.

— Vou abrir sua boca agora — disse a Toby Hawthorne. Eu não fazia ideia se ele conseguia me ouvir, nem sabia se *queria* que ele pudesse me ouvir. — Vou colocar os comprimidos, um de cada vez. — Olhei para Jackson. — Me traga um pouco de água. — A menos que conseguisse morfina, alternar grandes doses dos dois analgésicos que não precisavam de receita médica era a minha melhor opção.

Coloquei o primeiro comprimido na língua de Toby. Sua respiração estava quente contra minha mão. Levei água aos seus lábios e fiz o possível para ajudá-lo a beber. Fechei sua boca, desejando que ele engolisse.

Foi então que ele abriu os olhos, de um verde tão escuro que eu quase podia imaginá-los pretos. Aqueles olhos se fixaram nos meus. Ele deveria estar gemendo, se contorcendo, gritando, mas ficou em silêncio. Ele engoliu a pílula.

Quando coloquei o próximo em sua boca, tudo o que consegui pensar foi que seu rosto não estava nem um pouco queimado.

Capítulo 6

Toby Hawthorne desmaiou de novo antes que eu cuidasse das queimaduras dele. Antes que eu raspasse uma parte do cabelo dele, da nuca até o topo da cabeça, para colocar curativo nos ferimentos. Antes da intravenosa.

Vamos precisar de mais suprimentos. Não comentei isso com Jackson, em parte porque eu disse a mim mesma que não tinha isso de *nós*. Fiz o que estava ao meu alcance. *Não causei mal.* E isso já era mais do que eu poderia dizer sobre o paciente que tratei.

Querosene.

Eu me levantei e fui devagar até a entrada da cabana. Foi só quando abri a porta que Jackson falou atrás de mim:

— Você vai voltar?

Eu não me virei enquanto dava uma resposta que soava mais calma do que de fato me sentia:

— Quando a bolsa de soro terminar, coloque a próxima. Troque o curativo dele com frequência, use água fria, mas não fria demais. Medicamentos para queimaduras ajudariam... sulfadiazina de prata, se você conseguir.

Em outras palavras: *não, eu não vou voltar.*

Mas, por algum motivo estranho, eu também não queria ir embora, porque, uma vez que eu fosse, não haveria nada me impedindo de voltar para a cidade, de descobrir se Jackson estava certo, se Kaylie de fato fora até a Ilha Hawthorne, se ela estava morta.

Eu não queria saber, o que significava que, lá no fundo, eu já sabia.

Kaylie e eu sempre tivemos uma espécie de sexto sentido quando se tratava uma da outra.

Não tinha nenhum carro estacionado em frente à casa da minha mãe. Enquanto eu andava pelo caminho até a entrada, uma robusta matilha de cães se jogou contra a cerca de arame ao lado. A maioria eram pit bulls cruzados com algum animal maior. Um último cão estava preso a um poste na varanda da frente.

Nenhum deles tinha nome. Eles não eram bichos de estimação. Quando me aproximei, o cão na varanda puxou a corrente até o limite, aumentando os rosnados de aviso. Abaixei-me até ficar ao nível dele, fora do alcance das suas mandíbulas, sem piscar, e o encarei de volta.

— Você me conhece — falei, apesar de não ter certeza disso.

O cachorro ficou quieto. Eu sempre levei jeito com animais, e dessa vez, enquanto me levantava, nem precisei me esforçar para conter o medo — e todas as outras emoções. Eu me sentia entorpecida enquanto atravessava a varanda e segurava a maçaneta da porta da frente.

Ela não estava trancada. Nunca estava.

Encontrei meu pai na cozinha. O resto da casa estava em silêncio. Ele estava parado diante do fogão, mas não havia nada nele.

— Ela suspeitou que você viria quando recebesse a notícia — disse ele, sem se virar.

A voz do meu pai era mais grave que a da minha mãe, mas menos rouca. Eu me lembrava de momentos da minha infância em que ele cantava e ela dançava. O negócio da família não significava que não havia uma *família* aqui. Significava que a *família* era tudo — ou mais nada.

Eu não perguntei onde estavam minha mãe e seus capangas. Só respirei fundo e respondi à afirmação do meu pai.

— Que notícia? — perguntei, desejando que ele me dissesse, desejando que não fosse verdade.

Meu pai se virou.

— Você sabia que sua irmã andava com aqueles garotos — acusou ele. Eu não vi o tapa vindo, e foi um milagre que não tenha caído no chão. — Você sabia o que aqueles riquinhos de merda estavam aprontando, Hannah?

Em toda a minha vida, ele nunca havia me batido. Ele já foi um executor da família, mas quando minha mãe assumiu o controle, deixou claro que achava o cérebro dele mais útil. Ele sabia demais para ser colocado na linha de frente nos dias de hoje, então sua presença era mais estável, mais calma.

Levei a mão à bochecha. Eu não conseguia me sentir irritada, nem mesmo magoada. Parte de mim ficou feliz por ele ter me atacado, porque isso queria dizer que se importava. *Com a Kaylie.*

— Eu não sabia de nada — respondi, com a voz falhando.

De repente, meu pai me puxou para perto. Seus braços envolveram meu corpo. Ele me abraçou como nunca tinha me abraçado antes, pelo que eu me lembrava.

— Eu deveria ter ficado de olho nela — lamentou meu pai enfiado no meu cabelo. — Aqueles garotos saíram pela cidade falando mais que a boca. Eles compraram combustíveis… aos montes. — A voz dele endureceu. — Uma brincadeirinha incendiária.

Uma brincadeirinha incendiária. Pensei em Toby Hawthorne no chão da cabana de Jackson. *Uma brincadeira.* Minha irmã tinha morrido por causa de uma *brincadeira* de menino rico.

— Você tem certeza… — comecei a dizer.

— Hannah. — Meu pai colocou a mão no meu queixo. — Só o que resta dela são as cinzas. — Ele piscou algumas vezes para se recompor. — Sua irmã está morta e eles vão colocar a culpa nela. Só esperar pra ver.

— *Incêndio.* — Eu me dei conta. Essa fora uma das acusações contra Kaylie no juizado de menores. Ela foi condenada. Ela ateou o fogo em questão a mando de minha mãe, um aviso para alguém que devia dinheiro.

Minha mãe.

— Cadê ela? — perguntei, minha voz endurecendo. Só de ouvir meu tom, meu pai soube que eu não estava falando do que restava da minha irmã. Eu estava falando da Rooney que comandava a família. — *Cadê ela?*

Com certeza minha mãe não estava ali, estava sofrendo seu luto, e algo me dizia que ela também não estava na Ilha Hawthorne, exigindo desesperadamente a verdade. Tinha ficado claro na noite anterior: ela tinha algo planejado para hoje.

Meu pai abaixou os braços.

— Você faz parte da família agora?

Eu desviei o olhar.

— Não.

Depois de um longo momento, ele deu um beijo na minha testa e recuou.

— Foi o que pensei.

Eu sabia reconhecer um adeus quando o via. Ele amava Kaylie. Talvez ele também me amasse, mas não era o bastante.

Eu saí da casa.

Fui parar na praia, o mar batendo nas rochas e mandando uma explosão de água pelo ar. O céu já não estava escuro como uma tempestade. A bruma que pairava no oceano quase poderia ser confundida com névoa, mas eu sabia o que era. *Fumaça.* Não era possível nem mesmo distinguir os contornos da Ilha Hawthorne.

Uma brincadeirinha incendiária. Pisquei algumas vezes, o rosto virado para o vento, e quando me dei conta, estava *dentro* do mar, a água até os tornozelos e então nas panturrilhas. Só parei quando chegou nos meus joelhos.

Minha irmã estava lá. Morta ou viva — e, àquela altura, eu já sabia que ela *não estava* viva, eu *sabia,* mas não pude deixar de proteger meus pensamentos —, eu precisava chegar até ela. Mesmo que ela fosse apenas *cinzas.*

Era longe demais para nadar e eu não estava tão fora de mim para cogitar fazer isso, então decidi voltar para o bar. Abri a porta e, quase no mesmo instante, todo o lugar ficou em silêncio. Pelo bem ou pelo mal, eu já não era mais invisível.

Eu era uma Rooney de Rockaway Watch, e alguém da minha família havia *morrido.*

— Alguém vai me levar até lá — anunciei.

Todos estavam me olhando. Eu não me repeti. Só esperei que um dos homens no bar se levantasse.

O barco não chegara nem a noventa metros da Ilha Hawthorne antes que a Guarda Costeira nos mandasse voltar. A ilha ainda estava queimando, chamas espalhadas aqui e ali. A chuva ou a Guarda Costeira devem ter se encarregado do resto.

Enquanto eu olhava para os restos carbonizados do que um dia foi uma grande mansão, a voz da Guarda Costeira soou no rádio mais uma vez.

— *Volte para o continente* — reiterou. — *Não há sobreviventes. Repito, não há sobreviventes.*

Capítulo 7

Não há sobreviventes. Aquelas palavras me aterrorizaram durante toda a noite. Era óbvio que a Guarda Costeira não estava procurando ninguém. Eles não fizeram um pente-fino nas águas procurando por Toby Hawthorne. Achavam que ele estava morto.

No fundo da minha mente, uma voz sussurrou, *será que está?*

Eu tinha um turno no hospital na manhã seguinte. Então fui, vestindo um jaleco novo, olheiras sob os olhos. Minha supervisora me chamou no canto no segundo em que me viu.

— Não precisava ter vindo hoje, Hannah. — Durante todo o tempo em que a acompanhei, essa enfermeira tinha sido a mais sistemática possível, mas agora havia um tom gentil em suas palavras.

Ela sabe, pensei. *Da Kaylie.* Eu não tinha mudado meu sobrenome. Será que, durante todo esse tempo em que eu acreditava que era invisível e que ninguém nesse hospital sabia quem era minha família, eu estava só me enganando?

— Eu preciso ficar aqui — falei, minha voz tão calma quanto possível. — *Por favor.*

— Vá para casa, Hannah. — Claramente não era um pedido. — Tire uma semana… ou duas. Falarei com seu orientador para certificar de que você não seja penalizada, mas não quero ver você por aqui por ao menos sete dias.

Eu queria insistir, mas não o fiz. Saí do hospital com a intenção de me exilar em meu apartamento, mas, de alguma forma, acabei indo para a cabana. Bati três vezes na porta de metal.

— O que você quer? — Essa era a versão paranoica de Jackson de *quem está aí?*

— Sou eu. — Eu não disse o que *queria.* Nem mesmo tinha certeza se sabia.

A porta se abriu até a metade. Eu entrei, e Jackson a fechou. Pela primeira vez em muito tempo, notei o quanto ele era alto, com um metro e noventa e oito de altura, o pescador se sobressaía a mim e a quase todo mundo. Mas ele nunca me assustou.

Eu tinha muito mais medo do que veria quando olhasse para além dele.

O que vi foi um colchão no chão. Toby Hawthorne estava deitado de costas nele. Seu peito ainda estava nu, exceto pela gaze que havia sido usada para cobrir o ferimento. Havia uma pilha de panos úmidos no chão, ao lado do colchão.

Ele está vivo, então. Se Jackson estava cuidando de seus ferimentos na minha ausência, Tobias Hawthorne II ainda estava vivo.

— Você pegou a sulfadiazina de prata? — perguntei ao Jackson, com a voz monótona.

— Desenterrei essa. — Foi só quando ele me entregou o frasco e eu vi a terra espalhada pelo rótulo que percebi que ele estava falando literalmente.

Na cama, Toby fez um barulho parecido com o rangido de uma porta — meio gemido, meio rouco.

— Você voltou — observou Jackson.

Eu não deveria ter voltado, mas tinha que ver com meus próprios olhos se Toby ainda estava vivo. Com base naquele gemido, ele definitivamente estava. Eu deveria ter me virado e saído pela porta, mas não conseguia me livrar da sensação de que Kaylie não gostaria que eu o fizesse.

Ela nunca foi capaz de guardar rancor.

Forcei meus pés a se moverem, aproximando-me da pessoa cuja *brincadeirinha incendiária* havia custado a vida de minha irmã. As autoridades já achavam que não havia sobreviventes. Se Toby Hawthorne morresse, eles estariam certos.

Pela primeira vez na vida, senti que talvez eu fosse capaz de matar, que talvez fosse mesmo uma Rooney. *Sangue se paga com sangue.* Não teria sido difícil. Bastaria uma das mãos sobre a boca de Toby Hawthorne e outra segurando seu nariz.

Nesse estado, ele não teria como resistir.

Ajoelhei-me ao lado do colchão e olhei feio para o garoto que tinha o sangue da minha irmã em suas mãos macias de menino rico. Depois, engoli em seco, pisquei para conter as lágrimas e olhei de volta para Jackson.

— Preciso de um pouco de água fresca.

Em pouco tempo, havia uma bacia ao meu lado, apesar de que permanecia um mistério como Jackson tinha água corrente ali. Em uma mesa próxima, vi uma pilha de panos limpos e a maleta de suprimentos médicos. Com uma das mãos, peguei mais gaze e, com a outra, os panos, e comecei a trabalhar.

Mergulhei os panos em água fria e pensei: *Eu odeio você, Tobias Hawthorne II.*

Retirei o curativo de suas feridas. *Eu odeio você.*

Coloquei os panos sobre suas queimaduras, e seu peito se inflou com uma respiração irregular. Ele não abriu os olhos, nem uma vez sequer, enquanto eu repetia o processo várias e várias vezes. Nem quando desatarraxei a tampa da sulfadiazina de prata. Nem quando o apliquei em seus bíceps, na clavícula, nas queimaduras de terceiro grau no peito e na barriga.

Eu odeio você.

Eu odeio você.

Eu odeio você.

Meu toque era gentil — muito mais gentil do que ele merecia.

A dor era visível nos músculos de seu peito, esticados sob a pele limpa que envolvia as queimaduras. *Que bom*, eu queria pensar. *Ele merece sofrer*. Mas meu toque foi leve enquanto eu continuava limpando e fazendo curativos em suas feridas.

E quando terminei, fiquei de vigília. Eu o examinei várias vezes durante a noite, procurando por qualquer sinal de infecção.

— Hannah — Jackson disse meu nome em voz baixa, quase suave, ainda que não muito.

— Não — falei baixinho. *Não me diga que sente muito pela minha perda. Não me pergunte se estou bem.*

Jackson ficou em silêncio e, uma hora depois, o pescador desapareceu com o amanhecer. Deixada à minha própria sorte, fui trocar os curativos, imaginando se Toby Hawthorne consideraria essa reviravolta nos acontecimentos uma piada muito sombria, como todo o resto.

Uma brincadeirinha incendiária, pensei cruelmente.

Retirei a gaze e uma das mãos voou para segurar meu pulso. O aperto de Toby era surpreendentemente forte. Seus lábios estavam se movendo. Ele estava dizendo *alguma coisa*.

Afastei a mão dele. Apesar de não querer, eu me inclinei para ouvir o que ele estava dizendo.

— Me… — Até mesmo essa palavra, dita em um sussurro grave, não soavam naturais. — Me… — sibilou mais uma vez.

Pensei que fosse me dizer para soltá-lo, mas ele não disse.

— *Me.* — Ele se engasgou pela terceira vez. — *Deixa.* — Parei de respirar. — *Morrer.*

A fúria cresceu dentro de mim como uma fera com vida própria. Minha irmã estava morta, e ele tinha a ousadia de *me* dizer para deixá-lo morrer?

Inclinei-me para sussurrar diretamente em seu ouvido e depois voltei ao trabalho, com meu toque suave, esperando que o que eu dissesse ecoasse por toda parte daquela mente Hawthorne depravada.

Você não tem o direito de morrer, seu desgraçado.

Capítulo 8

Fiquei na cabana de Jackson por três dias seguidos. Não havia nada me esperando em nenhum outro lugar. Trocar curativos, colocar comprimidos na boca do paciente, medir seus sinais vitais — ao menos eram coisas que eu podia *fazer*. Assim que minha semana terminasse e o hospital me aceitasse de volta, eu iria embora, mas, por enquanto, me restava esperar.

Havia um único pedaço de papel no bolso do meu jaleco. Eu o dobrei e desdobrei de centenas de maneiras diferentes. Minha decisão estava tomada: Toby Hawthorne viveria nem que eu tivesse que tirá-lo das garras da morte por conta própria. Ele teria que *viver* sabendo o que havia feito.

— Você deveria dormir um pouco. — Jackson tentava falar comigo no máximo duas vezes por dia.

— Não preciso dormir — respondi. Eu tinha dormido algumas horas aqui e ali desde que me meti nessa maldita jornada. Jackson me alimentara com a comida que eu havia comprado para ele e nada além.

— Seu corpo vai pedir arrego mais cedo ou mais tarde, pequena Hannah.

Até aquele momento, eu nunca teria imaginado que o recluso da cidade, cujos hobbies incluíam disparar tiros de advertência e afugentar fisicamente as pessoas de um farol abandonado, fosse uma mãe protetora.

— Meu corpo está bem — respondi.

Uma voz, áspera como uma lixa, veio do colchão:

— Só o seu, então.

Jackson e eu ficamos chocados e em silêncio. Eu me recuperei primeiro.

— Você está acordado.

— Infelizmente. — Toby Hawthorne foi esperto o suficiente para não tentar se sentar. Ele nem sequer abriu os olhos. — Se você está tão determinada a não dormir — acrescentou ele, com a dor em sua voz rouca igualada apenas pela arrogância —, então talvez não se importe em calar a boca?

Era como se eu estivesse de volta àquele bar, observando-o sorrir e encostar-se à mesa de sinuca, com o copo equilibrado bem na borda da mesa.

Cerrando os dentes, atravessei a sala e comecei a verificar seus sinais vitais. *Primeiro o pulso* — meus dedos em seu pescoço. *Depois, a respiração* — a subida e descida de seu peito, a respiração contra minha palma. *Reatividade da pupila.* Para isso, era preciso tocar no rosto dele. Seus olhos estavam fechados. Eu os abri.

— Não foi isso que eu quis dizer quando falei para você calar a boca. — Sua voz estava mais grave do que no bar, mais áspera.

— Você não manda em mim. — Terminei de verificar suas pupilas. — Siga a luz com seus olhos.

— O que você vai me dar se eu fizer isso? — provocou ele.

Essa era a primeira vez que eu conseguia fazer algo parecido com um exame neurológico, e o idiota aparentemente não pretendia facilitar as coisas.

— Uma morte rápida e misericordiosa — prometi.

Ele seguiu a luz com os olhos. Testei como estava a sensação de tato das mãos e dos pés, passando a caneta de leve sobre o arco de seu pé. O corpo dele reagiu das maneiras certas.

— Pague — exigiu meu paciente.

Eu havia lhe prometido uma morte rápida.

— Por acaso, eu menti.

— Você tem um nome, mentirosa? — Mesmo com as cordas vocais danificadas pela fumaça, ele tinha um jeito de fazer as perguntas soarem como exigências amaciadas. Eu não respondi. — Melhor ainda — continuou ele, dirigindo as palavras para o teto, com os olhos fechados. — Qual é o meu?

— Seu o quê? — respondi irritada.

— Meu nome.

Eu o encarei, certo de que ele estava brincando comigo, mas meu paciente não disse mais nada, e um fio de incerteza começou a serpentear pela minha mente.

— Meu nome — repetiu ele, menos pedido e mais *ordem* dessa vez.

— Harry. — Jackson se aproximou de nós dois.

Levei um momento para perceber que ele havia respondido ao Toby... e que a resposta estava errada. Por outro lado, eu nunca tive qualquer indício de que Jackson Currie de fato soubesse quem era esse que estava na cabana dele.

— Harry — ecoou Toby. Foi o tom jocoso com que ele pronunciou o nome falso que Jackson acabara de dar que me convenceu de que o herdeiro dos Hawthorne não estava fingindo.

Ele de fato *não* se lembrava do próprio nome.

— Harry o quê? — perguntou ele.

— Não sei. — Jackson deu um meio grunhido, meio bufo, que comunicou de forma muito eficaz que ele não só não sabia o sobrenome de *Harry*... como também não se importava. — Eu sou Jackson. — Sua voz áspera ficou ainda mais áspera. — Ela é Hannah.

De repente, eu estava de volta ao bar. *E quanto a você, garota palíndromo?* H-A-N-N-A-H. *Vejo você por aí? Poderíamos nos divertir um pouco, brincar com fogo.*

Ele já sabia, mesmo naquele momento, ele já sabia que brincadeiras estava disposto a fazer na Ilha Hawthorne. Eu não fazia ideia por que um garoto que tinha *tudo* sentiria tanta raiva e seria tão *imprudente* para querer brincar com fogo. Tudo o que eu sabia era que, para ele, aquilo tinha sido uma brincadeira.

— Qual é a porra do seu problema? — A pergunta escapou da minha boca antes que eu pudesse me segurar.

O alvo da minha ira quase conseguiu dar um sorriso.

— Você é a médica. Me diga você.

— Enfermeira. — Minha correção foi automática.

— *Mendax* — respondeu ele. Ele pensou um pouco, e então: — É latim, para *mentirosa*. — A dor estava estampada em seu rosto, mas ele parecia decidido a ignorá-la. — Pelo que parece, sou do tipo de pessoa que reconhece uma mentira quando a ouve. Você não é uma enfermeira, não exatamente. — Ele fez uma pausa, respirando com dor. — Se eu tivesse que dar um palpite sobre as circunstâncias que me trouxeram até aqui, e parece que também sou do tipo que faz isso... eu diria que provavelmente sou uma pessoa horrível, *horrível*, e que alguém quer me ver morto. Estou no caminho certo, não-enfermeira Hannah?

— Você não se lembra. — Era Jackson, chegando à mesma conclusão que eu.

— Amnésia — falei a palavra em voz alta e pensei no ferimento na cabeça dele. Eu tinha me concentrado mais nas queimaduras, mas talvez não devesse ter feito isso.

— Me diga, Hannah igual para a frente e para trás, foi você quem arrebentou minha cabeça? — Toby tentou se sentar.

Automaticamente levei as mãos aos ombros dele, contornando as queimaduras.

— É o que eu vou fazer — retruquei —, se você não ficar deitado.

Ele cedeu à minha ordem — ou à dor. Suas pálpebras ficaram pesadas e, por um momento, achei que ele poderia desmaiar de novo, mas não era meu dia de sorte.

— Não sei quem são você e o Barba Grande Demais — disse Toby. — Porra, eu nem sei quem *eu* sou. Mas tenho a nítida sensação de que sou o tipo de pessoa que poderia fazer seu mundo inteiro desmoronar… simples… *assim*.

Ele estalou os dedos sem levantar a mão da cama.

Você já fez isso. Pisquei para afastar esse pensamento e todas as lembranças que queriam surgir. *Kaylie, aos cinco anos, sentada em uma cerca, vestindo um maiô e um boá de penas. Aos sete anos, andando de cabeça pra baixo. Aos dezessete, com um braço em volta do meu ombro.*

Toby Hawthorne *já* havia roubado o mundo de mim, mas isso não o impediu de continuar.

— Então, agora seria uma boa hora — disse ele, com todo o jeito de filho de bilionário — para alguém me dizer o que está acontecendo aqui.

Naquele momento, tomei uma decisão: eu não queria mais pensar nele como *Toby Hawthorne*. Por mim, ele poderia ser *Harry*. Ele poderia não ser *ninguém*, desde que eu encontrasse uma maneira de olhar para ele sem pensar no que eu havia perdido.

— O que aconteceu foi que uma explosão o jogou de um penhasco no oceano. — Eu mantive meu tom de voz neutro. — O *Barba Grande Demais* ali o tirou da água e, neste momento, nós dois somos tudo o que você tem. Então, cale a boca — peguei um frasco de analgésico — e tome *isso*.

Os olhos verde-escuros se arregalaram mais uma vez e se fixaram nos pequenos comprimidos brancos em minha mão.

— Não sou de fazer cerimônia. — Seus lábios se curvaram ligeiramente. — Acho que gosto de comprimidos. Mas estes…
— Ele virou a cabeça lentamente para olhar o frasco. — Estou achando bem decepcionantes.

Aposto que acha mesmo. Meus olhos se estreitaram ao pensar no tipo de droga que esse riquinho provavelmente estava acostumado a tomar.

— *Não cause mal* — murmurei para mim mesma entredentes. Levei os medicamentos à sua boca. O jeito que os lábios dele roçavam na minha palma parecia intencional.

IGUAL PARA A FRENTE E PARA TRÁS 143

Não fui particularmente gentil ao derramar água em sua garganta.

— Um conselho, Harry — disse a ele, com a voz tão sem emoção quanto pude. — É melhor ir se acostumando a ficar decepcionado.

Capítulo 9

No quarto dia, Jackson me trouxe café. Não perguntei onde ele havia conseguido, porque tinha minhas sérias suspeitas de que a lata de pó marrom estivesse enterrada em algum lugar próximo. Havia filtros de café no kit médico, o que estava dentro do esperado no sistema de organização de Jackson. Ele tirou uma cafeteira antiga de algum lugar embaixo da pia.

Eu ainda não fazia ideia de como ele havia equipado esse lugar com água encanada, muito menos eletricidade, mas ele tinha. Eu não bebia café, mas o preparei de todo modo e, quando Jackson jogou um saco com sachês de açúcar na mesa, também aceitei a oferta.

Dia após dia e hora após hora, estava começando a parecer que *Harry* sobreviveria. Suas queimaduras estavam cicatrizando lentamente, se é que estavam, mas ainda não havia sinal de infecção. Eu estava começando a suspeitar que o ferimento na cabeça poderia ter resultado em mais do que apenas amnésia, que poderia haver danos neurológicos que afetassem as habilidades motoras na metade inferior do corpo. Mas sua cognição estava intacta e ele estava consciente, pelo menos parte do tempo. Ele conseguia engolir e só provocou minha fúria uma vez, ao recusar-se a tomar água. Ele perdia e recobrava a lucidez, e a dor parecia estar piorando, não melhorando, mas seus sinais vitais estavam fortes.

Ele estava.

— Não podemos mantê-lo aqui para sempre — falei para Jackson, a voz baixa enquanto jogava os sachês de açúcar na mesinha entre nós. O pedaço de papel no bolso do meu jaleco já estava todo rasgado de tanto dobrar. Eu precisava de algo para ocupar minhas mãos.

— Mantê-lo aqui? — zombou Jackson. — Por que diabo a gente faria isso? Esse garoto é um caso sério.

Aquilo era um eufemismo. Com ou sem sua memória, *Harry*, como eu sempre tentava pensar nele, parecia ter mantido a arrogância de sua estirpe, a crença silenciosa, mas infalível, de que o mundo se alinharia com as vontades dele.

Eu não sou exatamente de fazer reverências.

— Um de nós terá que ir à cidade buscar mais suprimentos em breve. — Mantive minha voz baixa, mas se o objeto de minha aversão acordasse, era bem provável que conseguisse me ouvir ainda assim. A cabana não tinha muito mais que cinquenta metros quadrados.

— E por *cidade,* presumo que você queira dizer algum lugar que não seja Rockaway Watch. — Jackson olhou para mim.

Eu estava tentando não pensar no mundo lá fora, mas não dava para ignorar aquele lembrete de como nossa situação era perigosa. Se minha família descobrisse o que Jackson e eu estávamos escondendo aqui — *quem* estávamos escondendo — não seria nada bom.

Para qualquer um de nós.

— Em outro lugar. — Concordei em silêncio. Peguei dois sachês de açúcar e os deixei em pé, com as pontas encostadas em forma de V invertido, uma manobra que eu mal consegui realizar. — Eu vou — anunciei.

Eu me virei para olhar para o colchão. Harry aparentava ser enganosamente angelical enquanto dormia, o rosto perfeito em contraste com as queimaduras doloridas e a pele escurecida que eu sabia que estavam debaixo das ataduras. Seu peito subia e descia enquanto eu olhava, e então peguei mais dois sachês de açúcar, continuando a construir um castelo improvisado que podia cair a qualquer instante.

— Eu vou — falei de novo — buscar suprimentos. Amanhã.

Capítulo 10

— **Preciso de alguma coisa mais forte.** — Harry era fúria, condescendência e dor, e havia uma chance real de que ele estivesse planejando minha morte.

Eu o olhei fixamente.

— Você precisa me deixar trabalhar. — Eu havia dado a ele a dose máxima dos analgésicos, que estavam quase acabando. *Alguma coisa mais forte* não era uma opção.

Continuei a cuidar de suas queimaduras. *Tiras de pano, embebidas em água fria, colocadas sobre sua clavícula e braços.* A sulfadiazina de prata e a gaze seriam os próximos, e também estavam acabando.

— Parece que estou sendo esfolado vivo. — Ele rangeu os dentes.

Eu sabia, porque já tinha passado por isso com ele antes: a dor ia piorar antes de melhorar. Trabalhei em silêncio por um ou dois minutos, e então...

— *Tudo dói.* — Sua voz era mais animal do que humana. Eu me preocupei com a possibilidade de precisar que Jackson o segurasse, para evitar que ele causasse danos irreparáveis a si mesmo e aos seus ferimentos... mas então os olhos do meu paciente se voltaram para os meus e seu corpo se acalmou.

Em vez de notar a cor de suas íris dessa vez, notei a clareza de seu olhar, a maneira como ele procurava o meu, como se *eu* fosse a paciente e ele fosse algo completamente diferente.

— Não é? — murmurou ele. *Tudo dói. Não é?*

Meu peito ficou apertado, a pergunta me sufocando, porque ele estava certo. Tudo *doía*. Era por isso que eu estava ali. Era disso que eu estava me escondendo.

Kaylie.

— Você não tem o direito de me fazer perguntas — rosnei, e fiquei surpresa ao perceber que *minha* voz soava animalesca. Eu havia aprendido desde a infância a esconder minhas emoções, a me diminuir, mas não podia esconder aquilo.

Eu o odiava e estava *salvando* a vida dele, e a única maneira de justificar isso, mesmo que remotamente, era odiando-o ainda mais.

Continue. Faça seu trabalho. Com gentileza. Por um tempo, houve um silêncio sagrado.

Ele fechou os olhos.

— Você constrói pequenos castelos com sachês de açúcar.

Eu fingi que não estava ouvindo, mas estava. *Definitivamente*, eu estava ouvindo.

— É muito encantador, na verdade. Os castelos de açúcar. — Um movimento de seus lábios tornou impossível entender se aquilo era sarcasmo ou se ele estava falando sério. — Você acredita em contos de fadas, Hannah igual para a frente e para trás?

Lá estava ele de novo… aquele nome. Será que ele era mesmo tão obcecado por palíndromos?

Abri o pote de sulfadiazina de prata.

— Eu acredito em vilões — falei sem rodeios.

— Vilões. — Ele suspirou, a dor tão claramente gravada nas linhas de seu rosto, nas maçãs do rosto, sobrancelhas, maxilar, que não consegui desviar o olhar. — É engraçado — continuou. — Não me lembro de nada a meu respeito, mas faria um brinde agora.

Aposto que faria mesmo. Havia uma boa chance de que, quando ele disse que precisava de algo mais forte, talvez não estivesse falando apenas da dor. *Comprimidos e bebidas.* Ele não tinha mostrado sinais de calafrios ou convulsões, então não achei que estivesse em abstinência total, pelo menos não fisicamente.

— A única coisa que você vai beber — falei, com voz dura — é água.

Se isso fazia de mim a vilã *dele... que bom.*

Capítulo 11

Quando estava saindo para buscar suprimentos, Jackson veio atrás de mim. Era óbvio que ele tinha algo a dizer, então esperei até que ele falasse.

— Não preciso nem mencionar sobre manter isso em segredo, certo, Hannah? — Era a cara dele falar assim, deixando o aviso pairar no ar. *Ninguém pode descobrir.*

— Só é um segredo se você tiver alguém para quem contar — respondi. Caso contrário, é só mais uma forma de estar sozinho.

E eu era mestre nisso.

Caminhei por cinco quilômetros e depois peguei dois ônibus para chegar a uma rede de farmácias em uma cidade em que eu não conhecia ninguém. Eu estava usando uma camisa de flanela enorme do Jackson por cima da mesma calça de trabalho que vinha usando há dias. Ninguém reparou em mim.

Eu planejava pagar em dinheiro. Trabalhei dos meus catorze anos até me mudar e meu estágio do segundo ano foi remunerado. Tinha dinheiro suficiente para pagar o aluguel todo mês e era Rooney o bastante para sempre ter algumas notas comigo. Ninguém em uma família como a minha colocava dinheiro no banco, a não ser que houvesse algum motivo para *querer* evidências documentais.

Tomei o cuidado extra de adicionar mais algumas coisas na compra dos suprimentos médicos que precisávamos — desodorante, salgadinhos, absorventes e, por impulso, um caderno espiral, um pacote de canetas e um baralho de cartas.

Entrei em uma fila com um caixa homem e coloquei os absorventes primeiro. Depois disso, ele evitou prestar muita atenção em qualquer outra coisa que eu colocasse no balcão.

Duas horas e meia depois, quando voltei para a casa do Jackson, a primeira coisa que vi foi meu paciente, erguendo-se o bastante para virar um copo de uísque.

— Sentiu minha falta? — perguntou Harry com a voz sombria.

Olhei feio para Jackson.

— Os remédios tinham acabado — resmungou o pescador.

— Mas agora já temos. — Coloquei os sacos plásticos da farmácia no chão. — Boa sorte com ele — falei para Jackson.

Eu estava me matando para salvar meu paciente ingrato enquanto ele se preocupava em ficar *bêbado*.

Quando me virei para ir embora, a voz de Harry, carregada de uísque, me atingiu por trás:

— Não esquenta, Barbudo. Ela vai voltar.

Capítulo 12

Fazia dias que eu não passava em casa. Se eu fosse uma pessoa normal, isso provavelmente teria chamado a atenção, mas eu era quase tão reclusa quanto Jackson. Entrei em meu apartamento achando que ninguém havia sentido minha falta — e então vi o bilhete.

O nome da minha irmã estava escrito em letras maiúsculas no topo da página. KAYLIE. A única coisa abaixo dele era o horário, sublinhado com uma mão pesada: 20h.

Eu não tinha como saber quem havia deixado essa mensagem ou quando, mas sabia que era da minha mãe e sabia que não deveria ignorá-la. Na melhor das hipóteses, 20h seria daquela noite. Na pior das hipóteses, eu não havia recebido a convocação e teria que dar uma explicação plausível para o meu paradeiro.

Quando estava perto das 20h, fui para o carro. Dessa vez, quando entrei na estrada de terra que terminava no complexo Rooney, o número de carros estacionados do lado de fora deixou claro: eu não havia perdido nada, e não era a única que havia sido convocada.

Isso era um assunto *familiar*.

Eu entrei. Uma dúzia de pessoas estava amontoada na cozinha, incluindo meus pais. Havia comida no fogão e nas bancadas, muita comida. Todos os outros estavam vestidos de preto. Eu estava usando jeans e um moletom cinza desbotado. Ninguém olhou para eles ou para mim até que minha mãe se virou para mim. O efeito foi instantâneo.

Quando Eden Rooney prestava atenção em algo, todo mundo prestava também.

— Fico feliz em ver que você conseguiu vir ao velório da sua irmã. — Era difícil de ler o tom da minha mãe. — Espero que os malditos repórteres não tenham incomodado você no caminho.

Repórteres? Velhos instintos me impediram de demonstrar até mesmo uma pontinha de surpresa.

— Eu não vi nenhum.

— Imagine só. — Seus lábios se curvaram levemente, e pensei nos muitos e variados métodos que minha família poderia ter usado para afastar visitantes indesejados.

— Onde estão os cachorros? — perguntei.

— Esta é uma propriedade particular. — Minha mãe era mestre em responder a perguntas sem respondê-las. — Não é minha culpa se alguém ignora as placas de *Proibida a entrada.*

Não havia um único repórter local que teria se arriscado — nem nesta cidade, nem em nenhum lugar próximo. *Não está apenas no noticiário local,* me dei conta. Não sabia explicar por que, até então, não havia me ocorrido que o incêndio na Ilha Hawthorne provavelmente fora manchete nacional.

Talvez até internacional.

Uma ilha particular. A tragédia de um bilionário. Vidas jovens ceifadas. Tentei não pensar no circo midiático que aconteceria quando Toby Hawthorne reaparecesse vivo — e, em vez disso, concentrei-me na outra parte do que minha mãe havia dito.

Esse era o velório da minha irmã.

Os Rooney não faziam funerais. Os corpos eram sempre queimados, legalmente ou não, sem deixar vestígios. Kaylie já havia sido reduzida a *cinzas*, então isso já estava resolvido. Não havia enterro oficial, nem lápide, nem pastor ou padre.

Em nossa família, só havia velório.

— Ela não gostaria de ver tantas pessoas de preto — comentei. Não era do meu feitio ter dito algo. Isso era *Introdução à Invisibilidade.*

— Você acha que ela aprovaria o cinza? — perguntou minha mãe. Sua voz era robótica, mas havia algo quase humano em sua expressão.

— Duvido — respondi, porque a verdade é que minha irmã teria odiado meu moletom.

Sua linda. Coisa linda. Ela sempre me enxergou de uma maneira completamente diferente de como eu me via.

Minha mãe me avaliou por um momento, depois caminhou até ficar bem na minha frente.

— Eu conheço você, Hannah. — Por um momento, achei que ela poderia saber alguma coisa, mas então ela continuou: — Você precisa me ouvir dizer. — Ela sustentou meu olhar. — Ela está morta.

Minha mãe não sabia, nem onde eu estava, nem o que eu estava fazendo, nem para quem eu estava fazendo aquilo. Mas ela sabia que, até que eu ouvisse isso da boca *dela,* parte de mim ainda — *ainda, ainda, ainda* — se recusava a aceitar totalmente que Kaylie havia morrido.

Eu sabia que era verdade. Eu *sentia* isso. Mas estava me escondendo disso há dias.

— Eu sei. — Minha voz saiu rouca.

— Sabe mesmo, Hannah? — Ela estudou meu rosto. Eu sabia o que ela estava procurando. *Fogo. Fúria.* Eden Rooney queria ver em mim algum indício de violência, algum desejo de vingança.

Eu não lhe dei nada. Não importava que eu tivesse sentido essas coisas, todas elas — que eu ainda as sentisse toda vez que olhava para Toby Hawthorne e me esquecia de transformá-lo em *Harry* em minha mente.

Eu não era filha da minha mãe.

— Eden. — Meu pai falou por trás dela, com uma voz estranhamente gentil: — Deixe a garota comer.

IGUAL PARA A FRENTE E PARA TRÁS **155**

✳✳✳

Quando saí da cozinha, foi fácil voltar a desaparecer. Fui parar na sala de estar, onde um grupo de meus tios e "tios" e primos e "primos" estavam reunidos para reclamar e beber cerveja.

— ... *faz-tudo*. Ao menos três deles, trabalhando para os Hawthorne.

Entrei, no meio da reclamação toda, ouvindo uma conversa para a qual eu não tinha contexto. Um após o outro, eles acrescentavam mais.

— Os policiais estão dificultando as coisas pra gente, o que significa que eles têm uma oferta melhor.

— Não seria um problema se a polícia estadual não tivesse assumido o controle.

— Até os malditos federais estão rondando.

Eu não queria participar dessa conversa, mas ao sair da sala corria o risco de chamar a atenção.

— E daí? — perguntou Rory. — Vamos deixar eles pisarem na gente só porque têm dinheiro? Vamos deixar que eles falem *assim* da nossa Kaylie? — Rory bateu com um jornal na mesa.

Eu me lembrei do que minha mãe havia dito sobre os repórteres e, a seguir, me lembrei das palavras do meu pai, dias antes: *eles vão colocar a culpa nela. Só esperar pra ver.*

Saí das sombras, o que provavelmente foi um erro, mas quase todos os erros que cometi foram por Kaylie. Peguei o jornal. Levei menos de um minuto para ler o artigo da primeira página.

O quadro que eles pintaram era bastante claro. *Uma garota rebelde, viciada em drogas e com antecedentes criminais. Três jovens promissores que se foram cedo demais.*

— Eles estão culpando Kaylie pelo incêndio — falei isso em voz alta. Que se dane que aqueles três rapazes vieram para a Ilha Hawthorne em busca de confusão, que se dane o *querosene...*

— Isso é palhaçada — rosnou Rory. — Eden deveria ter me deixado...

— Rory. — O pai o interrompeu assim que minha mãe entrou na sala.

— Me parece — disse minha mãe lentamente — que esse problema em particular se resolveu sozinho. Aqueles garotos estão mortos. Dessa vez, a sujeira foi embora por conta própria.

Me veio à mente o momento em que cuidei das queimaduras do Toby Hawthorne, de novo e de novo. *Harry.* Usei o nome para construir um muro em minha mente. *Ele se chama Harry. Ele não interessa a ninguém nesta sala. Ele não é ninguém.*

— O gato comeu sua língua, Hannah? — perguntou Rory de repente. Ouvi o ressentimento fervilhante cravado em seu tom. Eu o vi vulnerável e sendo punido. Ele não ia perdoar isso tão cedo, ainda mais após ter acabado de levar *outro* corte da minha mãe.

Não me dei muito tempo para pensar em como responder. Tudo o que eu tinha que fazer era fingir que não estava traindo a família, a cada segundo de cada dia.

— Isso deveria ser um velório — protestei.

Os Rooney sabiam como retaliar, mas também sabiam como lamentar.

— Kaylie era... — Como eu poderia começar a expressar minha irmã em palavras? — Ela amava sem medo — falei baixinho.

Minha irmã nunca conseguiu manter *ninguém* longe. Ela *os* amava, e eles eram monstros.

— Kaylie nasceu gritando a plenos pulmões. — Essa era minha mãe sofrendo seu luto. — Ela sorriu pela primeira vez quando tinha cinco semanas de vida e nunca mais parou.

Rory me encarou por mais um segundo, depois levantou sua cerveja.

— À Kaylie — disse ele bruscamente.

O brinde foi repetido, e alguém colocou uma garrafa em minha mão.

IGUAL PARA A FRENTE E PARA TRÁS 157

— À Kaylie — sussurrei.

Horas depois, quando todos já estavam bem bêbados, consegui sair. Enquanto me afastava da casa em que havia crescido, me dei conta que, sem Kaylie, não havia mais nada que me prendesse a Rockaway Watch, nada que me impedisse de entrar no carro, dirigir para o leste e nunca mais voltar. Eu poderia me transferir para uma faculdade comunitária a milhares de quilômetros de distância, longe o suficiente para que minha família se poupasse do esforço de vir atrás de mim.

Com Kaylie morta, eles provavelmente nem ficariam surpresos. Tudo o que eu tinha que fazer era *ir embora*.

Então, por que voltei de carro para o meu apartamento? Por que tive um colapso no chuveiro em vez de dar no pé? Por que saí do maldito chuveiro, me vesti e decidi voltar para a cabana?

Para *ele*?

Capítulo 13

— **Você andou bebendo** — falei quando Jackson abriu a porta. Parecia que o pescador tinha tomado um banho de uísque.

— Você não queria que Harry bebesse. — Jackson deu de ombros. — Era isso ou jogar a bebida fora. — O tom de voz do pescador deixava óbvio que jogar o uísque pelo ralo nunca foi uma opção.

Decidi que era muito bom que Jackson, ao que tudo indicava, tivesse bebido a garrafa toda. Se ele estivesse sóbrio, era bem provável que notaria minha pele manchada e meus olhos vermelhos.

Entre mim e minha irmã, Kaylie sempre foi a que chorava bonito.

Em pouco tempo, Jackson estava apagado. Harry também estava inconsciente. Eu me abaixei ao lado do colchão dele e pensei nas informações que havia obtido no velório de Kaylie. O pai bilionário do meu paciente havia enviado pessoas para Rockaway Watch para gerenciar a crise. Provavelmente, isso significava que tudo o que eu tinha de fazer para me livrar do grande problema que estava à minha frente era encontrar uma maneira de entrar em contato com um dos funcionários de Tobias Hawthorne. Em poucas horas, senão em minutos, eles levariam o precioso herdeiro em um avião para uma instalação médica sofisticada a centenas de quilômetros de distância, onde minha família não poderia tocá-lo.

Pensei na imprensa e imaginei como seria a cobertura da ressurreição de Toby Hawthorne. *Será que alguém questionaria seu papel no incêndio?* perguntei a ele em silêncio. *Você colocaria a culpa na garota "problemática"?*

Eu podia sentir a raiva que havia me negado a sentir na presença de minha mãe tomar conta de meu corpo. Apertei os dedos contra as palmas das mãos enquanto os músculos da minha barriga se contraíam devagar. A raiva que sentia pela maneira como o mundo se lembraria de minha irmã se fazia perceber na dor no meu maxilar e nos meus dentes cerrados.

Eu odeio você. As palavras me centraram, suaves e aveludadas em minha mente, enquanto eu colocava a mão no peito de Harry, longe das queimaduras.

Eu odeio você.

Eu odeio você.

Eu odeio você.

E então ouvi o mais fraco dos murmúrios. Afastei a mão e apoiei os dedos no colchão. O quarto estava escuro, mas eu podia ouvir os lábios dele se movendo. Não consegui entender o que estava dizendo, e então ele começou a se debater. A se *contorcer*.

Eu me perguntei quando teria sido a última vez que ele havia tomado analgésicos. Eu me perguntei por que eu me importava.

Peguei a lanterna que havia deixado no chão antes e a liguei. Os olhos do meu paciente não estavam abertos. Ele balançava a cabeça violentamente para a frente e para trás, todo o corpo se contorcendo com a força desse movimento.

As queimaduras. Eu não queria encostar nele.

— Acorde — falei, esforçando-me para controlar minha raiva. Ele não acordou.

— *Acorde.*

Seus lábios se moveram de novo, o volume de sua fala aumentando a ponto de eu conseguir distinguir as palavras:

— *Veneno...*

O vilão da história da minha vida estava mais do que se contorcendo agora. Ele ia se machucar.

Segurei a cabeça dele, com os polegares apoiados em cada lado de seu maxilar.

— Não enquanto eu estiver aqui, babaca.

Precisei de toda a minha força para manter a cabeça dele imóvel, mas depois de alguns instantes, o corpo dele também parou de se mover.

— *Veneno é a árvore.* — Suas pálpebras se abriram e, sem mais nem menos, estávamos olhando diretamente um para o outro.

Eu havia deixado a lanterna cair no colchão. Seu feixe pouco perturbava a escuridão, mas, de alguma forma, eu podia ver — ou imaginar — cada linha e curva do rosto de Toby Hawthorne. *Mandíbula forte. Maçãs do rosto afiadas. Olhos profundos.*

Não vi *dor* ali. Vi fúria, *devastação* e muito mais. Por um único instante, foi como olhar em um espelho.

E então ele acordou de uma vez. A expressão em seu rosto mudou, como a superfície de um lago tocada pelo vento, e seus lábios se moveram de novo.

— Reviver — sussurrou ele.

A princípio, pensei que o havia imaginado dizendo aquela palavra, mas depois ouvi sua voz novamente na escuridão, através da pouca luz que vinha do feixe da lanterna.

— Salas. Mirim. Radar. — Seus olhos, da cor de uma floresta à noite, nunca deixaram os meus. — Rodador. Reger.

Ele estava recitando *palíndromos*, o babaca presunçoso, e eu ia matá-lo.

Capítulo 14

Não demorou para que eu fosse autorizada a voltar ao hospital. Eu ia. Trabalhava. De vez em quando, dormia.

E continuava voltando para a casa de Jackson.

Decidi que não ia nem tentar entrar em contato com os *faz-tudo* de Tobias Hawthorne. Se a notícia de que o herdeiro Hawthorne estava vivo se espalhasse, a primeira pergunta que todos fariam, inclusive minha mãe, era como. Eu não confiava que o pessoal do bilionário não pousaria um helicóptero bem ali nas rochas. Não iria colocar um alvo nas costas de Jackson, então a alternativa que restava era cuidar do meu paciente até que ele pudesse se mover.

Nove em cada dez vezes, eu conseguia pensar nele como *Harry*. Ele parecia ter um prazer especial em conseguir me provocar até a exceção. Eu poderia jurar que o tormento da minha vida sabia cada vez que o nome verdadeiro dele passava pela minha mente, apesar de não dar sinais de conseguir se lembrar qual era.

— Copas ou Espadas? — Harry nem se deu ao trabalho de abrir os olhos quando fez a pergunta. Sua voz já estava recuperada do fogo e da fumaça que ele havia inalado, e havia algo de líquido na maneira como ele juntava as palavras, uma preguiça sedosa, mas de alguma forma acentuada, que o tornava irritantemente impossível de ignorar.

— Você está perguntando qual eu prefiro? — Passei creme em seu bíceps vermelho e irritado. As queimaduras de segundo grau estavam melhorando. As do peito, por outro lado, não. Eu me concentrei no trabalho, não *nele,* e com certeza não na sensação dos músculos sob minhas mãos firmes e gentis. — As espadas são mais úteis.

— Para tirar sangue dos seus inimigos?

O tratamento *só podia* doer, mas eu não saberia dizer pela forma que os lábios dele se contorciam. *Você não estaria fazendo piadas como essa se soubesse quem eu sou e o que você tirou de mim*, pensei.

Harry tinha o hábito de responder aos meus silêncios como se *não fossem* silêncios.

— Deixando de lado os usos que você teria para uma espada literal, perversa, eu estava perguntando sobre os jogos de cartas. Você comprou um baralho. É melhor para fazer castelos do que o açúcar, acredito.

Ele parecia ter um prazer muito especial em lembrar que, quando se tratava de mim, ele via tudo, notava tudo.

— Então, Hannah igual para a frente e para trás — a voz de Harry era sedosa, apesar de ríspida —, que veneno você prefere? Copas ou espadas?

Veneno. Essa palavra me fez pensar na frase que ele havia murmurado enquanto dormia. *O veneno é a árvore…*

— Nenhum dos dois. — Esmaguei a lembrança como um inseto. — Tenho coisas melhores para fazer do que jogar com você. — Passei do bíceps para a clavícula, muito mais perto do peito dele.

Harry respirou fundo entredentes, mas a dor não o silenciou por muito tempo.

— Se você está tão determinada a não entrar em joguinhos — disse ele —, então por que não me diz o motivo de eu ainda estar aqui?

IGUAL PARA A FRENTE E PARA TRÁS **163**

Aqui, tipo, vivo? Ou aqui se referindo à cabana? Não pedi que ele me explicasse.

— Como punição por meus pecados — respondi, séria.

Isso arrancou um chiado de surpresa dele, quase uma risada.

— Por que estou aqui e não em um hospital, *embustera*?

Reconheci o jogo que ele estava jogando.

— Mentirosa em espanhol? — adivinhei.

Ele não confirmou nem negou.

— É por minha causa ou por sua causa? — insistiu ele.

— As duas coisas — respondi.

— E isso — seus olhos finalmente se abriram — não foi uma mentira. — Havia poder no olhar de Toby Hawthorne, sempre.

— Você não estaria seguro em um hospital. — Eu me safei com uma verdade e voltei a erguer a parede, me forçando a pensar nele como *Harry* de novo.

— Você não pode jogar uma informação dessas e me deixar esperando, Hannah igual para a frente e para trás.

Me obrigue, pensei, fixando a gaze no lugar.

— Acabei.

— Até a próxima. — Seu tom estava mais sombrio agora. Ele sorriu, um sorriso afiado, do tipo que eu sabia que não deveria confiar. — Seria uma pena se eu me machucasse tentando sair dessa cama e desfizesse todo esse trabalho que você fez.

Cruzei os braços.

— Você desmaiaria de dor antes de ir muito longe.

— Estou sentindo a necessidade — disse Harry, com um leve tom de zombaria enquanto tentava outra tática — de um penico.

— Jackson voltará logo.

— Talvez eu queira a *sua* ajuda.

— Talvez — retruquei — você esteja blefando.

— Blefando — repetiu Harry, saboreando a palavra. — Pôquer, então? Uma rodada.

Algo me dizia que, se eu recusasse, ele me faria pagar por isso… ou faria ele mesmo pagar por isso.

— Uma rodada — concordei, as palavras entrecortadas.

— Tiramos cinco cartas? — Havia um leve toque texano no sotaque dele.

— Tudo bem. — Peguei o baralho e dei as cartas. Vencê-lo seria terapêutico. Depois de olhar para minha mão, coloquei duas cartas viradas para baixo na borda do colchão. — Quero duas.

Seus olhos estavam apenas parcialmente abertos enquanto eu tirava mais duas cartas do baralho, mas eu sabia que ele estava vendo *tudo*. Cada mínimo indício.

— Não preciso — murmurou ele.

Você está blefando. Fui jogar minha última mão.

Ele me impediu.

— Nananinanão, Hannah igual para a frente e para trás. O que você gostaria de apostar?

— Com você? — perguntei. — Nada.

— Que tal isso: se eu ganhar, você me dá uma folha de papel. — Essa proposta me pegou de surpresa. Harry tinha muitas características, mas ser contido e propenso a pedidos modestos não estava entre elas.

— E qual meu prêmio se eu ganhar? — respondi.

— Silêncio. — Ele tinha uma resposta para tudo. — Fico quieto durante um dia inteiro.

Um dia sem que ele dirigisse a palavra a mim soava bom demais.

— Dois dias — retruquei.

Harry aceitou minhas condições com uma leve inclinação da cabeça.

— Eu pago.

Coloquei minhas cartas no colchão.

— Dois pares. Reis. — Eu nomeei o maior de meus pares.

— Dois pares — repetiu, colocando suas próprias cartas ao lado das minhas no colchão. — Valetes. — Ele deu um sorrisinho torto. — Parece que você ganhou.

Isso me pareceu muito mais ameaçador do que deveria.

Capítulo 15

Meus turnos no hospital foram longos nos dois dias que se seguiram e, com isso, não tive muito tempo para aproveitar do meu prêmio. Mas Harry, fiel à sua palavra, não fez uma única declaração zombeteira enquanto eu verificava seus sinais vitais e analisava os ferimentos na noite seguinte e na depois dessa.

Em vez disso, ele me *observou*, com os olhos fixos nos meus, seu foco palpável e tão líquido e sedoso quanto a voz que ele havia concordado em silenciar. Quanto mais deliberado ele se tornava em me tocar com seu olhar, mais eu tentava me concentrar no meu trabalho e somente no meu trabalho.

O ferimento na cabeça havia se fechado. O cabelo ao redor estava começando a crescer de novo. A cor parecia mais escura para mim, talvez como se o tom vermelho-mogno do resto de suas mechas fosse cortesia do sol. O novo cabelo era áspero. Não deveria ser macio ao meu toque.

Eu não deveria tê-lo *tocado* de forma alguma.

Não gostei da aparência das queimaduras de terceiro grau em seu peito. As outras estavam melhorando, mas aquelas não. A pele estava branca em alguns lugares e preta em outros. Na parte externa do ferimento, onde o terceiro grau dava lugar ao segundo, havia bolhas surreais. As terminações nervosas não tinham sido destruídas, então era ali que a dor era pior, mas era a área bem no centro do tronco que mais me preocupava — a área que ainda corria o risco de infecção, a área em que os danos poderiam ser mais profundos do que eu imaginava.

Fiz o curativo e desviei o olhar, consciente de que ele ainda estava me *observando*, com dor em seus olhos verde-escuros e um sorriso.

Depois que os dias de silêncio de Harry passaram, ele parecia decidido a compensá-los puxando conversa.

— Você trabalha em um hospital.

— Brilhante dedução — respondi.

— Assim você me machuca, Hannah igual para a frente e para trás.

— Não me chame assim.

Harry olhou para minha boca e sorriu discretamente com o que viu ali.

— Parece que você pode estar interessada em outra aposta.

Jackson me deixou sozinha com nosso paciente. Eu tinha o dia de folga e o pescador ainda precisava ganhar a vida. Quanto mais o recluso da cidade se mantivesse fiel à sua rotina, menor seria a probabilidade de chamar a atenção. Mas isso significava que eu não poderia ficar entrando e saindo para ver como Harry estava. Precisava ficar ali.

Não confiava em meu paciente sozinho.

— Tiramos cinco cartas? — perguntei. — Se eu ganhar, você esquece esse apelido de vez e concorda em não falar comigo e nem *olhar* para mim... por três dias.

— Um preço alto, não olhar para você. — Ele passou o olhar pelo meu rosto, olhos, boca, lábios, maxilar e depois tudo de novo. — O que você vai me dar em troca?

Cruzei os braços.

— Um pedaço de papel.

— Você é osso duro pra negociar. — Ele sorriu, a curvatura dos lábios deliberada e lenta. — Mas aceitarei suas condições.

Eu dei as cartas. Analisando minha mão, decidi jogar pelo seguro, sabendo que ele não o faria. Coloquei duas cartas viradas para baixo.

— Com você, são sempre duas. — Harry parecia estar satisfeito com essa observação. Demais, na verdade.

— Deixa eu adivinhar — falei —, você não precisa de nenhuma carta.

— Você gosta de estar errada? — Ele pegou duas também. Eu sabia, desde o segundo em que ele viu suas novas cartas, que o que quer que ele tivesse tirado não era um bom presságio para mim.

— Eu pago — anunciei.

Harry exibiu suas cartas.

— *Full house.*

Eu joguei um par de ases.

— A vida é assim mesmo, Hannah igual para a frente e para trás. O apelido fica.

Fui até a mesa e arranquei uma página do caderno que havia comprado na farmácia, depois voltei para o colchão e o deixei cair, bem ao lado do rosto dele.

— Fiz alguma coisa que te ofendeu, minha mentirosa?

Não sou nada sua. Eu não disse isso. Meu silêncio era do tipo que não oscila. Não hesita.

— Você quer uma lista?

Ele demorou a responder, como se estivesse repassando minha pergunta em sua mente da mesma forma que eu já o tinha visto passar o giz no taco de sinuca e nos dedos altamente habilidosos, um após o outro.

— Tenho a sensação — disse ele, com a voz calma e profunda, como a calmaria antes de uma tempestade, como águas tranquilas na calada da noite — de que não sei mais como *querer* alguma coisa.

E de repente, as paredes da minha mente caíram. De repente, vi o rapaz que conheci naquela noite no bar, desafiando seu copo a cair, sabendo que não cairia. Vi a pessoa que havia prestado atenção demais em mim, mesmo naquele momento. A pessoa que havia comprado *querosene*. Toby.

E quando inspirei de novo, pensei na minha irmã dançando, sorridente e destemida, ardendo no fogo.

Fiquei de pé e me afastei do garoto na cama, mas não conseguia sair. Eu estava presa ali até que Jackson voltasse. Se eu não conduzisse a conversa, *ele* o faria.

Harry. Pense nele como Harry.

— Que árvore? — falei, com a voz calma e uniforme, tudo o que ele provavelmente esperava de mim.

— Isso é um enigma? — O tom de Harry deixou claro: ele gostava de enigmas.

— Você fala enquanto dorme. — Eu me perguntava se ele podia ouvir, naquelas palavras calmas, a fúria que eu ainda sentia toda vez que chegava perto de pensar no nome da minha irmã.

— Eu falo enquanto durmo. — A voz de Harry era tão seca quanto a minha. — Sobre uma árvore?

— Aparentemente, ela está envenenada — comentei.

A resposta de Harry foi imediata, seu tom era tão calmo e profundo quanto quando ele falou sobre *querer*:

— Não estamos todos?

Capítulo 16

Em meu próximo dia de folga, só voltei à cabana bem depois do pôr do sol. Quando cheguei lá, a porta de metal estava ligeiramente entreaberta.

Ela nunca está aberta. Sentia minha pulsação acelerada na garganta conforme empurrava a porta para encontrar Jackson tentando tirar Harry do chão — *tentando*, porque Harry estava com os olhos marejados e lutando.

As queimaduras — ele ia rasgar a carne frágil e fina como papel. *Nem a pau, seu desgraçado.*

— Pare. — A palavra saiu de meus lábios. — *Agora*.

De repente, o príncipe da agonia ficou assustadoramente imóvel.

— As pessoas sempre ouvem você, não-enfermeira Hannah?

Jackson parecia estar flertando com o homicídio. Ele não era o único. Meu coração ainda estava martelando. Quando vi aquela porta aberta, meu primeiro pensamento subconsciente foi que minha família os havia encontrado.

Encontrado *ele*.

— Não sei. — Olhei fixamente para Harry. — Eu tento não falar muito.

— E isso tem funcionado pra você? — Por que seus malditos lábios pareciam ter mil maneiras diferentes de se torcer?

— Muito bem — respondi. *Até você.* — Vá para a cama.

Atravessei o quarto para ajudar Jackson e, juntos, conseguimos colocar Harry de volta no colchão.

— Longe de mim — gracejou Harry com a voz sombria — recusar um convite de uma mulher bonita, ainda mais quando envolve uma cama.

Eu não sabia o que era pior: o fato de ele estar agindo como se eu o tivesse *convidado para ir para a cama* ou a maneira como ele disse *bonita*, como se estivesse falando sério.

— Você lida com isso — rosnou Jackson na minha direção. Antes que eu pudesse responder, ele saiu enfurecido da cabana.

Segui o pescador até a soleira da porta.

— O que aconteceu? — chamei, enquanto Jackson Currie fazia o possível para desaparecer na noite.

— O filho da mãe teimoso achava que podia ficar de pé. E andar. Ele caiu. — O contorno do corpo de Jackson era pouco visível à luz da lua. — E então ele perdeu a cabeça.

De alguma forma, não me surpreendeu o fato de Toby Hawthorne não aceitar bem o fracasso.

Saí para a entrada da cabana, sabendo que não poderia ir mais longe, sabendo que não poderia deixar Toby — *Harry*, pense nele como *Harry* — sozinho.

— Jackson, estamos fazendo a coisa certa? — Eu não pretendia fazer essa pergunta, não pretendia sussurrar essas palavras na noite.

— Às vezes, *a coisa certa* não existe. Às vezes, há apenas a Morte e tudo o que você puder fazer para evitá-la.

— *Ela?* — perguntei.

— Sim, bem — Jackson grunhiu. — A Morte é uma bela de uma vadia.

Voltei para dentro. Harry estava deitado completamente imóvel no colchão, com seus longos membros marcados por linhas de tensão, músculo após músculo. Seus olhos estavam fechados. Parecia ter sido esculpido em pedra, como uma bela obra sobre a ira extraída do granito por um mestre. Mas quando me aproximei, percebi que seu rosto estava molhado. Observei quando uma nova lágrima — apenas uma — abriu caminho do canto do olho até a bochecha, até a base do maxilar.

Eu nem tinha certeza se ele sabia que estava chorando. *De dor? De fracasso? Por estar preso aqui?* Não disse uma palavra enquanto verificava os danos que ele havia causado, e ele também não, não até que eu terminasse.

— Acho que é isso, então. Sou seu prisioneiro por mais algum tempo.

A palavra *prisioneiro* era dura e, por um momento, tentei me colocar no lugar dele: sem memória, em agonia e à mercê de estranhos.

— Confie em mim — falei. — No momento em que você estiver bem o suficiente para que possamos transferi-lo, ficarei muito feliz em largá-lo a quinhentos quilômetros de distância e deixá-lo à sua própria sorte.

— Por mais estranho que pareça, eu *confio* em você. Isso deve fazer de mim um masoquista. — Houve um longo silêncio e então: — Por que quinhentos quilômetros?

Ser sincera foi mais fácil do que deveria:

— Há pessoas que querem você morto e, neste momento, todas elas acham que você já está morto.

— Suponho que você não vai me dizer quem são essas pessoas ou por que elas querem apressar minha trágica e inevitável morte?

As lágrimas ainda caíam de seus olhos, uma gota de cada vez. Só podia ser por causa da dor.

Fui buscar o remédio.

— Você já *conheceu* você? — perguntei sem rodeios. Verifiquei o registro que obriguei Jackson a manter para ter certeza de que eu havia pegado o medicamento certo. Os riscos de uma overdose eram menores com esse, por isso, dei a ele dois comprimidos extras.

Um após o outro, ele os tomou, seus lábios roçando as pontas dos meus dedos. Tentei olhar para qualquer lugar que não fosse minha mão, sua boca e o local onde se encontravam. No chão, ao lado do colchão, vi um pedaço de papel escrito. Inclinei-me para olhar melhor.

Duas palavras estavam escritas, garranchos tortos e enormes na página: UÍSQUE e LIMÕES.

— O que é isso? — perguntei.

A dor estava se desprendendo dele em ondas, mas isso não o impediu de sorrir.

— Minha lista de compras. — Ele levantou a mão direita da cama apenas o suficiente para acenar. — Manda ver.

Claramente, ele *queria* que eu o matasse.

— Não vou comprar uísque para você. Ou limões.

Por que ele queria limões?

— Você sabe o que dizem — murmurou ele — sobre fazer limonada. — Ele estava sofrendo, mas havia algo mais do que dor em sua voz, *algo* deliberado, provocante, dançando em sincronia com a agonia em seu tom.

Fiquei com ele e esperei até que os analgésicos fizessem efeito antes de voltar para a mesa, onde arranquei um pedaço de papel do caderno para mim e comecei a dobrar. As horas se passaram. Harry mal se mexia e não falava, mas estava consciente.

Foi somente quando ouvimos os passos de Jackson do lado de fora que meu paciente voltou a falar.

— *Fiquei com raiva de meu amigo, a ira dividida enfim concluída.* — Havia algo quase musical no tom de Harry, algo sombrio. — *Fiquei com raiva de meu inimigo: não revelada, a ira fez morada*

Algo me dizia que aquelas palavras não eram dele.

— Não estou entendendo — disse.

Ouvi sua próxima respiração.

— Eu apostaria, minha pequena mentirosa, que você entendeu sim.

Capítulo 17

Consegui resistir por alguns dias antes de procurar as palavras que Harry havia dito. Era um poema antigo. O nome do poeta era William Blake. O poema era sobre vingança. Devo ter lido do começo ao fim dezenas de vezes e, como Harry havia previsto, eu o entendi.

Senti cada uma de suas palavras.

O título do poema era "Uma árvore de veneno".

Depois do meu turno naquela noite, fui ao supermercado. Como não estava planejando comprar nenhum suprimento médico, não me preocupei com a rotina de dois ônibus e cinco quilômetros de caminhada e fui à loja mais próxima do hospital. Foi só quando entrei na fila para pagar que percebi que estava sendo observada.

Um homem entrou na fila atrás de mim. Ele vestia um jeans novinho em folha e uma camiseta básica que parecia não combinar com alguém mais acostumado a ternos. Senti que ele me estudava, não como um livro, mas como algo sob um microscópio.

Eu me perguntei se ele trabalhava para Tobias Hawthorne, se era um dos infames faz-tudo... e se fosse, por que ainda estava aqui. Ou talvez fosse um repórter que tivesse ficado por aqui depois que a história começou a esfriar, esperando um ângulo diferente.

De qualquer forma, eu me recusava a deixar transparecer que o havia notado me observando. Ele esperou até que o caixa começasse a registrar minhas compras para falar.

— Ouvi dizer que você é uma Rooney.

Guardei a comida na sacola sem olhar para ele.

— Não acredite em tudo o que você ouve.

Só cheguei na casa de Jackson até ter certeza de que não tinha sido seguida de volta ao meu apartamento e, no trajeto, olhei por cima do ombro a cada dez passos pelas pedras. Não disse uma palavra sobre o homem da loja. Comecei a desempacotar as compras sem abrir a boca.

— Onde estão meus limões? — Harry falou do colchão.

Jackson se acomodou ao meu lado.

— Onde está o uísque? — perguntou ele, com a voz baixa.

Balancei levemente a cabeça. Eu não tinha comprado *uísque*.

— A dor, Hannah. — Jackson era uma pessoa sem frescuras nos melhores momentos. Este não era o melhor dos momentos, e não havia um pingo de exagero em seu tom de voz. — A situação está piorando. Muito pior mesmo.

— Não deveria estar — falei baixinho. *Deveria?* Aproximei-me do paciente, com uma hesitação incomum em meus passos.

— Não encoste em mim. — Pela primeira vez, não havia nada de suave no tom de Harry, nada de sombrio ou de cumplicidade.

Desejei ter comprado o maldito uísque.

Encostei as costas da minha mão primeiro em sua bochecha, depois em sua testa. *Estava quente ao toque.*

— Não tenho a menor vontade de tocar em você — murmurei... mas toquei, repetidas vezes, verificando seus ferimentos.

Em um determinado momento, ficou claro para mim que nenhum toque era suave o suficiente.

Tem alguma coisa de errado. Eu havia examinado tudo, menos as queimaduras em seu peito. Quando me preparei para fazer o que tinha de ser feito, meu olhar se fixou em um objeto que estava ao lado dele no colchão: um pequeno e intrincado cubo de papel. *Trinta dobras, pelo menos.*

— Você dobrou isso. — Não formulei como uma pergunta.

— Jackson me deu o papel — disse Harry. Ele estava olhando para mim agora, e seus olhos estavam um pouco vítreos.

Toquei seu rosto de novo, confirmando o que eu havia sentido antes. *Febre.*

— A dúvida, Hannah igual para a frente e para trás — disse ele, com a voz mais próxima de um sussurro do que de uma rouquidão —, é se você consegue desdobrá-lo sem rasgar a folha.

Eu não toquei no cubo de papel até que ele caiu em um sono agitado. Naquele momento, eu já havia analisado o peito dele.

Não parecia bom.

Capítulo 18

No dia seguinte, em meu horário de almoço, não fui ao refeitório do hospital. Fui ao pronto-socorro. Havia uma máquina de venda automática perto da entrada, que era o mais próximo que eu poderia chegar do fosso sem chamar a atenção.

Eu precisava encontrar uma maneira de passar pelas portas duplas. Precisava falar com alguém do setor de trauma. E, de alguma forma, eu precisava encontrar uma maneira de roubar e contrabandear uma boa quantia de solução de lactato de sódio, uma caixa inteira de antibióticos intravenosos e, se eu conseguisse, um pouco de morfina.

O fato de eu estar ali, o fato de estar *pensando* em jogar minha vida fora dessa forma — por *ele* — era incompreensível, mas era isso ou admitir que Jackson e eu estávamos com a corda no pescoço. Eu não conseguia ver outra saída que não terminasse em derramamento de sangue.

Eu não tinha conseguido salvar Kaylie, mas podia fazer isso. Eu *tinha* que fazer isso.

Eu estava no meu terceiro pacote de Oreo da máquina de venda quando minha supervisora se sentou na cadeira ao meu lado na sala de espera.

— Alguém ligou pra você? — perguntei a ela.

Ela me *olhou* feio.

— Você acha que eu preciso de alguém para me dizer o que está acontecendo no meu próprio hospital?

A maioria dos médicos que trabalhavam ali provavelmente se oporia à sugestão de que este hospital pertencia a uma única enfermeira da oncologia, mas eu era inteligente o suficiente para não discutir.

— Você vai me explicar por que está aqui embaixo? — disse ela.

Olhei para as portas pelas quais eu ainda não havia passado.

— Pensando em fazer seu próximo estágio na área emergencial? — Minha supervisora adivinhou sem rodeios. — Em traumas? — Ela fez uma pausa. — Talvez a unidade de queimados?

Ela não sabe. Eu não conseguia respirar. *Ela não tem como saber.*

— Você não tinha como salvá-la, Hannah.

Ela. Percebi que achava que aquilo era por causa da minha irmã, do meu luto.

— Talvez não — respondi —, mas talvez eu pudesse salvar alguém como ela. — Engoli em seco e disfarcei. — Da próxima vez.

Minha supervisora pensou no assunto.

— Acontece que — disse ela, por fim —, alguém na unidade de queimados me deve um favor.

De tudo o que aprendi ao visitar a unidade de queimados naquele dia, a informação que mais me impressionou foi que o momento mais doloroso para a maioria dos pacientes queimados era quando seus curativos estavam sendo trocados. Pensei em Harry me dizendo que se sentia como se estivesse sendo esfolado vivo, e depois pensei em todas as outras vezes em que troquei seus curativos, as vezes em que seus olhos se fixaram nos meus enquanto eu trabalhava e ele não disse uma palavra.

Naquela noite, fiquei na casa de Jackson e fiz o que pude. Em vez de dormir, fiquei acordada por horas, trabalhando para desdobrar aquele maldito cubo de papel. Eu me perguntava quantas vezes Harry tinha *me* visto dobrando. Era como os castelos de açúcar de novo, como se ele quisesse que eu soubesse que, com ele, não existia a possibilidade de eu ficar em segundo plano.

Finalmente, consegui abrir cada uma das dobras sem rasgar o papel. No centro da página, Harry havia escrito quatro palavras em uma caligrafia grande e irregular:

TUDO DÓI. NÃO É?

No dia seguinte, fui para o hospital bem cedo. *Isso é um erro.* Não importava. Eu estava comprometida.

Quase no final do meu turno, consegui segurar a porta da farmácia do terceiro andar com o pé antes que ela se fechasse. A morfina não estava acessível, mas peguei os antibióticos e a solução intravenosa. *Vou ser pega. E mesmo que eu não seja pega, nada disso vai aliviar a dor.*

Enquanto guardava os produtos roubados em minha bolsa, pensei no poema "Uma árvore de veneno". Pensei naquele cubo de papel minúsculo e intrincado. Pensei na maneira como meu paciente se revirava em seu sono, sua agonia obviamente piorando.

E então, no caminho para o carro, quando ficou claro que eu não seria pega — não naquela noite, pelo menos —, pensei no *outro* lugar aonde eu poderia ir para conseguir drogas. Não era morfina, mas era um opioide mesmo assim.

Oxicodona.

Capítulo 19

— **Um homem se aproximou de mim** — contei à minha mãe. Essa foi minha desculpa para aparecer. — Na mercearia perto do hospital.

Ela ficou pensando nisso por um ou dois segundos, com os olhos duros.

— Descreva-o.

Eu o descrevi.

— Parece um dos homens de Tobias Hawthorne. O esquema já está montado, mas eles não estão recuando. O que aquele miserável queria com você?

Essa era uma boa pergunta. *Será que eles sabem — ou mesmo suspeitam — que algo está errado?* Em algum momento, os investigadores perceberiam que faltava um corpo na Ilha Hawthorne?

— Não sei — disse à minha mãe. — Não fiquei por perto para descobrir. — Fiz uma pergunta antes que ela pudesse me fazer outra. — O que eles ainda estão fazendo aqui?

Minha mãe tinha um jeito de lembrar às pessoas que ela não existia para responder às perguntas *delas*. Ela segurou meu queixo, levantando meu rosto em direção ao dela, embora eu já estivesse encarando seus olhos.

— O que *você* está fazendo aqui, Hannah? — perguntou ela.

Diga algo verdadeiro e com calma.

— Kaylie. O quarto dela ainda está… — Deixei transparecer uma ponta de fraqueza, não o suficiente para ela explorar, apenas o suficiente para que ela tivesse certeza de que *ela* era mais forte. — Você...

— Pode subir. — Independente do que minha mãe fosse ou não fosse, havia muito pouca crueldade gratuita nela. A crueldade dela sempre tinha um objetivo, geralmente mais de um. E suas piedades também.

Eu sabia disso. Eu sabia disso antes de visitá-la naquela noite, mas não adiantava ficar me questionando.

Subi as escadas, meu ritmo era tão medido quanto minha respiração, e cheguei até o final do corredor. Escutei os passos, mas ninguém estava me seguindo.

Entrei no quarto de Kaylie e, por um momento, não consegui respirar. A porta do armário ainda estava aberta. Suas roupas ainda estavam nos cabides, exceto pelas pilhas aleatórias de itens que ela havia usado ou descartado no chão.

Caminhei lentamente depois me abaixei, tocando a camiseta que minha irmã usava na última vez em que a vi. *Dança comigo, sua linda.* O couro não era macio em meus dedos, mas a camiseta grande que toquei a seguir era. Levantei-a até meu rosto, sentindo o cheiro dela. *Citrus e rosa.* Os aromas não combinavam, mas Kaylie nunca se importou com isso.

Seu caos era dos mais bonitos — e notavelmente consistente. O quarto parecia ter sido revirado, mas sempre foi assim, então eu só tinha que torcer para que ninguém tivesse chegado lá primeiro.

Que ninguém mais da família ousasse roubar da filha morta de Eden Rooney.

Não é roubar se vocês são irmãs, eu podia ouvir Kaylie dizer. *É pegar emprestado com a intenção de não devolver.*

Pela primeira vez, não afastei as lembranças. Não podia — não ali. Eu quase conseguia senti-la comigo quando vasculhei os bolsos das roupas que ela havia deixado no chão e encontrei dois comprimidos. Já era alguma coisa, mas não o suficiente. Em seguida, procurei no armário dela, depois dentro da fronha do travesseiro, depois embaixo dos lençóis e entre a cama box e o colchão.

A expectativa nos negócios da família era de que os produtos não fossem provados sem permissão. Negócios eram negócios. Prazer era prazer. Mas eu *conhecia* minha irmã.

Por fim, encontrei uma tábua solta no assoalho embaixo da cama. Embaixo dela, havia um compartimento oco. Dentro, havia um saquinho de plástico. Dezenas de pequenas pílulas brancas olhavam para mim. Sob o saquinho, encontrei uma carteira.

Em sua última noite na terra, minha irmã havia roubado apenas uma.

Abri a carteira e a foto de Toby Hawthorne me encarou através de sua carteira de motorista. Eu teria reconhecido aquele sorriso em qualquer lugar, mas seus olhos pareciam diferentes na foto, o formato deles, mais abertos do que eu jamais havia visto. *Ele não estava bêbado ou drogado ali.*

Ele sorria com os olhos, menos um *vem cá* e mais como se dissesse *posso te contar a piada mais incrível?*

De repente, ouvi passos vindo pelo corredor.

Enfiei a carteira e o saco de comprimidos no cós da minha roupa de trabalho, cobrindo-os com a camiseta. Sete segundos depois, quando meu pai abriu a porta, eu estava novamente agachada ao lado das roupas de Kaylie, a camiseta de seu pijama em minhas mãos.

Citrus e rosa.

Meu pai, *nosso* pai, olhou para mim da porta.

— Eu sei — falou ele, baixinho.

Ele sabia que eu estava de luto. Ele sabia que eu amava Kaylie com todas as minhas forças. *Você não sabe por que estou aqui. Não sabe o que fiz, o que acabei de fazer.*

— Mas, Hannah?

Fiquei de pé e olhei nos olhos do meu pai.

— Se você quer *escapar…* — Sua voz baixou uma oitava. — Não volte aqui de novo. Eu só posso segurá-la por um tempo.

Capítulo 20

— O anjo vingador retorna. — Foram as primeiras palavras que Harry disse assim que me viu.

— Eu desdobrei o papel — falei enquanto colocava a bolsa no chão. Comecei a desempacotar meus suprimentos roubados. — E, só para constar, você está errado.

Dirigi minhas próximas palavras a Jackson, que estava com as costas apoiadas na parede, nos observando.

— Vou fazer mais uma intravenosa. Preciso que você higienize a agulha, como puder.

Trabalhei em silêncio. Trinta segundos depois de colocar a intravenosa na veia de Harry, injetei os antibióticos. Então, peguei minha bolsa de novo, para a oxicodona.

— Errado? — perguntou Harry. — *Moi?*

— Tem coisas que não doem — respondi. — Coisas que estão dormentes. — Abri a sacola. — Coisas que precisam permanecer assim.

Eu não estava apenas falando dele, mas também de *mim*.

— O que você fez, Hannah? — A voz de Jackson soava baixa… e alarmada.

Eu nem olhei para ele enquanto dava a oxicodona para Harry.

— O que eu tinha que fazer.

***

Durante cinco dias, Harry e eu mal nos falamos em minhas visitas noturnas. Eu trazia comprimidos e ele me deixava ofertas no chão, ao lado do colchão. Metade era composta por dobraduras de papel incríveis, cada uma mais complexa que a outra. A outra metade eram listas de compras.

Mesmo com a oxicodona, ele ainda queria uísque... e limões. *Malditos limões.*

Os antibióticos resolveram o problema de seja lá qual fosse a infecção que o corpo dele estava desenvolvendo, e a dosagem de oxicodona me permitiu fazer mais do que tratar suas queimaduras. Usando o que eu tinha visto na unidade de queimados e um bisturi do kit médico de Jackson, comecei a remover a pele morta.

Às vezes, meu paciente me xingava por isso. Às vezes, eu o ignorava. Às vezes, eu o xingava de volta.

Todos os dias, Harry queria mais comprimidos — e mais e mais e mais. Depois que ele começou a melhorar, passei a reduzir a dose, e ele ficou encantador.

— Imagino que você seja virgem.

Isso não merecia uma resposta, então não falei nada.

Ele deixou seus olhos percorrerem os meus e descerem, seu olhar se fixando em algum lugar mais próximo à minha boca.

— Você é muito fácil — comentou, mas ficou claro em seu tom: ele não estava mais falando de sexo. Ele estava falando sobre me irritar.

Eu não havia dito nada e ele estava agindo como se meu rosto tivesse revelado todas as minhas emoções.

— Você não gosta que olhem para você. — Harry permitiu que seus lábios se curvassem no mais sutil dos sorrisos. — Degustada como vinho.

Se ele achava que eu ia dar mais drogas só para que se calasse, só para que parasse de me olhar *daquele jeito,* ele ia ficar muito decepcionado.

— Melhor vinho do que churrasco — retruquei. Ele demorou alguns instantes para entender o que eu quis dizer.

Percebi o momento exato em que se deu conta de que eu estava me referindo às suas queimaduras.

Harry riu:

— Touché, Hannah igual para a frente e para trás. — Ele se apoiou nos cotovelos, com as costas um pouco elevadas da cama — Sou mais legal quando estou chapado e, por coincidência, *você* também é mais legal quando estou chapado.

— Não. Não sou.

Com o abdômen contraído e uma vontade férrea, ele projetou o corpo até conseguir se sentar.

Isso deve ter doído, pensei, mas não seria possível dizer ao observar a expressão dele.

— Olha, mãe — disse Harry, a voz seca como terra —, sem as mãos.

— Estou muito orgulhosa — retruquei sem emoção.

Ele ficou de pé rapidamente. Por instinto, estendi a mão, evitando tocar a parte mais queimada enquanto o segurava pelos braços, ajudando-o enquanto ele cambaleava. Isso fez com que nossos corpos se aproximassem muito, tão perto que ele conseguia sussurrar ao meu ouvido.

— Não está na hora — disse ele com suavidade, sua respiração como um fantasma roçando minha bochecha — de ir ao supermercado de novo? — Eu o fiz sentar de volta no colchão e, *aquele maldito,* ele sorriu. — Você está com minha lista.

Capítulo 21

Comprei os malditos limões e joguei na cama dele. Isso não impediu meu paciente de me pedir mais comprimidos. Isso não o impediu de me provocar de todas as formas que ele achava que poderia se safar.

As queimaduras estavam melhorando, dia após dia. E agora, todas elas.

— O que você acha — perguntou ele com altivez — de homens com cicatrizes?

— Homens? — Olhei para ele. — Se eu vir algum, te aviso.

O tempo era medido em dobraduras de papel, cubos e pirâmides, caixas e estrelas ninja e pequenos pássaros de origami. Ele continuava a dobrá-las e, apesar de meus esforços para resistir, eu continuava aceitando o desafio. Parte de mim estava esperando outra mensagem. *Tudo dói*. Mas cada folha de papel que eu desdobrava estava em branco.

Eu as guardava em sua carteira roubada. Em sua vida anterior, meu paciente não carregava muito dinheiro. Além de uma única nota de cem dólares, tudo o que encontrei nos bolsos maiores de sua carteira foi uma pequena ficha de metal, redonda e achatada, mais ou menos do tamanho e formato de uma moeda de 25 centavos, com uma série de círculos concêntricos gravados no metal.

Não havia nenhum motivo lógico para que eu começasse a carregar essa moeda comigo no bolso de minha roupa de trabalho, mas eu a carreguei. Dias no hospital, noites na cabana, eu a carregava comigo e, a cada vez que meus dedos tocavam o metal, eu pensava: *quanto tempo falta para que possamos movê-lo? Quanto tempo até que eu possa esquecer que tudo isso aconteceu? Esquecer dele?*

E então, uma noite, em meu apartamento, enquanto eu desdobrava mais um de seus cubos de papel, senti um cheiro. *O mais leve toque de limão.*

Aproximei o papel do meu rosto para cheirá-lo e, em seguida, rastejei pela cama para segurá-lo mais perto da luz — mais perto da lâmpada de cabeceira. A princípio, não vi nada, mas à medida que a página recebia o calor da lâmpada, as palavras apareciam.

Minim.

Matam.

Aibofobia.

— Tinta invisível — falei, da mesma forma que outra pessoa poderia ter dito uma obscenidade. — E palíndromos.

— Demorou, hein? — Harry, de alguma forma, *sabia* que eu havia descoberto tudo antes mesmo que eu dissesse uma palavra.

— Muito engraçado — retruquei.

— Suco de limão — respondeu ele. Pensei nas listas de compras, os pedidos incessantes por *limões*.

— Levante — ordenei. Era algo em que estávamos trabalhando todos os dias. Ele ainda não tinha conseguido fazer isso sem minha ajuda.

Ele nunca ficava de pé por muito tempo.

— *Minim* — falou Harry, saboreando a palavra e não demonstrando nenhuma vontade de se levantar —, medida de volume líquido, como o uísque. *Matam,* como em matar, assassinar. Cai bem, não acha?

Olhei feio para ele.

— Está prestes a acontecer.

— E *aibofobia*. — Ele estava se divertindo muito com isso. — Medo de palíndromos.

— Você inventou isso — retruquei.

— Não inventei. — Ele mantinha uma expressão tão impassível que eu não sabia dizer se estava blefando, então repeti minha ordem para que ele se levantasse.

Dessa vez, ele me fez a minha vontade. Minhas mãos sabiam exatamente onde apoiá-lo. Seu corpo sabia como aceitá-las.

— Tente dar um passo — ordenei, com toda a atenção. Eu me preparei para uma resposta rápida, mas me surpreendi quando o amante de palíndromos à minha frente tentou, sem drama, transferir seu peso para um pé e levantar o outro do chão.

Foi difícil.

— Graça e beleza eram ele — falou Harry, com a voz arrastada. Seu sarcasmo era sutil, traído mais pelas palavras do que pelo tom.

— É o ferimento na cabeça. — Eu não sabia que tipo de dano seu cérebro poderia ter sofrido com a queda, mas essa era a conclusão que fazia mais sentido. Ele não tinha queimado as pernas e não havia evidência de trauma na coluna.

Tentei fazer com que ele se sentasse, mas Harry resistiu. O anel pálido ao redor da parte externa de sua íris verde profunda era mais visível em alguns dias do que em outros.

— Você pode descansar — falei.

Eu *vi* as pupilas dele se dilatarem, o preto tomando conta do verde mais profundo como uma onda da meia-noite devorando as bordas de uma praia de areia branca.

— Me mostre o que tem no seu bolso — propôs ele — e eu vou ser humilde a ponto de tentar de novo.

Se Harry era *humilde*, eu era a Rainha da Inglaterra.

— Não vou mostrar o que tenho no bolso a não ser que você se *sente*.

Ele se sentou. Após um momento de hesitação, tirei a ficha que havia tirado de sua carteira.

Ele ficou olhando para ela.

— Onde você conseguiu isso? — Eu não o ouvia falar nesse tom desde que o ajudei a superar a pior parte de suas dores. *Brutal. Grosseiro.*

— Você reconhece isso — falei, olhando para a ficha.

— *Onde?* — Esse era o tipo de exigência que cortava o ar como uma espada feita de gelo.

— Sua carteira. — Eu não sabia ao certo por que havia dito isso a ele, ou por que não resisti quando ele arrancou aquele disco parecido com uma moeda dos meus dedos e o arremessou, com toda a força, contra a parede.

Pela primeira vez em minha vida, eu estremeci.

A porta do barraco se abriu e Jackson olhou de mim para Harry e de volta para mim.

Harry não, uma voz em minha mente sussurrou. Eu não conseguia me livrar da consciência visceral de que aquele era *Toby.*

— Você reconheceu o disco — conclui. — O que é isso? Do que você se lembra?

— *De nada.* — Ele não estava mentindo. Eu sabia disso, da mesma forma que ele sempre parecia saber quando eu estava. — Não me lembro de nada, mas, de alguma forma, eu *sei* que você não deveria estar com esse objeto.

Por um longo momento, eu o encarei, tentando olhar para *dentro* dele, tentando ver se alguma parte subconsciente dele estava começando a se lembrar de quem ele tinha sido antes.

— Pode ficar com ele — disse calmamente, indo buscar a ficha.

— Não. — Aquele tom de novo, *brutal, grosseiro, desesperado* até. — Esconda em algum lugar. Não importa o que você faça, não deixe ninguém ver.

Naquela noite e na manhã seguinte, quando escondi a moeda embaixo de uma tábua solta no assoalho da cabana, me perguntei por que Toby Hawthorne tinha ido a Rockaway Watch, bêbado, drogado e procurando confusão. Pela primeira vez, me perguntei se o filho do bilionário estava fugindo de alguma coisa.

Eu me perguntei se ele teria um motivo para incendiar a mansão.

Capítulo 22

Uma ou duas semanas após a reação estranha de Harry à ficha, ele parou de me deixar dobraduras de papel para que eu as abrisse, mas, ainda assim, me pedia por papel. Quando cheguei no meu próximo dia de folga, descobri que ele havia escrito uma única palavra em uma dessas páginas.

— O nome do jogo, Hannah igual para a frente e para trás — falou ele, apoiando-se no colchão —, é Três Movimentos. É um jogo simples, na verdade. Tudo o que você precisa fazer é escrever cinco palavras que não sejam *sexo*.

Sempre que eu começava a acreditar que ele podia ser algo menos que *impossível*...

— Eu posso pensar em algumas palavras para você — retruquei. — Agora, se levante.

Ele já conseguia ficar de pé sozinho. Eu estava ali apenas para ajudá-lo a se equilibrar.

— Me dê uma pílula da felicidade e estará livre do jogo — propôs Harry.

Ele não *precisava* de oxicodona agora, não como precisava antes.

— Tente dar um passo — contestei — e deixarei que você me explique por que o nome do jogo é Três Movimentos.

Dessa vez, ele conseguiu fazer isso sem arrastar o pé. Arqueei uma sobrancelha, esperando.

Com Harry, eu nunca tinha que esperar muito.

— Todas as letras desse jogo são desenhadas com uma combinação de linhas retas. Um *O* se parece um pouco com um retângulo. O *R* tem uma ponta. — Ele aproveitou a nossa proximidade para estender a mão e pegar a minha. Antes que eu pudesse reagir, ele estava traçando levemente as letras no verso.

Seu toque era deliberado e leve. *Deliberado demais. Leve demais.*

— Um movimento consiste em adicionar, subtrair ou reposicionar uma linha — murmurou Harry. — É muito fácil, por exemplo, transformar um *E* em um *F*.

Eu sabia, com todas as fibras do meu ser e todas as terminações nervosas do meu corpo, que ele estava se preparando para desenhar na minha mão de novo, então eu a puxei da dele e lhe dei um olhar de advertência.

— Você me deve mais dois passos.

Ele não havia concordado com esses termos, mas pagou mesmo assim. Seu pé esquerdo estava mais fraco que o direito. Eu não fazia ideia de quanto tempo levaria até que ele conseguisse andar o suficiente para atravessar a sala — quanto mais fazer uma caminhada de três quilômetros em um terreno rochoso. Não podíamos correr o risco de colocá-lo no meu carro em

Rockaway Watch, e não havia como Jackson e eu carregá-lo por quilômetros. Ele teria que fazer isso sozinho.

— Mais cinco passos — falei para Harry — e eu jogo seu jogo.

Achei que ele não conseguiria, mesmo me usando para se equilibrar. Estava errada.

— Pague — exigiu Harry, usando-me para se sentar no chão. — E lembre que você está procurando por cinco palavras que não sejam *sexo*.

Cinco palavras. Três movimentos. Uma chance de tirar aquela expressão presunçosa do rosto dele. Peguei o papel que ele havia deixado no colchão.

Permiti que meu cérebro tivesse um momento para dividir cada letra em suas respectivas linhas e, em seguida, peguei a caneta e fiz meu primeiro movimento, reescrevendo a palavra ao mover a linha do meio do N para baixo e retirando a da direita.

— Você conseguiu em dois. — Harry ergueu uma sobrancelha para mim. — Mais quatro, Hannah igual para a frente e para trás.

Voltei a olhar para a palavra original, observando as letras que Toby havia escrito. Era tão fácil ver a única solução que não me era permitida — remover uma das barras do N e deslizar a outra para formar um X. *Sexo*. Era um jogo diabólico.

Ele era um garoto diabólico.

Em uma nova linha, quebrei o O, empurrando uma das barras para formar um M e removendo as outras duas.

Faltam três. Dessa vez, escrevi a palavra *seno* sozinha, toda linhas e ângulos, do jeito que Toby havia escrito, na esperança de que, ao fazer isso, algo se acendesse em minha mente. *E agora?* Meu olhar foi atraído de volta para o maldito N, que poderia facilmente virar um X.

Harry era oficialmente a pior pessoa que eu já havia conhecido.

Mentirosa, algo dentro de mim sussurrou, mas eu ignorei. Eu o odiava. Eu o desprezava. Quanto antes ele se curasse e eu o fizesse andar, melhor seria.

Quebrei o N, posicionando uma barra em cima e outra embaixo.

— Pouco criativo — disse Harry, com a voz arrastada —, mas vou permitir.

Reescrevi a palavra *seno* mais uma vez e fiquei olhando para as letras em forma de bloco. Só precisava de um movimento para o N voltar a ser M, mas isso nem ao menos formaria *uma palavra.*

Por que você está jogando? perguntou meu bom senso, mas eu o ignorei. Kaylie não tinha sido a única Rooney com uma veia competitiva e, de alguma forma, achei que ela aprovaria isso.

Aprovaria, especifiquei em silêncio, *que eu acabasse com a raça desse riquinho no jogo que ele inventou.*

De S para R eram três movimentos. De E para F era um. Nada disso me ajudaria. As engrenagens em minha mente começaram a girar mais rápido. Tinha a palavra *sebo,* mas nem sei quantos movimentos isso exigiria. Conseguia ver muitas letras que exigiram poucos movimentos, mas nenhuma delas formava uma *palavra*.

— Tique-taque, Hannah igual para a frente e para trás.

E foi aí que eu vi: a solução óbvia.

— Você disse que eu poderia mover as linhas, tirando ou *acrescentando*.

Harry era ótimo em parecer blasé, mas lá no fundo, eu sabia que *ele* sabia que fora derrotado.

Movendo duas linhas, transformei o S em F e obtive a palavra *feno*. Ao acrescentar duas linhas no meio da palavra, formei um *T* e gerei a palavra *sento*.

— Cinco palavras que não são *sexo*. — Harry sorriu. — Estou impressionado.

Olhei feio para ele.

— Eu não. — Me levantei, depois lancei o desafio. — De pé de novo.

Eu iria fazê-lo andar nem que isso me matasse.

Capítulo 23

Ficamos sem papel mais ou menos na época em que Harry conseguia dar cinco passos sem ajuda. No dia seguinte, ele desenhou um círculo nas costas da minha mão.

— E eu que pensava que você dava valor à sua vida — falei com voz sombria.

— Para com isso, Hannah, igual para a frente e para trás. Você sabe que não valorizo. — Ele falou com leveza, zombeteiro, mas havia um toque de verdade naquelas palavras.

Havia momentos em que ele era *Harry* para mim e momentos em que eu podia ouvir *Toby* em seu tom, não importava o quanto eu tentasse ignorar. Suas lembranças não tinham voltado — tinha certeza disso — mas eu também tinha cada vez mais certeza de que ele podia sentir as sombras por trás do véu dos espaços em branco em sua memória.

Eu não conseguia deixar de me perguntar o que eram essas sombras, que segredos haviam sido trancados por sua amnésia. Às vezes, pensava em como ele havia implorado para que eu o deixasse morrer. Fiz um bom trabalho em impedi-lo. Ele estava vivo. Estava ficando mais forte.

E era um pé no saco *inacreditável*.

— Se você vai me torturar, não-enfermeira Hannah... ou pior, vai tentar me motivar, o mínimo que você poderia fazer é me deixar terminar *isso*. — Ele apontou com a cabeça para minha mão.

Olhei para o círculo. Estava perfeitamente desenhado. Tão perfeito que parecia impossível.

— Será que eu quero saber o que você está desenhando? — perguntei.

Harry abriu um daqueles sorrisos presunçosos dele que diz *um de nós está ganhando esse jogo e não é você*.

— Eu não sei, *lügnerin*. Você sabe?

Eu não sabia com certeza qual língua ele tinha acabado de usar, mas sabia muito bem o que ele havia dito, e ele estava certo: eu *era* uma mentirosa. Todos os dias, ia até ali e fingia que ele não tinha matado minha irmã. Havia dias em que eu quase chegava a acreditar nisso.

— Uma hora — falei para ele, meu tom deixando claro que esses termos não estavam abertos a negociação. — Uma hora inteira de reabilitação exaustiva. É isso que você vai me dar se eu deixar você terminar seu pequeno desenho.

— Você vai me dar muito trabalho. — O canto daquele sorriso se alargou ligeiramente de um lado.

— Eu odeio você e quero você longe de mim — respondi. — Estamos de acordo?

Ele pegou minha mão.

— Você sabe que sim.

Na parte superior do círculo, da minha perspectiva, ele desenhou um *P*. O toque da caneta foi leve em minha pele. O roçar de sua mão contra a minha enquanto ele escrevia era tudo menos isso.

Eu odeio você, pensei, enquanto ele escrevia outra letra.

Eu odeio você.

Eu odeio você.

Eu odeio você.

As palavras estavam mais próximas de um sussurro em minha mente do que do voto fervoroso que haviam sido antes, mas eu me agarrava a elas letra após letra, momento após momento, toque após toque.

Quando Harry terminou, ele tampou a caneta. Meu olhar foi atraído para seus bíceps e antebraços, que não estavam mais escondidos sob a gaze. As queimaduras de segundo grau já estavam bem cicatrizadas. Qualquer cicatriz que restasse disso seria fraca.

A coisa era bem diferente no peito dele.

— Vinte e oito letras. — Concentrei-me em minha mão. — Não vou perguntar o que elas significam.

— Excelente. — Ele se levantou da cama, pronto para cumprir a parte *dele* no acordo. — Porque eu não contaria.

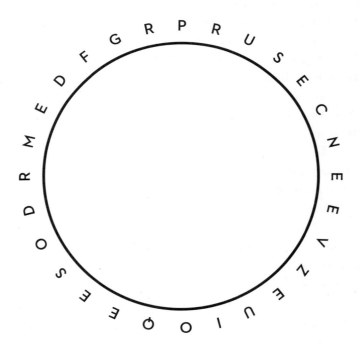

Capítulo 24

Naquela noite, deitada em minha cama, tentei ler. Uma nova versão de *A Bela e a Fera*.

Uma mansão encantada. Uma rosa mecânica roubada. Uma maldição. Mas foi a própria fera que me impediu de ler além das primeiras cem páginas. Seu hábito de afastar as pessoas com brutalidade. Sua arrogância, tão duradoura quanto a maldição. O fato de que ele *sabia* o que era, sabia que amá-lo poderia destruí-la se, por algum milagre, ela fosse a pessoa certa.

Quando fechei o livro, com um pouco mais de força do que o necessário, praticamente pude ouvir Harry falando sobre meus castelos de sachês de açúcar. *Você acredita em contos de fadas, Hannah igual para a frente e para trás?*

Eu não acreditava, nem um pouco. Eu me deitei e fechei os olhos, desejando que o sono viesse, mas minhas pálpebras teimosas se abriram de novo. *Que droga.* Olhei para minha mão.

Comecei onde Harry havia começado — com o *P*.

— P, R, U, S, E, C... — falei baixinho. Foneticamente, se eu tentasse pronunciar isso como uma única palavra, soaria um pouco como *proseco*? Em seguida, foi *nee* e depois *vze*.

Em outras palavras: um grande nada. Observando todas as letras, fiquei imaginando se havia algum palíndromo escondido em algum lugar da sequência. Eram sete letras *E*, duas letras *S*, três *R*, um *I*, um *V*.

Esse. Rir. Rever. Eu odiava com todas as minhas forças o fato de imaginar tão vividamente a aparência dos lábios de Harry quando ele sorria. *Não.* Eu não ia perder nem mais um minuto com esse joguinho dele.

Nem um minuto.

Mesmo assim, no hospital, no dia seguinte, quando as marcas de caneta no dorso da minha mão começaram a sair com o excesso de lavagens, aproveitei o intervalo para redesenhar o círculo e as letras.

P, R, U, S, E, C, N, E, E, V, Z, E... Eu estava vagamente irritada com o fato de ter memorizado toda a sequência, mas não tão irritada quanto estava com o fato de ainda não ter conseguido resolvê-la.

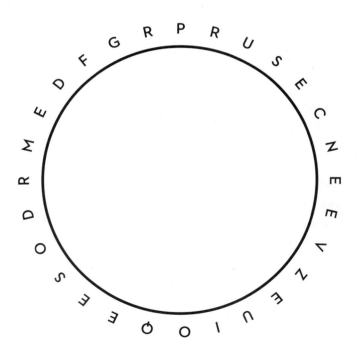

— Você quer uma dica?

Olhei feio para Harry e sua cara de presunçoso.

— Vou considerar isso como um *não*, então. — Ele piscou para mim, enquanto eu terminava de enfaixar seu peito. — Espero que você entenda como estou sendo generoso por não me vangloriar agora.

— Você *está* se vangloriando. — Eu sempre levava algum tempo, depois de tratar as queimaduras restantes, para parar de pensar nos lugares em seu peito e tronco onde a pele lisa dava lugar ao que eu sabia que um dia seriam cicatrizes bem-marcadas. Havia dias em que me sentia como se tivesse sido eu a responsável por marcá-lo.

Eu já havia dado mais do que ele jamais teria o direito de me pedir, mas isso não era o suficiente.

— Estou me vangloriando de um jeito *discreto*. Posso garantir que, se não tivesse, meus métodos para me vangloriar seriam bem mais memoráveis.

Respondi com um sorriso muito doce, o que ele achou preocupante, com razão.

— Será que eu deveria perguntar que tortura você planejou para mim hoje? — disse ele com a voz seca.

Aquele era meu dia de folga.

— Hoje — falei — trabalharemos em terreno irregular.

— Posso torcer para que isso seja uma metáfora?

— Para o quê? — Olhei feio para ele. — Pensando melhor, não precisa me responder. Hoje, vamos sair.

— À luz do dia? — A pergunta irônica de Harry fez meu coração bater na garganta. Por tanto tempo, o mundo dele, o *nosso* mundo, tinha sido esta cabana. Sair, ir para onde podíamos ser vistos, era um risco… mas um risco necessário.

— Ninguém vem para esses lados — falei tanto para mim mesma quanto para ele. Fui até a porta de metal para abri-la, primeiro uma fresta para verificar, depois mais para provar o que dizia. A única coisa que eu podia ver era o farol a cem metros de distância. Não havia mais nada nem ninguém.

Harry levou algum tempo para chegar à entrada da cabana, mas seus movimentos foram suaves. Eu pisei no chão rochoso. Ele fez o mesmo, ou tentou fazer. Se eu não tivesse me movido para apoiar o corpo dele no meu, ele teria caído. Foi só quando cravou os dedos no meu braço, com *força*, que me dei conta de que o sol o havia cegado.

Nenhuma janela, pensei de repente. Era fácil esquecer que a cabana de Jackson não tinha janelas. *Eu* não estava morando lá e, a menos que fosse um dos meus dias de folga, chegava e saía abrigada pela noite.

Durante um mês e meio, Toby Hawthorne vivera apenas com luz artificial. *Eu deveria tê-lo trazido para fora mais cedo.* Descartei esse pensamento, porque o que eu *deveria* ter feito, desde o início, era ficar o mais longe possível dele.

— Uma vista e tanto — disse Harry, ainda piscando. Ele tinha que continuar sendo *Harry* em minha mente. — Eu, por exemplo, sempre curti faróis em ruínas.

Eu estava a ponto de responder ao sarcasmo dele com mais sarcasmo quando ele continuou:

— Pode dizer que sou sentimental, mas tem algo de muito belo em qualquer coisa construída para um propósito e que se recusa a morrer, mesmo quando esse propósito não existe mais.

Não sei dizer o que me possuiu naquele momento, mas, de repente, *tive* que perguntar, da mesma forma que tinha que respirar.

— Você se lembra de alguma coisa da sua vida de antes?

Harry deu um passo à frente, de pedra em pedra, com a mandíbula cerrada pelo esforço. O sol refletia em seu cabelo castanho-escuro, com reflexos vermelhos profundos brilhando sob a luz.

— A primeira coisa de que me lembro, Hannah igual para a frente e para trás, é de *você*.

Capítulo 25

Naquela noite, eu me recusei a dormir até resolver o quebra-cabeça. Eu havia tentado ler no sentido horário e anti-horário, mas, dessa vez, até mesmo pensar na palavra *sentido horário* me fez olhar para o círculo de forma diferente.

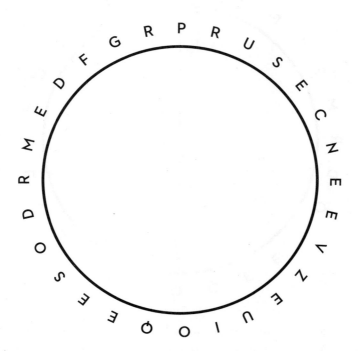

Tentei colocar números acima das letras, mas o espaçamento estava errado. P e R estavam na posição das doze e das nove horas. O e E estavam às seis e às três, mas havia letras demais para que o restante caísse diretamente sobre os números de um relógio.

P, pensei, voltando ao topo do círculo. Tracei meu dedo até a base. O. Essa combinação específica de letras, PO, poderia ser o começo de uma pergunta.

Por quê?

Meu olhar se voltou para o topo do círculo. Ao lado do P, havia um R. Peguei uma caneta e desenhei duas linhas no dorso da minha mão, uma do P até o O e outra do O até o R.

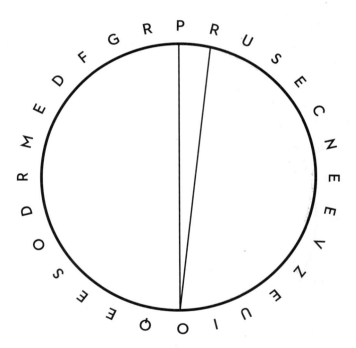

Poderia mesmo ser *por quê*. Parei por alguns instantes. *E agora?* Meu coração começou a bater um pouco mais rápido e, em seguida, passei o dedo pelo círculo até a letra oposta ao R.

— É mesmo um *Q* — observei. Sem saber se estava indo pelo caminho errado ou não, voltei para a próxima letra no quadrante superior direito, depois para o inferior esquerdo e, em seguida, peguei a caneta, refazendo os movimentos que havia feito.

S, E, E, S, C, O... Continuei até conseguir mais uma palavra completa.

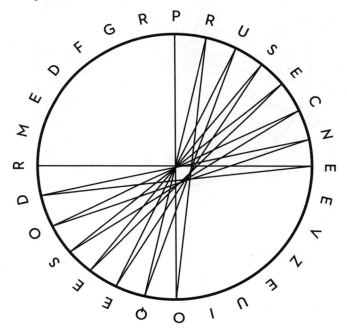

POR QUE SE ESCONDER...

Continuei, letra após letra, até as costas da minha mão parecerem uma teia de aranha — ou uma explosão de estrelas. O padrão era complicado o suficiente para que eu não pudesse deixar de pensar na facilidade com que Harry havia escrito toda a sequência. Ele nem sequer parou, como se seu cérebro estivesse operando em outro plano, como se pudesse ver todo o quebra-cabeça — a armadilha que ele havia preparado para mim, a pergunta que eu havia acabado de decodificar — tudo de uma vez.

POR QUE SE ESCONDER EM VEZ DE FUGIR.

Capítulo 26

Na noite seguinte, fui à casa de Jackson com as costas da mão lavadas e a solução do quebra-cabeça, tanto o diagrama quanto as palavras, copiados em uma nota adesiva. Eu o colei na testa de Harry, bem no centro.

— E eu que tinha apostado comigo mesmo que você não resolveria o quebra-cabeça até amanhã. — Ele ergueu a mão, tirou a nota adesiva na testa e a dobrou no meio, sem nem ao menos verificar o resultado do meu trabalho.

— O que você quer dizer com isso? — perguntei a ele, apontando para o bilhete. — *Por que se esconder em vez de fugir.*

— Eu diria que é óbvio. — Ele se levantou do colchão. — Você é uma especialista em se esconder. — Ele inclinou a cabeça para um lado. — Atrás do seu cabelo. Por trás dessa expressão que você toma tanto cuidado para manter neutra. Por trás das mentiras.

Eu podia sentir seu olhar tentando capturar o meu, então desviei o olhar, e só depois me ocorreu que isso poderia provar o ponto de vista dele.

— Não minto para você desde que falei que era enfermeira — respondi.

— Você é *estudante* de enfermagem — retrucou ele. — E excelente no que faz. E você já mentiu para mim muitas e muitas vezes, quase com tanta frequência quanto para si mesma. O que eu ainda não entendi... — se eu achava que o olhar de

Harry parecia o de um lobo antes, agora era mil vezes mais semelhante — é por que você se esforça tanto para se esconder. Tenho minhas teorias, é claro.

— Ser reservada não é nenhum crime.

— Você sente as coisas. — A voz de Harry estava mais suave do que um momento antes. Não gentil, mas suave como seda na pele. — De um jeito profundo. — Ele estudou meus olhos sem se preocupar em esconder o que estava fazendo. — Observar você tentar manter suas emoções contidas é como ver a água da tempestade subir e descer atrás de uma barragem.

Para onde quer que eu olhasse, lá estava ele: olhos verde-escuros, mais claros nas bordas, tão concentrados nos meus que não havia como escapar.

— Você está sofrendo — murmurou Harry. — E você está com tanta raiva que posso sentir. — Ele fez uma pausa, desafiando-me a dizer que ele estava errado e, quando não o fiz, ele continuou: — Você está assustada, e não apenas porque vir aqui é perigoso para você.

Ergui o queixo e o encarei.

— Você não sabe do que está falando.

— Minha vida se resume a quatro paredes, esta cama, um pescador barbudo com tendências de sobrevivência questionáveis e um gosto horrível para decoração de interiores, e *você*. — Ele fez uma pausa, bem breve. — Você sabe o que eu descobri sobre mim mesmo com todo esse tempo livre? Estou com fome, Hannah. — Pela primeira vez, ele usou meu nome. Só o meu nome. — Meu cérebro absorve cada detalhe do ambiente que o cerca. De você.

Dei um passo para trás.

Ele pareceu entender aquilo como um convite — não para vir atrás de mim, mas para me dizer exatamente o que viu quando absorveu todos os detalhes.

— Você tem maneiras de ir para outro lugar em sua mente. É como se você fosse uma sonhadora presa no corpo de uma cínica, na vida de uma cínica. Suas mãos nunca estão paradas, mas sempre firmes. E seu rosto... é como se você tivesse controle sobre cada músculo, mesmo aqueles que a maioria das pessoas desconhece completamente.

Seu peso se deslocou ligeiramente em minha direção, e havia algo desconhecido — e novo — no movimento da boca dele. *Ele está pensando em me beijar.* Esse pensamento foi horrível e inesperado. Eu disse a mim mesma que estava imaginando coisas, mas... *Está com os lábios entreabertos. Os olhos nos meus.* E o pior foi que, dessa vez, eu *não* me afastei.

Meu coração batia em um ritmo constante, e eu o sentia em cada centímetro do meu corpo. *Eu odeio você. Eu odeio você. Eu odeio você.*

— Posso contar uma história para você, Hannah? — Suas palavras me envolveram. Estava muito consciente da forma como o peito dele subia e descia, de como o meu fazia o mesmo. — Um conto de fadas? Acho que vou contar e você pode me dizer como me saí. Era uma vez... — Harry deu um passo para trás, depois outro, me dando espaço para respirar, permitindo que ele tivesse espaço para me absorver de uma só vez. — Era uma vez uma princesa, filha de um rei imprestável e de uma rainha perversa.

Pensei no meu pai, mantendo minha mãe à distância... até certo ponto, e só porque ele tinha perdido a Kaylie antes. Mas me recusei a permitir que meu oponente achasse que estava perto da verdade.

— Diga o nome de uma princesa de conto de fadas que nasceu de uma rainha malvada — desafiei.

— Te irritei, foi? — Ele me deu um sorriso perverso e cúmplice. — A princesa Hannah brilhava como um farol na escuridão, nada parecida com as pessoas ao seu redor. *Altruísta. Bondosa.* — Havia um tom afiado na maneira como ele disse aquelas palavras, como se não fossem apenas elogios. — Mas, infelizmente, os altruístas só se dão bem nos contos de fadas já bem no finalzinho.

— Eu não sou altruísta — respondi. — Você mesmo disse... eu me escondo. — Tornar-me invisível por tanto tempo teve um custo. Eu havia deixado Kaylie naquela casa. Eu a deixei à mercê de nossa mãe. Eu disse a mim mesma que a tiraria de lá, mas *não o fiz*.

E a culpa é sua, pensei, olhando fixamente para a pessoa que me contava a história da minha vida.

— Você não é altruísta? — perguntou Harry. — Você está aqui, não está? Eu sou, até mesmo para mim, um completo babaca e, ainda assim, você vem aqui, dia após dia. Você desvia o olhar. Você me ignora sempre que pode. Mas você está aqui. Você me salvou.

— Porque você *queria* morrer. — As palavras saíram de mim.

— É possível — permitiu Harry — que a princesa seja capaz de ser rancorosa. — Ele deu de ombros da forma mais discreta. — Afinal de contas, ela é filha da rainha perversa.

Um músculo da minha mandíbula se contraiu.

— O que Jackson tem falado quando eu não estou aqui?

Essa era a única explicação para a história que meu paciente, *um completo babaca,* estava contando, a única forma de ele saber de tudo isso. Ninguém era *tão* perspicaz.

— O pescador não me disse nada. Como você pode ver, é impossível provocar o Barbudo. Mas você... — Ele sorriu. — Você é como uma fechadura com sete chaves, cada uma mais complicada que a outra. — Ele deu de ombros discretamente de novo. — Tenho sérias suspeitas de que sempre gostei de arrombar fechaduras.

— Comece a se mexer — vociferei, gesticulando para a porta. — Ande. Use suas pernas, porque estamos nos preparando para sair para as pedras. — Eu ia levá-lo até o farol esta semana, nem que isso me matasse.

210 JENNIFER LYNN BARNES

— Sempre a mestre, nunca a aprendiz. — Harry teve a ousadia de fazer um muxoxo, depois voltou ao conto de fadas da minha vida, visto pelos olhos dele: — Quando era muito jovem, a princesa Hannah aprendeu a se fechar. Ela tinha um segredo, sabe. *Mágico*. E a rainha má a teria sugado até os ossos.

Minha garganta ficou apertada. Ele estava descrevendo a irmã errada. Não era *eu* quem tinha magia.

— Então a princesa se trancou. Ela construiu torres, uma dentro da outra dentro da outra, invisíveis para todos, exceto para ela. *Fechaduras e chaves*. Sozinha... onde ninguém poderia machucá-la, onde sua magia poderia ser usada para não causar mal.

Eu não *tinha* nenhuma magia. Eu não era notável. Eu não era *nada*.

Por que ele não me deixava ser nada?

— Isso é o melhor que você pode fazer? — vociferei, sem saber por que as palavras saíram roucas em vez de ásperas.

Harry começou a caminhar em direção à porta, devagar e com firmeza, seus olhos nunca deixando os meus.

— Eu te entendo, Hannah igual para a frente e para trás. Por completo.

Isso era pior, *muito pior* do que ser beijada. Porque eu acreditava nele.

— Eu também te entendo — falei, minha voz como aço, embora meu coração estivesse batendo forte. — Vejo um garotinho assustado que *foge*.

Agora eu tinha certeza: era isso que ele estava fazendo quando veio para Rockaway Watch. Eu não sabia exatamente o motivo, *uma árvore de veneno, a moeda de metal*, mas com certeza ele estava fugindo de alguma coisa.

— Vejo um covarde — acrescentei, sem piedade — que só escolhe as batalhas que não importam, porque enfrentar as que importam seria muito difícil... — Eu o olhei fixamente. — Já parou pra pensar, *Harry*, que você não se lembra de quem é porque não quer se lembrar?

Quando dei por mim, ele estava bem na minha frente.

— Então *me diga*. Quem sou eu, Hannah?

De repente, percebi que esse poderia ter sido o objetivo final de toda a conversa. Talvez ele tivesse insistido, insistido e insistido com a única intenção de me fazer recuar.

— Nos contos de fadas — disse Harry — há um poder nos nomes.

Ele estava tão perto, e de repente tive certeza: ele estava, de novo, pensando em me beijar.

Ele não vai fazer isso, eu disse a mim mesma. *Eu não vou deixar*. Se ele estava tão determinado a contar histórias, eu tinha uma para contar para ele. Daria exatamente o que ele estava pedindo. Seu nome. Seu passado. A verdade sobre o incêndio — e o sangue em suas mãos.

Abri a boca. No instante em que o fiz, ele deu um passo para trás e respirou fundo. Foi como se eu tivesse pegado uma faca e cortado sua pele.

A mudança foi tão repentina e absoluta que minha mente se voltou imediatamente para a maneira como ele reagiu quando viu a moeda.

— Pensando bem — disse ele, exasperado — não me diga.

Foi *ele* quem abriu a caixa de Pandora, quem me expôs. Ele havia insistido, insistido e insistido, e podia muito bem lidar com as consequências.

— Seu nome é…

— *Por favor*.

Eu não esperava por isso.

Dessa vez, foi *ele* quem desviou o olhar.

— No fim das contas, Hannah igual para a frente e para trás, ao que parece, prefiro continuar como *Harry* pra você.

Capítulo 27

Passei três dias sem dirigir a palavra a ele. O mais chocante foi que ele também não falou comigo. No quarto dia, me dei conta de que ele quase não estava comendo. Eu não tinha passado por todo aquele trabalho para mantê-lo vivo só para vê-lo definhar agora.

Coloquei um prato de comida no colchão ao lado dele e esperei.

Ele olhou nos meus olhos.

— Já li contos de fadas o bastante para saber que se deve desconfiar de seres mágicos que trazem comida.

Eu não ia entrar nessa conversa de contos de fadas de novo.

— Se você comer, eu jogo — falei sem rodeios — um jogo que você escolher… desde que seja razoável.

— E você diz que não é altruísta. — Harry pegou o garfo de plástico que eu havia fornecido, girando-o entre os dedos. — Que você não tem magia. Que não é um raio de luz inabalável e inextinguível.

— Coma — ordenei — e cale a boca.

— E eu que pensava que nos últimos dias tinha ficado claro que eu só consigo fazer uma dessas coisas por vez.

Tive a sensação de que essa poderia ser uma das coisas mais verdadeiras que ele já havia me dito, que ele poderia se fechar para o mundo e perder o interesse até mesmo na comida… ou deixar tudo entrar.

— *Coma* — falei de novo. — Nunca chegaremos ao farol se você não comer.

O farol e depois mais longe e depois longe o suficiente para que ele pudesse *ir embora.*

Harry começou a comer.

— Forca — disse ele.

— Forca? — repeti.

— Esse é o jogo. Mas, para torná-lo interessante, vamos fazer uma aposta. Tenho a sensação de que os meus, sejam eles quem forem, gostam muito de apostas, principalmente as arriscadas.

Estava na ponta da língua para lhe dizer exatamente quem eram os dele, mas eu sabia que ele não queria saber.

Seu cérebro *não o deixava* saber.

— Qual é a aposta? — perguntei.

— Eu proponho os seguintes termos... — Harry demorou um tempão para explicar, entre uma mordida e outra. — Você tem três dias e chances ilimitadas de adivinhar minha palavra. Em vez de desenhar pedaços de uma figura de palito a cada palpite errado, desenharei os cabelos da sua cabeça, um de cada vez, se for preciso. Mas se, após o terceiro dia, você não conseguir adivinhar minha palavra, terá de me contar tudo sobre a rainha má.

Minha mãe.

Ele deve ter visto a recusa em minha expressão, pois me deu uma segunda opção:

— Ou isso ou você pode me contar sobre a pessoa que perdeu.

— Pessoa que perdi? — repeti.

— A pessoa pela qual você está de luto. A pessoa que você amava com tanta intensidade. — Ele me olhou nos olhos de novo. — Ninguém tem olhos como os seus, Hannah igual para a frente e para trás, a menos que tenha perdido algo.

Olhos como os meus? Tinham uma cor de avelã-acinzentada, sem características marcantes, cautelosos.

— E o que você vai me dar quando eu ganhar? — perguntei.

— *Quando?* Admiro sua confiança, por mais que esteja errada.

— Eu resolvi seus dois últimos quebra-cabeças, não foi? — respondi. Também desdobrei cada uma de suas criações de papel sem rasgá-las. Eu havia vencido todos os desafios que ele havia proposto.

— O que você quer se ganhar, minha mentirosa?

Eu quero... Não consegui terminar a frase, nem mesmo para dizer, *quero que você vá até o farol. Agora.*

— Eu não sei.

— Uma vantagem não especificada? — Harry ergueu as duas sobrancelhas. — Que típico de um conto de fadas, Hannah igual para a frente e para trás.

— Com medo? — zombei. Eu preferia esse Harry ao dos últimos dias.

— Apavorado — respondeu com um sorriso. — Trato feito.

Capítulo 28

Ainda não tínhamos papel, então Harry desenhou seu quebra-cabeça em um guardanapo.

— — — — — — — — —

Observei o espaçamento entre as letras.
— Isso tudo é uma palavra?
— Ora, é sim.
Eu estreitei meus olhos para ele. Tinha de haver uma pegadinha no fato de ele ter me dado palpites ilimitados. Havia apenas vinte e seis letras no alfabeto.
— E — falei.
Harry pegou outro guardanapo. Eu esperava que ele desenhasse a típica moldura da forca, mas tudo o que ele desenhou foi uma forma oval.
— A.
Uma única linha em arco, nas proximidades do que eu tinha de supor que seria meu olho.
Alguém estava se sentindo muito confiante, e não era eu. Estreitando os olhos, falei todas as vogais restantes, além do *Y*.
Aquele olho solitário estava começando a tomar forma, e eu percebi: Harry sabia *desenhar*. Definitivamente, não era um boneco de palito. Era o início de um esboço bem detalhado, e

me lembrei da maneira como ele havia dito que desenharia meu cabelo, um fio de cada vez, se fosse necessário.

— Não existe uma palavra sem vogais — protestei.

Harry deu de ombros.

— Eu nunca prometi escrever minha palavra com letras.

— Então, o que mais você poderia… — Parei de falar. — Números. Você está jogando forca em *código*?

— Por mais que os meus gostem de apostas, acredito que também gostamos muito de distorcer o jogo. — Harry girou a caneta em seus dedos como um bastão em miniatura. — Em minha defesa, você tem tantos palpites quanto os cabelos da sua cabeça, as estrelas no céu e a quantidade de formas que você já imaginou que arrancaria essa expressão presunçosa do meu rosto de beleza tão clássica.

— Você não é tão bonito assim — protestei, com a voz sombria.

Ele sorriu.

— Você sabia que *bugiarda* quer dizer *mentirosa* em italiano?

Depois de chutar os números de um a vinte e seis, ficou claro que não seria fácil decifrar esse código. Apenas quatro números fizeram com que ele não acrescentasse um traço ao desenho do meu rosto: *5, 3, 7 e 2*. Cada número foi usado apenas uma vez, com os espaços restantes em branco.

— Hipoteticamente falando… — Olhei para Harry. — Qual é o intervalo de números em seu código?

— Hipoteticamente? Pode variar de dois a trezentos e dez.

Trezentos e dez? Isso *tinha* que ter algum significado.

— Quer tentar adivinhar de novo? — provocou Harry, e tentei não pensar em como seria o desenho dele depois que eu adivinhasse todos os números restantes até trezentos e dez.

Fiquei olhando para o quebra-cabeça, ignorando completamente o segundo guardanapo.

___ ___ ___ ___ ___ ___ **7** ___ **3** **2** **5** ___

Precisava ir com calma, olhar de todos os ângulos antes de dar a ele a chance de me fazer vagar por um caminho de *sua* escolha.

— Pode largar a caneta e se levantar — ordenei. — Acabamos por hoje.

Capítulo 29

Depois de um longo turno no dia seguinte, voltei e chutei todos os números entre vinte e sete e trezentos e dez. Em minhas horas de folga, não encontrei nenhuma estratégia melhor.

À medida que os números eram preenchidos no quebra-cabeça, meu rosto tomava forma no outro guardanapo. Eu estava errada quando deduzi que Harry era um excelente artista.

Ele era *extraordinário*.

Não era apenas o fato de ele ter capturado minhas feições. Era o *jeito* que ele fez isso. Meus olhos arregalados pareciam estar fixos em algo à distância. Havia um olhar quase sonhador que em nada combinava com a rigidez que ele havia capturado em minha mandíbula. Ele desenhou meus lábios ligeiramente separados e linhas idênticas entre minhas sobrancelhas — não exatamente *franzidas*. Minhas maçãs do rosto eram afiadas, mas de alguma forma ele conseguiu fazer com que minhas bochechas parecessem macias. Ele desenhou meu pescoço longo, meu cabelo solto e um pouco selvagem, como se eu estivesse em um penhasco, olhando para o vento.

De alguma forma, o efeito geral não era suave ou duro ou nítido ou sonhador ou selvagem ou qualquer um dos descritores que se encaixam em seus componentes individuais. Eu simplesmente parecia... *viva*.

Eu não fazia ideia de como ele conseguiu me fazer parecer *assim* sem exagerar nenhum dos meus traços ou forçar emoções sobre eles de uma forma que ao menos indicasse que ele havia se dado alguma licença artística. Mas ele não tinha. Não havia uma única parte daquele desenho que eu pudesse olhar e pensar, *não sou eu* e, ainda assim, não havia *nada* de sem graça na pessoa que ele havia desenhado.

— O que está pensando? — Sua voz entrou em minha mente.

Eu disse a mim mesma que ele não estava perguntando sobre o desenho e, em vez disso, olhei para o quebra-cabeça.

34 42 38 21 39 310 7 52 3 2 36 5 44

Eu esperava que houvesse alguns números repetidos ou, melhor ainda, combinações repetidas de números, mas cada número no código era único.

Isso era impossível. Literalmente. Não havia como eu descobrir o que significava cada um desses números.

— Você poderia começar escrevendo as letras do alfabeto. — Harry estava mais do que *presunçoso*. — Veja se alguma coisa salta aos olhos.

Isso era uma dica ou ele estava só se vangloriando? Com ele, não havia como saber, mas, pelo lado positivo, quanto mais irritada eu ficava com o quebra-cabeça, mais perto eu chegava de esquecer aquele desenho e como ele me via.

Ignorando sua sugestão de escrever as letras do alfabeto, concentrei-me em olhar para os números em si. *Quatro números de um dígito. Apenas um número de três dígitos.* Deixei os quatro de lado por um momento. Dos oito números de dois dígitos, quatro começavam com três; dois começavam com quatro; e havia um que começava com dois e cinco.

— Eu recomendo, de verdade, que você escreva o alfabeto — disse Harry, muito satisfeito consigo mesmo.

Com certeza aquilo era uma pista, e eu não ia dar a satisfação de permitir que ele me visse aceitá-la.

— Chega de brincadeiras — falei. —Ainda tenho mais um dia e temos trabalho a fazer.

Ele pegou o outro guardanapo, aquele em que havia me desenhado, traço por traço e linha por linha. Ele olhou do desenho para a expressão em meu rosto agora.

— E aí está você — murmurou ele, com a voz me tocando como uma tempestade de verão. — Aí — repetiu ele, com um trovejar em sua voz baixa — está você.

No dia seguinte, eu tinha o tipo de turno em que os intervalos eram poucos e distantes entre si. Tinha ouvido as enfermeiras da maternidade dizerem que a ala sempre ficava lotada quando havia lua cheia. Não fazia o menor sentido, mas a oncologia também era assim, pelo menos hoje.

Quando tive um momento só para mim, estava menos preocupada em comer do que com o fato de que esta noite marcaria o terceiro dia. Se perdesse essa aposta, teria que contar a Harry sobre minha mãe ou Kaylie.

Não vou perder. A caminho do refeitório, peguei um pedaço de papel na impressora e uma caneta na mesa do posto de enfermagem. Enquanto xingava Harry em minha mente, enfim aceitei sua sugestão e escrevi cada letra do alfabeto. Fiquei olhando para elas.

Uma grande porcentagem dos números no código começa com três, lembrei a mim mesma. *E há mais números com dois dígitos do que com um.* Eu não fazia ideia do que pensar do fato de que trezentos e dez era o único número de três dígitos em jogo.

Por quê? Fiquei olhando para as letras que havia escrito. *Que se dane.* Será que era pedir demais ter um número/letra repetido?

A voz de Harry respondeu em minha mente: *Por mais que os meus gostem de apostas, acredito que também gostamos muito de distorcer o jogo.*

E foi aí que me dei conta: *nem uma única letra repetida*. Comi uma única maçã e depois voltei para o posto de enfermagem no terceiro andar. De olho em minha supervisora, dei a volta na mesa e me sentei no computador.

Por sorte, os computadores do hospital tinham internet, porque eu tinha uma pergunta e o *Ask.com* alegava ter todas as respostas.

Escrevi minha pergunta. Quando ergui o olhar do teclado, vi que minha supervisora vinha em minha direção. Olhei de novo para os resultados e...

Entendi. Fechei o navegador, mas não cheguei à frente da estação antes que ela me visse.

— Hannah. — Seu tom não foi incisivo, não exatamente.

— Eu só estava... — Comecei a dar desculpas, mas ela não me deixou terminar.

— Você deveria ir embora, Hannah. *Agora*. — Ela olhou para trás por cima do ombro e, de repente, me dei conta de que não estava sendo mandada embora porque ela tinha me flagrado usando o computador.

O que está acontecendo? Meu coração disparou quando olhei para o corredor. Ele estava vazio, mas não ficou vazio por muito tempo. Portas duplas se abriram e uma paciente foi levada para dentro. Estava claro que ela tinha entrado pela emergência, mas estava sendo internada aqui.

Para a oncologia.

E a paciente em questão era minha mãe.

Eu não fui embora. *Não podia*, porque isso teria sido um convite para que ela viesse atrás de mim. Se havia uma coisa que eu tinha certeza, era que Eden Rooney não permitia que ninguém da família fosse embora após vê-la em um momento de fraqueza.

Por que se esconder em vez de fugir? Neste momento, eu não podia me dar ao luxo de fazer nenhuma das duas coisas, então esperei, assumi minha expressão impassível e entrei no quarto dela.

Ela estava na cama. Parecia pequena. Mas eu não me deixei enganar.

Minha mãe me encarou. — Você não sabe de nada, garota. — *Voz rouca, tom controlado.*

Recusei-me a sentir todo o medo que deveria ter sentido diante daquela combinação.

— Não quero saber de nada — falei.

— Nem sempre podemos conseguir o que queremos, não é mesmo? — Eden Rooney usava as pausas como facadas. Essa foi longa... uma tortura de tão longa. — Eu tinha planos para sua irmã — disse ela por fim. — E você não foi embora de Rockaway Watch.

Em outras palavras, ela tinha planos que exigiam uma filha ou uma jovem, e *eu* era um alvo fácil.

— Só estou aqui até terminar a faculdade — falei, com tom e expressão neutros.

— Acho que temos isso em comum, terminar o que começamos.

Os músculos de minha garganta se contraíram quando me lembrei de ter enfiado a agulha na pele de Rory. Quando ela foi embora naquela noite, eu sabia que ela voltaria, mas Kaylie morreu e meu pai, de alguma forma, conseguiu mantê-la afastada.

Até agora.

— Não vou dizer nada a ninguém. — Minha voz estava mais calma do que nunca.

— Sobre o quê? — minha mãe cuspiu.

Eu não podia dizer *que você está doente.* Não podia pronunciar a palavra *câncer*, nem mencionar a lei de privacidade médica. Eu com certeza não ia dizer *não vou contar a ninguém que vi você em um momento de fraqueza.*

— Exatamente. — O tom da minha mãe era mortal. — Eu posso chegar até você. A qualquer momento. Em qualquer lugar.

Antes que eu pudesse responder, ela começou a tossir. *É câncer de pulmão?* Engoli a pergunta de volta. Quando falei, minha voz saiu trêmula:

— Você vai ficar bem?

Eu me senti como uma criança ao fazer essa pergunta. E soava como uma. Não queria me importar com a resposta. Eu deveria estar cuidando de mim mesma, não dela. *Nunca* dela.

Olhos astutos me analisaram, pedaço por pedaço.

— Você amava sua irmã. Nunca teria imaginado que você sentia algo por mim.

Eu não quero.

Ela me encarou por um longo tempo.

— Você é inteligente, Hannah. — Não havia nenhuma razão lógica para que *essa* frase me causasse arrepios. — Você é minha filha, de verdade.

Não. Eu não era. Não de qualquer maneira que fizesse diferença.

— Você não me quer de volta — falei.

— Isso é uma ameaça?

Eu a tinha visto ali. Conhecia seu segredo. Havia pessoas na família Rooney que nunca se deram por satisfeitos por terem uma mulher no comando, pessoas que se aproveitariam de qualquer fraqueza que ela demonstrasse.

É bom para você me manter longe deles. Eu não disse isso. O que eu disse foi:

— Sou inteligente ou sou uma pessoa que ameaçaria você?

Ela riu baixinho.

— Você se parece comigo, sabia? As pessoas dizem isso desde que você era criança.

Pensei no desenho de Harry, na forma como ele me fez parecer — não *suave* ou *dura* ou *afiada* ou *sonhadora* ou *selvagem,* mas *viva.* Minha mãe e eu não éramos nada parecidas.

Eu não tinha nada dela.

Eu me virei para sair, mas parei quando cheguei à porta. Eu *sabia* que não deveria hesitar, mas o fiz mesmo assim, porque, para o bem ou para o mal, ela era minha *mãe*.

— O papai sabe? — perguntei sem me virar.

— O que você acha?

Balancei a cabeça.

— Acho melhor eu ir embora.

Cheguei a sair pela porta antes que ela falasse de novo.

— Hannah? — Não me virei, mas parei o tempo suficiente para que ela desse uma última alfinetada. — Também sinto a falta dela.

Capítulo 30

Desde que consigo me lembrar, eu só chorava no chuveiro. O chuveiro do meu apartamento era minúsculo, mas isso não me impedia de prender a mão na cortina e batê-la contra a parede.

Derramar lágrimas era fraqueza, mas chorar no chuveiro não contava.

Liguei a água. Cada músculo do meu corpo parecia um elástico puxado até o ponto de ruptura. Sem nem mesmo dar tempo para o chuveiro esquentar, entrei na banheira.

Estremeci.

Eu me soltei.

Não estou chorando. Quando minhas lágrimas se misturaram com a água do chuveiro, pude dizer a mim mesma que elas não existiam. E por que eu *estaria* chorando, na verdade? Se alguém neste planeta merecia ter câncer, era minha mãe. Se ela morresse, o que eu teria a ver com isso?

Sério, o que eu tinha a ver com o fato de ela ter dito que sentia falta de Kaylie?

O que importava o fato de eu saber que minha irmã também a amava?

Por que isso importava?

Minha respiração estava irregular. Mas eu *não estava chorando* e me recusava a sofrer. Lentamente, minha respiração se estabilizou, um pensamento se sobrepôs a todos os outros, um pensamento que me permitiu desligar o chuveiro: *tenho uma aposta para ganhar esta noite.*

— Você está atrasada. — Foi Harry quem abriu a porta quando cheguei ao barracão. Não havia uma única luz acesa lá dentro.

— Você ainda está acordado — respondi.

— Eu sempre estou acordado. — Harry deu de ombros. — O sono é para os mortais. — Eu podia senti-lo olhando para mim através da escuridão. — Você andou chorando.

A lua estava cheia, mas ainda assim não havia como ele perceber isso.

— Você está delirando — respondi. — E a resposta é *deslumbrativo.* — Uma das palavras mais longas da língua portuguesa que não continha letras repetidas e que se encaixava nas dicas que ele dera. Foi *isso* que pesquisei no computador, logo antes de minha mãe aparecer no hospital e me abalar profundamente. — Onde está o Jackson? — perguntei.

Eu não queria ficar sozinha com Harry agora, e nem sabia por quê. Ou talvez eu *soubesse* e não quisesse admitir.

— O Barbudo me deixa sozinho agora, quando acha que estou dormindo. — Harry transmitiu essa informação em um tom que não consegui entender.

— Pensei que o sono fosse para os mortais — respondi.

Eu praticamente podia ouvi-lo formar aquele sorrisinho torto dele.

— Você acertou a resposta, Hannah igual para a frente e para trás, mas qual é o código?

Passei pela porta e acendi a luz, cansada de ouvir o som da voz dele na escuridão.

— Por que isso importa? — respondi. — De qualquer forma, eu ganhei a aposta.

— Você ainda não aprendeu? — perguntou Harry. — Tudo importa... ou isso, ou nada importa.

Não há meio termo. De repente, eu soube que vir aqui esta noite tinha sido um erro, assim como sabia que não iria embora.

Harry estava vestindo uma camisa velha de Jackson, tão surrada e fina que eu podia ver o contorno dos curativos por baixo do tecido. Eu não queria cuidar dele agora.

Também não queria ficar sozinha. Ficar sozinha era talvez minha maior habilidade na vida, *e eu não queria ficar sozinha.*

— Você me perguntou quem eu perdi. — Minha voz saiu rouca. Eu precisava falar com alguém, e ele estava lá.

Ele estava bem ali.

— Por mais que me custe admitir, não ganhei essa aposta, Hannah igual para a frente e para trás. — Em outras palavras, eu não precisava contar nada.

— Eu tenho uma irmã. — As palavras tinham gosto de poeira em minha boca... outra mentira. — Eu tinha uma irmã.

Ver minha mãe trouxe à tona todo o luto que eu não havia me permitido, toda a dor que eu nunca me permitira sentir por completo. E ele estava lá. *Bem ali.*

— Eu sinto muito.

Eu podia ouvir em sua voz: ele sentia. Harry sentia muito que eu estivesse sofrendo. Ele lamentava que minha irmã tivesse ido embora... mas ele não sabia que ele era a razão disso.

— Você não tem esse direito — falei com firmeza e, antes que ele pudesse sequer pensar em me perguntar o motivo, voltei-me para a porta ainda aberta, para a lua cheia lá fora. — O farol — ordenei.

— O que tem? — perguntou Harry, com um tom gentil demais para meu conforto.

— É isso que eu quero — respondi, as palavras entrecortadas. — Por ter vencido nossa aposta. Vamos atravessar as rochas até o farol. Vamos fazer isso em menos de cinco minutos, e você vai conseguir chegar até lá.

Ele não respondeu imediatamente.

— No que diz respeito às vantagens, isso foi um tanto decepcionante.

— Não se lembra quando eu disse que era melhor se acostumar a ficar decepcionado? — retruquei saindo da cabana e descendo para as pedras.

— Parece vagamente familiar — disse Harry. Ele me seguiu. Não estendi o braço para ajudá-lo a manter o equilíbrio. Ele podia se equilibrar sozinho. — Mas Hannah...

Eu já estava me movendo na escuridão iluminada pela lua.

— Eu nunca — disse Harry, seguindo meu rastro, andando comigo sem se importar com a dor que isso lhe causava — me decepcionei com *você*.

Pensei nele me dizendo que a primeira coisa de que ele se lembrava — seu *começo* — era eu. *Eu nunca me decepcionei com você*. Que direito ele tinha de dizer coisas assim para mim, de dizer qualquer coisa para mim, quando ele era a razão pela qual meu mundo havia desmoronado?

Que direito eu tinha de ouvir? Pensar no desenho que ele havia feito de mim, quando a única coisa em que eu deveria estar pensando era no quanto eu o odiava?

— Qual era o nome dela? — A voz de Harry estava baixa atrás de mim, mas eu não conseguia me livrar da sensação de que seria capaz de ouvi-lo a um quilômetro de distância. Estávamos a uns dez metros da caminhada até o farol agora, e ele não havia tentado se apoiar em mim uma única vez sequer. — Sua irmã.

— Kaylie — respondi.

Harry não respondeu imediatamente. Eu não tinha certeza se ele estava lutando contra as pedras ou se estava respeitando o peso que o nome da minha irmã tinha para mim. Pela primeira vez desde que saímos de casa, eu me virei.

Mesmo sob a luz da lua, pude ver a tensão nos músculos de seu pescoço. Não era fácil, mas ele estava conseguindo.

— Como ela morreu? — perguntou Harry. Seu tom não era duro nem gentil. Não era nada.

IGUAL PARA A FRENTE E PARA TRÁS   229

Você a matou. Eu me virei de volta para o farol e continuei andando, aumentando a velocidade.

— Você não ganhou nossa aposta — retruquei. — Não preciso responder às suas perguntas.

Quando dei por mim, ele estava ao meu lado, acompanhando minha velocidade, a última coisa que ele deveria estar fazendo. *Preciso diminuir a velocidade.* Não seria bom para nenhum de nós se eu o machucasse ainda mais. Mas, de alguma forma, eu não conseguia recuar.

E de alguma forma, com seus próprios movimentos um pouco irregulares, ele manteve o ritmo.

— Em algum momento, eu te dei a entender que sei como perder?

Ele não deu. Claro que não. Ele era *Toby Hawthorne.* Mas, para mim, ele era Harry, e estava *bem ali,* e eu não queria ficar sozinha.

— Você não precisa me dizer nada, Hannah igual para a frente e para trás. Mas tudo o que você quiser me dar, eu vou aceitar.

Eu nunca me decepcionei com você.

Mas tudo o que você quiser me dar, eu vou aceitar.

Foi um erro vir vê-lo naquela noite, quando eu estava tão abatida; arrastá-lo até aqui; forçá-lo a se esforçar tanto. Foi tudo um erro, um erro que eu não conseguia parar de cometer.

Ao meu lado, Harry tropeçou. Eu o segurei. Minhas mãos agarraram seus braços, logo acima dos cotovelos. Eu o segurei com uma força que nem tinha percebido que tinha. Depois de inspirar fundo duas vezes, ele recuperou o equilíbrio e a tensão contra minhas mãos diminuiu, restando apenas nós dois, nos olhando, sob a luz da lua.

Eu e o garoto rico que havia matado minha irmã e nem sabia disso.

Senti seu olhar como o mais leve dos toques, como o vento que bagunçava meu cabelo, exatamente como em seu desenho.

— Você chora feio — disse ele baixinho —, só pra constar.

Balancei a cabeça diante da audácia dele, *sempre*.

— Como está sua dor? — perguntei, deixando de segurá-lo.

— Irrelevante — respondeu ele. — Como está a sua?

— Você consegue continuar? — insisti, recusando-me a contar a ele qualquer coisa sobre *minha* dor.

Harry abriu um sorriso pequeno e torto.

— A dor só importa se você deixar. — Ele deu um passo e depois outro.

Caminhamos em silêncio, nós dois, por aquelas rochas. O silêncio permaneceu até o momento em que estávamos na metade do caminho para o farol. Por razões que eu não conseguia nem começar a identificar, fui eu quem quebrou o silêncio.

— Minha mãe tem câncer. Eu não deveria saber, mas sei.

— Presumo que você também não deveria se importar? — Seu tom de voz me fez pensar na versão de conto de fadas que ele havia inventado da minha vida, na maneira como ele me descreveu.

— Pare com isso — falei. — Pare de agir como se eu fosse… — *Altruísta. Bondosa. Aqui hoje por qualquer outro motivo que não seja uma necessidade masoquista de me autodestruir.*

— Como se você fosse *você*? — provocou Harry, sua voz ecoando sobre as rochas em direção ao mar.

— Você não me conhece — falei com severidade.

— Você não acredita nisso.

O problema é que ele estava certo: eu não acreditava.

— Minha mãe é uma assassina — confessei, na esperança de chocá-lo. — Elevado à enésima potência.

— Ela já fez mal a você? — A voz de Harry soou diferente: baixa e quase controlada demais. Essa era a voz de alguém que queria machucar qualquer um que tivesse me machucado.

Isso é um erro. Cada parte disso. Cada maldito momento. Era um erro, mas estávamos nos aproximando cada vez mais do farol, e não havia como voltar atrás. Desde o momento em que ele abriu a porta, já não havia como voltar atrás.

IGUAL PARA A FRENTE E PARA TRÁS 231

— Minha mãe nunca encostou a mão em mim — respondi calmamente. — Ela nunca precisou fazer isso.

— Acho que... acho que talvez saiba como é isso. — Ao meu lado, Harry parou de andar. Seu cabelo estava comprido o suficiente agora para quase cair sobre os olhos. À luz da lua, parecia mais preto do que marrom-avermelhado escuro. Depois de um longo momento, ele começou a se mover de novo, dando um passo, depois outro. Eu me forcei a continuar andando também.

Setenta por cento do caminho até lá.

Oitenta por cento.

— Às vezes, quando olho para você — salientou Harry, sua voz mais áspera agora, enquanto ecoava pela noite —, eu te sinto, como uma pulsação nos meus ossos, sussurrando que somos iguais.

Não somos. Não podemos ser. Mas cada quebra-cabeça que ele me deu, eu resolvi. *Eu tenho que parar.* Nós tínhamos que parar. Mas que tudo fosse pro inferno... eu segui em frente.

E ele também.

— Mas então você faz algo, Hannah igual para a frente e para trás, algo *altruísta*, algo *bondoso*, e eu sei, *eu sei* que você é diferente. Diferente de mim. Diferente de todo esse mundo maldito.

— Pare de falar. — Minha voz se estremeceu. Talvez meu corpo também tenha se estremecido. No fundo da minha mente, eu podia ouvir Harry descrevendo minhas emoções: *É como ver a água da tempestade subir e subir atrás de uma barragem.* — Pare.

Estávamos quase chegando... a dez metros de distância, ou menos.

— Não sei como parar — disse Harry em voz baixa. — Não sei se algum dia soube.

Pensei no rapaz que havia conhecido no bar. No *querosene*. Em todos os momentos *impossíveis* com ele desde então.

Eu o odiava.

Odiava.

Mas quando ele chegou ao farol e bateu com a mão na parede de pedra em ruínas, como um nadador terminando uma corrida, também acreditei nele: ele não sabia como parar. Ele estava *bem ali.*

E eu não queria ficar sozinha.

O tormento da minha existência me olhava através da escuridão como se não fosse escuridão alguma.

— Não sei como desistir disso — falou ele —, desistir de *você.*

O que tem para desistir? Pensei, mas não consegui dizer essas palavras em voz alta, porque não conseguia parar de pensar em pedaços de papel dobrado e limões, em palíndromos e quebra-cabeças...

— Mas sou um maldito egoísta, não sou? Eu provavelmente não desistiria de você mesmo que pudesse.

Coloquei minha mão sobre a pedra em ruínas, ao lado da dele.

— Você é um maldito egoísta — respirei. — E não há nada para você desistir.

— Mentirosa — murmurou ele, e quando levou as mãos ao meu rosto, quando enterrou os dedos em meu cabelo, não resisti.

Mas *não resistir* não era o suficiente para ele. Ele aproximou seus lábios até quase tocarem os meus. *Quase.* E então, maldito seja, ele esperou.

Por mim.

Me perdoe, Kaylie. Eu cheguei mais perto. No momento em que meus lábios tocaram os dele, ele deslocou seu corpo e o meu, e, de repente, minhas costas estavam contra o farol e nada mais no mundo existia, exceto *aquilo.*

O luar, ele e *aquilo.*

Eu nunca havia beijado ninguém antes. Vinte anos e eu nunca havia *imaginado* que poderia...

— Isso é um erro — ofeguei, mal conseguindo me afastar. — Você é...

— Horrível — completou ele, e então seus lábios se chocaram contra os meus.

Horrível.

— Sim — concordei.

— Não tenho nenhuma qualidade — murmurou, enquanto eu me virava e *o* pressionava de volta contra o farol.

— Nenhuma — respondi.

Com as mãos ainda em meus cabelos, ele inclinou minha cabeça para trás, depositando beijos no meu maxilar e pescoço.

— Você me odeia.

Eu odeio você, pensei, minhas costas se arqueando.

Eu odeio você.

Eu odeio você.

Eu odeio você.

Capítulo 31

Acordei com minhas pernas entrelaçadas com as dele — *dentro* do farol. Foi só quando me desvencilhei de Harry e andei no escuro, tateando para voltar para fora, que me dei conta: ainda era noite. A lua estava alta no céu.

O farol havia sido construído em uma saliência de terra rochosa que se estendia sobre o mar. Quando cheguei à ponta, pude ouvir as ondas batendo nas rochas abaixo. Se a maré estivesse alta, eu poderia ter sentido o borrifo, mas, do jeito que estava, tudo o que eu sentia era o peso do que havia feito com Harry e o fato de que não conseguia tirar da minha mente a imagem de seu rosto, seu corpo e suas cicatrizes.

Eu o havia machucado?

Eu me importava?

Encostei-me no farol envelhecido, soltando um suspiro trêmulo e apreciando a lua, as estrelas, a escuridão e o custo de não estar sozinha. No céu, uma estrela brilhava mais do que todas as outras.

— Ora, ora, ora — disse uma voz atrás de mim —, quem é que vai fazer a caminhada da vergonha agora?

Não era Harry. Não era Jackson. Era uma voz que eu conhecia tão bem quanto a minha própria voz, e parecia que ela estava se divertindo.

— Kaylie? — Não era possível. Não me virei, porque não era *possível*.

— Estou tão orgulhosa de você, sua linda, atrevida, tão ousada, tão safadinha, você.

Eu me virei. Não pude evitar. E lá estava ela. *Kaylie.*

Ela está aqui. O fogo. Ela não... Estiquei o braço e minha mão atravessou seu corpo.

— Truque legal para as festas, né? — disse ela, sorrindo como se não houvesse amanhã.

Minha garganta ardeu.

— Você é...

— Tudo o que eu sempre fui — disse ela.

Não é possível.

— Isso não é possível — falei, as palavras saindo de mim como uma fera em uma jaula.

— Tudo é possível — retrucou Kaylie — quando você ama alguém sem arrependimentos.

Ela não está aqui de verdade. Isso não está acontecendo. Eu estava imaginando isso, imaginando-a... ou então era um sonho, mas eu não me importava. Não podia, porque ela parecia tão real.

Ela se parecia com a minha Kaylie.

— Não sou nada além de arrependimentos — confessei.

— Eu sou Kaylie Rooney — respondeu minha irmã, colocando as mãos na cintura — e não aprovo essa fala. — Ela era muito... *Kaylie.* — Você é minha irmã, cachorra. Sem arrependimentos. — Seu sorriso era contagiante agora, um sorriso do tipo em-cima-da-mesa-de-sinuca, no-topo-do-mundo. — Dança comigo, Hannah.

Eu não tinha dançado, na noite anterior à sua morte. Ela queria que eu dançasse, mas eu não queria.

Não ia cometer esse erro duas vezes.

— Você chama isso de dança? — Kaylie jogou a cabeça para trás, erguendo os braços sobre a cabeça, o movimento dos quadris tão natural que parecia que dançar era seu estado natural. — Você só precisa se soltar. Sinta a música.

— Não tem música. — Eu era a lógica. A racional. Nossa dinâmica, tão familiar que me causava dor, trouxe lágrimas aos meus olhos. Eu não estava no chuveiro, e eu só chorava no chuveiro... mas não consegui evitar.

— Menos choro — ordenou Kaylie imperiosamente. — Se entregue por inteira.

Deixe-se levar, disse a mim mesma. *Sinta a música*. Em meu coração, eu sabia: *ela* era a música. Isso não era real. Não podia ser, mas eu dançava como ela, como se tivesse nascido para gritar minha alegria e minha fúria para a lua.

— Agora diga — ordenou Kaylie — *sem arrependimentos.*

Tudo é possível quando você ama alguém sem arrependimentos. Eu não conseguia dizer nada.

— *Sem arrependimentos*, Hannah. Não com relação a mim. Não com relação a ele. Não por finalmente ter se soltado. Preciso ouvir você dizer.

Minha garganta se fechou ao ouvir as palavras.

— Não consigo.

— Não pare de dançar, está bem?

Eu não queria parar. E se eu parasse e ela desaparecesse?

— Eu não vou parar.

— Vou fazer com que você cumpra sua promessa, sua coisa linda... e não estou falando só da dança.

Seus cabelos estavam soltos ao vento. Como era possível que o vento pudesse tocá-la, mas eu não?

Como isso era possível?

— Não pare — disse Kaylie com firmeza. — De viver. De amar. De dançar. Não ouse parar por mim.

Pensei em Harry. No farol. Nos lábios dele nos meus, o toque de nossa pele.

— Ele matou você.

— Foi um acidente.

Senti a barragem dentro de mim se romper. Não podia parar de dançar, não podia correr o risco de perdê-la de novo, então deixei que tudo o que eu sentia, tudo o que eu estava tentando tanto não sentir, saísse na dança.

— Eu sempre soube — disse Kaylie. Seus movimentos estavam ficando mais lentos, como se a gravidade não pudesse tocá-la tanto, como se ela estivesse dançando em um plano diferente. — Que eu ia brilhar muito e rápido. E, Hannah? Se você me amou, não vai perder um segundo da sua vida se arrependendo de nada.

Eu amo você, pensei, *no presente do indicativo.*

— Sem arrependimentos — disse, sua voz se elevando sobre o vento. — E, para constar, eu gosto dele.

Dele. Harry.

— Você gostaria — zombei.

— Ele entende você. — Minha irmã não tinha absolutamente nenhuma piedade. — Ele faz você sentir.

Eu não conseguia formar uma única palavra, e o fantasma da minha irmã ficou em silêncio de uma forma que me fez temer que ela estivesse desaparecendo.

— Prometa — disse ela, com a voz mais fraca — que você vai continuar dançando.

Lágrimas escorriam pelo meu rosto.

— Todos os dias.

— Tenho certeza de que você vai acabar melhorando — disse Kaylie com falsa seriedade, a voz dela voltou a ficar firme, mesmo que por um momento. — E não sinta muita saudade de mim, tá?

Isso parecia um adeus. *Não.*

— Nada de colocar meu nome nos seus filhos — acrescentou Kaylie, girando, com os braços abertos. — Quer dizer, acho que um nome do meio seria bom... uma homenagem, não exatamente *Kaylie*.

Eu não suportaria perdê-la de novo.

— Sem arrependimentos — sussurrou Kaylie. Eu quase podia ver *através* dela agora.

Repeti suas palavras para ela, na esperança de trazê-la de volta para mim:

— Sem arrependimentos.

E, de repente, ela se foi. De repente, eu estava sozinha, olhando para um céu onde uma estrela brilhava mais do que todas as outras.

E, de repente, eu acordei.

Capítulo 32

Minhas pernas não estavam entrelaçadas com as de Harry, como no meu sonho. Eu estava deitada de lado e ele também estava deitado de lado, meu corpo ligeiramente curvado e ele atrás, de conchinha. Minha cabeça estava aninhada no ponto em que o ombro dele encontrava o peito.

Eu me perguntei se o estava machucando, e a sensação de déjà-vu que me atingiu foi quase tão palpável quanto a lembrança de Kaylie dançando. *Sem arrependimentos.*

A luz se infiltrava pelas rachaduras nas paredes do farol. Era de manhã. Eu me soltei com todo o cuidado dos braços que me envolviam.

Isso era real. *Isso* não era um sonho. Eu me ancorei nesse entendimento, no som da respiração de Harry e na sensação persistente de seu calor em minha pele, e então saí em silêncio absoluto e dei um passo para fora, para uma manhã totalmente desprovida de vento.

Caminhei até ficar onde estava em meu sonho, mas minha irmã não apareceu. Os fantasmas não eram reais. Os sonhos também não eram. Mas o espectro que minha mente havia conjurado — parecia a Kaylie, parecia *tanto* com ela que a promessa que ela me forçara a fazer parecia real.

Sem arrependimentos. Essas duas palavras resumiam minha irmã melhor do que qualquer outra. Se ela tivesse sido mais capaz de se arrepender, talvez tivesse sido mais capaz de ser cautelosa, de guardar rancor, de olhar para trás ou para a frente ou para qualquer outro lugar que não fosse o *agora*.

Me prometa… Eu podia ouvi-la em minha mente e, embora meu instinto fosse abaixar a cabeça assim que meus olhos começaram a arder, joguei a cabeça para trás, erguendo o rosto para o céu da manhã. *Não pare. De viver. De amar. De dançar.*

Minha respiração ficou irregular, e as lágrimas começaram a descer lentamente pelo meu rosto, uma após a outra. E então ouvi o som de passos atrás de mim.

Quando me virei, *ele* vinha devagar na minha direção.

— Você está tentando me matar, Hannah igual para a frente e para trás?

A princípio, pensei que Harry estivesse se referindo ao que havia acontecido entre nós na noite anterior, mas então ele levou a mão ao meu rosto e limpou uma lágrima com o polegar.

— Retiro o que eu disse antes sobre você chorar feio — murmurou ele. Meu corpo, traidor que era, se inclinou em direção ao dele. — Você fica *horrorosa* quando chora. — Um canto de seus lábios se curvou para cima. — Uma agressão para meus olhos delicados.

— Nada em você é delicado — retruquei.

— Mentirosa. — Harry deixou a palavra pairar no ar por um momento. — Se *isso…* — a ponta do polegar dele limpou devagar outra lágrima que caía — é por minha causa…

— Não é — respondi.

Harry acreditou em mim.

— Nesse caso, e supondo que você *não* queira falar sobre isso…

— Boa suposição.

— Você quer me dizer como eu sou horrível de novo? — Ele arqueou uma sobrancelha. Isso era claramente um convite. À luz do dia, eu não estava tão desesperada pelo toque de outro ser humano. Não *precisava* dele como antes.

Eu precisava dançar. *Todos os dias*. Eu precisava *sentir*, como Kaylie sempre sentiu tudo. Ela passou a vida inteira tentando me arrastar para o sol, para encrenca, e ali estava a *encrenca*, perto demais de mim.

Eu sabia muito bem o que minha irmã teria me dito para fazer.

— Eu adoraria apontar todas suas falhas — falei para Harry, enfatizando cada palavra —, com detalhes.

Algo brilhou em seus olhos, branco e quente, difícil de descrever.

— Mas eu tenho que ir trabalhar e você tem que voltar para a cabana... sem tropeçar, nem uma vez sequer. — continuei.

— Sempre a mestre — disse Harry com a voz arrastada.

Inspirei, depois expirei e inspirei de novo.

— Sem arrependimentos.

Capítulo 33

Consegui passar todo o meu turno sem ver minha mãe. Eu me perguntava se ela tinha ido embora... e, caso tivesse, se o fez contrariando as orientações médicas. Imaginei qual seria seu prognóstico.

Imaginei quanto tempo eu havia ganhado.

E decidi: no dia em que eu tirasse Toby Hawthorne de Rockaway Watch, eu também iria embora... não *com* ele. Eu não tinha perdido o juízo de vez e não era tão inocente. Assim que *Harry* descobrisse quem ele era de fato, no segundo em que eu avisasse os homens do pai bilionário sobre sua localização, ele iria embora.

As probabilidades eram de que nunca mais nos víssemos. Ele seguiria o caminho dele e eu seguiria o meu.

Em breve, mas não ainda. Ele ainda não estava pronto. Nós tínhamos tempo.

Naquela noite, voltei para a cabana sob a cobertura da escuridão, sabendo que teria os próximos dois dias de folga, sabendo que não iria embora até que fosse necessário.

— Vamos voltar para o farol. — Foi assim que cumprimentei Harry no momento em que ele abriu a porta de metal. Dessa vez, pude ver Jackson sentado à mesa ao fundo, mas o pescador não disse uma palavra a nenhum de nós.

— Seu desejo é uma ordem — disse Harry, saindo para a noite.

Eu me certifiquei de não ser seguida no caminho até ali. Eu havia examinado a área ao redor. Estávamos sozinhos.

— Qualquer pessoa que saiba alguma coisa sobre contos de fadas sabe que não se deve confiar em uma afirmação como essa — respondi.

Harry passou por mim, pelo terreno rochoso e, dessa vez, não tropeçou. Algo na maneira como ele se movia me dizia que ainda estava sentindo dor, mas essa dor não importava, não para ele.

— Então é bom que eu nunca tenha fingido ser confiável.

Na primeira vez em que uma pessoa comete um erro, pode ser apenas isso: um erro, um caso isolado, um pontinho. Na segunda vez, era um padrão. Era *intencional*.

Era devastador da melhor maneira possível.

Ainda assim, foi um erro. Eu sabia disso e não tinha desculpas. Não podia atribuir isso a um sonho. Isso era eu. Era o que acontecia quando eu deixava alguém me ver, quando eu me permitia imaginar como seria não estar sozinha.

Eu nunca *decidi* deixá-lo entrar. Eu só parei de mentir para mim mesma, e lá estava ele, para além de meus escudos, sob minha pele, esse garoto horrível, essa pessoa que eu *odiava* e *odiava* e *odiava* e, de alguma forma, não odiava mais.

Em nossa segunda noite no farol, dormi sem sonhar, meu corpo emaranhado com o dele, e acordei sozinha.

Ele tinha ido embora. *E se ele tivesse partido?* Todo o meu corpo se contraiu com esse pensamento. Ele tinha sido forte o suficiente para chegar ao farol. E se ele tivesse pensado que era forte o suficiente para ir mais longe? *E se ele tivesse se cansado... disso, de mim, de esperar por sua fuga?*

E se ele tivesse ido para a cidade?

Saí do farol e entrei na noite... e então o vi.

Depois da saliência de terra onde ficava o farol, lá embaixo, havia uma praia bem pequena. Harry devia ter descido, *impru-*

dente, para chegar até lá. Consegui distinguir sua silhueta sob a luz da lua.

Ele estava de joelhos, desenhando algo na areia.

Alguém pode ver você, pensei. *Nos ver,* corrigi-me, enquanto procurava um caminho para me juntar a ele. Eu sabia que o risco provavelmente era pequeno. Era o meio da noite. À distância, ele não seria visível, mesmo com a luz da lua.

Não sabia se *eu* o teria visto, se ele fosse outra pessoa.

Ao me aproximar, percebi que Harry não estava desenhando na areia. Ele estava *escrevendo...* letras. Grandes. Um alfabeto inteiro.

Foi então que me lembrei: eu havia vencido nosso jogo de forca, mas nunca havia decifrado o código dele. *Você poderia começar escrevendo as letras do alfabeto.* Essa tinha sido sua dica presunçosa. *Veja se alguma coisa salta aos olhos.*

Ele me viu quando estava terminando o *Y.*

— Você pensou que eu tinha ido embora, não foi, Hannah igual para a frente e para trás?

As ondas bateram atrás de nós e rolaram para a praia, parando a uns cinco metros de onde ele estava escrevendo, uma trilha sonora natural com vales e picos.

— Se sair pelo caminho errado, você pode morrer — falei enquanto ele desenhava o Z com um floreio. Outra onda bateu atrás de nós. — E eu também poderia morrer.

Era a primeira vez que eu colocava esse pensamento em palavras: se o mundo descobrisse o que eu tinha feito, se minha família descobrisse, se me deixar viver fosse visto pelos outros como um sinal de fraqueza...

— Me conte. — Harry se levantou.

Olhei para o alfabeto dele, o que eu conseguia ver à luz da lua.

— A resposta ou a verdade? — perguntei. *O código...* ou por que temos de ser tão cuidadosos?

— Quem pergunta escolhe.

IGUAL PARA A FRENTE E PARA TRÁS 245

Eu me ajoelhei na areia, olhando melhor para as letras que ele havia escrito, observando-as uma a uma. Não havia nada de extraordinário no Z, no Y, no X, no W...

— As pessoas que cruzam com minha família acabam mortas. — Mantive minha explicação curta e direta.

— Drogas? — Harry viu a resposta em meu rosto, mesmo sem nada além da lua como luz. — Mas comigo... — Harry demorou um pouco mais para falar. — Não são negócios. É pessoal.

Ele estava chegando perto demais de algo que eu não tinha certeza se algum de nós conseguiria lidar.

— Isso não foi uma pergunta — observei.

— Para mim, jogos são mais fáceis do que perguntas. *Quebra-cabeças. Enigmas. Códigos.* — Harry olhou para o alfabeto que havia desenhado na areia. — Minha memória é um quadro em branco, mas há um número surpreendente de coisas que não esqueci. Sei como amarrar meus sapatos. Sei como respirar em meio à dor e embrulhá-la em uma caixa de ferro imaginária em minha mente. E sei que não havia ninguém que pudesse resolver *isso* antes de você.

Eu não sabia, quando ele disse *isso,* se Harry falava do código... ou dele mesmo. Tudo o que eu sabia com certeza era que a maneira como ele disse as palavras *antes de você* me fez pensar *nele*... sua respiração em minha pele, minha respiração na dele.

Houve um tempo em que odiá-lo era a coisa mais fácil do mundo.

— Você escreveu as letras de um jeito meio quadradão, cheio de ângulos. — Desci pela praia, levando meus dedos para tocar o U e depois o S.

— Desenhadas apenas com linhas retas — acrescentei —, como estavam no Três Movimentos.

— E o que isso diz a você? — desafiou Harry.

— Está tudo conectado. — Minha resposta foi automática, assim como também foi quando *eu* comecei a desenhar na areia. Ele havia ocupado a maior parte da tela seca, então fui até onde a areia estava pouco úmida e arrastei meu dedo pela superfície, escrevendo de memória o código do nosso jogo da forca.

34 42 38 21 39 310 7 52 3 2 36 5 44

Escrevi a resposta acima dos números, DESLUMBRATIVO, e depois voltei minha atenção para o alfabeto de Harry, caminhando pela praia até o início.

Até a letra *A*.

Escrevi um 3 ao lado dela — o dígito correto, com base no código.

— Muitos dos números no código começam com três — observei em voz alta. Olhei para trás, para a sequência de números criptografados e para a palavra que eu havia escrito sobre eles. — Só dois deles começam com dois.

L e *T*.

— Você descobriu, não descobriu? — perguntou Harry.

Eu fiz uma careta para ele.

— O *B* não deveria ser sete.

Ele deu de ombros.

— Depende de como você o desenha. — Voltei a olhar para o *B*. Ele o desenhou sem ângulos, apenas com linhas paralelas e perpendiculares.

IGUAL PARA A FRENTE E PARA TRÁS

Sete linhas.

— *A é o três...* são necessárias três linhas para formar a letra. Para desenhar o *B* dessa maneira absurda que você fez, é preciso sete. Se você tivesse usado linhas angulares, como fez com o *R* em nosso último jogo, seriam necessárias apenas cinco.

— Seis se você dividir a linha longa em duas menores. — Harry não sentia remorso algum por ter jogado sujo. — Eu avisei a você antes: aprendi com o mestre a distorcer os jogos a meu favor.

Isso não foi o que ele disse antes, não exatamente. Meu instinto dizia que, sabendo ou não, ele estava falando do pai. O bilionário. Uma pessoa não acumula uma fortuna como essa sem distorcer o jogo.

— Você sabe — perguntei baixinho a Harry — de quem você está falando?

Vi um músculo se contrair em sua mandíbula e, por um longo tempo, ele não disse nada.

— Sua mãe nunca fez mal a você. — Quando Harry enfim falou, sua voz era perfeitamente uniforme, perfeitamente calma e parecida demais com a minha. — Ela nunca precisou fazer isso. Foi isso que você disse ontem à noite.

E ele havia respondido que achava que poderia saber como era isso.

— Quando eu tinha nove anos... — Engoli em seco e olhei fixamente na direção do mar que parecia não ter fim, escuro como a noite. — Eu a ouvi jogar um homem para os cães. Eles estavam morrendo de fome, e ele estava sangrando. Foi nesse dia que percebi que ela os mantinha famintos e os provocava por um motivo.

Eu tinha quase certeza de que minha mãe não havia percebido que eu estava em casa naquela noite. Eu sempre me senti grata por Kaylie não estar.

— Você estava certa antes — disse Harry de repente —, quando me chamou de covarde.

Fiquei imaginando que fragmentos de memória, que segredos meus haviam se soltado na cabeça dele.

— Eu sei que estava fugindo — disse ele, com a voz baixa. — Só não sei do que... ou de quem. — Seus olhos se abriram e encontraram o caminho até os meus. — Estou concordando com a sua perspectiva sobre se esconder. Não é tão ruim assim estar escondido. — Ele deu um passo em minha direção, na areia úmida. — Não me importo de ser o segredinho sujo de alguém, desde que seja o seu.

Por um longo tempo, nenhum de nós disse mais nada, e então voltei a olhar para as letras na areia, as que ele havia escrito. Ao lado do *A*, eu já havia escrito um *3*. Ao lado do *B*, escrevi um *7*. Um *D*, quando desenhado apenas com linhas retas, exigia quatro linhas e, no código, a letra *D* correspondia ao número *34*.

Escrevi isso na areia.

— Trinta e quatro — falei. — Como em três traço quatro. É a terceira letra que pode ser escrita com quatro linhas.

— Há muitas letras que podem ser escritas com apenas quatro linhas — respondeu Harry.

Eu havia decifrado o código. Senti a presença dele como um sopro em minha pele e me perguntei se ele poderia sentir a minha da mesma forma. Eu me perguntava o que estávamos fazendo, o que *eu* estava fazendo.

Sem arrependimentos.

— Eu li o poema. — Eu nem sabia de onde isso tinha vindo. — Aquele que você citou para mim, semanas atrás, "Uma árvore de veneno", de William Blake.

Harry deu um passo em minha direção, depois outro, deixando-o a um metro de distância.

— Diga isso de novo.

— Uma árvore...

— O nome do poeta — interrompeu ele, e a intensidade de sua voz era diferente de tudo que eu já tinha ouvido.

IGUAL PARA A FRENTE E PARA TRÁS 249

— William Blake — falei. Fiquei olhando para ele no escuro, imaginando o que ele havia lembrado ou o que estava prestes a lembrar.

— Está bem aqui — disse Harry, com a voz rouca —, na ponta da língua.

— O quê?

— *Alguma coisa.* — Ele me deu as costas e começou a andar, mas andar não era a palavra certa. Parecia mais *vaguear.* — *Veneno é a árvore, percebeu?* — Sua voz era baixa, mas eu ouvia cada palavra. — *Envenenou S, Z e eu.*

Ele estava se lembrando, e percebi o quanto eu não queria que ele se lembrasse. Mas eu não podia segurá-lo.

— O que você quer dizer com isso? — perguntei. — *Veneno é a árvore...*

— Eu não sei. — Ele engoliu as palavras.

— S e Z — disse em voz baixa. — Você tem irmãs. — Eu havia lido isso nos artigos de notícias que foram tão rápidos em atribuir a tragédia da Ilha Hawthorne à *minha* irmã. — Uma se chama Skye, a outra se chama Zara.

— Eu as amava? — Harry perguntou de forma grosseira. — *Minhas irmãs.* Eu as amava como você ama Kaylie?

Ele disse o nome de Kaylie como se fosse importante, como se *ela* fosse importante. Ele descreveu meu amor por Kaylie no tempo presente, mas quando perguntou sobre suas próprias irmãs, ele usou o tempo passado: *eu as amava?*

Como se a pessoa que ele havia sido já estivesse morta e desaparecida.

— Não sei. — Fui sincera, sabendo que ele perceberia se eu não fosse. — Elas devem estar sentindo sua falta, assim como eu sinto falta da Kaylie.

Ele me olhou de soslaio.

— Ora, Hannah igual para a frente e para trás, por que alguém sentiria minha falta?

Eu o segurei quando ele passou. Ele parou e olhou para nossas mãos, depois seus dedos se curvaram ao redor dos meus e ele me puxou em direção à água.

Às vezes, eu podia ouvi-lo dizer, *quando olho para você, eu te sinto, como uma pulsação nos meus ossos, sussurrando que somos iguais.*

Tentei banir a lembrança de sua voz e acabei ouvindo outra voz em minha mente. *Me prometa...*

Olhei para cima, meus olhos procurando o céu noturno. No alto, uma estrela brilhava mais do que todas as outras.

Kaylie.

Eu havia feito uma promessa para ela. Fosse ela real ou não, com certeza eu não a quebraria. As ondas batiam em meus pés quando tirei minha mão da de Harry e a ergui acima da cabeça.

— O que você está fazendo? — Ele me encarou na escuridão.

— Dançando — falei, lembrando-me de minha irmã me dizendo para *sentir a música.*

Harry arqueou uma sobrancelha.

— Você chama isso de dança? — Um sorriso lento tomou conta de seus lábios.

Quando dei por mim, ele também estava dançando. Seu corpo sabia exatamente como se mover. Eu continuei dançando, e ele dançou em minha direção, até que não havia mais espaço entre nós. *Areia úmida. Céu noturno. A brisa do oceano.* Eu sentia tudo isso, da mesma forma que o sentia. Nós dois nos movemos no mesmo ritmo por um longo tempo e, então, sem aviso, estávamos nos beijando ao luar, e não havia nada de frenético dessa vez, nada de raiva ou brutalidade. Ele me beijou como a maré vem, devagar, pouco a pouco.

Sem arrependimentos.

— O que estamos fazendo? — Meus lábios roçavam os dele a cada palavra.

Harry murmurou sua resposta diretamente em minha pele:

— Tudo... ou nada.

Para ele, e talvez para mim, não havia meio termo.

Capítulo 34

Naquela semana, eu já conseguia perceber: ele estava ficando mais forte. Uma semana depois, eu já sabia que não demoraria muito para que Harry estivesse pronto para atravessar as rochas.

Quando ele for embora, prometi a mim mesma de novo e de novo e de novo, *tudo isso acaba. Quando ele for embora, eu também irei.*

E então, em uma manhã, depois de mais uma noite no farol, nós dois acordamos com o amanhecer, e eu soube com súbita clareza que não iria trabalhar naquele dia — e talvez nunca mais.

Minha supervisora entenderia. Ela estava em estado de alerta desde que minha mãe apareceu no hospital. Quanto à faculdade, qualquer pessoa que soubesse que eu era uma Rooney, qualquer pessoa que soubesse o que isso significava, entenderia por que eu precisaria desaparecer.

E eu queria cada minuto que pudesse ter.

— O que você tem feito o dia todo, todos os dias, para passar o tempo? — murmurei. Harry e eu estávamos sozinhos na cabana de Jackson. Jackson estava, como era típico durante o dia e cada vez mais à noite, em seu barco.

— Bem, quando fico entediado, construo castelos de açúcar.

Olhei feio para ele.

— Tudo pode ser um jogo, Hannah igual para a frente e para trás, se você souber como jogar.

E a partir de então, dia após dia, nós dois jogamos.

O jogo das Rachaduras na Parede. Jogávamos deitados de costas no chão da cabana. Um de nós escolhia uma rachadura específica na parede e desafiava o outro a adivinhar qual era — com deliciosas *penalidades* para cada palpite incorreto.

O jogo das Tábuas no Chão. Você podia pisar em algumas tábuas. Em outras, não podia. Era uma forma de trabalhar no equilíbrio, precisão e controle de Harry e me fazia lembrar um pouco da brincadeira O Chão É Lava... mas com *penalidades* para cada passo em falso.

Nenhum de nós jamais tocou na tábua solta, aquela sob a qual eu havia escondido a moeda de sua vida anterior. Entendi que isso significava que Harry sabia exatamente onde ela estava e que nós dois queríamos que ela e tudo o que representava permanecessem enterrados pelo menos por mais algum tempo.

O jogo Não Pode Olhar Feio era um dos favoritos de Harry. Ele tentava habilmente me irritar, e eu fazia o possível para manter meu rosto inexpressivo. À medida que ele aumentava seus esforços *impressionantes*, eu encontrava maneiras cada vez mais criativas de colocá-lo em seu lugar... sem olhar feio nenhuma vez.

Damas. Encontramos um tabuleiro antigo do Jackson. Harry trapaceou. Eu também trapaceei.

O jogo de Fechar os Olhos foi outro teste para o equilíbrio e as limitações de Harry, para a capacidade de seu corpo de reagir ao inesperado. Eu me escondia em algum lugar da sala, perfeitamente imóvel, e ele tinha de me encontrar de olhos fechados, passando por cima e contornando obstáculos, tentando ouvir onde eu estava a cada respiração.

Havia algo em vê-lo se mover devagar em minha direção com os olhos fechados, algo em tentar respirar fazendo o mínimo barulho possível, sabendo que ele poderia me ouvir de qualquer maneira. Sempre que Harry conseguia me encontrar, ele gostava de dizer cinco palavras e *apenas* cinco palavras.

— Dar o troco é justo.

Quando era a minha vez de encontrá-lo, Harry se esforçava ao máximo. Ele nunca ficava parado em lugar nenhum. Ele subia ou se ajoelhava, torcendo-se em uma posição impossível para ficar à minha espera. Com os olhos fechados, eu ouvia o som de sua respiração, seus batimentos cardíacos, o menor dos movimentos. E sempre que eu chegava perto, *ele* se movia, em silêncio, às vezes perto o suficiente de mim para que eu pudesse sentir seus movimentos no ar.

Havia momentos em que eu andava atrás dele — de olhos fechados, ouvindo-o, *sentindo-o* — e pensava em contos de fadas, na pequena sereia sem voz, na Rapunzel com os cabelos cortados. Às vezes, a ausência de algo em que você se acostumou a confiar pode ser uma dádiva. Reduzir um sentido pode fazer com que os outros entrem em ação.

Em um determinado dia — que eu sabia que provavelmente seria um dos nossos últimos, fiquei bem quieta, certa de que ele estava perto. *Escutei* e, quando meu alvo silenciou até mesmo sua respiração, inspirei pelo nariz. Nós dois estávamos usando o mesmo sabonete barato, mas, de alguma forma, Harry cheirava a água salgada, à brisa do mar e a algo terroso, como grama de verão.

Eu me virei, depois me esquivei.

— Encontrei você. — Meus dedos foram para a lateral de seu rosto e depois para a parte de trás de sua cabeça, enquanto eu abria os olhos.

— Trapaceira — murmurou ele.

Eu não havia trapaceado.

— Você é um péssimo perdedor.

Ele deu de ombros e começou a aproximar seus lábios dos meus.

— Eu nunca disse que sabia perder.

Capítulo 35

O Jogo do Não Olhe para Baixo. Dois dias depois, já passava da meia-noite e eu estava ficando sem desculpas para adiar o momento de ir embora. Nós dois estávamos parados na beira do farol, com as pontas dos pés penduradas no declive, como um copo de uísque mal equilibrado em uma mesa de sinuca.

— Estamos na beira da Torre Eiffel — disse Harry. Entre nós dois, *ele* era claramente o mais habilidoso na arte de mentir. Ele tinha o dom de fazer com que cada palavra que saísse de sua boca soasse e parecesse verdadeira. — Estamos no topo — continuou enquanto o vento aumentava. — É uma queda de trezentos metros. *Não Olhe para Baixo.*

Eu não olhei para baixo; eu me inclinei para a frente, só um pouco mais, bastante ciente de que a velha Hannah nunca teria corrido o risco e igualmente ciente de que Harry nunca me deixaria cair.

— Por que eu olharia para baixo quando estamos tão perto de cair de uma torre?

Eu podia imaginar com riqueza de detalhes em minha mente, nós dois, em outro lugar.

— Uma torre? — murmurou Harry. — Uma das suas?

Na versão de conto de fadas que ele imaginou da minha vida, eu havia me trancado em torre após torre após torre. Agora não havia paredes nos separando, nem limites entre nossos corpos, nada entre nós, exceto a realidade que eu continuava adiando.

— *Não olhe para baixo* — sussurrei. Engoli em seco quando o chão se deslocou levemente sob nossos pés, o som de uma pedra se soltando da borda.

Eu podia ouvir as ondas, furiosas e agitadas lá embaixo, mas não conseguia vê-las.

Não olhe para baixo.

Não olhe para baixo.

Não olhe para baixo.

Harry se agachou, pegando uma pedra sem nunca abaixar o queixo ou os olhos, e depois se levantou de novo, o movimento suave como uma prova do quanto ele havia se recuperado. Sem dizer uma palavra, ele arremessou a pedra para longe, para o oceano.

Não olhe para baixo. Pensei no dia em que ele havia jogado a moeda contra a parede, com tanta força que parecia um tiro. Em segundos, eu tinha uma pedra em minha mão.

O vento aumentou e, sem aviso prévio, um raio brilhou em algum lugar ao longe. Fui levada de volta àquele dia no hospital, ao momento em que as chamas haviam disparado no céu.

— Uma tempestade está chegando — disse Harry ao meu lado. Eu me perguntava se alguma parte dele se lembrava.

— E parece que vai ser das grandes. — Peguei minha pedra e a joguei nas ondas, mantendo meus olhos fixos na escuridão aveludada do horizonte.

A tempestade estava chegando, e nenhum de nós olhou para baixo.

Harry deu um passo para trás. Seus braços me envolveram por trás e ele abaixou a cabeça, respirando fundo.

— Até onde sei, Hannah igual para a frente e para trás, você é a tempestade.

Ele nunca mais me chamou de *mentirosa*, em nenhum outro idioma, não desde que eu me entreguei, total e completamente, a essa coisa entre nós. *Tudo… ou nada.*

Fechei os olhos e me recostei nele. Senti o cheiro da chuva no vento, e uma parte presciente de mim disse que a tempestade era um sinal. Eu sabia, no fundo do meu ser, que não podia mais adiar.

Ele estava pronto. Quando o tempo melhorasse, ele conseguiria atravessar as rochas. *Nós* conseguiríamos.

Tudo começara com uma tempestade e, agora, se encerrava em outra.

Ficamos fora tempo suficiente para sermos pegos pela chuva. Ela veio do oceano como um lençol de água. Nós a vimos chegando e nenhum de nós fez um único movimento para se afastar.

No fundo, eu achava que ele também sabia que aquela era nossa última noite.

A chuva era do tipo que batia em você por todos os lados. Em segundos, estávamos encharcados e, ainda assim, nenhum de nós conseguia dar um único passo em direção ao farol, muito menos à cabana.

— Você parece um gato molhado. — Harry teve de gritar para ser ouvido em meio ao barulho da chuva.

— Você parece um cachorro molhado — falei para ele, que provou meu ponto de vista, sacudindo a água. Seu cabelo estava comprido o suficiente agora para estar quase sempre em seu rosto. Meus dedos queriam empurrá-lo para trás, mas ele se adiantou, enterrando os dedos no meu cabelo molhado, empurrando-o para trás e para longe do meu rosto encharcado.

— Você parece um conto de fadas — murmurou ele. Harry me olhou fixamente, como se estivesse se preparando para me desenhar de novo ou memorizando esse momento, como eu estava fazendo. — Venha comigo, Hannah igual para a frente e para trás. — Ele fez uma pausa. — Quando eu for embora, venha comigo.

Aquelas palavras, repentinas e reais, tiraram meu fôlego. Minha boca ficou insuportavelmente seca.

— Eu vou — falei para ele. — Atravessar as rochas. Levar você até onde possa pedir ajuda e...

— Não. — Ele passou as mãos pelos meus cabelos, e então estavam me segurando pelo queixo, erguendo meu rosto em direção ao dele. — Venha comigo, Hannah.

Estava tão escuro que eu mal conseguia vê-lo, mas não precisava. Poderíamos muito bem estar jogando o jogo de Fechar os Olhos, porque eu podia *sentir* a presença dele, o corpo dele, *ele*.

— Não posso ir com você — respondi. As palavras quase se perderam com o vento, mas nada se perdia para ele.

— Por que não? — exigiu Harry. Ele me beijou para pontuar a pergunta, mas não havia nada de *exigente* na maneira como ele beijava. Cada um de seus beijos era um convite, uma canção de amor, um aceno para algo mais.

Eu ia sentir falta disso — como uma pessoa que está se afogando sente falta de ar, como sentiria falta do sol se ele ficasse escuro. *Sem arrependimentos.*

Não respondi à pergunta dele. No mundo real, ele era filho de um bilionário. Ele estava supostamente morto. Também era responsável por uma tragédia que eu não queria que ele *soubesse*, uma tragédia na qual eu não suportava pensar.

Encharcada e congelada, estremeci quando Harry traçou as linhas do meu maxilar. Ele me acariciou, depois pegou minha mão e começou a me puxar de volta para as rochas, em direção ao farol.

— O que você está fazendo? — perguntei a ele. *O que eu estou fazendo? O que eu estava fazendo esse tempo todo?*

— Ao menos uma vez — disse Harry, sua voz atravessando a chuva e chegando ao fundo do meu ser —, você vai ser a paciente.

Chegamos à porta do farol.

— Ao menos uma vez — disse Harry, puxando-me por aquela porta, para longe do vento e da chuva —, me deixe cuidar de você.

Capítulo 36

Não havia muito que ele pudesse fazer dentro do farol, sem luz, sem calor, sem cobertores.

Nada além de Harry e eu.

Ele começou a torcer meu cabelo, penteando-o com suavidade com os dedos, livrando-se de cada um dos nós. A seguir, tirou a camisa encharcada que vestia e me puxou de volta para ele. O calor de seu corpo se espalhou pelo meu enquanto ele pegava o tecido da minha camisa e começava a torcê-la também.

A água escorria pelo meu pescoço, pelas minhas costas, e seus dedos traçavam o mesmo caminho.

Eu não estava mais tremendo.

— Você não precisa fazer isso — falei para ele.

Ele não precisou falar para que eu ouvisse sua resposta. *Você não sabe, Hannah igual para a frente e para trás? Eu faria qualquer coisa por você.*

Voltamos para a cabana pouco antes do amanhecer. Jackson estava lá... acordado. O pescador olhou feio para nós dois e grunhiu. Depois, deu um jeito de sumir.

— Malditas crianças.

Dando um olhar de advertência para Harry, fui atrás do homem que o havia tirado da água, todas aquelas semanas atrás.

— Jackson...

— Não é da minha conta — rosnou Jackson. Ele tinha que ter reparado que eu não estava mais indo embora, tinha que ter notado que Harry e eu desaparecíamos à noite, mas ele não tinha dito uma palavra a respeito.

— É problema seu *sim* — falei, e quando Jackson não respondeu, eu me forcei a dizer algo que eu não queria dizer. — Ele está melhor agora. Não está totalmente curado, mas está bem o suficiente para atravessar as rochas.

Eu não tinha certeza se Harry algum dia estaria *totalmente* curado. Com certeza ainda restariam as cicatrizes.

— Ele vai embora. — Desviei o olhar antes de acrescentar. — E eu também. — Foi a primeira vez que eu disse essas palavras em voz alta. — Estou indo embora de Rockaway Watch, Jackson... *Sei* que não posso ir com ele. Mas assim que eu o levar longe o bastante para que ele possa fazer a ligação sem que ninguém o associe a você, assim que o pessoal do pai dele vier buscá-lo, também vou embora.

Jackson me encarou com firmeza. Por um momento, ele parecia o antigo Jackson Currie, como se estivesse pensando em atirar em mim, só por prazer.

— O que você está fazendo, pequena Hannah?

De alguma forma, eu sabia que ele não estava falando sobre minha partida. Ele estava falando sobre o resto. *Harry e eu.*

Balancei a cabeça, recusando-me a dar uma resposta para aquela pergunta quando eu sequer sabia que responder. Não podia dizer a ele que estava dançando, vivendo, me permitindo. Não poderia começar a descrever como era, pela primeira vez em minha vida, ser vista, *sentir.*

— Eu não sei. — Eu podia admitir isso. Eu tinha que admitir. — Mas ele está pronto.

Jackson me deu um olhar duro.

— E você está?

Eu desviei o olhar. Eu sabia desde o início que, a cada dia que Toby Hawthorne estava aqui, Jackson e eu corríamos perigo.

Mas já fazia muito tempo que Harry não parecia ser *Toby Hawthorne* para mim.

— Preciso voltar ao meu apartamento — falei. Ele estava pago até o final do mês, mas poderia apostar que o proprietário jogaria minhas coisas fora no dia seguinte, sem se importar com os aspectos legais. Não havia muito que eu quisesse.

Algumas roupas.

Meus documentos importantes.

O dinheiro que guardava para emergências.

O ideal seria que eu tivesse levado meu carro também, mas isso exigiria que eu voltasse depois de colocar Harry em segurança, e eu não achava que poderia arriscar. Era melhor que Hannah Rooney tivesse desaparecido algumas semanas *antes* do milagroso reaparecimento de Toby Hawthorne do que depois.

Jackson grunhiu para mim de novo, e eu pensei que era o fim da conversa, mas então ele provou que eu estava errada.

— Você sempre foi a mais doida dos Rooney.

Capítulo 37

Eu só tinha voltado ao meu apartamento uma vez, desde que parei de ir ao trabalho, para buscar roupas. Se tivesse pensado direito, teria feito as malas com tudo o que precisava, mas não foi o que fiz.

Não estava pensando direito.

Não tinha feito as malas.

Coloquei a mão na massa assim que entrei. Quinze minutos depois, estava quase tudo pronto. Dezesseis minutos depois, a porta da frente se abriu, embora eu a tivesse trancado ao entrar.

— Quem é vivo sempre aparece. — Rory ocupava quase toda a moldura da porta, e eu era inteligente o suficiente para saber que isso era intencional. Ele queria que eu tivesse uma consciência total da diferença entre nossos tamanhos.

Ele queria que eu pensasse no fato de que minha saída estava bloqueada.

— Não sei do que você está falando. — Tom neutro, expressão neutra, velhos hábitos voltando depressa.

— Não sabe, Hannah? — O sorriso enigmático de Rory era tudo, menos confortante. — Fico surpreso. Eden está sempre dizendo o quanto você é inteligente.

Pensei em como eu havia humilhado meu primo naquela noite, quando minha mãe o trouxe aqui para dar uma lição nele. Rory não sabia que tinha se envolvido em uma briga com um Hawthorne. Eu descobri sozinha.

Disse a mim mesma que era só por isso. Disse a mim mesma que ele não *sabia* de nada. Ele não tinha como saber.

Se ele soubesse o que eu andei fazendo nesses últimos meses, eu provavelmente já estaria sangrando.

— O que você quer, Rory? — perguntei sem rodeios.

— Todos nós pensamos que você tinha saído da cidade. — Ele me encarou por um momento, depois sua expressão se tornou autoelogiosa. — Mantive alguém de olho neste lugar, por precaução.

— Isso não responde minha pergunta — retruquei. Minha voz estava calma, mas, por dentro, eu estava rezando para que quem quer que meu primo tivesse pagado para avisá-lo se eu tinha ou não voltado ao apartamento não tivesse percebido de que direção eu tinha vindo.

Onde eu estava.

— O que faz você pensar que estou aqui para responder às *suas* perguntas? — Os olhos de Rory se estreitaram. — Onde você estava, Hannah?

Canalizei meu Jackson interior:

— Não é da sua conta.

— Isso é o que você nunca entendeu. — Meu primo apontou o dedo para mim. — A família *é* da nossa conta. Negócios são família. — Ele apontou com a cabeça para a bolsa em minha mão. — Parece que você está fugindo. Tenho que me perguntar por que... e o que você pode saber.

Isso me alertou para o fato de que ele estava aqui por conta própria, não por causa da minha mãe. Talvez suspeitasse que havia algo errado com ela.

Talvez ele tenha pensado que eu havia desaparecido porque sabia o que era.

— Sabe, Rory — falei devagar —, você deveria se perguntar se minha mãe iria querer você aqui. — Acenei com a cabeça para a cicatriz em sua maçã do rosto. — A propósito, cicatrizou bem.

— Você está tramando algo — ele cuspiu.

IGUAL PARA A FRENTE E PARA TRÁS 263

Isso é um eufemismo.

— Veja pelo lado positivo — comentei —, quando eu for embora, ela vai precisar de um herdeiro.

— Nunca seria *você*. — Seu lábio se curvou. — Ou Kaylie.

— Não diga o nome dela — protestei, minha voz baixa.

Rory sorriu.

— Quem você acha que cuidou dela depois que você foi embora, hein?

Esse era o único tipo de golpe que ele se sentia confiante em dar. *Ele não sabe de nada e não é suicida o suficiente para encostar um dedo em mim sem permissão.*

Tudo o que eu precisava fazer era ganhar algum tempo. Eu só precisava que ele fosse embora, para que eu pudesse fazer o mesmo. Para sempre. Considerando minhas opções, deixei meu controle vacilar visivelmente, para que ele entendesse isso como uma vitória.

— Não quero brigar com você, Rory. — Minha voz estava quase sempre firme, mas agora estava mais alta. — Estou muito mal, tá? Era isso que você queria ouvir?

Era exatamente o que ele queria ouvir, então falei ainda mais.

— Estou destruída — acrescentei. — Eu não sou *nada*. E tudo o que mais quero é desaparecer.

Eu não estava destruída. Eu não era um nada. E havia algo que eu queria muito mais do que desaparecer... algo impossível, algo *real*. Mas ele não sabia disso.

Se eu fizesse tudo certo, nenhum deles jamais saberia disso.

— Por que você se importa se eu sair da cidade? — complementei, com a voz embargada. — Eu nunca fui uma de vocês de verdade. Não sei de nada. Não sou uma ameaça para ninguém.

— Contei a ele o tipo de mentira que ele estava preparado para acreditar: — Sou só uma garota.

Rory olhou para mim quando saiu da porta.

— Você não é tão esperta agora, não é, Hannah?

Deixei que ele tivesse a última palavra.

Depois que ele se foi, depois que verifiquei que ele tinha ido embora, peguei minha única mala, entrei no carro e dirigi. Voltar direto para a casa de Jackson não era uma opção, não mais. Eu não queria correr o risco de deixar meu carro em qualquer lugar antes, mas essa escolha havia sido feita por mim agora. Eu não poderia ir para a casa do Jackson saindo de Rockaway Watch.

Teria que pegar o caminho de volta.

Então, saí da cidade e entrei na rodovia. Continuei dirigindo até ter certeza de que ninguém havia me seguido.

E então, tive que voltar.

Já era tarde da noite quando bati na porta de metal da cabana. Eu havia andado quilômetros, pegado vários ônibus, andado mais quilômetros. E ainda assim, meu corpo estava cheio de adrenalina. Harry e eu… nós tínhamos que sair daqui.

Hoje à noite.

— O que você quer? — Jackson praticamente rosnou sua saudação habitual.

— Sou eu — respondi.

Muito tempo se passou até que ele abrisse a porta. Quando ele abriu, olhei automaticamente para dentro, mas Harry não estava lá. Meu coração saltou para a garganta.

— Ele está esperando por você — disse Jackson, tirando-me do meu sofrimento. — No farol. — O pescador deve ter me visto melhor, porque seus olhos se estreitaram. — O que aconteceu com você?

— Harry tem que partir — expliquei. — Hoje à noite. Meu primo Rory está futricando. Ele não sabe de nada… ainda, e tenho certeza de que não fui seguida até aqui, mas…

Jackson me interrompeu:

— Eu não preciso saber.

Fiquei olhando para ele por mais um momento, esse homem que havia tirado um garoto moribundo do oceano e o entregado a mim. E então, sem dizer nada, me virei e segui meu caminho pelas rochas até o farol.

Até Harry.

Meu corpo conhecia o caminho de cor. Eu poderia ter percorrido a trilha rochosa de olhos fechados, mas eu estava muito mais atenta do que de costume, com o coração batendo forte, a respiração um pouco ofegante, corpo-em-alerta-máximo, tão-
-*acordada*-que-talvez-nunca-mais-dormisse.

Abri a porta do farol esperando por escuridão lá dentro e fui recebida com luz. Velas, pelo menos uma dúzia delas, estavam espalhadas por todo o perímetro da sala. Eu não fazia ideia de onde Harry as havia conseguido.

No meio do chão, havia um cobertor azul-claro. Harry estava esparramado sobre ele, esperando por mim. À sua frente, havia um tabuleiro de damas, mas não era um tabuleiro *qualquer*. Parecia que Harry havia cortado os quadrados individuais com uma das facas de Jackson e reconstruído o tabuleiro do zero. Uma maravilha de engenharia e criatividade fazia parecer que a maioria daqueles quadrados estava levitando.

— Damas tridimensionais. — Vindo de Harry, isso era um convite e um desafio ao mesmo tempo.

Fiquei parada por alguns instantes na porta, observando as velas, o cobertor e o *jogo*, e algo em mim se quebrou.

— Temos que ir. — Minha voz saiu rouca. — Hoje à noite. — Fechei os olhos, com uma mão fantasmagórica apertando meu coração. —Agora.

Ouvi Harry se levantar. Ouvi-o se aproximar. O jogo de Fechar os Olhos. Senti cada passo que ele dava.

— Não precisamos fazer nada. — Sua voz começou suave, mas depois aumentou em força e volume, em intensidade. — Não preciso de nada, Hannah, a não ser isso.

Sua voz me envolveu. Ele estava bem na minha frente agora, e eu não conseguia abrir os olhos.

— A não ser você — sussurrou ele.

Não consegui manter meus olhos fechados por mais tempo e, quando os abri, olhos verde-escuros, reluzindo com o brilho de ideias ruins e outras ainda piores, fixaram-se nos meus.

— Se quem eu sou é um problema, Hannah igual para a frente e para trás, então *que se dane* quem eu sou. — Sua voz estava em toda parte. *Ele* estava em todos os lugares para onde eu olhava, e eu podia dizer: ele estava falando sério. — Não me importo com quem eu era antes. Não me importo com aquela vida. Eu me importo com esta, com *você*. Podemos ficar aqui ou ir embora, podemos correr ou nos esconder, mas tudo o que eu fizer... farei *com você*.

Eu não conseguia respirar e me forcei a buscar por ar, como ele sempre fazia. Respirar além da dor.

— Você não entende — falei. — Você não sabe do que estaria abrindo mão.

Desde o início, eu sabia que um dia ele voltaria a ser Tobias Hawthorne II, o único filho de um bilionário, com o mundo na palma das mãos. Desde o início, eu supunha que um dia ele descobriria sobre a Ilha Hawthorne, sobre Kaylie, sobre tudo isso.

Mas e se ele não precisasse fazer isso?

Ele estava fugindo de alguma coisa. E se ele *não* voltasse atrás? E se ele continuasse sendo *Harry* e Toby Hawthorne continuasse morto?

E se, dessa vez, fugíssemos juntos?

— Eu sei do que não vou desistir, Hannah igual para a frente e para trás. — As mãos de Harry foram até meu rosto. — Não vou desistir da pessoa que sou com você. Por você. *Isso*... — Seus dedos exploraram os contornos da minha mandíbula, as maçãs do rosto, as têmporas, como se ele estivesse tentando me ver com todos os seus sentidos ao mesmo tempo. — *Isso* é real. Minha vida anterior pode continuar sendo um sonho ruim, e você pode me dizer, Hannah, ó Hannah... quem te deixou assim?

Hannah, ó Hannah. Outro palíndromo. Eu poderia ter respondido a isso, se não fosse por sua pergunta. *Quem te deixou assim?*

Eu havia quase me esquecido de Rory, da razão pela qual era aquela noite, a razão pela qual *tínhamos* que ir. Agora.

— Um dos meus primos. — Eu não ia mentir para ele, não sobre isso, não quando eu estava pensando em passar o resto da minha vida mentindo para ele por omissão, para que pudéssemos viver um conto de fadas. Juntos.

— Ele ameaçou você? — perguntou Harry, as palavras entrecortadas e as linhas de *seu* rosto endurecidas. — Encostou em você? Vou matá-lo.

— Não. — Essa era a última coisa que precisávamos. — Você não vai fazer isso. Nós vamos fugir.

— *Nós* — repetiu Harry, e assim, com uma única palavra, minha decisão foi tomada.

— Vamos começar de novo — sussurrei — longe, muito longe.

Isso sempre foi parte do meu plano, deixar este mundo para trás, deixar minha família para trás. E desde criança, eu nunca planejei ir sozinha.

— Longe, muito longe — repetiu Harry. Ele me puxou contra si, seus lábios se aproximando dos meus pouco a pouco. — Era uma vez...

Eu o beijei de volta, como se estivéssemos na chuva, como se estivéssemos na beira da Torre Eiffel, como se eu tivesse acabado de encontrá-lo no escuro. Como se, se eu o beijasse com força e por tempo suficiente, nada neste mundo existiria além de nós dois.

Era uma vez... muito, muito distante...

— Sagas — sussurrei, beijando o ponto exato em seu pescoço onde eu podia sentir sua pulsação. — Ralar. Ala. — *Palíndromos.*

Ele sorriu e me empurrou levemente contra a parede do farol, tirando a própria camisa e oferecendo um palíndromo dolorido e sussurrado.

— *Uau.*

Eu o odiara até amá-lo e, agora, eu o amaria até o fim.

— Era uma vez... — sussurrei, descendo os beijos por sua mandíbula, pescoço, clavícula e cicatrizes — uma garota...

— E um garoto — murmurou ele em minha pele — e dor e maravilha e escuridão e luz e *isso*.

Era uma vez, pensei, *nós dois*.

Quando me dei conta, nenhum de nós estava de pé. Ele estava no chão, e eu estava em cima dele.

Três segundos depois, tínhamos derrubado uma vela.

O piso do farol era feito de madeira velha e podre. A chama se acendeu, espalhando-se de tábua em tábua. Debaixo de mim, Harry congelou, seus membros imóveis, seu peito parado, como se ele nem estivesse respirando. Eu me recuperei primeiro e me movi — depressa. Peguei o cobertor, joguei-o em cima das chamas e bati nele.

Mesmo depois que o fogo foi apagado, Harry permaneceu imóvel.

O cheiro de fumaça era inconfundível. Eu me ajoelhei, estendendo a mão para ele.

— Harry?

Depois de um longo momento, ele pegou minha mão. Segurou-a com força por um ou dois segundos e depois, ao fechar os olhos, colocou minha mão gentilmente no chão ao seu lado. Ele a soltou.

— Harry...

— Esse não é o meu nome. — Sua voz parecia a mesma. A dor nela, a escuridão, a emoção subindo como a água da tempestade atrás de uma barragem, tudo era familiar, mas ainda assim, *eu sabia*.

O fogo. As chamas. Ele se *lembrou*. Eu não tinha certeza do quanto. Um instante depois, ele estava de pé, percorrendo a sala de vela em vela. Apagou uma chama, depois outra, apertando os pavios das velas entre o indicador e o polegar.

Ele ia se queimar.

— Pare. — Eu o peguei antes que ele conseguisse chegar à última vela. Ele se soltou do meu aperto e, dessa vez, quando apagou a chama, fez isso devagar, como se quisesse sentir dor.

— *Pare* — repeti, com a voz rouca. Eu não havia curado suas feridas para que ele se queimasse agora.

Com a última chama apagada, Harry deixou sua mão cair ao lado do corpo. Eu me permiti pensar nele dessa forma, como *Harry*, uma última vez, mesmo sabendo que ele não era mais *Harry*.

— Eu nunca soube como parar. — Toby Hawthorne disse essas palavras com uma voz estranhamente calma. Nem mesmo meio segundo depois, ele deu um soco na parede. *Ouvi* o impacto de seus nós dos dedos contra a pedra, *ouvi* a parede do farol ranger, como se pudesse cair ao nosso redor.

— Pare — ordenei de novo, minha voz baixa e tão calma quanto a dele. —, Toby. — Essa foi a primeira vez na vida que usei seu nome verdadeiro em voz alta. — *Pare.*

Ele olhou para mim como se eu fosse um anjo, e não do tipo doce com nuvens e uma harpa, mas do tipo aterrorizante, de outro mundo e brilhante demais para ser contemplado.

Ele olhou para mim como se eu fosse o mundo dele — e como se esse mundo estivesse desmoronando.

— Você sabia. — Ele me encarou, com os músculos de sua garganta visivelmente tensos. — Você sabe.

— Você precisa respirar — disse a ele.

— Kaylie. — Ele disse o nome dela, e depois repetiu, e repetiu, e repetiu. — Kaylie. *Sua* Kaylie. Eu a matei, Hannah. Matei todos eles. O fogo… Eu estava com tanta raiva que, no começo, era para ser apenas a doca. Mas eu odiava tanto meu pai, odiava tanto todo mundo, que não parecia ser o suficiente. E quando Colin sugeriu que fôssemos para a casa…

Ele não terminou. Quando tentei abraçá-lo, ele se afastou de mim como se meu toque tivesse escaldado sua pele mais do que qualquer chama poderia ter feito. Ele saiu cambaleando do prédio para a noite, ganhando tração e velocidade à medida que avançava. Eu corri atrás dele enquanto ele corria para a ponta do farol.

Vi então o que ele pretendia. Ele ia se jogar do penhasco, na água, nas rochas. A adrenalina inundou minhas veias, e eu o alcancei antes que ele pudesse fazer qualquer coisa. Abracei-o, segurando-o com todas as minhas forças.

Ele lutou contra mim. Toby Hawthorne *lutou* para morrer, e eu lutei com mais força. No final, eu venci, porque ele não me machucaria, e eu não tinha esse tipo de escrúpulo.

Se eu tivesse que machucá-lo para salvá-lo, então era uma pena.

— Você me disse... — Ele estava ofegante agora, como se estivesse de volta ao incêndio na Ilha Hawthorne. — Você me disse que eu não tinha *o direito* de morrer.

— Você não tem. — Segurei a cabeça dele e o forcei a olhar para mim. — Não agora, nem nunca, até você ficar velho e grisalho. Você está me ouvindo, Toby Hawthorne? — Eu disse seu nome completo como se, esse tempo todo, ele tivesse sido *Toby* para mim, porque, de repente, isso não importava. *Harry. Toby.* Ele era o mesmo.

Ele era meu.

— Você não pode morrer e me deixar — falei baixinho —, você não tem o direito de me fazer *amar você* e depois se destruir.

Ele me olhou bem nos olhos.

— Você não me ama. Você não pode. Eu a matei.

— Foi um acidente. — Eu nunca havia dito essas palavras antes. Ele balançou a cabeça, e eu repeti. — *Foi um acidente, Toby.*

— Você me odiava. — Ele entendia agora tantas coisas que não entendera antes, e eu ouvi em sua voz: se não fosse esse penhasco, seria outro.

— Eu odiava você até te amar — afirmei. — E vou amar você até o fim.

Esse não era o fim. Eu não *deixaria* que fosse o fim dele, o meu ou o *nosso.*

— Então, o que quer que você esteja pensando agora — acrescentei com firmeza, minha voz tremendo, meu corpo ameaçando fazer o mesmo —, tire isso da cabeça. Eu já perdi o suficiente, Toby. Não vou perder você também. *Você me entendeu?*

Será que ele entendeu? Será que ele entendia que eu não sabia mais como respirar sem ele? Eu havia passado semanas sabendo que iria perdê-lo, mas não dessa forma, não quando estávamos tão perto de *tudo*.

Era uma vez...

Muito, muito distante...

— Me prometa. — Fiz com ele o que Kaylie havia feito comigo em meu sonho, porque que escolha ele tinha a não ser fazer essa promessa? Eu tinha vivido com a realidade do papel que ele desempenhara na morte da minha irmã durante meses, mas isso era novidade para ele.

Não havia nada que ele pudesse me negar agora.

— Me prometa — falei de novo — que você vai viver. — *Prometa, seu maldito.*

Ele prometeu.

Capítulo 38

Não fomos embora naquela noite, como eu pretendia, como *precisávamos*. Em vez disso, Harry voltou para a cabana de Jackson sem dizer uma palavra. Jackson não estava lá quando chegamos. Fiquei imaginando onde ele estaria. Imaginei se ele teria nos ouvido.

Tínhamos gritado, Toby e eu. Estava ventando.

— Se você quiser voltar — falei, quando Toby e eu estávamos dentro da cabana, sozinhos. — Agora que você sabe quem você é, se quiser parar de fugir... Eu entendo.

— É disso que você acha que se trata? — Toby parou ao lado da tábua solta do assoalho, aquela que tínhamos evitado em todos aqueles jogos de Tábuas no Chão. — Você acha — continuou ele bruscamente — que agora que sei quem sou, quem é meu pai, eu quero *voltar*?

— Não sei — sussurrei.

Toby olhou para mim como se isso o *machucasse*.

— Eu estava falando sério antes, *Hannah, ó Hannah*. Cada palavra que disse. *Isso*, você, eu, é a única coisa que é real. É a única coisa que importa para mim. Se eu pudesse estalar os dedos e fazer com que meu sobrenome fosse outro que não Hawthorne, eu o faria. — Ele fechou os olhos. — Se eu pudesse voltar atrás...

O fogo. Kaylie. Tudo.

— Eu sou um assassino.

— Você não é — insisti, chegando mais perto. — Você não começou o incêndio. Você não acendeu um único fósforo. Nenhum de vocês acendeu. E, Toby? Acho que você não teria acendido, a menos que tivesse *certeza* de que todos estavam longe das chamas.

Querosene. Relâmpago. Uma tragédia em duas palavras.

— Eu sou a razão pela qual sua irmã está morta, Hannah. Ela é a pessoa que você perdeu, *e eu sou o motivo pelo qual você a perdeu.* — Ele estava quase tremendo agora. — Tenho que me entregar.

Eu o xinguei com todos os palavrões que conhecia.

— Eles vão matar você. Você entende isso? Minha família vai *matar você*, e você me prometeu que iria viver.

Eu o agarrei pelos ombros, tentando *fazê-lo* olhar para mim, mas ele fechou os olhos e, quando finalmente voltou a abri-los, caiu de joelhos na minha frente, com a cabeça baixa.

Toby Hawthorne se ajoelhou aos meus pés, como um pecador em confissão. Ele ficou ali, com o corpo tremendo, recusando--se a me deixar tocá-lo, e então levantou a tábua solta do assoalho. Ele enfiou a mão no buraco e segurou a ficha de metal.

— *Veneno é a árvore, percebeu?* — disse ele, a voz rouca. — *Envenenou S, Z e eu.* — Ele olhou para mim com lágrimas nos olhos. — Eu me lembro. De tudo. Toda a verdade sórdida.

A história de sua vida veio em pedaços durante a noite. Ele se forçou a me contar, a revivê-la, uma forma de penitência que eu não havia pedido. Mas eu ouvia, recriando sua história como um conto de fadas em minha mente, da mesma forma que ele havia feito com a minha.

O príncipe descobriu que era adotado quando tinha catorze anos. Os súditos de seu pai não sabiam. Suas irmãs, as princesas, não sabiam. Sua mãe, a rainha, havia fingido uma gravidez e, mesmo depois de descobrir isso, o jovem príncipe não havia percebido o motivo... não no início. Ele passou anos se perguntando

por que o rei brilhante e a rainha radiante e alegre haviam se esfor-
çado tanto para esconder a verdade sobre seu único filho.

E então, um dia, o príncipe encontrou o corpo.

Tentei imaginar como teria sido para Toby ver restos humanos e perceber, como ele acabou percebendo, que aquele havia
sido seu pai biológico, um homem chamado William Blake.

William Blake. Eu não fazia ideia de como um garoto de
dezenove anos tinha conseguido juntar as peças. Ele não disse.
E o tempo todo, enquanto o garoto que eu amava se expunha
para mim, eu só pensava nas palavras que ele havia dito uma
vez: *às vezes, quando olho para você, eu te sinto, como uma pulsação nos meus ossos, sussurrando que somos iguais.*

Minha mãe também era uma assassina.

A moeda — à qual ele reagiu com tanta violência — pertencia a William Blake e, junto com os restos mortais de Blake,
servia como prova da morte do pai biológico de Toby pelas mãos
de seu pai adotivo. Era a prova da identidade de *Toby*, como
neto de outro homem muito poderoso — e ainda mais perigoso.

Outro rei...

Ele me contou todos os detalhes de sua grande despedida
da vida que tinha vivido antes: transportar os restos mortais de seu
pai, fugir da propriedade palaciana do Texas onde tinha sido
criado, deixar mais de uma mensagem, criptografada, é claro,
para que ficasse claro tudo o que ele sabia. Descontrolado, ele
percorreu o país em festas e veio parar *aqui.*

A única coisa de que ele não parecia se lembrar era de ter
me encontrado no bar.

— O querosene... não foi ideia minha. — Ele fechou os
olhos quando disse isso. Estávamos deitados no chão da cabana agora, e eu me deitei em seu peito arruinado, onde eu podia
ouvir seus batimentos cardíacos e saber que ele ainda estava lá,
que estava vivo.

Ele havia me *prometido* que continuaria assim, não importava o que acontecesse.

IGUAL PARA A FRENTE E PARA TRÁS **275**

— A ideia não foi minha, mas concordei, porque sou *veneno*. — Ele tentou sair de baixo de mim, mas não deixei. — Não importa quem me deu à luz ou que sangue corre em minhas veias, sou um Hawthorne, tudo o que meu *pai* me criou para ser. Não vou envenenar você também. Não vou envenenar você também, Hannah. Você merece...

— *Você* — falei baixinho. Eu me sentei e olhei nos olhos dele. — Eu mereço *você*. Mereço ser feliz, e você me faz feliz, seu filho da mãe impossível, arrogante, autodestrutivo, enfurecedor, brilhante e *maravilhoso*.

Ele levou a mão ao meu rosto e, em minha mente, pude ver a maneira como ele me desenhou, pude ouvi-lo murmurar *aí está você*.

— Se tem uma coisa que sei sobre minha irmã — complementei com firmeza — é que Kaylie também gostaria que eu fosse feliz. — Eu não ia evitar dizer o nome dela. Ele precisava saber que eu não precisava fingir que minha irmã estava longe para olhar para ele, para vê-lo, para desejá-lo.

Tudo é possível quando você ama alguém sem arrependimentos.

— Eu gostava dela. — Toby respirava, inspirando e expirando, e tentei fazer por ele o que já havia feito tantas vezes, quando eu o odiava e ele estava meio fora de si de dor. Sustentei seu olhar, respirando com ele.

— Sua irmã valia dez vezes mais do que eu e meus amigos — disse ele baixinho — e ela sabia disso.

Minha garganta ficou apertada. Meus olhos arderam. Deitei minha cabeça em seu peito de novo, um sinal físico e tangível de que ele não iria a lugar algum, e contei a ele sobre o sonho.

— *Sem arrependimentos* — reiterei. — Ela me fez prometer.

— Meu Deus, Hannah, eu sin...

— Não me diga que você sente muito. — Coloquei minha mão em sua boca. Palavras nunca seriam suficientes, mas *ele* era. *Nós* éramos. — Não quero que você *sinta muito*.

Eu queria que ele fosse meu.

Ele me beijou uma única vez, um beijo leve, suave como um sopro, antes de adormecermos. Foi só quando acordei na manhã seguinte e encontrei uma carta onde ele deveria estar que percebi...

Aquele beijo tinha sido de *despedida*.

Capítulo 39

Querida Hannah, igual para a frente e para trás...

Não li além da saudação na carta. Corri para o farol. Ele não estava lá. Corri pelas rochas, quilômetros delas, até a cidade onde eu havia planejado levá-lo, para onde *nós* deveríamos fugir.

Nada. Não consegui encontrá-lo. Procurei, procurei e procurei, mas ele havia desaparecido.

Por que se esconder, pensei, sentindo como se o céu estivesse desabando sobre mim, como se meu corpo estivesse se dobrando até que eu não conseguisse respirar, *em vez de fugir?*

Toby Hawthorne era excelente em fugir e, no fundo, eu *sabia*, da mesma forma que conhecia seu corpo, suas cicatrizes e seu cheiro, que não o encontraria. Eu *sabia* que ele não voltaria, da mesma forma que conhecia a sensação dele no escuro e a forma como eu era vista através dos olhos dele.

Eu sabia disso da mesma forma que *sabia* que poderíamos ter vivido algo lindo, se ele tivesse deixado.

Voltei para a casa de Jackson e li a maldita carta inteira, amaldiçoando Tobias Hawthorne II a cada respiração, sentindo a falta dele como se meu corpo nunca fosse *parar* de sentir sua ausência. Ele começou implorando para que eu não o odiasse — não por ter ido embora, pelo menos. Se eu fosse odiá-lo, ele queria que fosse pelos motivos certos.

Você pode me dizer quantas vezes quiser que eu nunca teria acendido aquele fósforo. Você pode acreditar nisso. Nos dias bons, talvez eu também. Mas três pessoas ainda estão mortas por minha causa.

Eu respirei em meio à dor, da mesma forma que ele fizera quando seu mundo era fogo e eu o odiava com todas as minhas forças.

Respirei em meio à dor, sabendo que não poderia mais odiá-lo, nem mesmo quando li as palavras: *Não posso ficar aqui. Não posso ficar com você.*

Ele poderia. Ele *poderia* ter ficado.

Eu não conseguia parar de ler.

Eu não te mereço. Eu também não vou voltar para casa. Não vou deixar meu pai fingir que isso nunca aconteceu.

Grande parte do resto da carta foi dedicada a me avisar que o pai dele *viria*, que, eventualmente, o bilionário com seus muitos faz-tudo descobriria que o filho havia sobrevivido. Toby não queria que eu estivesse em Rockaway Watch quando isso acontecesse. Ele queria que eu fosse embora, como havíamos planejado. Mas sozinha.

Mude de nome. Comece de novo. Você adora contos de fadas, eu sei, mas eu não posso ser o seu felizes para sempre. Não podemos ficar aqui em nosso pequeno castelo para sempre. Você precisa encontrar um novo castelo. Você precisa seguir em frente. Você precisa viver, por mim.

Ele não estava sendo justo — não quando eu havia contado a promessa que *eu* havia feito, não quando ele sabia que eu tinha que continuar vivendo, continuar dançando e continuar sentindo, não importava o que acontecesse.

IGUAL PARA A FRENTE E PARA TRÁS **279**

Se você precisar de alguma coisa, vá até Jackson.

Minha mandíbula tensionou quando li essa parte, porque eu tinha certeza de que isso significava que *ele* tinha falado com Jackson antes de ir embora. As palavras seguintes confirmaram isso para mim:

Você sabe o que o círculo vale. Você sabe o porquê. Você sabe de tudo.

Típico do garoto que adorava códigos usar um descritor vago, *o círculo*. Que qualquer pessoa que lesse essa carta sequer *tentasse* descobrir o que isso significava. Mas foi a frase seguinte que roubou meu ar:

Talvez você seja a única pessoa nesse planeta que me conhece de verdade.

Eu sabia que ele adorava quebra-cabeças, enigmas, jogos e me dar trabalho. Eu sabia que ele era o tipo de pessoa que, quando você perguntava como estava a dor dele, respondia que era *irrelevante*. Ele era um artista. Ele era brilhante. Ele tinha *fome*. Ele era gentil. E nunca deixava de notar nada, sobretudo quando se tratava de mim. Ele jogava damas tridimensionais e citava poesias, e eu nem tinha certeza se ele sabia o que uma pessoa podia comprar em um supermercado, além de uísque e limões. Ele adorava palíndromos.

Ele me amava.

Eu me forcei a ler as últimas linhas da carta:

Me odeie, se puder, por todos os motivos pelos quais eu mereço. Mas não me odeie por ter ido embora enquanto você dormia. Eu sei que você não me deixaria ir e eu não conseguiria me despedir.

Ele assinou *Harry*.

Não havia palavras para o que eu sentia ao ler aquela assinatura e pensar nele. Tudo dentro de mim estava vazio, como um buraco negro. Eu não conseguia nem me lembrar de como respirar.

Mas, de repente, havia braços ao meu redor. *Jackson*.

— Você o *deixou* ir. — Empurrei o pescador com força, mas ele se agarrou a mim. Aquele recluso rabugento, irritadiço e armado me segurou até que a barragem dentro de mim cedeu. Então me agarrei a ele, a coisa mais próxima de um amigo que eu tinha neste mundo.

— Algumas pessoas são como o mar, pequena Hannah — disse Jackson, com a voz áspera como sempre. — Ninguém tem o poder de dar permissão ou proibir que elas façam alguma coisa.

— Como o mar — repeti. Lembrei-me do que ele havia dito sobre a Morte e fiz uma estimativa. — Uma bela de uma vadia?

— Uma força.

Eu queria soluçar, mas não consegui, porque ele estava certo. Toby Hawthorne era o maldito mar. Ele era uma força. Ele era terrível e maravilhoso e, quer estivesse aqui ou não, quer eu o visse de novo ou não, ele nunca seria *nada* para mim.

Olhei para Jackson.

— Ele disse que o pai viria atrás dele. O *item* que Toby deu a você? Pode ser perigoso você ficar com ele.

Jackson bufou.

— Não tenho medo de bilionários. Eu nem mesmo uso bancos. E esse *item*? Harry me pediu para guardá-lo para você, então acho que é isso que vou fazer.

Não havia como discutir, a menos que eu quisesse que ele pegasse o rifle.

— Minha família. — Eu duvidava que isso seria melhor do que tentar avisar Jackson sobre Tobias Hawthorne, mas eu tinha que tentar. — Se o bilionário vier bisbilhotar, isso também poderia alertá-los. Meu primo Rory já está desconfiado do que

IGUAL PARA A FRENTE E PARA TRÁS 281

eu ando fazendo. Se ele passar essas suspeitas para a minha mãe, se ela descobrir que você ajudou o Toby, *me* ajudou…

— Quem disse que estou ajudando alguém? — Jackson escolheu esse momento para colocar um maço de dinheiro em minha mão, um maço bem grande.

— Jackson... você não pode…

— Mude seu nome — disse ele com firmeza. — Não olhe para trás. Mais cedo ou mais tarde, Eden irá procurar por você. Certifique-se de que ela não encontre nada.

— Como você sabe o que minha mãe faria ou deixaria de fazer? — perguntei. Ele havia usado o primeiro nome da minha mãe. De repente, pensei na maneira como ele havia me dito que eu era a Rooney mais doida, como se eu não fosse a única que ele conhecia. Pessoalmente. — Jackson…

Ele me interrompeu:

— Não é da sua conta.

Eu realmente deveria ter previsto isso.

— Vou embora — anunciei. Era o que Toby havia me pedido. *Você precisa seguir em frente. Você precisa viver, por mim.* — Eu vou desaparecer. Mas e quanto a você?

— Alguém tem que cuidar do farol.

Eu o abracei de novo.

— Você é um bom homem.

Ele estreitou os olhos para mim.

— Eu deveria atirar em você.

Eu quase sorri.

— Por favor, não faça isso.

Capítulo 40

Três meses e muitas tentativas de encobrir meus rastros depois, fui parar em uma cidade chamada New Castle, Connecticut, o mais longe possível de Rockaway Watch. Escolhi *Sarah* como meu primeiro nome, que não é um palíndromo. Havia semanas em que eu não queria me lembrar e semanas em que eu só pensava em quebra-cabeças, jogos, códigos e *nele*.

Eu dançava todos os dias.

Trabalhei em uma lanchonete. Fiz amizade com meus colegas de trabalho. De vez em quando, pensava em voltar a estudar, mesmo que tivesse que começar de novo, mas, no final das contas, não queria arriscar nenhuma conexão com minha antiga vida, nem mesmo me tornar enfermeira.

Não podia correr o risco de ser encontrada, nem pela minha família nem pela família de Toby.

Com o passar dos anos, lentamente parei de esperar que a tragédia na Ilha Hawthorne voltasse a ser notícia, parei de esperar que alguém descobrisse o que eu sabia: em algum lugar lá fora, Toby Hawthorne estava vivo.

Eu o amava.

Eu o amava.

Eu o amava... e o odiava também. Tentei esquecê-lo... em uma noite com um homem... e acabei ficando grávida. Meio que desde o início, em minha mente, o bebê era nosso.

Meu e de Toby.

Eu disse a mim mesma que isso era errado. Meu bebê tinha um pai, embora ele certamente não fosse um príncipe. Prometi a mim mesma que, quando ela nascesse, teria o sobrenome do verdadeiro pai. Mas, em meu coração, *ela* era o final de conto de fadas que nos havia sido negado. Ela era meu novo começo, e eu jurei que seria tudo para ela, que a ensinaria a brincar, a transformar tudo em um jogo, a encontrar alegria. *Todos os dias.*

Jurei que ela cresceria dançando. Ela nunca seria invisível. Ela sempre seria amada. E, um dia, eu lhe contaria... tudo isso. Minha história. *Nossa* história.

A data prevista para o parto veio e passou, mas meu bebê não deu sinais de que queria nascer até que a tempestade do século chegou. Foi a pior que eu já tinha visto, pior até do que a noite do incêndio, e ouvi um sussurro em algum lugar da minha mente.

Até onde sei, Hannah igual para a frente e para trás, você é a tempestade.

Os ventos com a força de um furacão derrubaram fios de energia e arrebentaram janelas. Acabou a eletricidade do meu apartamento... e foi nesse instante que minha bolsa estourou. As ruas estavam inundadas. Tentei ligar para a emergência, mas a ligação não completava.

Disse a mim mesma que tinha tempo, que bebês, sobretudo quando eram os primeiros, não nasciam tão depressa, mas cada contração me atingia como se meu corpo estivesse sendo dividido em dois. Tentei chegar até a porta, abrindo caminho na escuridão e, de repente, lá estava ele.

— *Harry.* — Esse nome veio primeiro, depois o outro, o verdadeiro: — *Toby.*

— Estou aqui pra você, Hannah. — Ele me levantou do chão, e apoiei a cabeça em seu peito enquanto ele continuava: — Igual para a frente e para trás.

A próxima contração chegou, a pior de todas, mas eu não gritei, da mesma forma que ele não gritou, enquanto eu cuidava dele em meio à agonia durante todas aquelas noites.

Ele estava aqui.

Ele estava aqui.

Ele estava aqui.

E ela estava chegando.

De alguma forma, ele me levou para o meu quarto e para a minha cama. Senti que estava prestes a perder a consciência, mas sua voz me trouxe de volta.

— Eu escrevi para você.

As luzes piscaram e, de repente, eu o *vi*. Tudo o que eu queria era vê-lo.

— Eu odeio você — falei, mas as palavras saíram ternas, uma canção de amor. *Nossa* canção de amor.

— Eu sei. — Ele levantou meus joelhos, colocou dois travesseiros embaixo da minha cabeça, afastou o cabelo encharcado de suor do meu rosto.

— Por você ter ido embora — esclareci, pensando naquela maldita carta. — Eu odeio você por ter ido embora e só por ter ido embora, e, para constar? Eu também amo você.

Minha voz deu lugar a um grito, e sua mão escorregou para a minha. Eu a segurei com tanta força que esperava que os ossos de seus dedos se quebrassem, mas ele nem sequer recuou.

Eu amo você.

Eu amo você.

Eu amo você.

— Seu filho da mãe — protestei, respirando as palavras no momento em que pude. — *Eu amo você, seu maldito.*

— Você está quase lá.

Eu o encarei.

— Quero as cartas que você me escreveu.

Meu olhar provocou seu sorriso, como se nem mesmo os anos e os quilômetros que ele havia colocado entre nós pudessem contornar essa reação.

— Na verdade, são cartões-postais.

Ele parecia anos mais velho do que na última vez em que o vira, mais sério, marcado pelo sol. Seu bronzeado não estava uniforme. Sua camisa estava gasta. Os pelos faciais marcavam seu maxilar e, ainda assim, eu conhecia cada linha de seu rosto.

— Eu quero — vociferei, meu corpo se contraindo de dor — meus *cartões- postais*.

— Mais um empurrão e você pode ficar com eles.

Eu amo você.

Eu amo você.

Eu amo você.

Não percebi que havia dito nada, até que ele respondeu.

— Eu amo você — disse Toby Hawthorne. — Amei você desde o momento em que você jogou meia dúzia de limões na minha cama. Desde antes disso, inclusive. Desde o momento em que vi você dobrando papel, desde o primeiro castelo de açúcar, desde o instante em que você me prometeu uma morte misericordiosa e *mentiu*.

Eu não conseguia fazer isso, mas tinha que fazer. Pelo bebê, eu tinha que fazer. Fiz força e gritei.

— Eu amei você — sussurrou ele — quando o mundo era dor e a única coisa que fazia sentido eram seus olhos. Eu amei você antes de saber que me odiava, e tenho amado você todos os dias desde então.

Eu amo você.

Eu amo você.

Eu amo você.

E então ele estava com ela. Ela era real, estava ali e, por um único momento, era *nossa*. E a ambulância chegou. Eu nem me lembrava de que ele a havia chamado. Não fazia ideia de como a ligação tinha completado.

O amor da minha vida colocou meu bebê novinho em folha no meu peito e, de repente, ele foi embora.

Como o vento.

Como um sonho.

Capítulo 41

Ele veio até mim horas depois, no hospital. Minha filha, *preciosa, preciosa menina*, estava dormindo em meu peito. A certidão de nascimento estava sobre a mesa ao lado da minha cama. Eu havia preenchido o sobrenome — o do seu pai biológico, *Grambs* — e o nome do meio.

— Kylie. — A voz de Toby era calma e baixa. — Como Kaylie, uma letra a menos.

— Uma homenagem — falei. — Fui proibida de fazer qualquer outra coisa.

Toby me encarou por um longo tempo, e eu sabia que ele estava pensando em tudo o que eu havia contado sobre o sonho. *Sem arrependimentos*.

Por fim, ele voltou sua atenção para a mesa de cabeceira e a certidão de nascimento. Ele pegou uma caneta.

— O que você está fazendo? — perguntei.

— Assinando. — Coisas triviais como decência ou regras nunca foram um impedimento para ele. — Por ele.

Não questionei como ele sabia o nome do pai ou por que estava assinando. Eu queria que ele o fizesse. Em meu coração, ela era *dele*.

— Fique — falei suavemente.

— Não posso, Hannah. Meu pai... ele sabe que estou vivo. Aonde quer que eu vá, ele nunca está longe. Ele quer a mim ou o que eu peguei, ou ambos. Não vou deixá-lo chegar perto de você. — Ele olhou para a bebê, dormindo em meu peito. — Não vou deixá-lo chegar perto *dela*.

Considerando o que eu sabia, não podia contestar isso. Ao ver Toby segurando minha filha, finalmente me permiti pensar que talvez meu felizes para sempre não fosse para ser com ele.

Talvez sempre tenha sido *ela*, essa garotinha perfeita.

— Pegue, segure ela, só dessa vez.

Eu esperava que ele brigasse comigo, mas não brigou. Ele segurou minha menina como se fosse nossa, e *nossa* menina parecia tão pequena em seus braços. Ele a embalou contra seu peito.

— Você tem cicatrizes? — perguntei.

— Várias cicatrizes — respondeu ele, e algo em seu jeito de falar me fez pensar que ele apreciava cada uma delas. Ele abaixou a cabeça, acariciando o topo da dela, e minha filha abriu os olhos e olhou diretamente para o homem que eu amava.

— Avery — murmurou Toby. Levei um momento para perceber que ele havia acabado de sugerir um nome. — Avery Kylie Grambs. — Toby olhou do bebê para mim com um pequeno sorriso torto. — Reorganize as letras.

Não seríamos *nós* sem um último desafio, um último jogo.

— Avery Kylie Grambs — falei devagar —, reorganizado… — Meus olhos encontraram os dele. Ele entregou a bebê, entregou Avery, de volta para mim. — *A Very Risky Gamble*. Uma aposta muito arriscada — murmurei.

— Eu sabia que você conseguiria resolver. — Ele se ajoelhou ao lado da minha cama de hospital. — Você sempre conseguiu.

Eu não queria colocá-la em seu berço. Não queria dormir. Não queria piscar. Eu não queria que ele fosse embora.

Mas ele foi.

Ele me deixou uma pilha de cartões-postais — escritos com tinta invisível.

Epílogo

— **Cuidado** — eu disse a Avery. Com a maturidade de todos seus dezoito meses, ela estava ficando mais ousada em escalar as mesas da lanchonete. Ela tinha sido um bebê sério, mas agora, um pouco maior, era o mais puro caos.

A mais pura alegria.

Ela era *nossa*. Ricky Grambs só a tinha visto duas vezes. Eu não me importava. Avery também não parecia se importar. Éramos um mundo só para nós. Em breve, eu a ensinaria a construir castelos com açúcar.

Mas, por enquanto, meu turno havia terminado e estava chegando a hora de dançar. Apoiando-a no quadril, dirigi-me para a porta, mas não cheguei até lá.

— Com licença.

Uma cliente. Eu poderia tê-la encaminhado para outra pessoa, mas alguns clientes não gostavam muito da ideia de uma garçonete sair do turno.

— Você precisa de uma mesa? — perguntei.

Era difícil identificar a idade da mulher... mais velha do que eu, mas sob o lenço vermelho que usava amarrado abaixo do queixo, seu cabelo não parecia ter um único fio grisalho.

— Por que não nos sentamos? — disse ela. Seu tom de voz dava a entender que não era uma sugestão.

Meus instintos de sobrevivência entraram em ação. *Por que nós...*

Ela estendeu a mão para desamarrar o cachecol vermelho e o estendeu para Avery, que imediatamente o prendeu com um pequeno aperto mortal de criança.

— Imagino que você estava esperando meu marido. — A mulher deu um passo ao meu redor, em direção a um sofá. — O pai do Toby vai acabar encontrando você, tenho certeza.

Toby. Meu silêncio era do tipo que não oscila. Não hesita. *O marido dela?* Com base em tudo o que eu havia lido, a mãe de Toby havia morrido menos de um ano após o incêndio na Ilha Hawthorne.

E ainda assim...

E ainda assim...

E ainda assim...

— Mas, por enquanto — disse a mulher, sentando-se no banco e acenando para que eu fizesse o mesmo —, você vai lidar comigo.

Naquela noite, eu não conseguia dormir. Inventei um novo jogo para jogar com Avery, um jogo que ela precisaria ser um pouco mais velha para participar. Passei a mão em seus cabelos finos de bebê enquanto ela dormia, sem querer perdê-la de vista, sem querer sequer colocá-la no chão.

Eu tinha recebido uma oferta.

Eu a recusei.

Isso deveria ser o fim de tudo.

Mesmo assim, eu não conseguia dormir. Sentei-me na cadeira de balanço que havia comprado de segunda mão, embalei meu bebê adormecido e joguei nosso novo jogo, sussurrando durante a noite.

— *Eu tenho um segredo...*

O CAUBÓI E A GÓTICA

*Ele aproxima os lábios
até quase tocar os meus,
um lembrete silencioso de que não
preciso dizer uma palavra,
que ele nunca exigiu e nunca
exigirá de mim nada que
eu não queira dar.*

Agora

Nunca fui a melhor em testes, mas até eu sou capaz de fazer xixi em um palito. Depois de realizar a tarefa, respiro fundo e coloco o teste sobre o balcão, resistindo à vontade de mordiscar a unha do polegar azul-neon lascada enquanto espero.

E espero.

E espero.

Por mais que eu seja ruim em testes, costumo ser boa em esperar. Alguns otimistas veem um copo parcialmente cheio e o consideram meio cheio; sempre fui o tipo de otimista que consegue olhar para um copo que contém uma única gota de água e imaginar o copo transbordando — de refrigerante. Sou praticamente uma profissional em sonhar acordada com um lado positivo quando, na verdade, não há nenhum.

Mas agora? Em pé em um enorme banheiro de mármore cintilante, maior do que o meu primeiro apartamento, esperando para ver se uma segunda linha rosa aparece naquele bastão, olho do teste de gravidez para o anel no meu dedo anelar esquerdo: uma pedra vermelha escura que brilha quase preta dependendo da iluminação. É uma granada, não um rubi, e ele mesmo lapidou a pedra.

Ela é perfeita.

Penso no homem que colocou esse anel em meu dedo e, pela primeira vez na vida, não fico sonhando acordada. Eu me lembro.

E me lembro.

E me *lembro*.

Antes

O caubói está olhando para mim. Não é um tipo de olhar breve. O olhar de Nash Hawthorne é como um polegar gentil e calejado passando levemente sobre minha maçã do rosto, logo abaixo do meu olho roxo.

— O que aconteceu? — Sua voz é um murmúrio baixo e uniforme. Sem machismo. Sem arrogância. Sem piedade, também. Mas está claro que a atenção de Nash está em mim. *Toda* em mim.

Ergo o queixo.

— Estou bem.

— Estou vendo. — Sua voz é como um uísque suave, firme de uma forma que me faz pensar que ele poderia atravessar o fogo e nem piscar. — Mas, se você quiser, pode em dizer um nome. — Lá está de novo, a *sensação* do olhar dele, o mais leve dos toques. — Eu cuidaria disso.

Seus olhos são castanhos, mais escuros na parte externa e central da íris e quase âmbar no meio. A expressão desses olhos é comedida... mas profunda. Esse caubói gostaria muito de saber o nome do homem que me deixou com um olho roxo, mas, de alguma forma, Nash não parece zangado por mim. Meu instinto me diz que ele não é do tipo explosivo.

Nash Hawthorne é um céu azul-claro. Ele é grama e lama. Ele é *estável*.

E eu provavelmente nem deveria estar olhando para aqueles olhos cor de âmbar e mogno dele, porque até mesmo a sonhadora que existe em mim sabe que aquele homem *estável* e *gentil* e *bom* nunca estaria interessado em mim.

Antes

— **Um conselho, querida...** talvez seja melhor você ficar de olho na sua irmãzinha.

Já faz alguns dias que estou na Casa Hawthorne, tempo suficiente para perceber que, embora Nash Hawthorne não seja do tipo que me dá ordens, ele não deixa de fazer *sugestões*, como se fosse uma conversa lenta e casual, do tipo só-estamos--trocando-ideia-enquanto-jogamos-sinuca.

Sugestão casual... até parece.

— Avery está bem — respondo. Não costumo discutir com ninguém, mas (a) ele está errado sobre minha irmã, que quer se formar em algo chamado *ciência atuarial* e que não saberia o que é rebeldia adolescente nem se ela dançasse em seu nariz, e (b) eu até gosto de discutir com Nash Hawthorne.

Ele alinha sua próxima tacada, querendo passar a impressão de que também o faz de forma casual, mas eu não me deixo enganar. O caubói pode levar seu tempo com as coisas *e com as pessoas,* mas nós dois sabemos muito bem que ele vai acertar, antes mesmo de dar a tacada.

Tenho quase certeza de que ele conseguiria fazer isso de olhos fechados.

Em um minuto, mais duas bolas também caem e ele tira o chapéu de caubói.

— Avery — diz Nash Hawthorne, indo para o outro lado da mesa de sinuca — é um problema. — Seu olhar se volta para

O CAUBÓI E A GÓTICA 299

o meu. — A propósito, isso não é uma crítica. Meus irmãos e eu... nós também somos problemáticos.

Isso é um eufemismo.

Enquanto Nash alinha casualmente outra tacada, tento não notar a maneira como os músculos de seus ombros e costas puxam sua camiseta branca, o tipo de camiseta que parece ter sido usada milhares de vezes.

— Avery nunca deu problema — insisto. — Ela sabe se cuidar. — O que eu não digo é que *gostaria* que minha irmãzinha fosse mais problemática. Gostaria que eu fosse a mais forte. Ou a inteligente. A irmã com um plano.

— Você cuida dela. — Há algo suave e profundo na voz de Nash quando ele diz isso.

Eu desvio o olhar.

— Quando ela permite. — Meus olhos se voltam para os dele.

Sossega, garota, digo a mim mesma. Até mesmo jogar sinuca com Nash Hawthorne deve ser um erro, veja também: músculos por baixo daquela camiseta branca. Mas minha vida virou de cabeça para baixo, e Nash é praticamente a única pessoa que tenho para conversar na grande mansão que é a Casa Hawthorne. Esse lugar é um país das maravilhas de 3.700 metros quadrados com uma quadra de basquete, uma pista de boliche, dois teatros e um spa, e, se eu ficar sozinha, é quase certo que vou me perder, quebrar alguma coisa ou espirrar em algum artefato de valor inestimável que esteja por aí.

Nash Hawthorne é o menor de dois males. Ele fica do seu lado da mesa de sinuca e eu fico do meu, ainda que ele não pareça ter pressa em desviar o olhar de mim.

Ele dá a próxima tacada sem nem olhar para baixo.

— Exibido — murmuro.

Nash se endireita e deixa a ponta de seu taco de sinuca descansar no chão.

— Há uma diferença — diz ele naquele sotaque arrastado texano, lento e fluído — entre se exibir e decidir que você não vai mais se importar com pessoas que esperam que você diminua seu brilho para que elas se sintam mais como o sol.

Com certeza não parece que ele está falando de *si mesmo*.

Sem dizer nada, ele passa o taco sobre a mesa para mim.

— É a sua vez.

Não deixei de notar que ele não tinha errado uma tacada sequer, mas não discuto. Não sobre esse assunto.

— Você está errado sobre a Avery — comento enquanto dou minha tacada, determinada a mudar o assunto de volta para a única coisa que me parece segura, a razão pela qual estou aqui. — Minha irmã não é um problema. Ela é como uma adulta em miniatura. — Uma mecha de cabelo azul cai em meu rosto e eu a tiro do caminho. — Ela é melhor em ser adulta do que eu.

— É mesmo? — Nash caminha ao redor da mesa, do seu lado para o meu, e há algo na maneira dele de andar, como se o jeito que está caminhando até mim agora fosse igual ao que usaria para se aproximar de cavalos selvagens. — Porque, do meu ponto de vista, parece que você está abrindo mão de tudo pela garota.

— Sim, bem… — Olho para baixo. — *Tudo* não era muita coisa.

— Alguns de nós não precisam de muito. — A voz de Nash está calma agora. — Só de algo pequeno para chamarmos de nosso e a sensação de que estamos fazendo algo, qualquer coisa, *certo.*

Sim, algo em mim sussurra, e eu me detenho ali mesmo. Bem ali! *Não avance no jogo, Libby! Não receba o aluguel!* Nash Hawthorne é neto de um bilionário. Ele cresceu *aqui*, nesta mansão das mansões, com o mundo na palma da mão.

O que ele sabe sobre sonhar pequeno?

O caubói responde como se tivesse literalmente lido minha mente.

— Nunca fui muito fã disso tudo. — Nash olha para os tetos altos e dá de ombros. — Sou muito mais um apartamento de um quarto em cima de um bar… de preferência com algumas coisas que precisam de conserto. Talvez alguns livros que o morador anterior tenha deixado para trás. — Nash se inclina contra a mesa de sinuca. — Um lugar aonde eu possa ir para ver o céu.

— Você tem tudo isso e nem ao menos quer? — Não consigo evitar a pergunta, não consigo evitar o desejo de entendê-lo, ainda que eu saiba exatamente o quanto esse desejo é perigoso.

Tenho um histórico de decisões ruins — *DECISÕES PARA LÁ DE RUINS* — quando se trata de homens. E ele é um Hawthorne.

— Eu quero outras coisas. — Nash dá de ombros de novo. — Mas é aqui que sou necessário, e não importa quantas vezes eu vá para lugares desconhecidos, eu sempre volto.

— Por seus irmãos. — Não formulo como se fosse uma pergunta, porque não é. *Você também cuida das pessoas.* Erro minha próxima tacada e passo o taco de sinuca de volta para ele, por cima da mesa.

O caubói à minha frente tem a audácia de dar uma *piscadela* enquanto alinha sua próxima tacada com o taco atrás das costas.

— Agora — diz Nash, com sotaque arrastado — estou me exibindo.

Reviro os olhos, mas também estou sorrindo… não é um bom sinal, mas preciso de um amigo neste momento. *Só um amigo,* digo a mim mesma com firmeza.

Um amigo que cuida de seus irmãos mais novos.

Um amigo que cuida da minha irmã.

Um amigo que usa camisetas brancas gastas que pareçam *macias* e *finas.*

— Vamos fazer uma aposta, Libby Grambs. — Nash aponta com a cabeça para a caçapa na qual está se preparando para colocar a bola oito, dá a tacada e coloca o taco no chão. — Se a sua irmã provar que estou errado em relação aos *problemas,* eu paro de me exibir.

Eu não deveria morder a isca, mas mordo.

— E o que acontece se Avery provar que você está certo?

— Se eu ganhar... — O sorriso de Nash é lento e constante, combinando com o ritmo de suas palavras. — Você promete *começar* a se exibir. — Ele pega seu chapéu de caubói na lateral da mesa de sinuca. — E eu vou comprar um chapéu para você.

Antes

Falando de forma objetiva, há lugares piores para se estar do que em um jato particular com Nash Hawthorne. Ele está sentado em um lado do corredor, e eu, no outro. Somos adultos em uma missão. Essa missão acabou de nos levar à minha cidade natal e está se preparando para nos levar à Costa Rica.

Costa Rica. Não sei de quem é a vida que estou vivendo, mas com certeza não é minha.

Do outro lado do corredor do *jato particular*, Nash está olhando pela janela para o céu aberto, e eu me lembro de que Nash Hawthorne *é* espaços abertos e terra quase seca, o cheiro de couro e o calor do sol. Neste momento, ele precisa fazer a barba.

Espero que não faça.

— Você vai querer guardar essa carta. — A voz de Nash me abala como vento no trigo. — E o envelope — acrescenta. — Os Hawthorne gostam muito de tinta invisível.

Estamos em uma caçada Hawthorne. O sem-teto que costumava jogar xadrez no parque com minha irmã é um Hawthorne disfarçado, que não morreu de fato, e sinceramente? Essa não é a coisa mais estranha em minha vida neste momento.

Meu cabelo está castanho. Só... castanho. Está preso em uma trança e afastado do meu rosto, mas, infelizmente, sou péssima em fazer tranças. Ser elegante não é algo natural para mim. Não consigo nem mesmo me sentar com as pernas no chão. Elas estão enfiadas embaixo do meu corpo nessa poltrona de couro enorme de um *jato particular*.

Estou me esforçando ao máximo para ser algo que não sou — para o bem de Avery. Fico olhando pela janela e depois para o Nash e espero *muito, muito mesmo,* que ele não tenha tempo de fazer a barba tão cedo.

— Não me leve a mal — comento, enquanto seus olhos se fixam confortavelmente nos meus. — Mas sua família é estranha. E *eu* tenho lugar de fala.

A diferença é que os Hawthorne são estranhos da mesma forma que Stonehenge é estranho, magnífico e inexplicável. Os Hawthorne são estranhos como tinta invisível. Estranhos como passagens ocultas e tradições secretas. Estranhos do tipo, e isso é um exemplo real, desafio-você-a-lamber-aquele-quadro-do--Picasso.

— Não sei — diz Nash. — Você nunca me pareceu tão estranha.

Eu sou cabelo azul e unhas pretas, caveiras e brilho... ou pelo menos era.

— Você só está dizendo isso porque agora eu fingindo ser normal.

Cada vez que Nash Hawthorne dá de ombros deveria ser considerada uma arma mortal. O homem faz esse gesto e se torna impossível *não* o imaginar sem camisa.

— Você parecia bastante normal antes — retruca ele.

Passei minha vida inteira querendo ser *normal* e *especial,* querendo ser as duas coisas ao mesmo tempo, embora sejam praticamente opostas.

— Acho que, no fim das contas — digo baixinho —, continuo sendo eu.

— Não diga isso como se fosse uma coisa ruim, querida. — Nash se inclina para o outro lado do corredor, olhando nos meus olhos sem desviar.

O CAUBÓI E A GÓTICA 305

— Não me chame de querida — respondo, como se não estivesse contando os anéis em seus olhos.

— Me desculpe. — Nash não parece arrependido. Tenho a sensação de que ele prefere que eu esteja olhando para ele em vez de ficar triste. — Libby é diminutivo de Elizabeth?

— Não. — Eu queria parar aí. Queria mesmo. — Tenho quase certeza de que minha mãe achava que era uma versão abreviada de Literalmente Biruta. — É exatamente por isso que sou otimista. Sempre *tive* que ser. Às vezes, acreditar no melhor de pessoas que não merecem você, acreditar que elas te amam mesmo quando não amam... às vezes, isso é tudo que uma pessoa pode fazer para sobreviver. — Desculpe — acrescento. — Acho que voltar para casa me afetou mais do que eu pensava.

Nash atravessa o corredor e se senta ao meu lado. Ele coloca a mão sob meu queixo e ergue minha cabeça para que eu olhe nos olhos dele.

— Nunca peça desculpas pelas batalhas a que você sobreviveu.

Há momentos na vida em que o tempo fica mais lento, em que o mundo desaparece até que a única coisa que existe são duas pessoas, olhando uma para a outra. *Nash. Eu.*

Depois de uma eternidade e mais um pouco, mas não o suficiente, ele se inclina sobre mim para abrir a cortina da minha janela.

— Olhe para fora.

Eu me viro e fico olhando para o brilhante oceano verde-azulado lá embaixo, ainda que tudo que eu queira de fato fazer seja olhar para ele. Tudo o que minhas mãos querem fazer é tocar seu rosto, sentir o raspar de sua barba por fazer e um pouco mais em meus dedos.

Se acalma aí, Libby!

Eu recupero o controle. Do lado de fora da janela do avião, posso ver terra. Árvores, em sua maior parte, e o topo de um prédio lindo, antigo, uma espécie de obra de arte, surgindo em meu campo de visão.

— O que é isso? — pergunto, quando o que realmente estou pensando é que Nash Hawthorne *não é* estranho, não o meu tipo de estranho e nem do tipo dos Hawthorne. O sr. Caubói Motoqueiro nunca se preocupou em ser normal ou tentou ser especial. Ao contrário de seus irmãos, esse homem nunca em sua vida desafiou alguém a lamber um Picasso.

Nash Hawthorne *é* quem ele é, simples assim. Ele é espaços abertos e terra quase seca e *aqui*. Ele coloca a mão na minha nuca, por baixo da minha trança bagunçada, e responde à minha pergunta como se fosse a coisa mais natural do mundo.

O que é isso?

— Cartago.

Antes

Encontrar a casa de Cartago, uma das muitas, muitas casas de férias de Tobias Hawthorne e herança de minha irmã, não era a parte difícil. O difícil era chegar até ela.

— Havia poucas coisas que o velho gostava mais do que uma casa construída em um penhasco. — Nash não parece muito preocupado com isso. — Há um caminho em algum lugar. — Seu olhar percorre a vegetação densa e exuberante que parece cobrir todas as rotas possíveis para cima. — O que você acha, Lib? Você acha que devemos procurar o caminho escondido ou pegar um facão emprestado e criar nosso próprio caminho?

Eu olho para ele.

— Quem vai emprestar um facão para você?

Nash dá de ombros, como se dissesse *quem* não *me emprestaria um facão?* E, sendo sincera? Ele deve estar certo. Nash Hawthorne leva jeito com pessoas.

Olho para o trecho de natureza selvagem, verde e praticamente vertical que nos separa da casa no topo do penhasco.

— Não quero cortar nada se não for necessário.

É lindo aqui. É real.

Nash aprecia a vista.

— Então, vamos pelo caminho oculto — diz ele.

— Vamos tentar... — Respiro fundo e aponto. — Por aqui!

— Vá em frente, querida. Confio nos seus instintos.

— Ah, com certeza seria melhor não confiar nos meus instintos, praticamente nunca.

Nash olha para mim por um momento, depois volta seu olhar para o emaranhado de plantas tropicais que se interpõe entre nós e nosso destino.

— É engraçado — comenta ele.

— O quê?

— O velho tinha um jeito de planejar tudo. — Nash começa a andar na direção que indiquei. — Mas aposto que ele não planejou você.

Eu faço uma careta.

— E por que ele faria isso? — No mundo do bilionário Tobias Hawthorne, o que eu era?

— Não estou dizendo que ele não sabia que você viria com a Avery. — Nash continua andando. — É claro que ele sabia.

— Então o que você está dizendo? — Eu nem deveria perguntar, mas quero saber. Quero muito, muito saber.

— Estou dizendo — Nash não diz *querida* dessa vez — que confio nos seus instintos, e tenho quase certeza de que o velho nunca planejou isso. Ele não imaginava que você seria… você.

Eu. Ao mesmo tempo, Nash e eu vemos uma brecha no mato. Eu passo pelos galhos baixos das árvores verdes. Nash está logo atrás de mim e, como mágica, o caminho, praticamente um túnel em meio à vegetação, se revela, subindo, subindo, subindo.

— Como anda sua resistência? — pergunta Nash.

— Bastante otimista e muito teimosa — sorrio —, e a sua?

Os olhos castanhos se fixam nos meus.

— Fui feito para aguentar até o fim.

Passamos um longo tempo só escalando. Nunca me senti tão confortável com o silêncio antes. Mas, eventualmente, meu cérebro começa a jogar um pequeno jogo chamado E Se Ele Tirar A Camisa?

O CAUBÓI E A GÓTICA 309

Eu quebro o silêncio.

— Você já esteve aqui?

— Nesta casa ou na Costa Rica? — Nash olha para mim, mas nenhum de nós para de escalar.

— Em qualquer um — estou respirando com dificuldade, mas a sensação é boa —, nos dois.

— Sim para o país, não para a casa. Esse não é meu estilo de viagem. — Antes que eu possa perguntar por que, ele explica: — Gosto de suar. Gosto de ir dormir à noite com os músculos doloridos, meu corpo cansado, sabendo que fiz algo real. Gosto de ter que encontrar meu próprio caminho e prefiro conhecer as pessoas na realidade delas… do jeito delas, não do meu.

Esse homem. Não me permito pensar além disso.

— Conhecer pessoas — repito. — E pegar seus facões emprestados.

Nash sorri… e nós dois continuamos caminhando.

— Seu avô. — Sou eu quem volta a quebrar o silêncio. — Você sempre se refere a ele como *o velho*.

Isso certamente não é da minha conta, mas é algo que venho me perguntando há algum tempo.

Nash não parece se incomodar com a pergunta.

— Isso faz com que ele pareça mortal, acho eu.

— Mortal — repito. — Ao contrário de… Zeus?

À nossa frente, um galho bloqueia o caminho. Nash o levanta para eu me abaixar.

— Ele gostava de pensar assim, mas, se você quer saber, ele estava mais próximo de Dédalo, sempre criando labirintos, escondendo monstros, fazendo com que todos nós voássemos muito perto do sol.

Ele levanta outro galho e chegamos a uma clareira grande o suficiente para ver as flores silvestres e as trepadeiras crescendo nas paredes de uma casa pequena, mas impressionante, uma casa que parece que sempre esteve aqui, como se não tivesse sido *construída*, mas sim tirada da terra.

— E aqui está ela — diz Nash. Ele acena com a cabeça para o batente da porta. — Você está vendo o canto superior esquerdo? Parece que está se desmanchando, mas... — Ele se dirige para lá e estende uma mão para cima e, quando me dou conta, ele tem uma chave.

A cabeça da chave é ornamentada, seu design é complicado e não combina de forma alguma com a casa. É um tipo de chave muito *Hawthorne*.

— Pode ser um chamariz — diz Nash. Em vez de tentar abrir a porta da casa, ele a estende para mim. — Se sentindo sortuda, Lib?

Eu pego a chave dele.

— Sempre me *sinto* sortuda. A realidade é que nem sempre entende o recado.

Mas desta vez é diferente. Quando tento girar a chave, a porta se abre.

Entramos diretamente em uma sala de estar. Além dela, posso ver uma cozinha pequena e uma escada caracol de metal que leva ao segundo andar.

— E agora? — pergunto. — O que estamos procurando?

Esta casa faz parte de uma trilha traçada pelo bilionário morto — um quebra-cabeça, um jogo. Dou mais um passo à frente... ou pelo menos tento, mas, de repente, a mão de Nash está em meu braço.

De repente, seu corpo está bem em frente ao meu.

— Há comida no fogão. — A voz de Nash é baixa. Não há um único sinal de tensão em seus músculos, mas isso não significa que não haja *perigo* aqui.

Acima de nós, uma tábua do assoalho range. Nash se desloca, seu movimento é rápido, seu corpo é um escudo para o meu. Olho além dele e vejo alguém descendo as escadas. A princípio, tudo o que consigo ver são sapatos. Sapatos masculinos.

Penso no motivo de estarmos aqui... nossa caçada Hawthorne.

— Você acha que é ele? — sussurro. *Toby Hawthorne*.

O CAUBÓI E A GÓTICA 311

— Pode ser — responde Nash em voz baixa. — Ou isso, ou estamos em um labirinto, e esse é o Minotauro. — Não tenho tempo para pensar mais a respeito antes que ele fale mais alto. — Não somos intrusos — anuncia. — Somos Hawthorne.

— Eu não sou — sussurro atrás dele, mantendo minha voz muito baixa para que ninguém além de Nash possa ouvir.

— Você é um dos nossos — murmura ele de volta, com os olhos fixos na escada. — É o suficiente.

Você é um dos nossos. As palavras se prolongam quando o possível Minotauro, que com certeza não é Toby Hawthorne, aparece. Há algo familiar no homem, mas não consigo identificar o quê.

Talvez seja a maneira como ele se move.

— Olá — digo com entusiasmo, pegando o touro pelos chifres, sem querer fazer trocadilhos com Minotauro. — Eu sou a Libby, e este é…

O homem à nossa frente faz um aceno discreto de cabeça.

— Nash.

Olho do homem para o Nash.

— Vocês dois se conhecem?

— Ele não estava dizendo meu nome. — Nash não tira os olhos do homem. — Ele estava se apresentando.

E, de repente, me dou conta: o sobrenome desse homem é *Nash*. Ele não parece muito preocupado com o fato de termos aparecido de repente aqui, nem mesmo chega a pestanejar.

Tal pai, tal filho.

Antes

Uma hora depois, Nash e eu já temos o que viemos buscar e encontramos um bar. Não me sinto nem um pouco culpada por não ter ido direto para o jato. Nash acabou de conhecer *o pai*. Isso pede um brinde.

Também tento oferecer uma distração.

— O que você acha que tem aqui dentro? — Pego o pequeno frasco de vidro que Tobias Hawthorne deu a Jake Nash anos antes, aquele que Jake foi instruído a dar a qualquer Hawthorne que viesse procurar. Dentro do frasco, há um tipo de pó roxo.

Nash diz algo em espanhol para o barman, depois se posiciona em um banco do bar e responde à minha pergunta:

— É só mais uma parte do jogo do velho.

Copos de shot são colocados à nossa frente. Nash pega um e me entrega o outro.

— Saúde. — Bebo minha dose, sem hesitar. Ela desce queimando. — Então... — Olho para Nash. — Seu pai.

— Parece ser um cara legal.

Eu me aproximo, meus dedos se enroscam nos dele. Nash está acostumado a ser o protetor. Ele não está acostumado a ser protegido, mas, neste momento, não estou nem aí se ele vai se incomodar. Aperto a mão dele.

Nash retribui o aperto e, em seguida, vira seu shot.

— Eu não deveria estar surpreso. O dinheiro fala.

Jake Nash passou vinte anos em Cartago, vivendo bem e livre… e muito, muito longe de seu filho.

— Hipoteticamente — digo, animada —, o que você acha de lançar uma maldição sobre os ossos de um homem que já está morto? Porque tenho alguns contatos.

— É claro que você tem. — Nash sorri e pega seu copo de shot vazio. — O velho era um verdadeiro maldito — essas palavras são ditas sem afeto —, mas grande parte do tempo, ele me ignorava. Eu era mais o que você poderia chamar de um esforço de grupo… Zara, os Laughlin, Nan, minha avó Alice…

— Ninguém nunca fala dela — observo.

— Ela tomava chá de jasmim e adorava dar festas. — Nash abre um sorriso discreto. — Eu me lembro dela me vestindo com terninhos. E se por acaso eu fizesse uma torta de lama enquanto usava um deles, sua resposta geralmente era elogiar minha receita. — Ele balança a cabeça. — Não me lembro de muito mais do que isso. Ela morreu antes que Grayson nascesse. Depois que Alice se foi, o velho mudou seu foco. Grayson, Jamie e Xan… eles eram como Tobias Hawthorne desde o momento em que nasceram. O velho também tentou se aproximar de mim, mas eu não estava exatamente disposto a isso. — Ele acena para o barman e, quando me dou conta, já temos uma segunda rodada de shots.

Nash ergue o olhar e encontra o meu.

— A nós — diz ele. — A sermos melhores do que *eles* foram.

Eles. O avô. O pai. A mãe. E *meus* pais também. Penso em Nash no avião, dizendo-me para não pedir desculpas pelas batalhas a que sobrevivi.

A nós. Bebo a dose e decido que cansei de ficar triste… por mim e por ele. Aponto para Nash.

— Você — digo enfaticamente — precisa de uma bola 8 mágica.

Ele ergue uma sobrancelha.

— É algum tipo de bebida?

Pela sua expressão, é impossível dizer se isso é uma piada. Abro um leve sorriso e dou uma resposta séria.

— É um brinquedo. Sabe... você faz uma pergunta, sacode a bola e ela responde... — Meu corpo ainda está queimando por causa da segunda dose. É um tipo gostoso de queimação. — Eu costumava me deitar na cama de noite e encontrar um milhão de maneiras diferentes de perguntar à bola 8 mágica se as coisas iriam melhorar.

Nunca contei isso a ninguém antes.

— E, na maioria das vezes, ela dizia a você que sim. — Nash entendeu imediatamente.

— É possível — digo com altivez — que eu tenha me permitido repetir uma quantidade generosa de vezes quando não gostava da resposta. — Aponto para ele de novo. Dois shots e já estou apontando para lá e para cá. — Anda, caubói. Eu sou a bola 8 mágica. Você faz as perguntas.

Isso é um erro? Provavelmente. Mas estou começando a pensar que todo mundo merece pelo menos um erro nesta vida do qual não se arrependeria, mesmo que pudesse.

— Certo, bola 8 mágica. — Nash, como sempre, não se apressa. — Será que vou conseguir convencer a indomável srta. Libby a tomar uma terceira dose antes de voltarmos para o avião?

Eu paro um momento para me comunicar com o universo e penso em minha resposta.

— Pergunte novamente mais tarde.

Nash, como sempre, não se intimida.

— Será que algum dia vou ver você de cabelo azul de novo?

Reprimo a vontade de tocar nas pontas do meu cabelo. Eu o tingi por causa de Avery. Para ficar mais elegante. Para deixar de ser *eu*.

— Você não gosta do castanho? — A pergunta escapa.

Nash se vira em sua cadeira de bar para me encarar.

— Gosto do fato de *você* gostar do azul. — Ele levanta uma sobrancelha. — Então...? — pergunta.

O CAUBÓI E A GÓTICA 315

Engulo em seco.

— Sinais apontam que sim.

A próxima pergunta de Nash me surpreende:

— Será que algum dia vou ver Jake Nash de novo? — Essa pergunta é o mais próximo que ele chegou de admitir que está sofrendo, que quer mais do homem responsável por metade de seu DNA.

Não importa o quanto eu queira, não posso mentir para Nash.

— Minhas fontes dizem que não.

Ele fica pensando nisso por um momento e depois segue em frente.

— Será que algum dia vou ver você com um chapéu de caubói?

Estreito meus olhos para ele.

— Não conte com isso.

— Isso soa como um desafio. E para constar, querida, tenho certeza de que estou ganhando a aposta que fizemos sobre a sua irmã ser um *problema*.

Considerando o número de segredos que Avery tem guardado, não sei se posso contestar. Mas também não estou disposta a dizer a ele que existe a menor chance de ele estar certo.

— Mais uma pergunta — digo em vez disso.

— O que você acha de arremessar machados? — Nash sorri do jeito que defino como seu sorriso de caubói, discreto e lento. — Comigo.

Isso com certeza é um erro. *Nós* somos. Mas não consigo me conter.

— Boas chances.

Talvez seja o álcool. Talvez seja Cartago. Talvez seja o fato de que Nash Hawthorne nunca pareceu perceber que nós dois não fazemos o menor sentido.

— É a minha vez. — Nash ainda está com o mesmo sorriso de caubói. — Me pergunte uma coisa.

O que você vê quando olha para mim? Essa não é uma pergunta de sim ou não. *Sou apenas mais uma pessoa para você salvar?*

Não. Também não vou perguntar isso. Mas há algo que eu quero saber, algo que eu perguntaria à bola 8 mágica se tivesse uma comigo agora.

— A mãe de Avery ficaria orgulhosa de mim?

Deve ser uma pergunta boba, mas a mãe de Avery foi a única pessoa, quando eu era criança, que me fez sentir especial. E normal. Ela me fez sentir como se eu fosse essas duas coisas ao mesmo tempo, mesmo que não fossem a mesma coisa.

Nash, no papel de bola 8 mágica, considera minha pergunta, comunga com o universo... e então levanta a mão até meu rosto, enfiando os dedos em minha trança totalmente desfeita.

— Decididamente, sim.

Essa é uma das possibilidades de resposta de uma bola 8 mágica. *Você sabia muito bem do que eu estava falando esse tempo todo, caubói.*

— E aquele shot? — murmura Nash.

Um último drinque, e então teremos de voltar. Para minha irmã. Para os irmãos dele. Para a realidade. Coloco minha mão na nuca *dele.*

— Pode contar com isso.

Antes

— **Cupcake nunca é demais** — anuncio, mais para mim mesma do que qualquer outra coisa, enquanto tiro do forno minha sexta dúzia do dia.

Não estou evitando Nash Hawthorne.

De verdade. Sério. Não estou...

E aqui está ele. Assim que ele entra na cozinha, tento agir naturalmente, como se Cartago nunca tivesse acontecido.

— Escolha seu veneno — digo ao caubói. — Talvez seja melhor pegar um guardanapo.

Há uma pequena chance de que eu tenha exagerado na cobertura.

— Lib.

Uma palavra, meu nome, abreviado daquele jeito bem Nash Hawthorne. Mas é o suficiente para que eu saiba: *algo está errado*.

— O que foi? — Começo a atravessar a cozinha em direção a ele. A outra camiseta que está usando já teve seus dias de glória. Essa é de um verde-escuro, quase verde-musgo.

Cada músculo de seu corpo está tenso.

— É a Avery. — Três palavras, apenas três, mas que me fizeram parar no lugar. Nash Hawthorne poderia atravessar o fogo sem pestanejar. Se ocorresse um terremoto e o chão sob ele rachasse, ele simplesmente se apoiaria em uma das pernas e esperaria o tremor passar. Mas agora, não há *nada* de casual em Nash Hawthorne.

— O que tem a Avery? — Eu mal consigo dizer as palavras.

— Preciso que você respire. — Nash elimina o pouco espaço que resta entre nós em um único suspiro. Ele me toma em seus braços.

Ele está me abraçando.

— Estou respirando — minto.

— Respire, Lib. — Ele me puxa contra ele. Com a cabeça em seu peito, inspiro Nash Hawthorne.

— O que aconteceu? — sussurro. A camiseta dele é macia na minha bochecha.

— A primeira coisa que você precisa saber é que ela está viva. — A voz de Nash não é mais suave do que o normal, e estou muito grata por isso. Ele mantém um braço em volta de mim, e o outro encontra seu lugar na minha nuca. — A segunda coisa que você precisa saber é que havia uma bomba.

O quê? Não.

— Que tipo de bomba? — No momento em que forço a pergunta, a parte autoprotetora do meu cérebro entra em ação. — Como uma bomba metafórica? Uma bomba pequena, totalmente legal, do tipo que parece fogo de artifício, que não é bomba de verdade?

Vejo o peito de Nash subir e descer, e percebo que a única razão pela qual estou respirando é porque meu peito está subindo e descendo no mesmo ritmo que o dele.

— Me diga que Avery gravou um filme e que foi uma bomba nas bilheterias. — Estou praticamente implorando agora.

Ele leva as mãos ao meu rosto, os polegares apoiados no meu maxilar e os dedos se curvando em volta do meu pescoço.

Isso é ruim. Isso é muito ruim.

— O avião dela explodiu. — Seu peito sobe e desce. O meu peito sobe e desce. Eu ainda estou respirando. Mal estou respirando. — O jato estava no chão quando explodiu — acrescenta Nash baixinho. — Avery não estava dentro dele, mas estava perto o bastante para ser atingida pela explosão.

O CAUBÓI E A GÓTICA 319

— Não. — Não vou permitir que isso seja verdade.

— Libby...

— De jeito nenhum, com certeza *não*. — Liberto minha cabeça das mãos dele com um puxão... ou pelo menos tento, mas ele não me solta.

— Me pergunte se ela vai ficar bem.

Minha boca está tão seca que parece que minha língua vai rachar.

— Ela vai ficar bem?

— Ela é puro problema. — Nash inclina sua testa para tocar a minha. — Vamos ter que ficar de olho nela, Lib. Você e eu.

Meu coração parece prestes a se partir em dois, mas eu não deixo.

— Vamos cuidar dela — respondo, porque é isso que fazemos, Nash e eu. Cuidamos das pessoas.

— Pode ter certeza de que sim — diz o caubói. — E ela vai ficar bem.

Eu ouço o que ele não está dizendo: "Ela tem que ficar." Ela pode não estar, mas *tem que estar*... e Nash Hawthorne e eu vamos fazer com que isso aconteça.

Antes

Quase não saí do lado de Avery, a não ser para falar com os médicos. Tantos médicos. Minha cabeça está girando... mas isso pode ser pelo fato de eu não ter comido nada até agora, e é por isso que Nash me forçou a vir à cafeteria.

Ele prometeu que cuidaria da Avery enquanto eu estivesse fora.

Voltando pelo corredor em direção ao quarto de Avery, ouço a voz baixa e firme de Nash, muito mais familiar do que deveria ser, falando com minha irmã.

— Longe de mim fazer ameaças aqui, garota, mas se você acha que vai parar de lutar por um segundo sequer, é melhor pensar de novo. — Nash está falando com o mesmo tom que ele usa para mostrar autoridade sobre os irmãos — Você não tem o direito de desistir, Avery Grambs.

Eu entro no quarto e vejo o caubói segurando a mão da minha irmã.

— Esse é o lance de ser amado, garota. Isso te liga às pessoas. — Nash me vê, mas não solta a mão de Avery. — E uma vez que você está ligada a um de nós, você está ligada a todos nós. E a verdade sobre os Hawthorne é...

Eu me sento ao lado dele e seguro a mão dela *com* ele.

— Os Hawthorne não — diz Nash Hawthorne à minha irmã em coma — desistem.

***

Há uma pessoa de quem Nash não desistiu, não por completo. Ela já foi noiva dele. Eles cresceram juntos. Ela é tudo o que eu não sou, e acabei de descobrir que ela está brincando com a vida de Avery, o tipo de jogo que envolve tirar minha irmã em coma do hospital *enquanto eu estava dormindo no quarto.*

— Você perdeu o juízo, amante de terninho? — Estou gritando… gritando *de verdade.*

— Se acalme — diz Alisa Ortega, pura seriedade.

— Você não pode me dizer para me acalmar! — Eu nunca gritei na minha vida, mas com certeza estou gritando agora. Estamos de volta à Casa Hawthorne, que sempre me pareceu muito mais território da Alisa do que meu, mas não estou disposta a recuar. — Avery está em estado crítico, *e você a transferiu.*

Estou tremendo. Literalmente tremendo. De acordo com a lei, Alisa Ortega não deveria ter sido capaz de fazer nada. Eu sou a guardiã de Avery. Não ela. *Eu.* E eu sei que ela odeia esse fato. Sei que ela olhou para mim e, desde o primeiro dia, viu um risco.

— Eu fiz o que precisava ser feito. — Há emoção no tom de Alisa agora, mais do que faria sentido… até eu me dar conta de que Nash acabou de surgir no corredor.

— Pelo dinheiro. — Nash Hawthorne caminha em nossa direção, em direção a ela, cada passo cuidadosamente calculado. — Você fez o que precisava ser feito pelo dinheiro.

Se Avery tivesse ficado no hospital por mais tempo, ela teria perdido a herança. Foi por isso que Alisa a trouxe de volta à Casa Hawthorne, foi por isso que a advogada arriscou a vida da minha irmã.

— Ela está bem. — Alisa ergue o queixo. Ela está olhando para Nash, só para ele, e me pego pensando em todas as maneiras como eles se encaixam e não se encaixam. Ele é terra e vento quente. Ela é salas de reunião e saltos batendo no piso. Mas há uma história entre eles, algo que não é nem frio nem morno.

Algo que já queimou intensamente.

— Avery — diz Alisa, com um leve fio de voz — vai *me agradecer*.

— Se dependesse de mim... — Nash nunca eleva a voz com ela. — Você nunca mais chegaria perto da garota.

Apesar de toda a pose da grande Alisa Ortega, parece que Nash acabou de arrancar todo o ar de seus pulmões.

— Nash.

Só de ouvi-la dizer o nome dele, sinto que não deveria estar aqui... nem observando os dois e nem com ele.

— Você não está falando sério — acrescenta Alisa, como se fosse uma advogada expondo suas condições e termos.

— Você não tem o direito de me dizer o que eu quis dizer, Li-Li. — Nash se vira para longe dela. — Nunca teve.

Antes que ele possa me dizer qualquer coisa, eu fujo da sala.

Durante a noite, Nash veio ao quarto de Avery. Ele fica bem em frente ao meu, mas eu nem sequer cheguei a deitar em minha própria cama.

Minha irmã vai acordar.

Ela vai ficar bem.

Ela vai beijar Jameson Hawthorne, que vem visitá-la todos os dias. Vou ter que ficar de olho nesses dois quando ela acordar, o que ela vai fazer, porque *tudo vai ficar bem*.

— Eu trouxe algo para você. — Nash se senta ao meu lado, próximo à cama de Avery.

— É melhor que não seja um chapéu de caubói — respondo. Não consigo olhar para Nash, não depois de ter ficado de vela na briga dele com Alisa. — É sopa?

— Não é sopa. — Nash coloca um saco plástico aos meus pés.

Eu me inclino para inspecionar o conteúdo e meu coração vai parar na garganta.

— O que é isso?

Não estou de fato perguntando o que é, já que tenho olhos e sou bem capaz de ver que ele me comprou um verdadeiro arco-íris de tinturas de cabelo. Cores brilhantes, todas elas.

— Sua irmã precisa de você — responde Nash, colocando as mãos no meu rosto… de novo. Não consigo não me lembrar das outras vezes, não consigo deixar de me lembrar de Cartago. — Ela precisa de você, Lib.

Do meu verdadeiro eu. É isso que ele está dizendo. Eu sou o cabelo tingido de neon, as unhas escuras e o lápis preto bem forte nos olhos. Sou botas de cano alto e gargantilhas de veludo preto. Não sou normal. Não sou especial.

Sou eu.

— Não posso, Nash — sussurro.

Jameson aparece na porta e eu desocupo o lugar ao lado da cama de Avery para que ele possa se sentar. Saio para o corredor, e Nash faz o mesmo.

— Não posso — repito. Não sei se estou falando sobre a tintura de cabelo ou *dele* ou *de nós* ou do fato de que não posso ficar sem fazer nada quando minha irmã está em coma induzido, quando pode ser que ela nunca mais acorde.

Nash pega o saco de tinturas da minha mão.

— Eu posso — responde ele. — Se você permitir.

Antes

Meu cabelo tem meia dúzia de cores diferentes. Minha irmã está acordada. O mundo está como deveria estar... exceto pelo fato de eu ter deixado Nash Hawthorne lavar meu cabelo.

Deixei que ele pintasse meu cabelo.

Nunca estive em seu quarto antes, mas agora consigo encontrar o caminho até lá.

A porta está aberta. De um lado de seu quarto, há uma grande bancada de madeira com um banco de aço. As roupas de Nash, não muitas, o que explica as camisas gastas, estão dobradas em um lado. O outro está coberto de madeira, não do tipo que você compra, mas do tipo que você encontra.

— Lib? — Nash ergue o olhar de uma cama feita exatamente com esse tipo de madeira. Suas pernas estão esticadas, com um violão de seis cordas surrado no colo. No momento em que nossos olhos se encontram, ele coloca o violão de lado e se levanta.

— Ela acordou — conto.

A tensão se dissipa do corpo de Nash. Eu vejo... vejo a diferença nele, no mesmo instante. Essa é a versão Nash Hawthorne de um aleluia.

— Ela é puro *problema* — rebate, suavizando as palavras com aquele seu sorriso de caubói.

Este é o homem que, quando mal nos conhecíamos, passou a noite em uma cadeira ao lado da minha cama para que eu pudesse dormir sem ter pesadelos; o homem que jogou bola 8 mágica comigo em Cartago; aquele que come cupcakes como se fossem maçãs; aquele que está com a barba por fazer de novo, mas que não a raspou.

Problema. Reconheço a referência à nossa aposta, mas não vou desistir sem lutar.

— Ela está viva.

— Sua irmã — diz Nash, o sorriso se espalhando lentamente pelo seu rosto enquanto ele se aproxima de mim — é *problema*, do tipo que não pode encontrar um fio solto que já quer puxar, do tipo que arrisca tudo para obter respostas, enfiada em confusões até o pescoço com meus irmãos e você sabe disso, querida.

Dou um passo à frente. Nash fecha a porta do quarto como quem não quer nada. Ele está sorrindo como o gato do país das maravilhas e não sei por que — não até olhar para a parte de trás da porta de seu quarto.

Pendurado ali está um chapéu de caubói, do meu tamanho.

Antes

Há um chapéu de caubói no forno. Há uma fita preta ao redor da base do chapéu. Há caveiras rosa-choque na fita.

— Nash! — grito. Já se passaram meses e eu não sei quantos chapéus. No início, ele foi sutil, mas já faz dois meses que todas as pessoas da Casa Hawthorne entram no jogo dele.

O homem é, em uma palavra, persistente.

— Atrás de você, Lib.

Eu me viro e o vejo sentado no balcão, com suas longas pernas balançando.

Olhe para ele. Eu digo a mim mesma. *E olhe para mim.* Nash Hawthorne é todo botas de caubói desgastadas e cavalos selvagens, sorrisos sutis e terra sob as unhas. Ele é as coisas que constrói com as mãos, o violão que toca.

Ele tem que saber que isso nunca vai dar certo. *Olhe para ele, olhando para mim.*

Nash Hawthorne e eu não estamos namorando. Na verdade, temos uma noite de não namoro semanal. Minhas habilidades de arremesso de machado estão melhorando bastante. Ele está me ensinando a tocar violão.

Mas ainda não uso os chapéus dele.

Eu me conheço. Sei que se, em um momento de fraqueza, eu colocar um dos muitos, *muitos* chapéus de caubói que ele me deu, no momento em que eu me permitir sonhar o mais belo sonho *de nós dois*...

Eu não posso.

— Você costuma pensar — diz Nash, servindo-se de um dos *meus* cupcakes com um sorriso lento e malicioso — em Cartago?

Antes

Não estou esperando por Nash Hawthorne. O fato de ele estar lá fora fazendo sabe-se lá o quê e o fato de eu estar acordada pensando na velha dúvida de *"quanto chocolate é demais para um cupcake?"* não têm nenhuma relação.

Não estou preocupada. Nash Hawthorne não é o tipo de pessoa com quem você se preocupa.

Ele é do tipo que chega em casa sangrando às duas da manhã com um filhote de cachorro na camisa.

O lábio inferior dele está rachado bem no meio. Há um corte na mandíbula e um rasgo na pele logo acima da maçã do rosto esquerda. E por mais que eu queira ficar brava com ele por ter brigado, não consigo.

É literalmente impossível ficar com raiva de um homem que carrega um filhote de cachorro adormecido como se fosse um bebê, aconchegado em seu peito nu.

— Você está sangrando — noto. Os lábios dele estão inchados, manchados de sangue, e isso sem falar do maxilar ou da bochecha.

Nash sabe bem fingir que não sente nada. Seus lábios ensanguentados têm a audácia de se curvar em um sorriso.

— Ela vale a pena.

Ela. Ele está falando da cachorrinha. Chegando mais perto, resisto ao impulso de estender a mão e tocar suas orelhas macias e aveludadas.

— Você estava caçando briga. — É por isso que estou acordada, é por isso que a cozinha de chef da Casa Hawthorne está sem qualquer ingrediente que envolva chocolate. Nash e seus irmãos estão sofrendo: os meninos porque acabaram de descobrir que o avô não era quem eles pensavam, e Nash porque ele sabia o tempo todo.

— Nunca estou caçando briga, Lib. — Ele levanta a mão para acariciar a pequena cabeça do filhote. *Gentil* é pouco para começar a descrever Nash Hawthorne. — Eu a encontrei em um beco atrás de um bar da faculdade. Um bando de garotos bêbados da fraternidade tinham um pedaço de madeira.

Nash não costuma entrar em detalhes, mas consigo imaginar o que aconteceu assim que ele ouviu o primeiro choro da filhote.

— Agora seria uma boa hora para me dizer que você não cometeu um assassinato. Ou cinco. — Analiso seus lábios inchados, o maxilar, o corte na maçã do rosto.

Nash dá de ombros.

— Eles perceberam rapidinho que tinham cometido um erro.

A cachorrinha dá um *latidinho* enquanto dorme e todos os meus planos mais bem elaborados se tornam obsoletos. *Nash Hawthorne. Sem camisa. Filhote de cachorro.* Essa é a definição exata de um alerta vermelho.

Eu me aproximo o suficiente para tocar nele... e nela.

— Ela está bem? — pergunto baixinho.

— Está quente. — Mesmo quando é carinhoso. Nash é objetivo. — Ela está segura. — Ele olha da cachorrinha para mim. — Ela é nossa.

— *Nossa* — repito. — Quer dizer sua e dos seus irmãos. — Estou lutando uma batalha perdida, mas, ao menos, sou otimista. — É um cachorro Hawthorne. — Levo minha mão até a cabeça dela, acariciando seu pelo macio de filhote.

— Já pensou em algum nome? — pergunta Nash. A cachorrinha se mexe em seu sono, acariciando-me de volta.

Eu *não posso* dar um nome a essa filhote. Assim como não posso mover minha mão da cabeça dela para o peito quente dele. De seu peito para seus lábios sangrando.

Pela primeira vez na vida, me dou conta de que talvez Nash Hawthorne precise de alguém para cuidar dele.

— Não vou colocar nome nessa cachorra — respondo —, mas se fosse, eu a chamaria de Problema.

Antes

Estou usando um chapéu de caubói e pintando as unhas de Nash Hawthorne de um tom de preto bem chamativo.

As unhas das mãos, incluindo os polegares.

E então eu o faço esperar até que as unhas sequem.

— Você está acabando comigo, Lib.

Abro um sorriso do tipo caubói para combinar com o chapéu.

— Sempre fui boa em esperar. — Em sonhar. Em ter esperança. E cansei de me punir por isso.

Os olhos de Nash são castanhos, mais escuros na parte externa e central da íris e quase âmbar no meio. Neste momento, a expressão desses olhos não é nem um pouco comedida.

O chapéu de caubói de veludo preto em minha cabeça combina surpreendentemente bem com meu espartilho.

Quando as unhas dele secam, ele leva primeiro meu pulso direito e depois o esquerdo até a boca, seus lábios roçando sobre minha pulsação, sobre as palavras que tatuei ali, lembranças de que sou uma sobrevivente e posso confiar em mim mesma.

E nele.

Minhas mãos encontram o caminho até o pescoço dele, o maxilar. Ele precisa fazer a barba, mas espero que não faça.

Eu espero.

E espero.

E espero.

Antes

Eu costumava acordar de pesadelos e pular da cama, sorrir e pensar em todas as coisas boas que *poderiam* acontecer naquele dia, uma receita infalível para afastar a escuridão. Agora não há escuridão, nem pesadelos.

Agora eu acordo e me enrosco nele.

Mesmo dormindo, o braço de Nash se enrola ao meu redor de maneira protetora. Estamos em Londres. Nunca estive aqui antes, mas me contentaria em ficar aqui, na cama com ele, o dia todo. Tem alguma coisa em ser abraçada, em me *deixar* ser abraçada, na forma como minha cabeça se encaixa sob o queixo dele e no calor de seu corpo contra o meu.

Há alguma coisa em saber que ele se contenta em apenas me abraçar.

— Bom dia. — O peito de Nash sobe e desce com uma respiração que me diz que ele está acordado, mas que não vai abrir os olhos cor de âmbar e mogno tão cedo.

Inclino minha cabeça para trás, meu cabelo neon é um verdadeiro arco-íris no travesseiro dele.

— Bom dia, querido — digo com a voz mais arrastada que consigo. Tenho certeza de que os irmãos dele concordariam que minha imitação é perfeita.

— Waffles ou panquecas? — pergunta Nash. — Eu faço.

Nash é um excelente cozinheiro.

— Os dois — respondo.

— Resposta certa. — Nash se vira de lado. — Ei, Lib?

Fecho meus olhos, quente e confortável, sentindo o sobe e desce do meu peito.

— Sim?

— Eu trouxe algo para você.

Há algo na voz de Nash que me faz abrir os olhos. Ele se senta e pega alguma coisa na mesa de cabeceira, e tudo o que consigo pensar é que ele é perfeito. Isso é perfeito. Nós somos.

Talvez eu não seja, mas *nós* somos.

Eu me endireito assim que Nash me entrega *a coisa*. Sorrio.

— Uma bola 8 mágica. — Penso em Cartago e em tudo o que aconteceu desde então. — Você tem *muita* sorte de não ser outro chapéu de caubói.

Fontes confiáveis me disseram que eu fico bem com eles.

— Tenho mesmo. — Lá está de novo, um tom baixo, quase envolvente, na voz dele. — Sorte.

Olho para a bola 8 mágica em minhas mãos e a viro devagar. O triângulo azul claramente visível no espaço exibe cinco palavras.

VOCÊ ACEITA SE CASAR COMIGO?

Olho para Nash.

— Essa pergunta… não tem data de validade. — Ele é, mesmo agora, tão estável. — Você não precisa dizer uma palavra, Libby Grambs. Hoje, amanhã, daqui a cinco anos… se e quando você quiser responder, tudo o que precisa fazer é sacudir a bola até que surja a resposta certa para *você*. — Suas mãos se aproximam das minhas.

Conheço cada calo em seus dedos, nas palmas de suas mãos. Conheço cada cicatriz.

— E se a resposta for *Pergunte novamente mais tarde*, *Improvável* ou *Sim*, é só me entregar a bola, sabendo que tudo vai ficar bem. *Nós* vamos.

Minha boca está seca.

— Nash…

Ele aproxima os lábios até quase tocar os meus, um lembrete silencioso de que não preciso dizer uma palavra, que ele nunca exigiu e nunca exigirá de mim nada que eu não queira dar. Passei minha vida andando na ponta dos pés ao redor de cacos de vidros e em campos minados, mas Nash é estável. Nash é um céu azul-claro. Nash é grama e lama, espaços abertos, couro desgastado.

Nash é meu.

— Panquecas — diz ele, puxando meus lábios para um beijo. — Waffles. — E mais um. — Londres. — E mais um.

Ele me beija até que eu acredite nele com cada fibra do meu ser: seja qual for a minha resposta, tudo ficará bem.

Seja qual for a minha resposta, nós vamos ficar bem.

E é por isso que estou pronta. É por isso que *continuo* beijando-o e sacudo a bola 8 mágica. É por isso que eu recuo e continuo sacudindo, até que a resposta que eu quero apareça.

Uma palavra. Apenas uma. **SIM**.

Agora

Já esperei tempo suficiente. A resposta está *bem ali*, mas não consigo olhar para o teste de gravidez. Porque, de repente, não me lembro mais. De repente, estou sonhando com um menino de cabelos castanhos ou com uma menina de olhos âmbar que é teimosa como uma mula. Estou sonhando em ser o tipo de mãe que sempre quis: com festas de dança improvisadas, limpando a farinha do nariz dos pequenos e rolando pelas colinas cobertas de grama só porque podemos.

— Você está chorando. — Nash está do outro lado da porta do banheiro. Sou uma chorona silenciosa. É impossível que ele saiba que há lágrimas escorrendo pelo meu rosto.

E, no entanto, ele sabe.

Eu abro a porta. Suas mãos são gentis, os calos roçam levemente minha bochecha enquanto ele enxuga minhas lágrimas.

— Se você quiser, pode me dizer um nome, eu cuidaria disso.

— Ele está perguntando o nome da pessoa que me fez chorar.

Respiro fundo e olho para além dele, em direção ao balcão e ao objeto que está sobre ele, e lhe dou outra coisa.

— Hannah — digo e, então, engulo em seco. — Se for menina, eu estava pensando em Hannah.

Vejo a mudança em sua expressão e, de repente, não há nada de firme ou discreto no que vejo em seus olhos, e eu sei...

Ele também está sonhando.

E é lindo.

— Pode não ser positivo — acrescento. — Provavelmente não é. Mas...

— Vamos olhar juntos — responde ele, segurando minhas mãos. — No três.

— Um. — Eu começo a contagem.

— Dois. — Ele sorri, e então eu sorrio.

— Três.

CINCO VEZES EM QUE XANDER DERRUBOU ALGUÉM

(E UMA VEZ EM QUE NÃO DERRUBOU)

— Eu derrubo com amor.

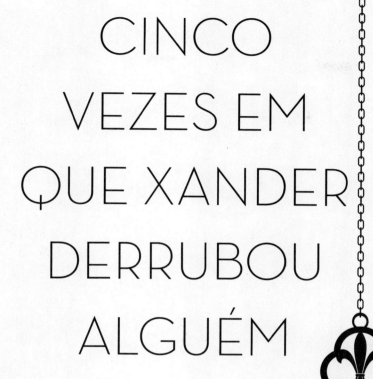

A vez da preguiça

Pendurado de cabeça para baixo na parte dianteira de um avião, o bebê Xander Hawthorne, de dois anos, e que virara um bicho-preguiça no momento, tinha uma excelente visão do drama que se desenrolava abaixo. O Cessna ao qual o pequeno Xander se agarrava era uma nova adição à sala de jogos, mas o fato de ele e seus irmãos terem ganhado um avião *de verdade* para brincar não pareceu nem um pouco estranho para Xander.

Para ser justo, ele tinha dois anos e era um bicho-preguiça. Poucas coisas lhe pareciam estranhas.

Lá embaixo, seus irmãos Jameson e Grayson travavam uma batalha épica — ou melhor, o Super Jameson estava perseguindo *o Graysonador*. Xander, que não era um super-herói porque era um bicho-preguiça, avaliou a situação com grande interesse.

Grayson era maior do que Jameson.

Grayson era mais rápido do que Jameson.

Grayson *provavelmente* venceria... a menos que Jameson usasse a cabeça. Isso era algo que o avô deles sempre dizia: *Usem a cabeça, rapazes*. E... sim! Jameson estava usando a cabeça! Como um aríete! *Pa-pum!* O Super Jameson e o Graysonador saíram voando.

Xander estava fascinado. *Innnnnterrressaaaaanteeeee,* pensou ele, arrastando a palavra lentamente, tão empenhado estava em ser um bicho-preguiça — um bicho-preguiça que esperava, de verdade, que Jameson fizesse aquela coisa incrível com a cabeça de novo.

Lá embaixo, o Graysonador se recuperou rapidamente. Xander observava, cativado, a luta de seus irmãos. Grayson estava por cima! Não, Jameson! Não, Grayson! Quando Xander se deu conta, Grayson tinha imobilizado Jameson.

Incapaz de mover seus braços ou pernas, Jameson recorreu a um movimento de último recurso, que Xander, com dois anos de idade, conhecia muito bem.

— Cuidado com a língua da desgraça! — gritou Jameson.

Grayson estava para lá de ofendido.

— Nada de lamber!

Jameson inclinou o pescoço para cima. Botou a língua para fora. Aproximou-se para lamber, e o Graysonador se retraiu. O Super Jameson se lançou e…

— Garotos. — Com uma única palavra, Tobias Hawthorne pausou a batalha por completo.

A língua de Jameson ainda estava para fora.

— Vocês são Hawthorne — disse o velho. — Se vocês vão fazer alguma coisa, e eu considero a luta como *alguma coisa,* então façam bem-feito. Façam *direito.*

Grayson e Jameson se levantaram.

O avô deles ergueu uma sobrancelha.

— Onde está Xander?

— Não está aqui em cima! — gritou Xander para baixo. O avô deles ergueu os olhos para o Cessna. — Eu sou um bicho-preguiça — declarou Xander com altivez. — Olhe para os meus dedos dos pés!

O bilionário Tobias Hawthorne *quase* sorriu.

— São dedos muito bonitos, Xander. — Então o velho se voltou para Jameson e Grayson. — Agora, vocês dois. Me mostrem como se luta com a forma correta.

— Ah, para com isso. — Uma nova voz entrou na briga. — Eles só estão brincando.

Xander, ainda pendurado de cabeça para baixo, sorriu para seu irmão mais velho quando ele entrou na sala de jogos. Nash era o favorito de Xander! Nash tinha dez anos! Nash estava fazendo uma cara engraçada para o avô deles!

O velho olhou de Nash para Jameson e Grayson.

— Meninos — disse ele para os dois mais novos —, acho que o irmão de vocês acabou de se oferecer como voluntário.

Para quê? Xander se perguntou.

Lá embaixo, Jameson sorriu. Grayson deu um passo à frente. E, de repente, Xander entendeu: Nash havia se oferecido para *lutar*!

O Super Jameson e o Graysonador estavam se unindo contra o Doutor Polvonash.

Balançando-se para a frente e para trás na ponta do Cessna, Xander contemplou o universo. Talvez... talvez ele não fosse mais um bicho-preguiça? Talvez ele fosse um garoto? Um garoto que também podia brincar de luta?

— Cuidado com sua postura, Grayson — gritou o avô deles. — Jamie, você está anunciando seu próximo movimento. Olhos no alvo, vocês dois. — Xander mal ouviu a sequência de correções que o avô bilionário dava aos irmãos. Ele estava ocupado demais sendo sorrateiro.

Sorrateiro.

Sorrateiro.

Sorrateiro.

Grayson atacou. Nash absorveu o golpe. Jameson se retorceu e jogou seu peso para a frente. Nash se esquivou. Grayson avançou e...

Pa-pum! Xander usou sua cabeça! Grayson caiu para trás. Xander aterrissou em seu peito e depois saltou.

— Foi muito divertido! Podemos fazer isso de novo? E de novo? E de novo?

— Com certeza — disse Jameson a ele com um sorrisinho malicioso.

— Não — disse Grayson, tirando o bebê saltitante de seu peito. Dessa vez, o velho realmente sorriu.

— Que isso sirva de lição para vocês, meninos — disse ele aos três mais velhos. — Nunca tirem os olhos da preguiça.

A vez do Peixinho

Algumas situações exigem delicadeza. Essa não era uma desse tipo. Xander, de onze anos, brandiu sua espada.

— Vá pescar.

Do outro lado da mesa, os olhos de Grayson se estreitaram ligeiramente. Era um olhar que Grayson havia emprestado do avô deles e ao qual Xander era, para sua sorte, completamente imune.

Depois de um longo instante, Grayson por fim deixou claras suas intenções: em vez de pegar a espada *dele*, ele tirou uma carta.

— Por favor, me diga que você tirou um sete — disse Jameson com malícia.

— Eu não tirei. — Grayson dirigiu seus olhos pálidos para Xander. — Na verdade, tenho quase certeza de que Xander estava blefando e que ele tem o último sete.

Xander, como todos os Hawthorne, era excelente em blefar.

— Se você tivesse certeza disso, meu irmão muito loiro e muito letal, teria puxado sua espada.

As regras de Peixinho eram assim quando jogadas pelos Hawthorne. Era permitido blefar. A cada vez que alguém dissesse *Vá pescar*, você tinha que puxar a espada. Se o outro jogador achasse que você estava mentindo sobre as cartas que tinha em mãos, tudo o que ele tinha que fazer era responder da mesma forma, e então começava o duelo.

Espada contra espada! Irmão contra irmão! Qual seria a graça de um jogo de cartas descontraído em um domingo de manhã sem uma luta de espadas de vez em quando?

É claro que *havia* uma penalidade envolvida caso alguém acusasse de blefe e a outra pessoa *não estivesse* blefando. Uma penalidade que envolvia marcadores permanentes. Xander já tinha um bigode. Grayson não tinha.

E isso tornava um pouco mais fácil para Xander se safar de um blefe.

Ele baixou a espada e sorriu.

— Passe para cá esses setes, Gray.

Grayson resmungou. Xander fingiu que estava mexendo no bigode maligno que Jameson havia desenhado em seu rosto no início do jogo.

— Jameson... — Xander adotou o que ele considerava ser sua voz de James Bond. — Me dê seus ases.

Jameson se recostou na cadeira, passando o dedo indicador de leve na lâmina da espada antes de segurar o cabo.

— Vá. Pescar.

Havia um desafio *claro* naquelas palavras.

Xander arqueou uma sobrancelha.

— Você acha que eu tenho medo de uma barbinha de nada, irmão?

— Eu acho — disse Jameson baixinho, sua expressão não revelando nada — que Grayson tem o ás que você está procurando. — Jameson ficou quieto. — E, só para você saber, não seria uma *barbinha,* Xan.

Xander acariciou seu queixo, considerando suas opções. Se Jamie tivesse o ás, Xander teria de lutar com ele e, embora Grayson fosse o melhor espadachim entre eles, Jameson vinha logo atrás.

Os talentos de Xander estavam em outras artes.

— Talvez Gray tenha o último ás — disse Xander de forma amigável. — Ou talvez... — Ele pegou uma carta da pilha. — Esse ás esteja *bem aqui.*

Com um floreio dramático, Xander virou a carta. Para sua alegria absoluta, era o ás, uma jogada encantadora por dois motivos: primeiro significava que agora Xander tinha todos os quatro ases, além dos quatro setes, e a dominação mundial estava muito mais próxima de seu alcance.

E, em segundo lugar, significava que *a coisa era séria*!

Nada de espadas.

Sem duelos.

Vale tudo.

Era, de acordo com as regras de Peixinho dos Hawthorne, uma boa e velha briga de irmãos!

— Quero que vocês dois saibam — anunciou Xander cinco minutos depois, enquanto subia na mesa de cartas antiga, preparando-se para se jogar dela — que derrubo vocês com amor!

Ele dirigiu aquele aviso para Jameson... e depois deu uma voadora em *Grayson*.

A vez da Rebecca

Rebecca era a pessoa favorita de Xander. Ela era quieta. Ele não era. Ela era sensata. Ele... não era. Mas, durante anos, os dois compartilhavam um entendimento implícito de como era ser o caçula, viver nas sombras enormes dos irmãos mais velhos que *queriam* coisas e iam atrás das coisas que queriam — a vitória, o mundo, um ao outro.

Não era assim com Xander e Bex. Nada havia mudado entre eles quando se tornaram adolescentes. Aos quinze anos, eles se *conheciam*, e foi assim que Xander soube...

— Tem alguma coisa diferente em você. — Xander pontuou essa afirmação pulando do braço de um sofá de couro gigante para o outro. — Meu sentido de Xander está formigando.

— Não sou fã da palavra *formigar* — disse Rebecca a ele, caminhando ao longo do encosto do sofá com a mesma graça discreta com que ela teria se equilibrado em um tronco na floresta Black Wood.

— Você entendeu — respondeu Xander. Ele deu um salto de esquilo voador em direção à lareira, segurou sua borda de pedra e se levantou para se sentar nela, com suas pernas infinitamente longas penduradas. — Meu sentido de Xander está zumbindo, e a fonte dessa perturbação é... — Xander posicionou a mão como uma arma com precisão de especialista, apontando o dedo indicador diretamente para ela. — Você.

Ele havia notado aquilo alguns dias antes: uma curva sutil e automática nos lábios de Rebecca, um sorriso secreto que Xander não estava acostumado a ver em seu rosto de beleza clássica. Esse sorriso, junto com o olhar tão atípico e quase sonhador que agora se podia ver em seus olhos cor de esmeralda, só podia significar uma coisa.

Xander sorriu.

— Tem alguma garota.

— Não tem, não — disse Rebecca, um pouco rápido demais.

— Tem, sim! — Xander ficou encantado com essa reviravolta. — Será que ela é uma garota de temperamento forte e profundo ou um raio de sol em forma de gente... ou, aaahhh, será que ela é de sagitário?

Rebecca abriu a boca, provavelmente para negar mais uma vez que havia uma garota, mas Xander se antecipou a essa negação.

— Se você mentir para mim de novo, vou ficar de pé nesta lareira e me jogar na lava aqui embaixo de um jeito bem dramático, encontrando minha trágica, prematura e extremamente bem-interpretada morte com uma compostura digna de Xander.

A princípio, Rebecca não disse nada, enquanto pulava do encosto do sofá para uma cadeira e olhava para o espaço entre a cadeira e a lareira.

— Você consegue — disse Xander, encorajador, e ele não estava falando apenas do salto.

Rebecca jogou um travesseiro no chão e pulou sobre ele.

— O travesseiro vai fritar — anunciou Xander, o guardião das regras do Chão é Lava — em três, dois, um...

Rebecca pulou, agarrou a lareira e se ergueu.

— Sua técnica do Chão é Lava é, como sempre, *impecável* — disse Xander. — Mas você sabe quais são as regras. Se usa o travesseiro para ajudar, tenho o direito de fazer uma pergunta. — Ele levantou a mão e cutucou o ombro de Rebecca gentilmente com o dedo indicador. — Tem uma garota... — pediu.

CINCO VEZES EM QUE XANDER DERRUBOU ALGUÉM 349

Em cima da lareira, Rebecca dobrou as pernas contra o peito e apoiou o queixo nos joelhos.

— Tem uma garota — admitiu ela. — E ela é... complicada.

— Um complicado bom ou um complicado ruim? — O tom de Xander deixou claro: ele achava essas perspectivas igualmente atraentes.

Rebecca sorriu sem jeito.

— As duas coisas?

Algo na forma como Rebeca respondeu fez com que o sentido de Xander voltasse a se *agitar*.

— Teoricamente falando — disse Xander, pensativo — há quanto tempo tem uma garota complicada no sentido bom e no sentido ruim na vida da minha melhor amiga Rebecca?

Rebecca direcionou a resposta para as rótulas.

— É difícil dizer. É...

— Complicado? — ofereceu Xander. As rodas em seu cérebro de Hawthorne começaram a girar.

Rebecca era muito reservada na escola. Emily, irmã dela e, reconhecidamente, alguém que não estava entre as pessoas favoritas de Xander, tinha o hábito de *precisar* de Rebecca sempre que ela dava o menor sinal de estar fazendo amigos. Xander sabia muito bem que a única razão pela qual Emily não tentava fazer o mesmo quando Rebecca estava com ele era o infame Incidente de Lederhosen, ocorrido no verão em que ele e Rebecca tinham nove anos.

Apesar de todos os seus defeitos, Emily Laughlin sabia que não devia se meter com Xander Hawthorne.

— Hipoteticamente falando — disse Xander —, onde você conheceu essa...

— Olá? — Uma voz exigente ecoou pelo saguão. Xander a reconheceu no mesmo instante: dois terços de *me surpreenda* e um terço de *nem um pouco surpresa*. Thea Calligaris. O tio dela era casado com a tia de Xander, e Thea era uma das pessoas que Xander mais gostava de irritar.

Seus olhos se arregalaram de repente.

Thea era uma visitante frequente da Casa Hawthorne. Ela era a melhor amiga de Emily. Ela era de *sagitário*.

— Rebecca Laughlin — disse Xander com admiração — tão encantadora e tão danada.

Rebecca o fuzilou com os olhos.

— Nem uma *palavra*, Xander. Nem. Uma. Uma. Única. Palavra.

Naquele momento, Xander ouviu tudo o que Rebecca *não* estava dizendo. Sua vida inteira girava e sempre girou em torno do que *Emily* queria.

Emily, que tinha um problema no coração.

Emily, por quem a mãe era obcecada.

Emily, que sempre, sempre, conseguia as coisas do jeito que queria.

Emily Laughlin não permitia que ninguém a colocasse em segundo lugar. Nem a irmã. Nem a melhor amiga.

— Eu vou ajudar você — disse Xander com firmeza. — Zero-zero-Xander a seu serviço. Você não faz ideia de como posso ser sorrateiro.

Antes que Rebecca pudesse responder, Thea apareceu no arco do salão principal. Seus olhos se fixaram nos de Rebecca por apenas um segundo, apenas um *instante*, mas foi o suficiente para Xander confirmar: por trás da fachada de menina má, que talvez, possivelmente, bem provável até, que não fosse só fachada, Thea também sentia o mesmo.

— Será que quero saber o que vocês dois estão fazendo? — Thea Calligaris sabia como revirar os olhos com emoção.

— O chão é lava — explicou Xander com seriedade. — Rápido! Pule no sofá!

— Xander — avisou Rebecca.

Xander não deu atenção à advertência. Como ele poderia? Thea *estava ali*, e ela era complicada, e elas precisavam dele, em toda a sua glória de Xander.

— Não se preocupe — falou Xander para Rebecca, sério, enquanto colocava os pés em cima da lareira e se agachava. — Eu vou salvá-la!

Thea não viu o ataque chegando. Ninguém esperava uma Inquisição de Xander.

— Mas que…

Xander, especialista em derrubar as pessoas, garantiu que as duas aterrissassem com segurança e de forma mais ou menos gentil no sofá.

— E assim — disse ele dramaticamente — a donzela foi salva. E assim… — Ele sorriu. — Nasce uma aliança.

— Aliança? — Thea olhou para ele como se tivesse acabado de ganhar algumas cabeças extras e, quem sabe, uma segunda bunda. — Você ficou maluco?

Em cima da lareira, Rebecca suspirou.

— Ele sabe — disse ela a Thea.

Os olhos de Thea se voltaram para os de Rebecca.

— Eu sei — reiterou Xander, de forma prestativa. — E tenho o prazer de informar a você que sou um excelente cúmplice.

A vez da motocicleta

Xander estava acostumado com ideias ruins. Ou ideias incomuns. Ou àquelas ideias do tipo "isso é ou genial ou uma afronta ao bom senso e à gravidade". Ele era, na verdade, um *apreciador* de ideias, experimentando até mesmo as possibilidades mais absurdas em sua mente e saboreando delicadamente cada uma delas.

Mas até Xander precisava reconhecer que roubar a motocicleta de Nash era uma ideia muito, muito, extremamente, definitivamente, *totalmente* péssima. Se Jameson conseguisse roubar a motocicleta de seu irmão mais velho, Nash iria *cometer um assassinato,* de uma forma quase não violenta, do tipo nenhum-Jameson-foi-gravemente-ferido-durante-essa-surra.

O bom senso, a discrição e o desejo de autopreservação de Xander estavam todos de acordo: ele não queria participar disso.

Então, é claro que ele tinha que intervir.

— Se não eu — disse Xander para si mesmo enquanto pulava a grade da varanda e começava a escalar a lateral da Casa Hawthorne —, então quem?

Ele foi auxiliado em sua escalada por duas ventosas, um gancho expansível que mantinha consigo para tais ocasiões e uma rosquinha de mirtilo. Deus abençoe os bolsos!

Xander aterrissou no gramado da frente, comeu a rosquinha em duas mordidas e começou a correr. Jameson já estava montado na moto. Por sorte, as pernas de Xander eram longas e sua velocidade após a rosquinha, impressionante.

A moto começou a funcionar e — *pa-pum*!

Foi uma voadora do tipo que merecia estar no pódio, se é que o próprio Xander poderia dizer isso. Eles caíram no chão rolando e depois se levantaram ao mesmo tempo. Xander era maior. Jameson tinha o hábito de jogar sujo. E agora? Jamie estava lutando como uma pessoa que não tinha nada a perder.

— E aí, Capitão Grandes Emoções! — Xander colocou um pouco de espaço entre eles e ergueu as mãos em um *mea culpa* que, convenientemente, também funcionava como possível postura de ataque. — É só um Xander amigável cuidando para que um dos seus três irmãos favoritos tenha vida longa.

— Cai. Fora.

Xander não caiu fora.

— É melhor não fazer isso.

— *Isso?* — desafiou Jameson. Havia algo perigoso e agradável em seu tom, algo selvagem, mas contido, impossível de parar.

Ainda bem que tudo o que Xander tinha de fazer era tentar impedi-lo!

— Por *isso,* quero dizer roubar a moto de Nash — especificou Xander, de forma prestativa. — Acredito eu que para zarpar para lugares desconhecidos. E parece que você esqueceu o capacete?

— Eu não esqueci nada. — Jameson deu um passo ameaçador em direção a Xander.

E aí está, pensou Xander. Seu irmão tinha praticamente admitido que o perigo, a falta de capacete, a ira de Nash, era o objetivo.

Jameson estava sofrendo. Assim como Rebecca estava sofrendo. Assim como Grayson estava sofrendo. A morte de Emily no mês anterior era como um buraco negro, sugando universos inteiros ao seu redor. Mas a diferença entre Jameson e Grayson, entre Jameson e Rebecca era que, quando Jameson estava sofrendo, ele queria sofrer *mais*.

Para provar que era capaz.

Para provar que nada importava, quando, na verdade, *tudo* importava tanto que ele mal conseguia respirar.

— Estou sentindo um abraço agressivo chegando — informou Xander ao irmão. — Você quer a variedade de abraço de urso ou outro tipo? Também posso te recomendar o nosso especial do dia, o Abraço Viril e Apertado.

— Sai da minha frente, Xan.

— Não vai rolar.

— Eu atravesso você se for preciso.

Xander baixou as mãos para o lado do corpo. Chega de *mea culpa*. Chega de postura de ataque.

— Você está pirando.

— Estou falando sério, Xander. Sai da minha frente.

— O Abraço Viril e os abraços de urso ainda estão disponíveis, mas os estoques são limitados, portanto, você deve adquirir um enquanto eles...

Jameson avançou. Xander se lançou para o lado, bloqueando o caminho para a moto de Nash.

— Eu não quero machucar você — vociferou Jameson.

— O problema é esse — disse Xander. Ele olhou Jameson bem nos olhos. — Você não vai.

Se eles tivessem que lutar, Xander acabaria perdendo... *em algum momento*. Os dois sabiam disso. Assim como ambos sabiam que nenhum dos irmãos de Xander jamais o machucaria tanto quanto Jameson teria que machucar para vencer essa luta.

— Eu odeio você — resmungou Jameson.

— E eu odeio sua cara! — respondeu Xander alegre.

— Você não pode estar em todos os lugares, Xan. — Em outras palavras: o plano desaconselhável de Jameson havia sido frustrado *por enquanto*.

Xander não se intimidou.

— Será que *não?* — Ele balançou as sobrancelhas dramaticamente e jogou um braço ao redor dos ombros de Jameson.
— Agora, seja sincero: em que lugar do pódio você colocaria
minha voadora?

A vez do caubói de coração partido

Havia certa arte em dar voadoras no telhado. Por sorte, o nascer do sol, que pintava o céu do Texas sobre a Casa Hawthorne em tons de laranja e rosa, era bastante inspirador. Uma espécie de musa, enquanto Xander se movia silenciosamente em direção ao irmão mais velho, que estava encostado na chaminé de pedra mais alta da casa.

É fácil...

— Nem pense nisso, Xan. — Nash não se virou. Ele apenas continuou olhando para o nascer do sol ao longe.

— Vou precisar que você se mova cinco centímetros para a esquerda — disse Xander.

— Volte para dentro, Xander. — Nash ainda não virou nem a cabeça.

— Levei sua sugestão em consideração e, depois de pensar seriamente, eu...

— Não foi uma *sugestão*, irmãozinho.

Bem, isso foi ameaçador! Xander, sendo Xander, não se intimidou.

— Eu levei em consideração a sua ordem e a promessa implícita de retribuição fraternal — emendou ele, amigável. — E ainda assim...

Nash finalmente se virou. Na luz do início da manhã, Xander não conseguia distinguir bem as feições do irmão sob o chapéu de caubói desgastado que Nash usava, cobrindo um pouco o rosto.

Cada Hawthorne tinha uma maneira de se esconder.

— Se você tentar me derrubar, vamos ter uma conversinha, Alexander. — A voz de Nash era lenta e uniforme, seu sotaque texano era calmo e pronunciado.

Xander estava bem ciente de que ninguém com dois neurônios funcionando ia querer *ter uma conversinha* com Nash Hawthorne. E, no entanto...

— Eu trouxe algo para você. — Xander tirou o objeto em questão de um de seus muitos bolsos e o jogou no rosto sombrio e cativante de Nash.

Nash pegou o livreto de papel com uma das mãos.

— É um livro de cupons — disse Xander, prestativo.

Nash folheou o livro.

— Todos eles dizem VOADORA. Tudo em letras maiúsculas.

— Você nunca sabe quando vai precisar de uma — disse Xander a Nash. — Eu derrubo com amor, e essas belezinhas podem ser trocadas a seu critério. Agora, se você puder se mover um centímetro para a sua direita e dar dois passos para longe da borda do telhado...

Nash não se deixou convencer.

— Não vai rolar.

— Eu acho, de verdade, que você vai se sentir melhor se me deixar fazer isso — argumentou Xander.

— Eu estou bem. — A voz de Nash era baixa e suave. — Juro.

Xander não confiava naquela suavidade. Ele não acreditava.

— Você e Alisa terminaram. Você não está bem. Você não está nem um pouco bem.

— Os Hawthorne não morrem por um coração partido. — Nash parecia ter certeza disso. — E Li-Li e eu... somos muito diferentes. Sempre fomos, eu acho. — A voz de Nash não estava mais suave agora. — Eu não posso dar o que ela quer. E Alisa Ortega... — Nash engoliu em seco, seu pomo de Adão balançando enquanto ele apertava o chapéu de caubói de uma forma que fez Xander pensar que Nash estava tentando desesperadamente se agarrar a *alguma coisa*. — Ela merece o mundo.

— Eu sei. — Xander entendia. Ele entendia *mesmo*. Todos eles tinham previsto isso, mas saber disso não tornava as coisas mais fáceis. — *Eu sei*, Nash e, de verdade, acho que você vai se sentir melhor se deixar eu te derrubar.

— Não me derrube.

— Você precisa de uma distração.

— Preciso sair daqui. Deste lugar. Desta *casa*.

Xander ouviu o que Nash estava realmente dizendo: ele precisava se afastar do avô deles. A Casa Hawthorne *era* Tobias Hawthorne, e Nash nunca tinha conseguido aguentar nenhum dos dois por muito tempo.

— Então, para onde vamos? — perguntou Xander, alegre.

Nash o encarou.

— Você vai ficar aqui. — Quando Xander abriu a boca para contestar, Nash se antecipou. — Alguém tem de cuidar de Jamie e Gray. Eles são pura confusão.

Por mais que Xander quisesse argumentar contra isso, ele sabia que não podia. Xander Hawthorne era bom em cuidar das pessoas. Ele apontou com a cabeça para o livro de cupons que havia dado a Nash.

— A propósito, esses cupons são intransferíveis.

Ainda que contra a vontade, Nash *quase* sorriu.

— Tente não colocar fogo em nada enquanto eu estiver fora.

Nash tinha o péssimo hábito de partir... e o bom hábito de voltar para casa. Mas algo dizia a Xander que talvez demorasse um pouco para eles se verem de novo.

Um músculo do peito de Xander se contraiu.

— Não prometo nada... pelo menos, não em relação ao fogo. — Xander encontrou o olhar de Nash. — Eu prometo que vou cuidar de Jamie e Gray.

Ele sempre cuidou. Ele sempre cuidaria.

— Fique de olho em Li-Li também. — Nash olhou para o telhado sob seus pés. — Não deixe que ela trabalhe demais.

— Tarefa gigantesca — retrucou Xander —, mas é possível que eu também tenha feito um livro de cupons para Alisa.

Nash colocou seu chapéu de caubói de volta.

— *Isso* eu gostaria de ver. Conheço bem aquela mulher. Ela vai esfolar você vivo ao primeiro sinal de ataque.

— Não se preocupe — comentou Xander, confiante —, estou preparado para usar os Grandes Olhos Inocentes de Xander, entre outras contingências.

Nash ainda estava sorrindo, mas seu pomo de Adão balançou de novo.

Os Hawthorne não morrem por um coração partido, pensou Xander.

Nash cometeu o grande erro de voltar na direção do alçapão que ambos haviam usado para subir no telhado. Um passo... dois...

Xander se lançou. *Pa-pum!*

Nash foi ao chão. Em cima dele, Xander ergueu um punho no ar.

— Essa foi por conta da casa.

E uma vez que ele não o fez

Maxine Liu *não* iria mostrar a Xander Hawthorne sua tatuagem, a tatuagem muito nerd e extremamente secreta que ela havia admitido ter horas antes enquanto jogava a versão Hawthorne de Cobras e Escadas.

Me conte mais, disse Xander, *dessa tatuagem de nerd.*

Mas isso *não* ia acontecer! Ela e Xander eram completamente platônicos! E era por isso que ela estava, naquele exato momento, entrando pela porta do quarto de Xander. Como uma amiga!

Ela estava entrando pela porta do quarto dele *como uma amiga*.

Evitando olhar para o amigo, Max se concentrou no quarto. Máquinas complicadas revestiam cada centímetro das paredes como esculturas. Max observou uma dúzia de bolinhas de gude descerem por uma longa rampa de metal até o que parecia ser uma minúscula roda-gigante, que as despejava em outra rampa, que alimentava um funil...

— Esse molha meu cacto uma vez por semana — disse Xander.

— Seu cacto? — repetiu Max.

Xander estava absolutamente sem pudor.

— O nome dele é sr. Pontudo.

É claro que era. Max precisava muito, muito mesmo, não olhar para o rosto de Xander, os olhos dançantes, os lábios cheios e curvos... então, em vez disso, ela olhou para o teto.

Grande erro.

— *Forra* — sussurrou ela, depois disse a si mesma que aquilo *não* era um convite, mas... mas...

O TETO.

O teto não tinha nada além de livros. Milhares deles, com as lombadas para baixo, desafiando a gravidade, aparentemente sem nada que os mantivesse no lugar.

— Como eles... — Max não conseguiu se conter.

— Ímãs — disse Xander, alegre. — Na maioria deles.

Dessa vez, Max se poupou de mirar o maxilar, as maçãs do rosto e os longos cílios Hawthorne, olhando para baixo. O chão sob seus pés era feito de material de quadro branco, e havia anotações manuscritas rabiscadas por toda parte.

— Você está trabalhando em alguma coisa? — adivinhou ela.

— Estou trabalhando em tudo — admitiu Xander. — É possível que eu *também* tenha um laboratório/oficina, mas quando você tem que fazer ciência, você tem que fazer ciência.

Max precisava fazer *ciência*. Ela precisava fazer *ciência* agora mesmo, forra.

— Aham. — Max não tinha a intenção de dizer aquilo em voz alta. *Mude de assunto!* pensou ela freneticamente. — Então, onde você dorme? — perguntou ela.

Ah, não.

Ah, não.

Essa não era uma boa forma de mudar de assunto. *Isso, Max. Pergunte ao seu amigo extremamente platônico e bem musculoso aqui sobre a* CAMA *dele.*

— Dormir. — Xander assentiu, sagaz. — Sim. Eu durmo.

— Onde? — Max estava cavando um buraco para si mesma e *não conseguia parar*, porque não havia uma cama em todo o quarto e, agora que ela havia perguntado, não conseguia parar de pensar nisso.

Além disso, não havia nenhuma razão no mundo para que os dois não pudessem ter uma conversa agradável, razoável, completamente amigável e apropriada sobre camas.

Xander deu de ombros discretamente.

— O que você acha de fortes feitos de cobertores?

A resposta de Max foi imediata:

— Quase empatados com buquês de livros.

Ela sabia que provavelmente não deveria ter dito isso, mas não tinha como apagar as palavras, então ficou parada observando, com um grau de fascinação nada pequeno, enquanto Xander se aproximava de uma coleção bastante impressionante de bonecos cabeçudos embutida em uma das máquinas nas paredes. Ele bateu uma sequência, uma cabeça após a outra, como se estivesse tocando um piano nada convencional.

De repente, o piso sob os pés de Max começou a se abrir. Ela pulou para um lugar seguro e ficou olhando enquanto uma subseção oculta da sala, recuada em cerca de um metro e vinte no chão, era revelada. Era de formato retangular e tinha o dobro do tamanho de uma cama king-size.

Também estava repleta de cobertores. Pilhas deles. Montes deles.

Dezenas deles. Max não conseguiu evitar que seu olhar desviasse para o de Xander, assim como não conseguiu evitar de ir até a porta.

— Posso?

Xander inclinou a cabeça.

— Pode.

Max deu um salto. Xander a seguiu e, um momento depois, os dois estavam nadando em cobertores. Literalmente.

— Eu não gosto de camas — disse Xander.

Xander Hawthorne não gostava de camas. Ele *gostava* de cobertores — e, ela logo descobriu, de pelúcias. Bem nerds. Bem fofas. Algumas bem bizarras. *Isso é uma bobina de Tesla de pelúcia?*

Max sempre se imaginou com alguém sombrio e mal-humorado. Um assassino desonesto. Um vampiro de moral questionável. Alguém com um passado de má reputação e um coração que precisava ser curado.

Mas lá estava Xander, com seus cobertores, seus bichinhos de pelúcia e um teto inteiro coberto de livros.

Max suspirou e virou a cabeça para olhar para ele, o que ela *sabia* que era um erro.

— Acredito que me prometeram um *forte*.

Um forte épico depois, Xander lançou um desafio. Um jogo.

Os Hawthorne e seus jogos, pensou Max.

— Chama-se Vai, Não Vai. — disse Xander. — As regras são as seguintes: vou fazer perguntas sobre suas preferências e você deve responder: VAI ou NÃO VAI. — Xander desapareceu sob o mar de cobertores por um momento, depois voltou a aparecer segurando uma pelúcia em cada mão. — Se você tiver uma opinião positiva sobre o assunto, diga VAI e segure esse narval. Se não for fã, diga NÃO VAI e levante este cupcake.

Max olhou para o cupcake, para o narval e para Xander.

— Por que não dizer apenas sim ou não?

— Porque a qualquer momento eu posso inverter as coisas e gritar VAI em vez de fazer a próxima pergunta e, quando eu fizer isso, você tem até eu dizer NÃO VAI para me pegar.

Max olhou para ele.

— O que acontece se eu pegar você?

Xander sorriu.

— Você não vai me pegar.

— Falando que nem a forra de um Hawthorne.

— Suponho que você esteja pronta para a sua primeira pergunta? — Xander esfregou as mãos dramaticamente. — Guerra nas Estrelas?

— Vai. — Max levantou o narval de pelúcia.

— Morangos?

— Vai. — *Narval.*

— Chocolate?

— Vai. — *Narval.*

— Nutella?

— Vai também. — Max fez o narval dançar um pouco dessa vez.

Xander a estudou com incrível foco e precisão.

— *Rosquinhas?*

Max abaixou o narval e levantou o cupcake.

— Não vai.

Xander levou a mão ao peito como se ela tivesse atirado nele.

— Não acho tão doce — opinou Max. — Próxima pergunta.

— Você só precisa de mais prática para comer rosquinhas. — garantiu Xander. — Um paladar refinado de sabores de rosquinhas não se desenvolve da noite para o dia.

Max estreitou os olhos.

— Rosquinhas são como muffins que se confundiram.

Xander arfou. Dessa vez, foi a vez de Max sorrir.

— Vou deixar você se redimir — disse Xander com a voz grave. — Robôs?

— Robôs que acham que são humanos ? — respondeu Max.

— Não?

Max ergueu o cupcake bem alto, sem remorso.

— Sim? — Xander alterou sua resposta anterior. Max o recompensou com uma pequena dança de narval.

— É a minha vez. — Ela jogou o cupcake e o narval em Xander. Ele os pegou. — Romances? — perguntou Max.

— Qual subgênero?

Até aquele momento, Max estava conseguindo se segurar muito bem. Mas isso?

— O quê? O que eu disse?

— Você. — Max apontou para ele. — Sua opinião sobre romances depende do subgênero! — Max o encarou e se lembrou por que encarar Xander Hawthorne não era uma boa ideia. — Você, com esse rosto! E o tanquinho! E os cobertores!

— Eu também tenho um cacto — lembrou Xander.

— Sr. Pontudo — respondeu Max. E foi nessa hora que ela soube: ia acontecer. — Eu não deveria fazer isso. Nós *com certeza* não deveríamos fazer isso.

— É claro que não deveríamos — concordou Xander. — E não vamos fazer. — Ele fez uma pausa. — Ou vamos?

Max engoliu em seco.

— *Isso* — disse ela. — Nós. Vai ou não vai? — O coração dela parecia prestes a furar seu peito.

Vai ou não vai, Xander Hawthorne?

Na frente dela, Xander ergueu o narval de pelúcia no ar.

— Vai! — gritou Max e, desse jeito, a perseguição começou. Xander quase a pegou quando ela se virou. — Não vai! — disse ela.

Xander congelou.

Max arqueou uma sobrancelha. E então, com cobertores até os joelhos, incapaz de resistir por mais um *segundo*, ela o atacou.

UMA NOITE HAWTHORNE

Um bom terno era como uma armadura. Grayson era do tipo que se vestia para a batalha — sem um amassado à vista, camadas que o separavam do mundo.

Eu, Grayson Davenport Hawthorne,
infringi um laço sagrado da irmandade.
Quando se recebe um SOS, os irmãos
Hawthorne devem responder.

A regra é clara. E deve ser obedecida.

Se não quiser ser chamado de desertor,
tenho que me redimir. Não sei quando minha
remissão irá acontecer. Não sei como ela será.
Ao assinar este documento, declaro:
concordarei com a penitência decretada,
seja ela qual for.

Três vezes.

Assinatura:

Grayson

Testemunhas:

Nash

Jameson

Xander

NOITE DA REMISSÃO, 22h28

Grayson Davenport Hawthorne dormia feito pedra — isso quando dormia. Havia noites em que não conseguia, não pegava no sono. Mas quando tudo estava calmo e tranquilo, quando as lembranças cediam espaço para o *nada...*

Ele nem chegava a sonhar.

— Sim. Está desmaiado.

— Me dá a filhote.

Alguma coisa lambeu a mão de Grayson. Adeus à tão sonhada paz... ou uma noite dormindo cedo. *Outra lambida.*

— É melhor — disse ele severamente, os olhos ainda fechados — que isso seja o cachorro.

Em resposta, as cobertas foram arrancadas e a já mencionada cachorrinha foi colocada em cima dele.

— Pega ele, Tiramisu — murmurou Xander de cima. — Se esfrega nesse tanquinho! Fareje esses músculos!

Grayson se conformou em abrir os olhos. Ele se sentou e pegou a filhotinha agitada no colo, lançando o mais austero dos olhares para Xander.

— Sorte sua que eu estou com um animal no colo.

— Um animal? — repetiu Jameson, a boca se retorcendo um pouco.

Xander estava revoltado.

— Isso é jeito de falar da Tiramisu Panini Hawthorne?

Até então, Grayson não sabia que a cachorra tinha um nome do meio.

— Fala pra ela que ela é uma filhotinha linda — exigiu Xander.

Grayson fez carinho nas orelhas da cachorrinha, mas não se permitiu demonstrar nem um pingo de alegria em sua expressão.

— Não.

— É assim, irmãozinho?

Grayson olhou para a porta, onde Nash estava apoiado — e foi só então que ele teve certa noção do que estava acontecendo ali, por que os três irmãos estavam no quarto dele naquele momento.

Concordarei com a penitência decretada, seja ela qual for...

Grayson olhou para a cachorrinha que se remexia em suas mãos.

— Você é um canídeo bastante satisfatório — permitiu-se, fazendo carinho na cabeça do cachorro.

Xander não estava nem um pouco satisfeito. Ele indicou com um gesto para que Grayson continuasse.

Grayson suspirou.

— Quem é a neném do papai? Você. É, você mesma. Que lindinha essa… — Ele olhou para Xander, que assentiu, encorajando-o. — Filhotinha.

— Eu também teria aceitado *doguinha* — provocou Xander.

Grayson olhou para os outros dois.

— Felizes? — perguntou para Jamie e Nash.

— Não tão felizes quanto ficaremos em breve — respondeu Jameson. — Chegou a hora da remissão.

Grayson se inclinou para colocar Tiramisu no chão com toda a delicadeza.

— Isso conta como a primeira? — Se não falhasse a memória, ele tinha concordado com *três* atos de remissão.

— A filhotinha? — perguntou Nash com a voz lenta. — Claro que não.

Era o que Grayson imaginava. Os Hawthorne não eram conhecidos por pegarem leve uns com os outros. Mas uma promessa era uma promessa. Honra era honra.

— Vou me arrumar — avisou Grayson.

Jameson deu um sorriso afetado.

— Isso não será necessário.

NOITE DA REMISSÃO, 22h41

Um bom terno era como uma armadura. Grayson era do tipo que se vestia para a batalha — sem um amassado à vista, camadas que o separavam do mundo.

Cuecas boxer, com toda a certeza, *não* contavam como camadas.

Malditos irmãos os dele. Era dezembro e eles nem ao menos o deixaram calçar *sapatos.* Ele foi arremessado para fora do Bugatti em uma estrada do interior do país, vestindo apenas as cuecas e com nada além de um envelope grosso pra lá de suspeito, um cartão e instruções bastante específicas: entregue o envelope para o motorista do primeiro carro que parar... e não diga nada além das palavras escritas no cartão.

Isso é a cara do Jamie. Em outras circunstâncias, Grayson estaria planejando sua vingança da forma mais metódica possível, mas era diferente naquela noite. *Família em primeiro lugar* eram palavras que tinham outro peso agora, mas independente das desconfianças que Grayson tinha a respeito do avô, ele sabia que estava em dívida com os irmãos.

O mesmo tipo de dívida que sempre tinham.

Xander precisara dele e Grayson não comparecera. Ele havia visto a mensagem de sos e resolvera ignorá-la. Se ficar parado no acostamento de uma estrada em um estado vergonhoso de seminudez era a forma de consertar as coisas, Grayson Davenport Hawthorne faria isso sem pestanejar e enfrentaria o olhar de qualquer um que *ousasse* julgá-lo.

Faróis de carro piscaram. Grayson resistiu ao instinto de cobrir sua região pélvica. *Quando um Hawthorne entra em uma sala, ele dita o tom.* As lições que aprendera com o velho estavam gravadas para sempre em sua mente. Por mais irritante que isso fosse, Grayson cerrou a mandíbula mesmo assim. O truque para se estar pelado no acostamento de uma estrada era agir do mesmo jeito que se chegasse em uma festa e percebesse que estava produzido demais: comportar-se como se você fosse o único vestido de forma adequada ali.

Não era culpa de Grayson se o resto do mundo não tivesse se dado conta do quanto era inadequado usar algo além de roupas íntimas *naquela* estrada e *àquela* hora da noite.

Uma caminhonete parou ao lado dele. Alguém abriu a janela do passageiro.

— Rapaz — brincou um velho lá dentro —, parece que você se meteu numa bela enrascada.

Ah, foi? Grayson adoraria ter dito da forma mais impassível que conseguisse. *Nem tinha reparado.* Ou talvez, *não acho que isso seja da sua conta.*

Mas regras são regras, e ele só podia dizer as palavras escritas no cartão.

— Olá, bondoso estranho — rosnou ele entredentes. — Parece que deixei minhas calças em algum lugar.

O velho piscou algumas vezes.

— Tá bêbado, jovem?

Grayson negou com um rápido balançar de cabeça.

— Parece — repetiu ele, indo em direção à caminhonete e tentando dar uma ênfase diferente para as palavras — que deixei minhas calças em algum lugar.

Antes que o motorista pudesse fechar a janela e forçá-lo a repetir essa situação deplorável com o próximo carro que passasse, Grayson jogou o envelope pela janela aberta, no banco de passageiros.

376 **JENNIFER LYNN BARNES**

— Bêbado que nem um gambá — murmurou o motorista.
— Melhor chamar o xerife.

— Parece que deixei minhas calças em algum lugar — disse Grayson em um tom gélido que esperava passar a mensagem *recomendo que não faça isso.*

Ainda murmurando, o motorista pegou o envelope. Arregalou os olhos assim que o abriu. Ele tirou as notas e começou a contá-las, depois encontrou um bilhete — que, muito provavelmente, eram instruções vindas dos malditos irmãos de Grayson.

— É sério isso? — perguntou o motorista para Grayson.

Em vez de repetir aquela maldita fala mais uma vez, Grayson se limitou a inclinar a cabeça.

O motorista sorriu.

— Nesse caso, rapaz, sobe aí.

NOITE DE REMISSÃO, 23h14

Grayson pensara em infinitas possibilidades para o próximo destino indicado pelos irmãos. Algum lago congelante no qual seria obrigado a pular. Um outdoor que teria que escalar. Uma pista de golfe de um clube campestre cujo sistema de irrigação ligaria no pior momento possível.

Grayson não havia pensado na possibilidade de ser deixado em uma área residencial, e nem de que haveria alguém ali esperando por ele, a expressão no rosto dela dizendo, com todas as palavras, que Thea Calligaris *nunca, nunquinha,* deixaria Grayson se esquecer disso.

O velho atrás do volante olhou de Grayson para Thea, mas não abriu a boca.

Boa escolha. Grayson acenou em despedida para o velho, desceu da caminhonete e se preparou para o que viria a seguir.

— Grayson Hawthorne. — Thea o cumprimentou com doçura, os lábios fartos abrindo um sorriso ao avaliar o estado de seminudez dele. — Achava que você fosse do tipo que usa fio-dental.

— Não achava, não. — Grayson manteve o tom mais neutro que podia. Outra pessoa só poderia levar vantagem sobre você se você permitisse.

— Você sempre foi o Hawthorne que eu menos gostava — respondeu Thea com toda a pompa.

— Estou ferido — retrucou Grayson, inexpressivo.

Thea o olhou de cima a baixo da forma mais teatral possível.

— Não que eu consiga ver.

— Já chega, Thea. — Grayson ergueu uma sobrancelha para ela, bastante ciente da autoridade da própria presença. — Por que estou aqui?

Thea o imitou, arqueando uma sobrancelha também.

— Porque eu sou a segunda parte da sua penitência.

Isso é a cara do *Xander*.

— Como?

Thea não acreditou nessa indiferença nem por um segundo.

— A não ser que você não queira roupas? — indagou ela com toda a inocência.

Grayson não deu trela para ela.

— Não quero incomodar.

— Tão cortês — lamentou-se Thea. Então, ela deu meia-volta e seguiu com toda a tranquilidade para sua casa, obrigando Grayson a segui-la. — Pode me agradecer quando acabarmos — acrescentou ela, com mais satisfação em seu tom do que Grayson gostaria.

Ele tentou resistir à vontade de perguntar, mas falhou.

—Acabarmos o quê, exatamente?

Thea olhou para ele com o mais malicioso dos sorrisos.

— Sua transformação.

NOITE DE REMISSÃO, 23h18

— **Eu não vou vestir** uma calça de couro. — Grayson Hawthorne tinha certeza disso.

— Ah — respondeu Thea, sem tentar esconder o quanto estava presunçosa com essa vitória —, mas vai sim. Calças de couro pretas. E esteja avisado: pode parecer que são um número menor, mas é só porque elas são muito, muito apertadas.

Aquilo era ridículo. Quase tão ridículo quanto o fato de Grayson estar ali de cueca, discutindo com Thea Calligaris sobre calças.

Concordarei com a penitência decretada, seja ela qual for.

— *Três vezes* — murmurou Grayson, estendendo o braço para pegar aquelas malditas calças de couro pretas de Thea.

Primeiro, a cueca.

Depois, Thea.

Grayson estremeceu ao pensar no que os irmãos haviam planejado para ele a seguir. Enfiar-se naquelas calças de couro quase necessitou de intervenção divina. Por sorte, Grayson Hawthorne não se deixava derrotar com tanta facilidade.

— Pronto — resmungou, assim que terminou a tarefa. — Podemos encerrar aqui?

— Camiseta branca, bem fininha; jaqueta de couro preta, dos anos oitenta. — Thea arremessava as peças enquanto falava. Assim que ele as vestiu, ela esfregou as mãos, animada. — Agora, em relação a esse cabelo…

— Não tem nada de errado com meu cabelo — declarou Grayson com firmeza.

— Mas será que tem algo muito *certinho* nele? — rebateu Thea.

NOITE DA REMISSÃO, 23h34

Grayson Davenport Hawthorne impôs seus limites no delineador. Ou pelo menos, foi onde decidiu que imporia até Thea chamar reforços.

— Avery. — O nome escapou dos lábios de Grayson assim que ela entrou na sala. Ainda ficava mexido ao olhar para ela. Talvez fosse assim para sempre.

— Belas calças — disse Avery, antes de se escangalhar de rir, quase literalmente. Grayson nem ao menos podia culpá-la por isso.

— Não faço ideia do que você está falando — respondeu com toda a calma, mas, *puta merda,* aquelas calças de couro eram mesmo muito apertadas.

— Thea já tirou fotos? — perguntou Avery, mal conseguindo conter o sorriso que ia de um lado ao outro do rosto. Um rosto que ele conhecia mais do que deveria.

Mais do que tinha direito.

Concentre-se. Grayson repetiu as palavras de Avery na mente e franziu a testa.

— Fotos? — disse com tom sombrio. — É bom que ela não tenha tirado.

— Mais biquinho! — exigiu Thea ao lado dele, tirando fotos sem o menor pudor. — Quero mais biquinho!

Grayson se virou com toda a calma, avaliando a possibilidade de matar alguém. Essas coisas, quando feitas, precisavam ser com a cabeça fria.

— Largue esse celular — ordenou à Thea.

— Aperte os olhos um pouco mais. Rosne, gatinho, rosne.

Grayson tentou agarrar o celular, mas Thea era surpreendentemente rápida.

— Avery — chamou Thea, claramente se divertindo —, faça a maquiagem dos olhos!

O olhar de Avery pousou no dele. Grayson havia passado a vida toda reprimindo emoções. Ainda levaria algum tempo para se acostumar a permitir-se sentir algo.

Ainda mais quando o que estava sentindo era *aquilo.*

— O que é para eu fazer nos olhos dele? — perguntou Avery. Thea entregou-lhe um delineador.

— Faça o pior.

— Ela quis dizer o melhor — corrigiu Grayson, porque, pelo menos enquanto corrigia Thea, não ficava tão preso em coisas que poderiam, ou não, ter sido diferentes, se *ele* tivesse sido diferente.

— Vai me deixar fazer o meu melhor? — perguntou Avery, cética, erguendo o delineador com uma sobrancelha arqueada. — Com isso?

Não era uma boa ideia permitir que ela o tocasse.

Não era uma boa ideia mesmo.

— *Concordarei com a penitência decretada* — murmurou Grayson — *seja ela qual for.*

NOITE DA REMISSÃO, 0h27

Thea, Avery e o segurança dela o conduziram a um lugar chamado JOHNNY O'S, em letras maiúsculas. O microfone neon brilhante na fachada era mais do que suficiente para Grayson determinar o que a noite — e seus irmãos — reservavam para ele.

— Karaokê — murmurou.

Ao lado dele, Avery sorriu.

— Que o castigo corresponda ao crime cometido.

Karaokê havia sido o pedido de Xander quando ele emitiu o SOS. Naquela época, todos estavam abalados, lidando à sua maneira com a descoberta do tipo de homem que o avô deles realmente era. Xander envolveu os irmãos no processo — e um karaokê.

Que o castigo corresponda ao crime cometido.

— Qual dos meus irmãos você está citando? — perguntou Grayson a Avery com toda a calma.

Outro sorriso.

— Todos eles.

Isso não era um bom sinal para o que o aguardava lá dentro do JOHNNY O'S.

— Você vem? — indagou Grayson, permitindo-se fingir que a pergunta era direcionada tanto a Avery quanto a Thea.

Thea nem se deu ao trabalho de responder.

— Fomos informadas de que esta fase da Noite da Remissão é para os irmãos Hawthorne e *só* para eles — respondeu Avery. Ela baixou a voz. — Eles temiam que eu fosse muito misericordiosa.

Grayson se permitiu olhá-la mais uma vez.

— Você? Misericordiosa? — Ela sempre fora capaz de enfrentá-lo de igual para igual. — De alguma forma — acrescentou, enquanto se dirigia à porta —, duvido disso.

NOITE DA REMISSÃO, 0h28

Nash o esperava do lado de dentro, próximo à porta.

— Um visual um tanto interessante esse seu.

Grayson tentou em vão intimidar o irmão mais velho com um olhar furioso, então olhou além de Nash, para o bar e, mais ao fundo, para uma sala de onde vinha a música.

— Por favor, me diga que temos o lugar só para nós esta noite.

Jameson entrou casualmente.

— Alugamos o espaço.

Grayson quase suspirou de alívio, mas ele conhecia Jamie… e, mais especificamente, conhecia bem *aquele* olhar.

— Mas aí… — continuou Jamie, se divertindo até demais — surgiu uma despedida de solteira e a noiva ficou *muito* decepcionada ao descobrir que este estabelecimento estava fechado para a noite.

Grayson lançou olhares assassinos primeiro para Jamie, depois para Nash.

— Uma despedida de solteira?

Xander entrou na sala saltitando, segurando uma taça de champanhe de plástico rosa-choque.

— À Marina e Benny! — declarou, erguendo-a triunfante no ar. — Benny não está aqui — informou a Grayson —, mas Marina e suas amigas vão *adorar* esse visual.

É claro que elas vão. Assim como é bem provável que vão se divertir com seja lá qual for a apresentação que os irmãos tivessem planejado para ele.

— O que eu vou cantar? — perguntou Grayson, como se tudo aquilo fosse de mínima importância.

— O que você *não* vai cantar? — retrucou Jamie.

— Talvez a gente tenha preparado uma setlist — explicou Xander, entregando um pedaço de papel a Grayson, que o analisou com precisão robótica, enquanto o horror crescia em seu peito.

— *Vinte e nove* músicas? — exigiu saber.

Jameson abriu um sorriso maroto.

— Algum problema?

Estava na ponta da língua de Grayson afirmar que, sim, ele tinha um grande problema com aquilo. Mas regras eram regras. Uma promessa era uma promessa. Honra era honra.

— Não.

— Eu te disse. — Nash lançou um olhar cheio de significado a Jameson. — Gray é um homem de palavra. E como eu ganhei nossa aposta, Jamie... — Nash inclinou a cabeça na direção de Grayson. — Parece que você só vai ter que cantar três músicas.

— Cada um de nós vai escolher uma — explicou Xander, de um jeito que deixava claro que isso já havia sido discutido e decidido.

Três irmãos. Três músicas. Grayson podia lidar com isso — mesmo com as calças de couro e a despedida de solteira.

— Eu, por exemplo, escolhi minha canção a dedo. — Jameson Winchester Hawthorne não era de confiança. — Você vai gostar de saber, Gray, que passei semanas mergulhando em décadas de história musical, só para fazer a *melhor* escolha.

Era evidente que, quando Jamie dizia *melhor,* ele queria dizer *mais constrangedora possível*.

— Para ser sincero — continuou Jameson, se divertindo mais do que Grayson gostaria —, ainda estou decidindo. Me diga, o que você acha de milk-shakes e quintais?

Os olhos de Grayson se estreitaram.

— Eu não reconheço essa referência nem quero reconhecer.

— Como eu disse — respondeu Jameson com uma piscadela —, ainda estou decidindo. A propósito, adorei o look.

Uma mulher usando um boá de penas verde-neon enfiou a cabeça pela porta.

— Uhuuuuul! — gritou. — Bora começar essa festa!

Grayson olhou para ela.

— Marina, presumo? — Não esperou pela resposta antes de se virar para os irmãos. — Que música vou cantar primeiro?

NOITE DA REMISSÃO, 0h34

Grayson era ternos Armani e abotoaduras de platina; em termos de gosto musical, preferia Frank Sinatra, Bing Crosby, Dean Martin.

Nash era country; tinha escolhido Taylor Swift. Nada muito surpreendente, mas Grayson esperava algo um pouco mais country do que… *aquilo*.

Quando "Shake It Off" começou a tocar e as mulheres da despedida de solteira *foram à loucura*, Grayson lançou um último olhar fulminante para os irmãos.

NOITE DA REMISSÃO, 0h43

Grayson teve apenas uma música para se recuperar antes de ser informado de que já deveria cantar de novo… dessa vez, seria a escolha de Xander.

— E então, Xan? — provocou Grayson.

Xander juntou os dedos na frente do rosto, adotando uma expressão meditativa.

— Imagine o seguinte — disse de forma dramática. — O ano é 2013. O filme… — Xander fez uma pausa teatral. — É *Frozen*.

Se olhares matassem, Xander já estaria em cinzas.

— Você não ousaria... — rosnou Grayson.

Xander passou um braço em volta dele.

— Eu sou a Anna. Você é a Elsa. No fundo, você sabe que é verdade.

Nash e Jamie quase não conseguiam segurar a risada.

— Odeio todos vocês — declarou Grayson.

Enquanto subia ao palco para a segunda rodada, Jameson gritou:

— "Shake It Off"? "Let It Go"? Acho que eles estão tentando te dizer algo, Gray.

NOITE DA REMISSÃO, 0h59

Jameson levou todo o tempo do mundo para escolher a música final da Noite da Remissão. Grayson tentou imaginar a pior música possível para cantar — na frente de uma despedida de solteira, usando calças de couro apertadas —, mas, depois de considerar a terceira ou quarta opção aterrorizante, forçou-se a parar.

Marina e suas amigas estavam cada vez mais animadas.

— Por favor — pediu Grayson aos irmãos, depois que uma das mulheres se aproximou para fazer um elogio indecente às calças para lá de apertadas. — Acabem logo com isso.

— Jamie. — Nash colocou autoridade em uma única palavra.

— Certo — cedeu Jameson. Com um movimento ágil, ele tirou um pequeno pedaço de papel e o estendeu para Grayson.

Preparando-se para o que estava prestes a ler, Grayson pegou-o.

— "The Wind". — Ele leu em voz alta, o tom cheio de perplexidade. — Cat Stevens, 1971.

Não era uma música que ele conhecia, mas Grayson tinha quase certeza de que não envolvia milk-shakes nem quintais.

— Aqui — disse Jameson, entregando o celular a Grayson. — Nada mais justo do que você ouvir uma vez antes de cantar.

Grayson o fez, e algo se retorceu dentro dele enquanto ouvia. Era bonita, à sua maneira, e combinava com sua voz, uma canção sobre erros, o que o coração deseja e a incerteza do futuro.

Primeiro "Shake It Off". Depois "Let It Go". E agora aquela música, vinda de Jameson, ainda por cima. Era como se seus irmãos estivessem tentando lhe dizer algo.

NOITE DA REMISSÃO, 1h43

Após cumprir sua penitência, Grayson desabou na cama, certo de duas coisas: a primeira é que nunca mais ignoraria um chamado sos de um de seus irmãos; segundo, precisaria gastar um tempo e recursos consideráveis para varrer da internet qualquer evidência de que aquela noite havia acontecido.

Grayson de calças de couro *não* ia virar meme.

Com a cabeça no travesseiro, Grayson fechou os olhos. Desejou que o vazio viesse. Então, sentiu um corpinho quente e inquieto ao seu lado. Sem testemunhas presentes, não hesitou em abraçar a pequena criatura.

— Quem é a neném do papai?

@M!GO
S3CR3TO

— Os melhores presentes — disse Nash, olhando para Libby, com um tom grave e profundo na voz — são aqueles que você nem sabia que queria.

Capítulo 1

Menos de um mês depois de me tornar oficialmente a bilionária mais jovem do mundo, acordei no dia primeiro de dezembro e encontrei minha irmã na porta do meu quarto, com um chapéu de Papai Noel de veludo preto na cabeça e um cupcake na mão.

— Bate o sino pequenino — saudou Libby. O cupcake estava repleto de cobertura de cor creme e coberto com uma casa de biscoito de gengibre em miniatura.

Afastei um pouco as cobertas.

Libby aceitou o convite não verbalizado, sentou-se na minha cama e levou o cupcake em direção à minha boca.

— Biscoito de gengibre com cobertura de cream cheese com mel — comentou ela.

Dei uma mordida e gemi, depois dei uma segunda mordida, comendo com cuidado ao redor da minúscula casa de gengibre, que parecia ter…

— Um cemitério bem pequeno de jujubas — confirmou Libby, sorrindo. — Feliz Natal! E por falar em Natal, alguém, talvez vários *alguém,* decorou a Casa ontem à noite.

Casa, com C maiúsculo.

— Por que isso soa como um aviso? — perguntei.

— O visco foi usado com… entusiasmo. — Libby estava tentando ser diplomática.

— Entusiasmo? — repeti.

— E criatividade. E… de forma agressiva.

Eu li nas entrelinhas.

— Jameson e Nash criaram armadilhas de visco em cada metro quadrado dessa casa gigantesca, não foi?

— Você diz armadilhas... — No momento exato, Jameson Hawthorne apareceu na porta, com o cabelo bagunçado. — Eu digo que o Natal na Casa Hawthorne é um esporte de contato. — Ele me deu apenas dois segundos para processar isso e, em seguida, jogou algo em mim.

Eu peguei o objeto, um pequeno globo prateado. Assim que o segurei, a concha de metal da bola começou a se deslocar e girar, revelando um cronômetro digital embaixo.

O cronômetro estava em contagem regressiva.

— Hummmm... — Libby ergueu o olhar, um pouco alarmada. — Contagem regressiva para o quê?

Jameson se encostou no batente da porta.

— Amigo secreto. Vamos sortear os nomes hoje. Salão principal. Em... — Ele acenou com a cabeça para a pequena maravilha mecânica em minha mão. — Uma hora, doze minutos e dezessete segundos.

Os lábios de Jameson se contorceram em um sorriso familiar. Aquele sorriso era um problema. Do tipo bom.

— Qual é a pegadinha, Hawthorne? — Saí da cama e fui na direção dele.

— É possível que o amigo secreto de Hawthorne tenha algumas regrinhas a mais.

Capítulo 2

— *Espionagem. Risco.* — A voz de Xander ecoou dramaticamente no salão principal. — *Manobras defensivas. Competição.* — Xander estava gostando demais desse momento. — Isso é o amigo secreto!

— Bem, isso não é nada ameaçador — ironizou Libby.

Meu olhar foi para a elaborada tigela de vidro lapidado que ficava em cima da enorme lareira, e depois para a coleção de objetos *embaixo* da lareira.

— Para que são as pistolas de água? — perguntei.

Nash foi em direção à lareira. Quando dei por mim, ele tinha uma pistola de água em cada mão.

— Atire! — Xander abriu a boca.

Nash disparou. *Em cheio*.

— Água festiva — disse Nash para Libby e para mim, piscando. — Cortesia do corante alimentar.

Xander abriu a boca para mostrar uma língua muito verde.

Libby levantou a mão, como uma aluna muito séria na sala de aula.

— Por que o amigo secreto exige pistolas de água cheias de água "festiva"? — perguntou ela.

A resposta veio de trás de nós:

— Você já ouviu falar do jogo Assassino?

De alguma forma, Grayson Hawthorne conseguiu fazer com que essa parecesse a pergunta mais razoável do mundo.

Jameson, que se orgulhava de ser um pouco menos razoável, elaborou:

— Em um jogo típico de Assassino, os jogadores sorteiam nomes. O nome que você sortear se torna seu alvo. O objetivo é eliminar o alvo e evitar ser eliminado. O jogo se estende por dias ou até semanas. Se você acertar alguém e eliminá-lo, o alvo dele se tornará seu. O jogo prossegue até que reste apenas um assassino.

— Você vê as semelhanças óbvias — comentou Xander.

— Entre Assassino e… amigo secreto? — Libby estava tentando ser diplomática de novo. — Acho que os dois começam com o sorteio de nomes?

— Exatamente! — Xander esfregou as mãos. — Agora, vamos distribuir os suprimentos. — Ele desapareceu atrás de uma poltrona e reapareceu com um enorme saco de Papai Noel, do qual começou a distribuir o que, a princípio, pareciam ser enfeites de Natal. — Você fica com a guirlanda reforçada — disse ele, empilhando um monte delas em meus braços. — Você fica com os enfeites armados, os drones de Natal e, é claro — Xander tirou da sacola a estátua de Natal mais feia que eu já tinha visto —, a Rena da Perdição.

Eu tinha tantas perguntas.

— Explique do começo — pedi aos quatro irmãos.

Jameson sorriu.

— Com prazer.

Eu não deveria ter ficado surpresa com o fato de o amigo secreto Hawthorne ser em parte Assassino, em parte Pique-bandeira e, no todo, pura competição.

— Então, tem uma forma de eliminar outro jogador de vez e duas formas de tirá-lo temporariamente do jogo. — A expressão de Libby era de pura concentração.

— Correto! — respondeu Xander. — E quais são essas maneiras? — perguntou ele.

— Você pode eliminar seu alvo de vez se der o presente perfeito para ele — recitou Libby. — E você pode tirar temporariamente do jogo a pessoa que tirou *seu* nome ou esguichando água nela com qualquer tipo de líquido vermelho ou verde ou usando… um desses? — Minha irmã olhou para o arsenal altamente festivo que havia recebido.

— Nada como uma arma com tema natalino — respondeu Xander. — Se você conseguir pegar a pessoa que sorteou seu nome com sua pistola de água ou enfeites de Natal antes que ela consiga levar o presente para a sua base, ela estará fora do jogo por três dias e, durante esse período, não poderá atacar a pessoa que sorteou o nome *dela*. — Xander sorriu. — Como um bônus adicional, uma vez que esses três dias tenham passado e a pessoa que está mirando em você esteja de volta ao jogo… se ela tiver sobrevivido até lá, terá que dar dois presentes perfeitos em vez de só um.

Provavelmente o fato de que, de um jeito distorcido, bem Hawthorne, tudo isso fazia sentido diz algo a meu respeito. *Compre um presente perfeito para o seu alvo. Entre na base secreta dele sem ser percebido. Não seja pego. Proteja sua base de quem quer que tenha tirado seu nome… custe o que custar.*

— Certo — assentiu Libby, com cara de quem estava pronta para jogar.

Eu ainda tinha perguntas.

— Se você eliminar seu alvo de vez do jogo com o presente perfeito, você herda o alvo dele, certo? — verifiquei.

— Correto. — Jameson estava gostando demais disso.

— O que é considerado um presente perfeito? — perguntei. Os Hawthorne eram famosos por gostarem de tecnicalidades e brechas.

— Os melhores presentes — disse Nash, olhando para Libby, com um tom grave e profundo na voz — são aqueles que você nem sabia que queria. — Os cantos da boca dele se ergueram em um sorriso sutil. — Talvez você nem saiba que ele existe, mas no momento em que o vê....

— É perfeito. — Xander terminou com um beijo de chef.

Libby pendurou sua guirlanda reforçada no pescoço como um boá de penas e balançou a cabeça.

— Só vocês quatro poderiam transformar o ato de dar presentes em uma competição.

— Eu avisei vocês duas — disse Jameson, olhando diretamente para mim — que o Natal na Casa Hawthorne é um esporte de contato.

— Agora — disse Xander de um jeito dramático —, antes de tirarmos os nomes, alguns parâmetros sobre a escolha das bases. Cada jogador pode ter apenas uma base. Ela deve estar dentro ou em cima da Casa; deve ser maior do que uma moto; e deve estar marcada para indicar que é de vocês. Se você optar por codificar ou mascarar essa marcação, que assim seja.

Libby estava certa: só os irmãos Hawthorne poderiam ter inventado algo assim. Olhei para Jameson, para Nash, para Xander — e depois para o irmão que havia falado menos desde que entramos no salão principal.

— Esconda bem a sua base — aconselhou Grayson. — Encontre maneiras de defendê-la sem que você deixe seu oponente saber de sua localização.

— É altamente encorajado o uso de enfeites armados — acrescentou Jameson.

Talvez, essa fosse a coisa mais Hawthorne que eu já tinha ouvido alguém dizer.

— O jogo termina na manhã de Natal — disse Nash a Libby e a mim, mas ele só tinha olhos para ela. — Presentes perfeitos levam tempo.

Então, algo me ocorreu:

— E se sobrar mais de um jogador na manhã de Natal?

Em um movimento suave, Grayson se curvou para pegar uma pistola de água e a guardou no bolso interno do paletó. Em seguida, ele respondeu à minha pergunta:

— Não vai sobrar.

Capítulo 3

Xander foi o primeiro a tirar um nome da tigela de vidro lapidado. Quando leu o papel, ele sorriu, mas era o tipo de sorriso que não revelava *nada* — a versão de Xander de uma cara de paisagem.

Jameson foi o próximo a tirar, depois Nash, Grayson e depois eu.

Olhei para o papel que tinha acabado de sortear. *Nash*. Não olhei para ele. Não olhei para ninguém. Apenas dobrei o papel ao meio e depois mais uma vez em um pequeno triângulo que enfiei no bolso da frente da minha calça jeans.

Eu teria que me certificar de que nenhum deles tentasse pegá-lo. Em um jogo como esse, informação era poder.

Libby foi a última a sortear. Ela leu o nome na folha, inclinou a cabeça para o lado... e então, um jato de líquido vermelho a atingiu, bem no peito.

Tinham atirado nela. Com um líquido vermelho e *festivo*.

— Ei! — protestou Libby.

— Você tirou meu nome. — Grayson, com a pistola de água ainda na mão, arqueou uma sobrancelha para ela. — Não tirou?

Libby fez uma careta para ele.

— Não tem como você saber disso!

— Estou errado? — O tom de Grayson deixava claro que ele sabia que não estava. Sem esperar por uma resposta, ele guardou a arma de volta no bolso interno de seu terno.

Nash se aproximou de Libby.

— Três dias, Lib — disse ele, envolvendo-a em seus braços, apertando seu corpo contra o dele. — E então você estará de volta ao jogo.

Libby tirou o nome de Grayson. Eu tirei Nash. Meu cérebro começou a analisar no mesmo instante o que isso significava para todos os outros. Olhei ao redor da sala, estudando os Hawthorne.

Um deles havia sorteado meu nome.

— O que acontece se você atirar em alguém e descobrir que você não é o alvo? — perguntei.

— Penalidade — respondeu Grayson em uma palavra.

Libby franziu a testa.

— Que tipo de penalidade?

— Confie em mim, querida... — Nash abriu um sorriso lento, do tipo que poderia parecer preguiçoso para alguém que não o conhecesse. — Você não vai querer descobrir.

Isso era preocupante vindo de Nash, que adorava subestimar as coisas.

— As bases devem ser construídas e marcadas com o nome de vocês até o pôr do sol. — Jameson claramente não estava evitando olhar para mim. Ele estava gostando disso. — Libby, você também precisará construir sua base. Dada a sua condição de alvo fácil, você não consegue combater *diretamente* um potencial invasor, então as defesas da sua base são a sua melhor chance de permanecer no jogo.

— Vou mostrar quem é que é alvo fácil — retrucou Libby.

Comecei a fazer minha própria lista mental de tarefas. *Construir uma base. Escondê-la bem. Espionar os outros. Descobrir quem tirou quem.*

E como se isso não fosse uma tarefa difícil o suficiente, eu também tinha que tentar pensar em um presente perfeito para Nash.

Capítulo 4

Construí minha base na passagem para o cofre. Estaria trapaceando, considerando que nenhum dos outros jogadores tinha acesso a essa passagem altamente segura? É claro que não. Eles eram os Hawthorne. Dariam um jeito.

As armadilhas e a marcação da minha base demoraram um pouco mais. Eu não tinha a genialidade mecânica de Xander, mas não era tão difícil descobrir como usar os enfeites armados, que eram muitos. Eu só precisaria de *uma*. Quanto a marcar a base com meu nome, escolhi o clássico: suco de limão. Era uma das formas mais simples e completas de tinta invisível. *E como é necessário calor para revelar a mensagem...* Eu sorri maliciosamente e planejei essa contingência.

E então cobri meus rastros.

O fato de o cofre estar escondido atrás do poço do elevador facilitou bastante para que eu escondesse de onde estava vindo. Mesmo assim, quando saí do elevador no último andar da Casa Hawthorne, bem longe da minha base real, não pude deixar de olhar para trás por cima do ombro.

Espionagem, Xander havia dito. *Risco. Manobras defensivas. Competição.*

Isso era o amigo secreto.

***

Passei os seis dias seguintes tentando localizar as outras bases, vigiando a minha e procurando um significado para cada interação entre Nash, Grayson, Jameson e Xander. Se eu não conseguisse descobrir quem havia tirado meu nome, a próxima melhor opção era descobrir o alvo de *qualquer* outro jogador. Quanto menos pontos de interrogação houvesse nessa equação, menos Hawthornes eu teria de acompanhar.

Era mais fácil falar do que fazer. Até o dia 7 de dezembro, eu havia localizado apenas duas bases: a de Libby estava na câmara frigorífica e a de Xander estava *dentro* de uma das escadas escondidas que desciam para os túneis. De alguma forma, ele havia escavado a escada, o que teria sido um ótimo esconderijo, se não fosse pelo fato de que Xander não conseguia deixar de murmurar sozinho quando estava no modo engenharia.

Com base na quantidade de murmúrios que ouvi quando saí da cama às duas da manhã para fazer uma busca na mansão, só pude concluir que a base de Xander tinha *muitas* armadilhas.

Por sorte, isso não era problema meu. Encontrar a base de Nash era. Segui-lo era quase impossível. Nash Hawthorne não deixava nada passar. A única distração à qual ele era minimamente suscetível era a minha irmã, e Libby estava passando o tempo todo se escondendo de Grayson, para que ele não a tirasse do jogo *de novo*. Ele já tinha atirado *nela duas vezes*, e cada uma delas significava três dias fora do jogo.

Grayson Hawthorne não era do tipo que deixava nada ao acaso.

Como eu não podia contar com Nash para me levar até sua base, tive que recorrer a outras táticas.

Ou seja: *Nan*.

— Eu pago — falei. Eu jogava pôquer toda semana com a bisavó dos irmãos Hawthorne.

A velha fez uma careta para mim.

— Eu falei que você podia pagar?

De alguma forma, consegui manter a cara séria.

— Não, senhora.

Nan bufou.

— Criança impertinente. — Seus lábios se inclinaram ligeiramente para cima. — *Eu* pago.

Olhei para Nan apenas o tempo suficiente para que ela percebesse que eu tinha uma mão vencedora, e então coloquei minhas cartas na mesa de pôquer, viradas para baixo.

— Estou fora.

Nan estreitou os olhos.

— Você quer alguma coisa.

Eu sabia que era melhor ir direto ao ponto.

— Eu tirei o Nash no amigo secreto. Preciso encontrar a base dele. E eu trouxe caramelos. — Estendi a mão para colocar quatro doces na mesa entre nós.

Nan aceitou minha oferta. Ela demorou um pouco para comer o primeiro caramelo e depois apontou um dedo na minha direção.

— Você, garota. — Esse era praticamente um termo carinhoso vindo da Nan. — Me dê minha bengala.

Olhei feio para ela.

— Você vai me cutucar com ela?

Nan não deu garantias. Eu entreguei a bengala e ela me cutucou com ela.

— Me diga, garota. — Ela praticamente grunhiu. — Onde meu neto estaciona aquela maldita máquina da morte dele?

— A moto? — perguntei, seca, e então percebi que... eu não sabia.

Passei três horas explorando a parte *externa* da Casa Hawthorne antes de encontrar uma garagem completamente camuflada — não a enorme, do tamanho de uma sala de exposição, que abrigava alguns dos automóveis mais caros do mundo, mas uma garagem menor, para um carro, que eu nem sabia que existia.

Depois de avistá-la na parte externa da mansão, consegui encontrar uma porta escondida, perto da enorme lavanderia.

Assim que entrei, percebi que aquele lugar era de Nash. Vi várias guitarras velhas, um par de capacetes de moto surrados, algumas botas bem sujas de lama e a moto dele, tão gasta quanto os capacetes. Além disso, não havia nada que indicasse que aquela poderia ser sua base — até que olhei para cima.

E eu que pensava que Xander era o cientista maluco da família. Nash havia criado o que parecia ser uma teia de aranha de guirlanda no teto, segurando uma grande plataforma no alto.

Quando Xander disse que a guirlanda era uma guirlanda *reforçada*, ele não estava brincando. Aquela coisa era forte.

Na parte inferior da plataforma, Nash havia escrito o nome dele. Sem código. Nenhuma tinta invisível.

Procurei por uma escada e não encontrei. A base de Nash estava fora de alcance… por enquanto. Sem coragem de ficar mais tempo, eu me virei para sair e me deparei com a ponta de uma pistola de água.

Nash.

Foi ele quem me treinou para atirar, e eu sabia: *ele não erra.* Mas ele ainda não tinha dado o tiro.

— Bom encontrar você por aqui — disse Nash.

Considerei minhas opções.

— Pelo que me lembro, tem uma penalidade envolvida por atirar em alguém se você não for o alvo — falei.

— Com certeza — respondeu Nash, olhando-me fixamente.

Por sorte, a filhotinha de cachorro dos Hawthorne escolheu aquele momento para entrar na garagem. E para minha felicidade, Tiramissu gostava de mim quase tanto quanto gostava dos meninos. Mexi os dedos ao meu lado e ela veio correndo em minha direção. Eu a peguei no colo, como um escudo de cachorrinho.

— Se você está pensando em fazer uma batata quente com cachorro — avisou Nash —, recomendo que reconsidere.

— Nem sonharia com isso — respondi por trás da cachorrinha.

Nash ficou em silêncio por um momento e, em seguida, baixou sua arma em cerca de um centímetro.

— Você tirou o nome de quem? — perguntou ele.

Eu sabia reconhecer um teste quando o via. Qualquer que fosse a penalidade por um palpite errado, Nash Hawthorne queria ter certeza, o que significava que *eu* precisava de um blefe aceitável. Eu não poderia dizer *Grayson* porque todos sabiam que Libby tinha tirado o Grayson. Eu não fazia ideia de quem Nash havia sorteado ou o que ele sabia sobre os outros jogadores e seus alvos. Mas eu não podia me dar ao luxo de hesitar.

— Xander — respondi.

Nash me estudou. Tiramissu esticou o pescoço para trás e conseguiu lamber meu rosto. E então, do nada, uma música começou a tocar nos alto-falantes.

Franzi a testa.

— "Grandma Got Run Over by a Reindeer"?

Nash guardou sua pistola de água no cós da calça jeans.

— Essa é a música que toca toda vez que um jogador é eliminado de vez.

Capítulo 5

Logo descobrimos que a jogadora em questão era a Libby. Eu a encontrei sentada do lado de fora da câmara frigorífica que ela usava como base, coberta de enfeites.

— Atingida por um dos seus próprios enfeites armados? — perguntei.

Libby não respondeu. Ela estava sentada de pernas cruzadas no chão, segurando algo no colo. Em um movimento suave, Nash se agachou ao lado dela, cruzando as pernas e se encostando na parede. Meus olhos foram atraídos para o objeto nas mãos de Libby. Parecia ser um porta-retratos.

— O presente perfeito? — perguntei.

Libby olhou para mim com lágrimas brilhando em seus olhos.

— Tão perfeito.

Eu me abaixei ao lado dela, do lado oposto ao de Nash, para enxergar melhor. O porta-retrato em si era simples, feito do que parecia ser uma prata de alta qualidade. Foi a foto dentro da moldura que fez o ar ficar preso no fundo da minha garganta.

Na foto, Libby não podia ter mais do que oito ou nove anos. Estava com o cabelo castanho comprido e solto, mas um verdadeiro arco-íris de mechas de cabelo presas com grampos, todas neon, fazia com que ela se parecesse mais com a Libby que eu conhecia.

Ao lado dela, havia uma criança pequena. *Eu.*

E ao meu lado…

— Mamãe — falei, minha voz pouco acima de um sussurro. Eu tinha fotos da minha mãe, mas nenhuma de quando eu era tão pequena.

— No meu aniversário de nove anos — Libby me disse —, sua mãe pediu a uma amiga que tirasse essa foto. — Minha irmã, minha *meia*-irmã, embora eu nunca tenha pensado nela dessa forma, apoiou um dedo na foto. A pequena Libby e a bebê Avery estavam usando um monte de miçangas de Mardi Gras. Estávamos sorrindo.

Eu não me lembrava desse dia, não me lembrava dos dias em que a mãe de Libby costumava ser minha babá, mas Libby já havia me contado: seu nono aniversário, o único aniversário que ela comemorou comigo e com minha mãe, tinha sido o melhor dia de sua vida.

E ali estava ele, imortalizado em uma moldura.

— Quem? — consegui perguntar. Quem era o amigo secreto da Libby? Qual dos irmãos Hawthorne havia conseguido essa foto depois de todos esses anos?

Libby abraçou a moldura em seu peito.

— Não faço a menor ideia.

Eu apostava em Jameson ou Grayson. Nash pareceu tão surpreso com o presente quanto Libby e eu, e a execução não me pareceu ser de Xander. Isso era o trabalho de alguém que prestava atenção em tudo, alguém que não ficou por perto para ver Libby abrir o presente.

Alguém que estava jogando esse jogo para vencer.

Se foi Jameson quem tirou Libby do jogo, pensei, depois de deixar Libby e Nash sozinhos, *então Jameson acabou de herdar o alvo de Libby: Grayson.* As engrenagens em minha mente giraram um pouco mais. *Mas se foi o Grayson...*

Fiquei imaginando o que aconteceria se uma pessoa acabasse se tornando seu próprio alvo.

De qualquer forma, estava claro para mim que, se o presente de Libby era o modelo do que se qualificava como perfeito, eu tinha algum trabalho a fazer para conseguir o que queria. Eu tinha muito trabalho pela frente se quisesse eliminar Nash.

E põe trabalho nisso.

Eu também precisava de um plano para voltar à garagem sem que ele me descobrisse. Uma vez ele poderia dizer que era coincidência e que eu estava procurando a base do Xander. Mas duas vezes?

Eu estaria ferrada.

O amigo secreto dos Hawthorne exigia *estratégia*.

Nos dias seguintes, enquanto eu traçava um plano, finalmente pensei em tirar proveito do fato de que, junto com a fortuna de Tobias Hawthorne, eu também herdara sua equipe de segurança.

— Hipoteticamente falando — disse para Oren por volta de 10 de dezembro —, se eu pedisse a você para começar a me seguir pela Casa de novo para me proteger de uma ameaça iminente, o que você diria?

— Ameaça de ser temporariamente retirada do jogo? — *Pode ser* que meu chefe de segurança tenha achado o pedido divertido, mas ele manteve uma expressão séria. — Ouvi dizer que os rapazes começaram a usar gemada vermelha e verde em vez de água em suas pistolas, e receio que tiros de gemada fujam da minha alçada. — Ele olhou para mim. — Também não vou fornecer nenhum relatório sobre o Hawthorne ou os Hawthorne específicos que podem ou não ter seguido você.

Em outras palavras, alguém *estava* me seguindo. Talvez várias pessoas.

Resisti ao impulso de olhar por cima do ombro.

— Você não vai me ajudar — resumi. — Mas acho que você também não vai me impedir de acessar as câmeras de segurança.

***

Cercada por monitores, me senti em casa. Eu estava examinando as câmeras há cinco minutos quando senti outra pessoa entrar na sala atrás de mim.

— Ora, Herdeira, estou chocado.

Mantive meu olhar nos monitores, mas não pude evitar que os cantos dos meus lábios se erguessem, só de ouvir a voz dele.

— Não, você não está.

Jameson não tentou disfarçar o som de seus passos enquanto caminhava lentamente na minha direção.

— Não — admitiu ele. — Não estou.

Ele se abaixou na cadeira ao lado da minha, inclinando o corpo de modo que seu joelho esquerdo roçasse de leve no meu direito.

— Esse seu jogo não é nada limpo — acrescentou ele —, quase tão ruim quanto esconder sua base no cofre.

No flagra. Mantive minha cara de paisagem firme e me virei para olhar Jameson. Procurei a história que os pequenos detalhes de sua expressão me contavam: ele *sabia* onde era minha base ou estava tentando adivinhar?

Pensei nas opções e arrisquei a próxima jogada.

— Não é *no* cofre — respondi.

A discreta contração dos lábios de Jameson me disse: ele não estava adivinhando. Ele sabia onde estava minha base... não no cofre, mas em frente a ele. E isso me conduziu a uma conclusão irrefutável.

— Você não tirou meu nome — falei. — Eu não sou seu alvo.

— Se eu fosse, ele já teria tentado me tirar do jogo, e é bem provável que tivesse conseguido.

Eu conhecia Jameson Hawthorne bem o suficiente para saber que ele não teria nenhuma dificuldade em encontrar um presente perfeito para mim.

— Você não é meu alvo — confirmou Jameson —, *ainda*. — Isso tinha o ar de uma promessa. — Sou muito bom em amigos secretos Se eu eliminar alvos suficientes...

Mais cedo ou mais tarde, ele chegaria em mim.

Inclinei-me para a frente em minha cadeira e empurrei Jameson para trás na dele.

— Você não tirou o meu nome — falei, movendo meu peso para a frente — e nem o Nash. — Fiz uma pausa, deixando meus olhos falarem por mim por um momento. — Nem a Libby.

— Se essa é a sua tentativa de me distrair — respondeu Jameson — está funcionando muito bem e vai continuar funcionando por tempo indeterminado.

Eu li nas entrelinhas tudo o que havia acontecido e tudo o que ele havia dito e não havia dito.

— Você tirou a Libby — conclui. — Foi você quem a tirou do jogo. — Ele era o milagreiro que havia encontrado a fotografia.

— Não posso confirmar nem negar essa afirmação. — Jameson levantou a mão para afastar meu cabelo do rosto. — Sua mãe era linda — disse ele com a voz suave. — Ela tinha o seu sorriso.

Em outras palavras: ele era, sem sombra de dúvidas, a pessoa que havia encontrado a fotografia. Um nó surgiu em minha garganta.

— Acho que a maioria das pessoas diria que eu tenho o sorriso dela — comentei.

— Eu tenho outras fotos. — Jameson levou a mão ao meu cabelo de novo, ajeitando outra mecha atrás da minha orelha. — Para você, Herdeira... e não faz parte do jogo.

Não faz parte do jogo. Quando cheguei à Casa Hawthorne, tudo tinha sido um jogo para ele, e agora...

— Você é perfeito — afirmei, minha voz um pouco rouca. — Sabia disso?

— Acho que você deve estar me confundindo com outra pessoa — brincou Jameson.

Olhei bem para ele.

— Nunca.

Ele me encarou de volta.

— Eu fico pensando no último Natal. Você ainda estava se recuperando do coma.

No Natal passado, não tínhamos brincado de amigo secreto.

No Natal passado, estávamos juntos, mas eu não era dele e ele não era meu como agora.

— Só para constar… — disse Jameson, levantando-se e estendendo a mão para mim, me puxando para perto, como se tivéssemos sido transportados para um salão de baile e essa fosse a nossa dança. — Quando eu eliminar alvos suficientes para herdar o seu nome, meu presente será *mais do que* perfeito. — Ele sorriu aquele sorriso perigoso e inebriante de sempre. — E só para constar: se você achou que este quarto escapou do tratamento com o visco… — Ele olhou para cima com intenção. — Se enganou.

Capítulo 6

No dia 14 de dezembro, eu já estava pronta para enfrentar Nash. Encontrar o presente perfeito para o nosso caubói provou ser a parte mais fácil da equação. Chegar perto da garagem de novo sem ser bombardeada com enfeites ou gemada foi mais difícil. Por sorte, eu tinha uma cúmplice.

Nash tinha um histórico de achar Libby *uma bela distração*, e agora que ela estava fora do jogo, minha irmã tinha muito tempo livre. Avisei quando terminei e deixei um dos meus "drones de Natal" na garagem de Nash para observar sua reação quando ele encontrasse meu presente.

Convenientemente, as regras deste jogo especificavam que cada base precisava ser grande o suficiente para comportar uma *moto*.

Na transmissão de vídeo do drone, Nash olhou para a moto quebrada, surrada e literalmente em pedaços que eu havia comprado para ele.

— Precisa de um pouco de trabalho — murmurou ele, mas eu sabia: para Nash, o trabalho era parte do apelo. — Mas ela é promissora.

Ele ainda não a considerava um presente perfeito, mas também ainda não havia encontrado o capacete. No momento em que ele encontrou, mandei uma mensagem para Libby: AGORA.

Ela entrou na sala vestindo uma camisa de flanela azul.

— Acredito que o capacete é para mim — disse minha irmã a Nash.

Nash deu um salto impressionante de tão alto, agarrou-se à borda da plataforma de madeira e conseguiu colocar o capacete em questão no chão sem mexer na moto que ele precisaria reconstruir praticamente do zero.

Eu vi o momento exato em que ele percebeu:

— A moto não é para mim.

Era para Libby.

— Achei que vocês iam gostar de restaurar juntos — falei por meio da transmissão de áudio do drone.

Nash olhou para Libby, voltou a olhar para o presente acima da cabeça dele e depois ergueu o capacete em direção ao drone em saudação.

— Boa jogada, garota.

Entendi isso como uma admissão de que meu presente era *perfeito*. Assim que consegui, a música "Grandma Got Run Over by a Reindeer" estava tocando na casa.

Na sequência, Nash me informou quem seria meu próximo alvo, o nome que ele havia sorteado. *Jameson.*

Meu alvo agora era Jameson. O de Jameson era Grayson. Nash e Libby foram eliminados do jogo. Isso significava que ou Grayson tinha tirado meu nome e Xander tinha tirado o próprio nome e, nesse caso, eu só poderia supor que teríamos de sortear os nomes mais uma vez lá no começo, ou…

Ou Xander tirou meu nome e Grayson tirou Xander.

Supondo que isso fosse verdade. Agora eu tinha quatro tarefas:

Encontrar o presente perfeito para Jameson.

Impedir que ele descobrisse que era meu alvo e tentasse me tirar do jogo.

Encontrar a base de Jameson.

E eliminar Xander antes que ele encontrasse a minha.

No dia 16 de dezembro, as rosquinhas provaram ser a ruína do irmão mais novo dos Hawthorne. Eu atirei na testa dele no meio do lanche da meia-noite. Com isso, ganhei três dias e, depois disso, não consegui encontrar Xander *em lugar nenhum*. Ficando cada vez mais paranoica com tudo, decidi usar as passagens secretas e ficar à espera de Xander perto do cofre, e era exatamente o que eu estava fazendo quando vi Grayson se movendo silenciosa e rapidamente pelos corredores.

Indo para a base dele?, me perguntei.

Grayson era o alvo de Jameson, mas, se eu conseguisse derrubar Jameson, ele seria o meu e eu precisaria de todas as vantagens que pudesse obter. Ativei o modo furtivo e o segui até o último andar... e continuei subindo.

O telhado? Eu me afastei o suficiente para ter certeza de que estava segura e, em seguida, comecei a subir. Assim que o fiz, Grayson saiu das sombras atrás de mim.

— Você deu meia-volta — falei.

Grayson deu mais um passo em minha direção, depois parou, como se houvesse uma parede invisível entre nós.

— Você não está com meu nome — declarou ele, sem dúvida alguma em seu tom. — O Jameson está. — Ele abriu o paletó do terno e olhou de relance para a pistola de água que tinha guardada ali. — Não preciso sacar isso, suponho.

Tirei minha arma e a girei no dedo. Não fazia sentido deixar Grayson Hawthorne se sentir *tão* seguro com o que sabia ou em sua suposta superioridade neste jogo.

— Você parece bastante confiante de que não estou distraindo você *para* o Jameson — observei.

Os olhos prateados de Grayson se fixaram nos meus.

— Não me distraio com tanta facilidade.

Olhei para o teto e para o que eu sabia ser um dos muitos alçapões para o telhado.

— Não quero ir até lá, quero?

Se eu havia aprendido uma coisa sobre o amigo secreto de Hawthorne até agora, era que Grayson Davenport Hawthorne era impiedoso. *Armadilha* era provavelmente um eufemismo para o que ele havia feito com sua base.

— Garanto a você — respondeu Grayson com austeridade — que não.

Eu pude ouvir um leve toque de humor escondido naquele tom — e então percebi, tarde demais, que havia algo mais em sua voz.

Algo… *suspeito*. Pensei na maneira como havia espionado Grayson, e então percebi…

— Você está me distraindo para o Xander?

A expressão de Grayson não revelou nada até ele falar.

— É possível que o irmão em questão não saiba que é meu alvo.

Não demorou muito para que eu ligasse os pontos.

— Você está me distraindo para distraí-lo — acusei.

— Eu faria uma coisa dessas? — Grayson ajeitou o paletó do terno sem sequer abrir um sorriso, mas seus olhos diziam tudo.

Xander está escondendo um presente na minha base.

Saí correndo, praticamente voando de volta para o cofre. Quando cheguei lá, encontrei Xander emaranhado em guirlandas e coberto de enfeites da cabeça aos pés.

— Dou os parabéns pelo jeito que você usou os enfeites armados — disse ele, solenemente.

— Tenho um amigo que me ensinou muito sobre explosivos. — Eu sorri e, para completar, aproveitei o fato de que minha pistola de água ainda estava na minha mão e atirei nele com gemada verde.

— Pego de surpresa pela gemada — disse Xander, com um ar de reprovação. — Tão cremosa. Tão violenta.

Aponto com a cabeça para um presente que parecia ter caído aos pés dele.

— Isso é para mim? — perguntei. O papel de embrulho era vermelho e verde e… *com tema de rosquinhas?*

— É, sim — confirmou Xander, sorrindo por baixo de todo aquele enfeite. — Mas você ainda não pode ficar com ele. Regras são regras. Tenho que tentar de novo. O lado bom é que se eu sobreviver aos próximos dias como alvo fácil, vou ficar devendo *dois* presentes para você.

Pensei em Grayson, que havia me distraído com o único propósito de manter Xander ocupado.

— Acho que suas chances de sobrevivência são poucas, Xan.

Xander inclinou a cabeça para o lado e estalou os dedos.

— Grayson?

— Grayson — confirmei.

— Há um motivo — Xander suspirou — para ele ganhar o amigo secreto quase todo ano, e não é só porque é muito difícil comprar alguma coisa para ele.

Sem se preocupar em se livrar dos enfeites, Xander se levantou.

— Talvez seja melhor eu ir verificar minha base, mas só um aviso, Avery do Meu Coração Platônico, no momento em que uma certa música anunciar o que eu acredito ser minha inevitável eliminação, o alvo do Grayson será… *você*.

@M!GO S3CR3TO 415

Capítulo 7

O Natal se aproximava depressa e Jameson, Grayson e eu éramos os únicos que ainda restavam no jogo. Meu alvo era Jameson. O alvo de Jameson era Grayson. E eu era o alvo de Grayson.

Demorei um pouco para encontrar o presente perfeito para Jameson, e levei ainda mais tempo para encontrar sua base, que acabei localizando na passagem secreta atrás da minha lareira. As defesas de Jameson eram impressionantes, mas Grayson ficou mais do que feliz em me ajudar a derrubar seu irmão.

O momento em que Jameson entrou e encontrou *Grayson* preso nas armadilhas que ele havia preparado para mim foi prazeroso por muitos motivos.

Os festões coloridos combinaram muito com Grayson Hawthorne.

A expressão de surpresa combinava com Jameson.

E a vitória combinava muito comigo.

Com o olhar fixo no meu, Jameson se abaixou para pegar o presente que eu havia enfiado na guirlanda carregada de sensores de movimento que cercava sua base. Eu havia escolhido deixar o presente de Jameson bem ao lado do objeto que ele usara para marcar sua base: uma garrafa de uísque Jameson tamanho viagem com o rótulo descascado.

Que Hawthorne esperto.

Observei Jameson abrir o envelope com seu presente. Dentro, havia um plano de voo e um itinerário de viagem.

No dia seguinte ao Natal, ele e eu iríamos para o Taiti.

Véspera de Natal. Eu era o alvo de Grayson. Ele era o meu. Como todos os irmãos dele desejavam vê-lo destronado da supremacia do amigo secreto, não me faltavam aliados.

Mas ele era Grayson Hawthorne.

Talvez tenha sido por isso que nós dois acabamos em um impasse no corredor entre as nossas bases, com as armas sacadas e os presentes um para o outro em nossas mãos livres.

— O Natal é amanhã — falei, pronta para puxar o gatilho a qualquer momento. — Se um de nós atirar, o outro perde.

Se ambos atirássemos e ambos atingíssemos nossos alvos, ambos perderíamos.

— Gosto das minhas chances — disse Grayson.

Fiz uma cara que, àquela altura, ele já conhecia bem demais.

— Não. Você não gosta.

Mantendo seu olhar em mim o tempo todo, Grayson se ajoelhou. Seu presente para mim era grande e pesado, tinha pelo menos um metro e vinte de comprimento, talvez vinte centímetros de largura, não tão profundo. Mas, de alguma forma, Grayson Hawthorne conseguiu colocá-lo no chão sem perder o equilíbrio.

Sem nunca desviar o olhar do meu.

Meu presente para Grayson era menor. Coloquei-o no chão ao lado de sua oferta.

— Vou abrir o seu — propôs Grayson. — Você abre o meu.

— Ele era, em todos os sentidos, o herdeiro aparente, acostumado a fazer acordos. — O perdedor larga a arma e se submete.

Eu só podia presumir que, por *perdedor*, ele se referia à pessoa cujo presente era menos perfeito.

— Combinado — falei para Grayson.

Abri o presente dele para mim primeiro. Sob um sólido papel de embrulho prateado, decorado com um perfeito laço azul-marinho, encontrei uma caixa de madeira feita de cedro.

Com um metro e vinte de comprimento, menos de trinta centímetros de comprimento, não tão profundo. Eu não fazia ideia do que havia dentro, mas assim que abri a caixa, percebi que provavelmente deveria ter adivinhado o que ele havia comprado para mim.

— Uma espada — falei, passando meus dedos pela lâmina.

— Me disseram que seu primeiro portador foi uma mulher no século XVI, mais ou menos — contou-me Grayson.

Meus dedos percorreram espaços redondos e ocos no punho da espada, onde eu suspeitava que antes tivessem joias.

Gostava mais da espada sem elas.

— Agora temos cinco — falei. No centro do labirinto de sebes do lado de fora, havia um compartimento escondido que continha quatro espadas, originalmente compradas para os quatro irmãos Hawthorne.

E agora eram cinco.

Minha confiança no meu presente vacilou por um instante. Mas, à medida que Grayson começou a desembrulhá-lo, senti uma onda de certeza.

O papel de presente caiu no chão enquanto Grayson examinava a pedra cinza em suas mãos. Ela era lisa — lisa pelo mar, resultado de milhares de anos de ondas. As únicas partes da pedra que não eram lisas eram as inscrições, na frente e atrás.

Na frente, eu tinha optado por uma frase conhecida em latim. *Est unus ex nobis. Nos defendat eius.* Era algo que Grayson havia dito a meu respeito certa vez. No verso, optei por uma frase que *eu* havia dito a ele.

Vale para você também.

Grayson segurou a pedra com força e olhou para mim, seus olhos fixos nos meus mais uma vez.

— Feliz Natal, Grayson — falei. Eu estava prestes a propor um empate, mas não tive a chance.

— Avery? — Grayson deu um passo em minha direção, e seus lábios se curvaram em um daqueles sorrisos muito Grayson Hawthorne, sutis, mas verdadeiros. — Você venceu.

O QUE ACONTECE NA CASA DA ÁRVORE

Por um momento, os quatro ficaram olhando para a cidade. E então, pularam.

Londres, Inglaterra
Dia da despedida de solteiro de Nash

Xander Hawthorne era um homem de muitos talentos.

— Você não tem visão.

— Você não tem decência.

Mesmo do corredor, Xander conseguiu reconhecer no mesmo instante qual dessas afirmações fora feita por Jameson e qual viera de Grayson. Como um de seus talentos era mediar conflitos entre os Hawthorne, ele entendeu o diálogo como um sinal para entrar na sala.

— Vocês não têm nada gostoso! — anunciou, juntando-se à confusão e empurrando um enorme quadro de cortiça e uma diversidade de materiais para dentro do cômodo onde seus irmãos discutiam os planos para a noite.

— Não estou com fome. — Grayson franziu a testa. — E de onde você tirou esse quadro de cortiça?

Xander respondeu como se responde em situações que pedem sutileza e nuance: jogando vários objetos bem na cabeça de Grayson.

— Coma uma rosquinha! Segure meu novelo de lã!

Grayson pegou a rosquinha com uma das mãos e o novelo com a outra.

Xander, indiferente, continuou distribuindo os suprimentos.

— Você, alfinetes! — disse a Jameson, jogando uma caixinha em sua direção. — Eu, cartões! — Ele sorriu. — Rosquinhas para todos nós!

Grayson ignorou as rosquinhas e passou a analisar o quadro, os cartões e a lã.

— Estamos planejando a despedida de solteiro do Nash, não resolvendo um assassinato, Xan.

Jameson girou a caixinha de alfinetes.

— Gostei.

— Claro que gostou — murmurou Grayson.

Gray talvez precisasse de alguma persuasão, pensou Xander.

— Canetinha vindo! — Ele lançou a caneta direto na testa de Grayson. Nada dizia *persuasão* como um objeto arremessado com amor.

Grayson pegou a caneta antes que ela o atingisse.

Ao lado deles, Jameson estalou os dedos.

— Quero minha própria caneta e um cartão — disse ele a Xander, com uma expressão que poderia ser descrita como maliciosa... ou *inspirada*.

— *Não* dê um cartão para ele — resmungou Grayson.

— Não darei — respondeu Xander solenemente. — Vou dar cinco!

Para ser justo, Xander também distribuiu cinco cartões para Grayson e para si mesmo. Jogou uma caneta para Jameson, destampou a sua e escreveu sua primeira contribuição em um dos cartões.

Os olhos de Grayson se estreitaram.

— O que, em nome de tudo que é mais sagrado, você quer dizer com *balada-traço-GDA*?

Xander ignorou a pergunta.

— Preciso de um alfinete — disse a Jameson, que pegou o cartão de Xander e o prendeu no quadro ao lado de dois cartões que ele havia colocado.

Grayson leu os cartões de Jameson. Abriu a boca para protestar, mas Xander interveio. Como estava sem objetos para arremessar, optou pela diplomacia.

— Cada um tem direito a cinco cartões e o poder de vetar outros três. — Ele propôs. — Depois que todas as propostas e vetos forem finalizados, as atividades que permanecerem no quadro estarão definidas, e usaremos a lã para traçar a sequência da noite, do começo ao fim.

Era um bom plano. Um plano bem ao estilo dos Hawthorne.

— Fechado — disse Jameson no mesmo instante.

Grayson inclinou a cabeça… e então avançou para retirar impiedosamente um dos cartões de Jameson do quadro.

— Vetado.

Aquilo ia ser divertido.

Londres, Inglaterra
Algum tempo depois
Instalação de escalada no gelo

— **Então é assim** que são quinhentas toneladas de gelo — comentou Jameson enquanto os quatro caminhavam em direção à base da imensa parede congelada. Xander avaliou a situação. Quanto mais alto você subia naquela parede de gelo, mais traiçoeira a escalada ficava.

Excelente! Xander estava satisfeito.

— O gelo é uma metáfora — disse com ar sábio.

Nash arqueou uma sobrancelha.

— Uma metáfora para quê?

— Para o seu coração ou sua bunda — respondeu Xander imediatamente. — É difícil dizer qual.

Nash deu uma risadinha.

— Meu coração não é de gelo, Xan.

Era por isso que estavam ali, por isso Nash tinha usado seu sos anual, por isso os quatro estavam comemorando com uma noite épica. Nash Hawthorne havia se apaixonado. Ele tinha deixado alguém entrar. Ele tinha pedido alguém em *casamento*. Para Xander, aquilo era tão impressionante quanto a gigantesca parede de gelo à frente.

— Você percebe — disse Grayson para Nash com um tom seco — que acabou de insinuar que sua bunda *é* de gelo?

Nash inclinou a cabeça para trás, olhou para o sino no topo da escalada e deu uma pequena girada no machado de gelo que segurava.

— Vamos tornar isso interessante. — Nash tinha tirado seu icônico chapéu de caubói assim que chegaram à instalação, mas o tom era cem por cento de caubói desafiando alguém para um duelo. — O primeiro a chegar ao topo… — Nash lançou o desafio.

Xander foi mais rápido que os irmãos para completar a frase.

— Ganha o direito de escolher nossos nomes falsos para a noite! E o último a chegar…

— Tem que usar a calça de couro — interrompeu Jameson.

A sobrancelha direita de Grayson deu uma leve tremida.

— Que calça de couro?

— *A* calça de couro — respondeu Jameson. — Gosto de pensar nela como sua.

Xander adotou uma expressão angelical.

— Talvez eu tenha trazido a calça para Londres. Um Hawthorne está sempre preparado!

Ignorando a provocação, Grayson voltou sua atenção para a parede de gelo, analisando as partes mais perigosas com o olhar.

— Já que não pretendo ser o último — disse por fim —, não tenho objeção à aposta que foi proposta. Nash?

O homenageado da noite sorriu.

— Mandem ver, irmãozinhos.

Xander trocou olhares com Jameson e Grayson, e na linguagem silenciosa de três irmãos nascidos com diferença de apenas três anos, chegaram a um acordo não verbal. *Nash vai perder.*

Afinal, ele era o convidado de honra daquela festinha. Aquela calça de couro era dele por direito.

— Vocês já terminaram de planejar a traição contra mim? — provocou Nash.

— Qual é mesmo o seu ditado? — Jameson girou o machado de gelo.

Xander e Grayson responderam em uníssono:

— Não existe jogo sujo se você ganhar.

Londres, Inglaterra
Algum tempo depois
Experiência Skywalk

Local: um estádio bilionário. Atividade: não era futebol, nem o americano nem do tipo que se jogava desse lado do Atlântico.

Um por um, os irmãos Hawthorne colocaram os arneses adequados.

O guia pigarreou.

— Tem certeza de que está devidamente vestido para esta atividade, senhor? — perguntou, olhando para o chapéu de caubói e as calças de couro de Nash.

— Tem razão. — Nash tirou o chapéu com uma das mãos e caminhou até a lateral da área de preparação, onde uma menina de uns onze ou doze anos estava sentada sozinha. Ela vinha lançando olhares admirados para eles desde que chegaram. Pelos olhos inchados, Xander deduziu que a garota tinha ficado com medo e desistido de fazer o Skywalk com seu grupo.

Ele também supôs que ela havia reconhecido os famosos — e ocasionalmente infames — irmãos Hawthorne.

Nash ajoelhou-se na frente da garota.

— Faz um favor pra mim, querida? — Ele estendeu o chapéu para ela, e a menina parecia prestes a desmaiar... ou a explodir de alegria. — Segura meu chapéu.

***

Com os arneses presos aos suportes, Xander e os irmãos começaram a subida. A primeira etapa da escalada os levava pelo exterior do estádio, subindo lentamente cada vez mais alto.

A vista já era de tirar o fôlego. Jameson liderava o grupo, Xander vinha por último. Mas foi Grayson quem quebrou o silêncio admirado da escalada.

— O que você prefere — começou o Hawthorne mais intenso, pronunciando as palavras com cuidado enquanto o vento ficava mais forte ao redor deles —, morrer caindo de uma grande altura... ou tropeçando nos próprios pés e batendo a cabeça numa pedra?

— Altura. — Jameson nem precisou pensar.

Xander deixou sua imaginação tomar conta. Ele visualizou como seria aquela queda, imaginou ver o impacto se aproximando, antecipando o *baque*.

— Pedra.

Nash ponderou as opções.

— Pedra — disse por fim.

Grayson, como fora quem havia proposto o cenário, foi o último a responder.

— Altura.

Isso surpreendeu Xander, mas antes que pudesse comentar, Jameson jogou outro cenário como se fosse uma granada.

— O que você prefere: ter sua ex oficializando o seu casamento... ou ela se casar com um dos seus irmãos?

Xander, como sempre, apreciava a combinação única de criatividade e malícia de Jameson. Era óbvio que a pergunta era direcionada a Nash, e a ideia de Alisa oficializando o que provavelmente seria um casamento bem gótico era *impagável*.

Nash resmungou.

— Você é um capetinha, Jamie. — Ele fez uma pausa. — E *casamento*. Com certeza oficializar o casamento.

— Eu prefiro que ela se case com um irmão — declarou Xander, só para deixar as coisas interessantes. Tecnicamente, ele não tinha uma ex, mas *tinha* uma falsa ex. — Manter na família, o jeitinho Hawthorne de ser.

— Muito engraçado, Xander — disse Grayson.

E assim foi, cenário após cenário, enquanto subiam. *O que você prefere: descobrir que sua voz interior virou um podcast popular ou perder a capacidade de pensar em palavras?*

O que você prefere: ganhar chifres toda vez que ficar com tesão ou começar a chorar alto sempre que tentar reprimir uma emoção?

O que você prefere: ser incapaz de mentir ou incapaz de ser enganado?

— O que você prefere: raspar a própria cabeça… — sugeriu Xander quando estavam próximos ao topo. — … ou raspar a cabeça do *Grayson*?

— Quê? — Grayson não achou graça.

Foi nesse momento que o guia decidiu interromper com delicadeza e os conduziu para a próxima seção do Skywalk, que os levaria sobre um teto de vidro, com o estádio visível a mais de cinquenta metros abaixo. Dessa vez, Nash foi o primeiro, e enquanto caminhava, lançou seu próprio cenário.

— O que você prefere: poder ver o velho de novo, só uma vez, por uma hora… — disse Nash, escolhendo as palavras com calma. — … ou que ele pudesse ver você, tudo o que sua vida é, tudo o que você se tornou… todos os dias?

Não era do feitio de Nash trazer o avô à conversa. Ele e o velho não tinham o melhor relacionamento nos últimos anos de vida do bilionário. De todos, Nash era quem mais havia resistido a se tornar o que Tobias Hawthorne queria que fosse.

Ambicioso.

Movido por propósito.

Extraordinário.

— Eu escolheria — disse Nash em voz baixa — que ele me visse.

— Eu não escolheria. — Essa foi Jameson, mas Xander não ouviu o resto da resposta, porque, por um instante, tudo o que ele conseguia pensar era no que faria com uma hora, no que diria ao homem que o criou.

O homem que manteve o pai afastado dele por *anos*.

— Xan? — A voz de Grayson estava tranquila enquanto eles chegavam ao fim da passarela de vidro, e Xander percebeu que não ouvira a resposta de Grayson. *Sou o único que não respondeu ainda.*

— Eu escolheria a hora — disse ele, e então olhou para Nash. — Você quer mesmo que ele veja você *todos os dias*?

Nash não esperou o guia antes de caminhar até a beirada do estádio. Tudo o que restava agora era a descida. O s*alto.*

— Com certeza — respondeu Nash, arrastando as palavras. — Estou vivendo minha vida do meu jeito. Casando com a garota que *eu* escolhi. Ajudando pessoas, quando e onde eu quero. Um dia, Lib e eu vamos ter uma família, e nossos filhos... — A voz aveludada de Nash ficou mais densa. — Eles *sempre* serão o suficiente para mim. — Nash olhou para o abismo e nem piscou. — Que o grande Tobias Hawthorne pense nisso.

Xander se juntou a Nash na beirada do estádio, seguido por Jameson e, por último, Grayson. Por um momento, os quatro ficaram olhando para a cidade.

E então, pularam.

Londres, Inglaterra
Algum tempo depois
Uma boate cujo nome não será revelado

Corridas de lambreta foram a terceira atividade da noite. Quando finalmente saciaram a necessidade Hawthorne por velocidade, já era tarde. *Mas não tarde demais*, pensou Xander com malícia, *para a próxima etapa do plano. Balada!*

— Estamos na lista. — Grayson adotou uma expressão inescrutável ao encarar o segurança.

— Sobrenome é Thorne — acrescentou Jameson. Ele havia vencido a escalada no gelo, e esse foi o sobrenome falso que escolheu para eles... uma óbvia abreviação do verdadeiro sobrenome.

— Nomes? — resmungou o segurança.

— Remington. — Jameson apontou para si mesmo e depois indicou Nash e Xander. — Dallas. Hawk. E... — Jameson sorriu ao se virar para Grayson. — Sven.

O segurança ergueu o olhar da lista.

— Sven?

Xander admirou o fato de que os lábios de Grayson não se moveram nem um milímetro.

— Algum problema? — perguntou Gray, com um tom que exalava poder e calma.

O segurança voltou a olhar para a lista.

— Nenhum problema.

Como um relógio, uma recepcionista apareceu para escoltar os quatro além da corda de veludo.

— Por aqui, senhores.

Xander sorriu. A área VIP os aguardava.

— O que acha, Sven? — perguntou Jameson enquanto os quatro se acomodavam em um sofá atrás de mais cordas de veludo. — A pista de dança está chamando por você?

Grayson ignorou a pergunta, e Xander não pôde deixar de notar que a recepcionista parecia estar fazendo um esforço real para não encará-los... a todos eles.

Nomes falsos só ajudam até certo ponto.

— O que posso trazer para vocês beberem?

Como essa parada tinha sido uma das contribuições de Xander para os planos da noite, ele tomou para si a responsabilidade de responder:

— O que você tem que brilha no escuro?

Um minuto depois, a recepcionista estava fora do alcance da voz, e Nash lançou um olhar para os outros três.

— Se ficarmos aqui, vão nos reconhecer.

— Nós quatro — perguntou Grayson. — Juntos? Sem sombra de dúvidas.

Um Hawthorne às vezes podia passar despercebido. Mas os quatro irmãos juntos? Nem pensar. O que, na opinião de Xander, significava que não havia tempo a perder.

— Mais um motivo para irmos direto ao ponto — disse ele.

Nash estreitou os olhos.

— Direto ao quê, exatamente?

— GDA — respondeu Xander, como se isso fosse autoexplicativo. Mas, como os irmãos o olhavam como se *não* fosse, ele colocou o celular no centro da mesa, abriu o novo app em que vinha trabalhando e acrescentou: — Gerador de Dancinhas Aleatórias. É como um gerador de números aleatórios, só que com passos de dança.

O silêncio pairou sobre a mesa. Jameson foi o primeiro a se recuperar.

— Não esqueça — disse ele a Nash —, essa é *sua* festa.

Nash aceitou o desafio.

— Que tipo de dancinhas?

Xander sorriu pacificamente.

— Todos os tipos.

A garçonete reapareceu com uma bandeja de copos cujos conteúdos de fato brilhavam no escuro. Após distribuí-los, ela saiu de novo.

Nash examinou a pista de dança lotada.

— Esse não é bem meu tipo de lugar, e esse não é meu tipo de dança.

Foi Grayson quem respondeu:

— Nós… desafiamos… você.

Cada palavra foi dita com a força de um tiro. Sem desviar os olhos de Nash, Grayson levantou o copo. Xander e Jameson fizeram o mesmo.

Aceitando seu destino, Nash fez o mesmo. Ele virou o copo e sorriu.

— Manda ver.

Londres, Inglaterra
A mesma boate
Doze minutos depois

A situação era a seguinte: Nash na pista de dança. Chapéu de caubói? Confere. Calça de couro? Confere. Bunda? Rebolando.

Deixando o próprio corpo seguir o ritmo da música, Xander continuava gritando os passos que o GDA gerava, ciente de que Nash começava a atrair uma plateia.

— Mexe essa bunda! Mexe essa bunda!

Nash obedeceu.

— Tem certeza de que isso é *aleatório*?

Jameson pegou o celular da mão de Xander e apertou o botão.

— Faz ondinha com o corpo!

Xander pegou o celular de volta.

— Cha-cha! — Ele jogou o celular para Grayson.

Gray o pegou, apertou o botão e encarou Nash.

— Empina a bunda!

Nash empinou a bunda.

— Rebola!

— Balance os ombros!

Nash estava sendo gravado, *isso era certeza,* assim como era certeza de que o vídeo acabaria na internet, mas os Hawthorne não faziam nada pela metade.

— Pirueta! — gritou Xander, por cima do som da multidão, agora ensandecida. Então apertou o botão uma última vez e sorriu. — Tira a camisa!

Londres, Inglaterra
Fora da boate
Alguns minutos depois

No beco, Xander observava a saída dos fundos da boate, com Jameson ao lado, ambos segurando rolos de fita adesiva. Após um momento, a porta de metal se abriu, e Grayson escorregou para fora.

— Ele viu você sair? — perguntou Xander.

— Viu — confirmou Grayson.

— Acha que ele vai morder a isca? — perguntou Jameson.

Grayson tirou uma poeira imaginária do terno.

— Você acha que eu sou o quê, um amador?

Como era de se esperar, Nash apareceu logo depois.

Eles *precisavam* pular os quatro em cima dele no instante em que saiu pela porta? Em teoria, não. *Precisavam* imobilizá-lo, tampar sua boca com fita adesiva, vendá-lo e erguê-lo no ar? Também não.

Mas *foi* o que fizeram?

Com certeza! Seguindo o plano, abandonaram as lambretas, enfiaram Nash no banco traseiro de um carro com chofer e instruíram o motorista a levá-los no exato ponto do Tâmisa onde um barco a motor os aguardava.

Eles *precisavam* mesmo prender Nash nos trilhos de proteção do barco com fita adesiva?

Sim. Sim, precisavam.

Depois de um passeio de barco em alta velocidade, mais alguns becos e uma descida impressionante, chegaram ao último local da noite: uma cripta medieval sob Londres, grande o suficiente para sediar um baile. A arquitetura era deslumbrante. Naquela noite, o espaço era iluminado apenas por velas. Uma única mesa havia sido montada no centro da sala, cercada por quatro cadeiras.

Jameson removeu a venda de Nash, e Xander *ouviu* o suspiro que o irmão deu ao absorver o ambiente ao redor.

— Lib aprovaria — disse Nash em voz baixa, e Xander se perguntou se o irmão estava imaginando se casar com Libby em um lugar como aquele: misterioso, mas belo, quase de outro mundo.

— Não acredito que você vai se casar. — As palavras escaparam da boca de Xander antes mesmo que ele pensasse nelas.

— Nem cavalos selvagens me fariam desistir. — O olhar de Nash pousou na mesa, onde havia uma única garrafa de champanhe e quatro taças elaboradas.

— Champanhe preto — disse Grayson, atravessando a sala para tirar a garrafa do gelo. — Em homenagem à Libby.

Havia uma emoção que Xander não conseguiu identificar no tom de Grayson, nas linhas do rosto dele enquanto removia a rolha da garrafa e servia o champanhe preto, que parecia mais um roxo muito escuro.

Engolindo em seco, Grayson fechou os dedos ao redor da haste de uma das taças.

— Ao Nash — disse ele em voz baixa.

Jameson passou por Xander e pegou uma das taças. Ele a ergueu levemente, o olhar fixo em Nash. Xander sentiu uma mudança no ar, como os ventos de novos ares.

Naquele momento, Nash e Libby… era real. E aquela noite não era apenas uma diversão movida a adrenalina, calças de couro e obrigar Nash a dançar. Era um rito de passagem. O fim de uma era e o começo de outra.

— Logo depois que Emily morreu — disse Jameson baixinho, ainda olhando para Nash —, você voltou para casa.

— E você roubou minha moto — rebateu Nash.

Xander arregalou os olhos. *Depois de todo o meu esforço para evitar isso da primeira vez?*

— Posso presumir — disse Xander com alegria — que a surra que veio depois foi épica?

Jameson encontrou o olhar de Nash.

O QUE ACONTECE NA CASA DA ÁRVORE 435

— Definitivamente foi alguma coisa — respondeu. A memória parecia tangível no ar entre eles, enquanto Jameson ergueu sua taça. — Ao Nash.

Sentindo-se subitamente nostálgico, Xander pegou sua própria taça de champanhe preto. Ele a ergueu, fechou os olhos por um momento e depois os abriu.

— Você se lembra daquela vez que eu subi naquela árvore? — perguntou a Nash.

— Qual árvore? — respondeu Nash com calma.

— No Parque Nacional de Sequoias — disse Xander, *sentindo* o sorriso se formar. — Eu tinha cinco anos.

— A sequoia gigante? — Nash gemeu. — *Ainda* não sei como você subiu até lá.

Agora era a vez de Xander encontrar os olhos de Nash.

— Você me tirou de lá. — Um músculo na garganta de Xander se contraiu enquanto ele erguia a taça. — Ao Nash.

Os quatro ficaram em silêncio por uma pequena eternidade, até que Grayson falou.

— Em dezembro, quando Xander nasceu — disse calmamente. — No dia em que ele voltou do hospital.

Nash lançou um olhar a Grayson.

— Não tem como você se lembrar disso. Você tinha dois anos.

— Eu lembro… de você. — A voz de Gray estava densa agora. — Sempre de você.

Xander sentiu aquilo. Todos sentiram. Aquele momento. Aquele instante na vida de Nash. Aquela mudança.

— Sempre — respondeu Nash, a voz saindo rouca e baixa. — Lib e eu nos casarmos não vai mudar nada. Não vai mudar a gente. *Isto.*

Em silêncio, Grayson ergueu a taça até o alto. Um por um, os outros fizeram o mesmo.

— O que acontecer na casa da árvore… — começou Grayson, a voz carregada de emoção.

— Fica na casa da árvore — completaram Xander, Jameson e Nash em uníssono.

Os quatro tomaram um gole do champanhe preto. Os quatro *sentiram* aquele momento... Xander sabia disso.

Dessa vez, ele foi quem quebrou o silêncio.

— Mais champanhe — declarou. — E quem topa uma luta?

GERÂNIO QUE TAMPA ELA

AQUELA NOITE EM PRAGA

Perguntas foram feitas para serem respondidas, mistérios, para serem resolvidos. E quando seu sobrenome era Hawthorne, sempre havia mais um.

Ele recobrou a consciência devagar, como uma onda sobre a areia instável. A primeira coisa que Jameson percebeu foi o saco de pano sobre sua cabeça, com o tecido áspero arranhando a pele de seu rosto.

A segunda coisa que penetrou na escuridão de sua mente foi a sensação de suas mãos, presas na altura dos punhos, os braços amarrados acima da cabeça. Ele se debateu contra a amarração e ouviu o tilintar de metal.

Uma corrente.

Ele estava acorrentado.

O medo veio primeiro, como gelo em suas veias, e então a consciência plena o atingiu de uma só vez, enquanto lembrança após lembrança começavam a surgir de forma esmagadora. *A Suíte Real. A parede atrás da parede. Três linhas. As pérolas.* Jameson se lembrou do momento, no dia anterior à chegada de Avery a Praga, em que ele havia juntado todas as peças.

O mapa. Ele se lembrava de ter encontrado a primeira passagem. E a segunda. Pensar, ou tentar, tornava mais fácil não sentir. O medo era uma fera que atacava a jugular, se você deixasse.

Correntes. Estou acorrentado.

— Você não deveria estar aqui. — A voz era familiar, mas o cérebro de Jameson estava confuso o bastante para que ele não conseguisse identificá-la, a não ser pelo fato de ser de uma mulher. *Ou uma garota.* Ele ouviu passos se aproximando. Sentiu a ponta de algo afiado e metálico pousar na base de seu pescoço, logo acima da clavícula.

Uma faca? Mesmo que lutasse contra a confusão mental e tentasse *pensar*, Jameson não conseguia escapar do medo, sentindo seu gosto como metal na língua. *Uma faca* ou...

A lâmina, se é que *era* uma lâmina, penetrou em sua carne, pouco a pouco. Com a dor, veio a clareza e a recusa obstinada em sentir medo. Em um piscar de olhos, Jameson se lembrou do que havia feito quando a escuridão o havia dominado.

Vinárna Čertovka. Ele estava atravessando a mais estreita das ruas, com Avery atrás de si, quando viu... *impossível.*

Ele tinha visto um fantasma. Um fantasma que, enquanto ele o perseguia, havia desaparecido. Um fantasma que, quase certamente, não esperava que ser seguido para além de uma porta escondida.

— *Alice.* — No segundo em que Jameson disse o primeiro nome de sua avó há muito falecida, a pessoa que estava à sua frente, a mulher, a garota, começou a tarefa de cortar meticulosamente os botões de sua camisa, um por um.

Deixando mais pele à mostra.

Mais.

Jameson foi atingido pelo pensamento repentino e doentio de que ela estava ampliando sua área de trabalho.

E então uma nova voz falou, leve e arejada, calma e controlada.

— Já chega. — Essa mulher, Jameson tinha certeza, era mais velha.

Soava um pouco como sua tia Zara.

— Acho que podemos concordar — disse a primeira voz, trazendo sua arma de escolha para repousar mais uma vez no local onde a clavícula de Jameson mergulhava, o local que ela já havia marcado — que essa situação merece mais do que *observação.*

Houve um momento de silêncio e, em seguida, a segunda voz, a mais velha, *Alice, a Alice do velho, o amor de sua maldita vida, naquele estilo Hawthorne de homem-que-só-ama-uma-vez-na-vida* falou de novo: — Incline a cabeça dele para trás.

As mãos agarraram Jameson pelo queixo. Dessa vez, ele não lutou contra o medo. Ele o *usou*, lutando com tudo o que tinha. E ainda assim, algo foi derramado em sua garganta. Espesso, como um xarope. Amargo, como o medo. Mãos fortes forçaram sua mandíbula a se fechar, bloqueando sua capacidade de respirar pelo nariz. Ele lutou para não engolir o líquido.

Lutou... e perdeu.

Em trinta segundos, a escuridão o dominou mais uma vez.

Quando Jameson recuperou a consciência, o ar tinha cheiro de fumaça. Não apenas o *cheiro* — ele podia sentir a fumaça em sua pele, sentir o *fogo* se aproximando. O calor já era insuportável, o crepitar das chamas, *muitas chamas,* fazia com que seu corpo entrasse violentamente no modo de sobrevivência. *Luta ou fugir.* Não havia meio termo.

Jameson puxou contra as correntes que o prendiam, contra as algemas em seus pulsos. *Não.* Um Hawthorne não desistia. Os Hawthorne *lutavam.*

As correntes. As chamas. Você tem que...

Ele continuou lutando. Ele respirava... e tentava não respirar. Respirava... e tentava não respirar.

Ao longe, ele ouviu vozes. Três delas, discutindo calmamente o preço do trigo.

Me solte. Dizer essas palavras significaria respirar de novo, e a fumaça estava tão densa agora que ele não podia se dar ao luxo de respirar.

Ele não podia...

Ele respirou.

E não muito depois disso, ele parou de respirar.

***

Na terceira vez que Jameson acordou, não havia fogo, nem correntes em seus punhos, nem um saco em seu rosto. Ele estava ao ar livre, em um terraço, sentado em uma pequena mesa redonda cercada pelo jardim de flores mais pitoresco que se possa imaginar.

Sentada à sua frente estava sua falecida avó. Jameson ficou impressionado com o fato de ela ser muito parecida com Skye.

— Você se parece com seu avô — disse Alice Hawthorne, com seus próprios pensamentos estranhamente paralelos aos dele. — Quando ele era jovem.

— Você é... — A voz de Jameson queimava sua garganta.

— Ninguém — respondeu Alice Hawthorne, levando uma xícara de chá à boca. Tão casual. Tão delicada. — Eu não sou ninguém, meu caro rapaz. — Ele não sabia dizer se o tom dela era de afeto ou de advertência... ou ambos. — Você não viu e não ouviu nada. Praga é uma cidade maravilhosa, mas não cabe a você explorá-la. — Ela colocou a xícara de chá na mesa, batendo-a de leve no pires. — Ouvi dizer que Belize é linda nessa época do ano.

A mente de Jameson era do tipo que nunca parava. Perguntas foram feitas para serem respondidas, mistérios, para serem resolvidos. E quando seu sobrenome era Hawthorne, sempre havia mais um.

Mais um quebra-cabeça.

Mais um jogo.

Mas isso — os cortes na base da garganta, o cheiro de fumaça que ainda se agarrava ao seu corpo — não parecia um jogo. Ele pensou no passado, tentando se lembrar de qualquer coisa antes desse momento, mas de repente, a última coisa de que se lembrava era de ter saído de *Vinárna Čertovka*.

De ter visto Alice.

De persegui-la.

E então... nada.

Nada, exceto o calor, a dor, o medo e, o mais estranho de tudo, algo sobre o preço do trigo.

— Só para deixar claro — disse Jameson, vasculhando sua memória e não encontrando quase nada. — Estou morto? — Ele olhou para a avó. — Porque você está.

— Como você já sabe, meu caro, eu não sou ninguém e nem nada. — Em vez de pegar a xícara de chá dessa vez, a impossibilidade que era Alice Hawthorne viva e bem de saúde pegou o guardanapo em seu colo. Quando levou a mão de volta à mesa, ela estava segurando o que parecia ser uma bússola de ouro brilhante.

Ela apertou um gatilho oculto e a parte de cima do objeto se abriu. De dentro do compasso, a avó morta de Jameson retirou o que parecia ser uma pequena conta iridescente que se assemelhava a uma pérola.

— Existem formas, Jameson Hawthorne, de resolver problemas.

Sua avó deixou a conta cair no chá *dele* e, em seguida, retirou uma segunda conta idêntica da bússola e a colocou no pires.

— Essa você pode guardar, como um lembrete.

Jameson olhou fixamente para ela.

— Veneno. — Ele pretendia fazer uma pergunta, mas não foi o que aconteceu.

— Indetectável, isso eu posso garantir. — Alice abriu um leve sorriso e, mais uma vez, fez Jameson se lembrar muito de Skye. — Sei que você é muito próximo dos seus irmãos. — A mulher morta tomou outro gole de seu chá. — E pelo que entendi, também tem uma garota.

Avery, pensou Jameson. A lembrança dos últimos dias com sua Herdeira, de tudo o que havia acontecido antes disso e da vida inteira de lembranças que eles ainda deveriam viver, atingiu Jameson como uma faca no estômago.

GERÂNIO QUE TAMPA ELA 445

Ele se levantou num pulo.

— Fique longe de Avery. E dos meus irmãos. — *Um veneno indetectável. Consideravelmente mortal.* Quem diabo era Alice Hawthorne?

— Posso sentir que você pode estar prestes a tentar fazer algum tipo de ameaça, mas garanto que não precisa se incomodar. — Alice apontou com a cabeça para a conta de novo. *O veneno.* — Vai em frente. Pode levar. Se tem uma coisa que amar um homem da família Hawthorne me ensinou é que há benefícios em lembrar fisicamente do passado. Para lembrar dos custos e riscos, histórias contadas e não contadas.

Jameson a encarou.

— Não estou entendendo.

— Eu sei — disse Alice Hawthorne. — Se eu achasse que você tinha entendido, bom, então teríamos um problema. — Ela deixou seu olhar viajar até os cortes no pescoço dele e depois para baixo.

Jameson olhou para seu próprio corpo. *Sangue seco e cinzas. Existem formas, Jameson Hawthorne, de resolver problemas.*

— É melhor você ir embora — disse sua avó, terminando de tomar o chá. — Já está quase amanhecendo e acredito que a sua pequena Herdeira está ficando bastante irritada com a sua ausência. — Alice se levantou. — Ela terá perguntas, tenho certeza.

Jameson ouviu a ameaça inerente àquela frase. Por mais que quisesse saber o que diabo era aquilo — como aquilo era sequer possível —, Avery era a única coisa que ele não queria, não podia arriscar.

O medo não era apenas gelo em suas veias ou uma fera em sua garganta. O medo era amar alguém com tanta intensidade que não havia sentido em seu coração bater se o dela não batesse.

Jameson olhou Alice Hawthorne diretamente nos olhos.

— Não há nada a ser dito.

A idosa fez um leve *hummm* e, quando começou a se afastar, deixando Jameson olhando para a cidade de Praga e para o

446 JENNIFER LYNN BARNES

amanhecer que se aproximava, ele não conseguiu não fazer mais uma pergunta... apenas uma de todas as milhares que tinha.

— O velho — disse Jameson. — Ele sabia?

O *silêncio* foi a única resposta de sua avó, mas a mente de Jameson, ligada como estava a quebra-cabeças, enigmas e códigos, encontrou sua própria resposta.

Quem mais poderia ter desenhado aquele mapa? O velho sabia que sua amada estava viva. Que ela estava em Praga. A verdadeira questão era *o que mais* Tobias Hawthorne sabia.

O que mais *havia* para se saber.

Fogo, dor, medo e o preço do trigo. As lembranças pairavam como fantasmas sobre os túmulos. Jameson não se demorou. Ele desceu do prédio e voltou pelas ruas de Praga.

E, o tempo todo, não conseguia se livrar da sensação de que estava sendo observado.

Agradecimentos

Estou começando a me sentir um disco arranhado, porque quando me sento para escrever os agradecimentos para qualquer livro da série Jogos de Herança, só o que consigo pensar — e o que inevitavelmente escrevo — é que sou mais do que abençoada por trabalhar com o time incrível da Little, Brown for Young Readers e com todo mundo da minha agência literária, a Curtis Brown, especialmente os que estiveram comigo desde o meu primeiro livro. Acho que nunca vou chegar ao ponto de não ficar impressionada com o quanto vocês são incríveis no que fazem e o quanto sou sortuda de ter sua incomparável expertise, seus instintos e sua dedicação por trás de mim e desses livros.

Em *Jogos obscuros*, sou particularmente grata porque quando eu disse para minha editora, Lisa Yoskowitz, "E se, em vez do livro que tínhamos pensado, eu fizesse uma antologia de novelas e histórias curtas, com bastante romance — e relacionamentos de todos os tipos — que também avançasse o mistério em *O Grande Jogo*", ela nem titubeou antes de abraçar completamente a ideia. Lisa, eu não consigo descrever a alegria que me deu escrever essas histórias e dividi-las com você primeiro. Você ter amado elas tanto quanto eu, desde o começo, significa o mundo para mim.

Estou também simplesmente chocada com a capa que a dupla dinâmica Karina Granda e Katt Phatt criaram para este livro. Eu pedi por romance, e vocês me deram além do romance, a capa absolutamente perfeita, que combina com este livro de todas as formas. Além disso, estou em dívida com as equipes incríveis de marketing e comercial que tiveram o dobro de trabalho com dois lançamentos de Jogos de Herança este ano! Obrigada, Shawn Foster, Danielle Cantarella, Claire Gamble, Katie Tucker, Leah CollinsLipsett, e o resto da equipe comercial do HBG por fazer com que este livro fosse para a rua de tantos jeitos diferentes, e para Savannah Kennelly, Bill Grace, Emilie Polster, Becky Munich e Jess Mercado pelo seu marketing e design brilhantes! Das artes para o Cofre Hawthorne aos cards colecionáveis, vocês fizeram esse processo muito divertido para mim e os leitores. Obrigada também para meu time de Escola & Biblioteca composto por Victoria Stapleton, Christie Michel e Margaret Hansen; sou muito grata aos bibliotecários e educadores que apoiam a série e a vocês por levá-la até eles.

Obrigada a Kelly Moran pelo apoio em dois lançamentos este ano e a Marisa Finkelstein, Andy Ball e Kimberly Stella por trabalharem com prazos que se chocavam para os dois livros! E um obrigada especial para a copidesque e os revisores desse livro, que deram seu máximo para que tudo fizesse sentido com o resto da série, como deveria ser: Erin Slonaker, Jody Corbett e Su Wu. Obrigada, Alexandra Houdeshell, por tudo que você faz, e, como sempre, Megan Tingley e Jackie Engel, por criarem e liderarem esse time sem igual.

Sou muito grata aos meus editores pelo mundo e aos tradutores que precisam trabalhar o triplo com todos os meus quebra-cabeças e jogos de palavras! Obrigada a Janelle DeLuise, Hannah Koerner, Karin Schulze, Jahlila Stamp, e todos os coagentes que têm sua parcela em levar esses livros para o mundo, e para Anthea Townsend, Chloe Parkinson e Michelle Nathan por me levarem ao Reino Unido para comemorar a publicação deste livro!

Como eu disse no início destes agradecimentos, sinto que não consigo parar de repetir a mesma coisa livro após livro, mas obrigada para minha agente de muitos anos, Elizabeth Harding.

Não consigo botar em palavras o que significa ter você comigo não apenas profissionalmente, mas como alguém que me conhece desde que eu era adolescente e viu minha vida (e minha carreira) passar por tantas mudanças. Obrigada, Holly Frederick, pelo seu trabalho com direitos para cinema e televisão neste projeto e em tantos outros ao longo dos anos, e aos times que não sou capaz de nomear a todos trabalhando nesses projetos — vocês sabem quem vocês são! Obrigada para Eliza Leung e Manizeh Karim e todos na Curtis Brown — por tudo.

Finalmente, não posso terminar estes agradecimentos sem agradecer a minha família e aos meus amigos que me fazem sobreviver aos prazos e estresses e dúvidas se vou conseguir a cada livro. Obrigada a Rachel Vincent, por sempre estar lá, sempre estar feliz por mim, por sempre saber a palavra que estou tentando lembrar e por sempre saber quais perguntas fazer para me tirar de um bloqueio criativo. Obrigada, mãe e pai, por deixarem que eu use a casa de vocês como retiro de escrita, e por estarem lá com comida, companhia e abraços todas as vezes que saio para tomar um ar. Vocês são os melhores pais do mundo — ponto — e os avós mais incríveis para meus filhos. Eu realmente não conseguiria ter terminado este livro sem vocês.

Falando nisso, obrigada aos meus garotos, que *talvez* tenham inspirado a cena em que Xander é um bicho-preguiça... e mais uma ou duas. Quando vocês forem velhos o suficiente para lerem esses livros — *se* você os lerem —, por favor, não adotem o amigo secreto dos Hawthorne para vocês. E obrigada por não terem quebrado nenhum osso ou partes importantes da casa enquanto eu escrevia este livro.

Por fim, agradeço ao meu marido, que sem dúvida é o motivo por nenhum osso ou partes importantes da casa terem sido quebrados enquanto eu escrevia este livro. Obrigada pela sua parceria, seu amor, seu apoio e pelo seu hábito de fazer exatamente as perguntas certas sobre qualquer livro.

Todas as perguntas têm respostas.

O mistério continua na série
O Grande Jogo

**Confira nossos lançamentos,
dicas de leitura e
novidades nas nossas redes:**

𝕏 editoraAlt
🅾 editoraalt
♪ editoraalt
f editoraalt

Este livro, composto na fonte Fairfield,
foi impresso em papel Ivory Slim 65g/m² na gráfica Grafilar.
São Paulo, Brasil, março de 2025.